Anne Elvedal

**Station 22. Wo bist du sicher?**

ANNE ELVEDAL

# STATION 22

## WO BIST DU SICHER?

Thriller

Aus dem Norwegischen
von Andreas Brunstermann

Ullstein

Besuchen Sie uns im Internet:
www.ullstein.de

Die Originalausgabe erschien 2024 unter dem Titel *Du kan kalle meg Jan*
bei Cappelen Damm, Oslo.
Ullstein Paperback ist ein Verlag der Ullstein Buchverlage GmbH
www.ullstein.de
ISBN: 978-3-86493-351-6
Deutsche Erstausgabe

Bei Fragen zur Produktsicherheit wenden Sie sich bitte an
produktsicherheit@ullstein.de
Gesetzt aus der Scala powered by pepyrus
Druck und Bindearbeiten: CPI books GmbH, Leck

*Ich bin nicht das, was mir passiert ist, ich bin, was ich beschließe zu werden.*

Carl Gustav Jung

Sie weigerte sich, die andere Socke anzuziehen. Ständig weigerte sie sich, etwas anzuziehen. Ein Haargummi. Einen Gürtel. Den Maulkorb. Kleine Teile seiner Kostüme. Erinnerungsstücke, hatte sie angefangen, sie zu nennen. Denn sie erinnerten sie daran, an dem kleinen Teil festzuhalten, den sie schaffte zu verstecken. Der sie am Leben hielt. Der immer noch *sie selbst* war. Den ihr wegzunehmen ihm niemals gelingen sollte.

Jetzt wedelte er mit der schlaffen Socke vor ihrer kleinen Nase herum. Würde er sie ihr zur Strafe in den Mund stopfen? Die Socke pendelte von einer Seite zur anderen, wie ein tickendes Metronom, das darauf bestand, den Takt der Situation zu bestimmen. Unnachgiebig. Erstickend. Ihr Herz schlug aufsässig dagegen an, während sie der Socke mit dem Blick folgte. Bestimmt war sie irgendwann mal weiß gewesen. Jetzt war sie eher gelb. Ein abgeschnittener und umgenähter Zipfel eines Lakens, der *verdammt dankbar* sein sollte, ein neues Leben bekommen zu haben.

Manchmal fragte sie sich, ob er recht hatte. Doch heute nicht. Heute spitzte sie die spröden Krallen und fletschte die neu gewachsenen Zähne. Scherte sich nicht darum, dass er danach die Glühbirne an der Decke herausschrauben und sie somit in die Dunkelheit stoßen würde. Dann würde sie nur die Augen schließen und nach Hause zu Mama entfliehen.

Sie konnte die Arme nicht rechtzeitig vor den Kopf heben. Die Hand war schneller. Die Faust, heute. Etwas bricht. Wird zerschmettert. Das Licht beginnt zu zittern. Oder ist sie es?

Sie liegt auf dem Fußboden, atmet nicht. In einer roten Weihnachtsrobe aus glänzendem Samt. Rote Schleife im dunklen, gelockten Haar. Rote, blutige Lippen. Mädchen versteckt, vergessen.

Um ihre Schenkel breitet sich eine lauwarme, feuchte Pfütze auf dem Fußboden aus. Sie weint nicht. Nicht mehr. Stattdessen bewegt sie die Lippen, lässt Töne heraus, zart, stark, eine Frage. Dieselbe Frage, die sie wieder und wieder gestellt hat, in diesen zerstückelten Tagen, Wochen, Monaten, die sich zu einem versteinerten Inneren verwickelt haben, das niemals zerbersten darf, niemals. »Wie heißt du?«, fragt sie.

Vielleicht kann ein Name ihn zu einem Menschen machen?

Die Hand, die sie heruntergedrückt hat, streicht ihr über das Haar, liebevoll. Sie versucht, ruhig zu liegen, aber der Bauch windet sich in Krämpfen, der Darm sehnt sich verzweifelt nach Nahrung. Wie viele Tage ohne Essen werden es noch sein? Die Reue schleicht heran, als ob sie in den Schatten gelegen und gewartet hätte. Jetzt kriecht sie in die Adern hinein. In letzter Zeit ist das öfter passiert. Jetzt wünscht sie sich nur, dass er sie hochhebt, ihre Wunden reinigt, ihr etwas anderes gibt als das rosa Hasenohr, das sie in Fetzen zerkaut hat, ihr ein Schlaflied vorsingt. Seine Hand ist warm. Wärmt mich. Ich halte sie. Halte sie fest. »Bitte, sag doch«, flüstere ich. »Ich werde es auch nicht weitererzählen. Versprochen.«

Sein Atem kommt näher. Weht wie eine Flamme. Brennt Löcher in meine Wange. Will er wieder zubeißen? Das Stückchen abbeißen. Das letzte. Mich. Nein? Er flüstert zurück, dass ich ein braves Mädchen war. Dass ich eine Belohnung verdiene. Seine Worte krabbeln in mein Ohr wie Larven: »Sag Jan zu mir.«

# 1

Verloren. Das ist die beste Beschreibung, die ich gerade über Fanny abgeben kann. Sie sitzt ganz vorn auf der Bettkante, ihre schmalen Füße hängen ein paar Zentimeter über dem Fußboden, eingeschnürt in die selbst gestrickten Wollsocken der Mutter. Ich mustere sie einen Augenblick, wie um ihr ein paar zusätzliche Sekunden zu verschaffen, ehe ich sie in die Welt zurückstoßen muss, vor der sie sich so sehr fürchtet.

Sie hat mich nicht wahrgenommen. Auch ihre Eltern nicht, die ich in das nackte Zimmer gelassen habe, in dem sie sich seit drei Monaten verschanzt. Ihr bleiches Gesicht ist zum Fenster gerichtet, auf dem die tief stehende Herbstsonne Fettflecken von tastenden Fingern und einer Nasenspitze anstrahlt, doch darauf starrt sie nicht. Ihr Blick ist nach innen gewendet, auf den Strom der Gedanken, der ihren Körper so knöchern, so zerbrechlich gemacht hat. Das dünne dunkle Haar ist zu einem strammen und hohen Pferdeschwanz gebunden, der ihre markante Kinnpartie, die ungeschminkten Augen und den Überbiss betont, der dazu führt, dass ihr Mund nur selten ganz geschlossen ist. Wüsste ich nicht, wer sie ist, hätte ich getippt, dass sie dreizehn Jahre alt ist, vielleicht vierzehn, mitten im Umbruch von Kind zu Erwachsener, aber sie ist achtzehn und volljährig. Jedenfalls alt genug, um hinter verschlossenen Türen in der psychiatrischen Klinik Østmarka zu sitzen, in der Station 22, Spezialabteilung für erstmals erkrankte junge Erwachsene mit psychischen Leiden und Drogenproblemen. In den Bericht werde ich schreiben, dass sie einen zuversichtlichen Eindruck macht.

Zumindest muss ich an dieser Darstellung festhalten. Ich habe versucht, Bescheid zu geben. Ich habe gesagt, dass Fanny meiner Meinung nach vorgibt, gesünder zu sein, als sie ist. Dass sie vermutlich Gedanken hat, die sie nicht zu erzählen wagt, weil sie sich einzig und allein wünscht, ein normaler Teenager zu sein. Doch ihr Psychologe hat sich entschieden, auf das restliche Pflegepersonal zu hören. Sie haben eine junge Frau beobachtet, die wegen Verfolgungswahn zur Untersuchung und Behandlung hergekommen ist und die gut auf Medikation und Milieutherapie, Realitätsorientierung und einen festen Rahmen anspricht. Ein Mädchen, das auf der Flucht vor der Angst war, aber jetzt zurückgefunden hat zum Schlaf, zum Appetit und zum Lächeln. Sie sei schon zu lange hier, meinen die anderen. Es gebe viele, die kränker seien und den Klinikplatz weitaus mehr brauchten.

Als ich auf sie zugehe, quietschen meine Gummisohlen, wie ein Echo all der unglücklichen und gequälten Schreie, die an den hundert Jahre alten Backsteinwänden haften. Ein Duft nach Kokos weht mir zu und verrät mir, dass sie sich heute Morgen die Haare gewaschen hat, obwohl sie es auch schon gestern während der Abendschicht getan hat. Ein Versuch, den Aufenthalt wegzuschrubben? Ich strecke den Arm aus, um sie von dort zurückzurufen, wo sie sich gerade befinden mag, aber genau da friert die Sekunde ein.

Ich habe etwas entdeckt.

Gleich hinter dem Knöchel meines Handgelenks.

Ein Haar.

Ein schwarzes, einsames Haar. Es ragt steif und rebellisch aus der Haut hervor.

Die natürlichste Reaktion wäre jetzt, die Hand zurückzuziehen, zu lächeln, glaubwürdig zu versichern, dass ich etwas vergessen habe, und hinauszugehen, mich in einem Winkel zu verstecken und dem Haar das Lebensrecht zu entziehen. Aber ich bin dazu erzogen worden, meine Impulse zu bekämpfen. Daher führe ich jetzt die Bewegung aus. Ich berühre Fanny leicht an der Schulter, und während ich sie gleichzeitig freundlich anspreche, ziehe ich die Hand schnell zurück und vergrabe sie tief in der Hosentasche.

Genau davor wurde ich gewarnt. Genau das geschieht, wenn ich einen anderen Menschen zu nah heranlasse: Ich werde unaufmerksam.

Fannys fragender Blick umfängt mich.

Ich lächle. »Bist du bereit?«

Sie nickt schwach.

An der Tür hat die Mutter bereits die schwarzen Schnürstiefel vom Boden aufgehoben. »Komm, Schatz, jetzt fahren wir nach Hause.«

Sie wartet nicht auf eine Reaktion, streift Fanny bloß die soliden Schuhe über und zieht sie fast aus dem Bett. Obwohl die Mutter klein und zierlich ist, vom Typus satt von einem kärglichen Salat, ist sie stark, eine wütende Bärin. Sie reicht ihrer Tochter eine abgenutzte hellblaue Windjacke, die sie von zu Hause mitgebracht hat, aber Fanny macht keine Anstalten, sie anzuziehen.

»Draußen ist es kalt«, sagt die Mutter.

Fanny ist stumm. Ihre Arme hängen trotzig an den schmalen Hüften herunter. Die Mutter hebt das Brustbein, sodass sich die Knöpfe an dem engen Vintage-Mantel spannen.

»Hast du erzählt, dass du morgen einen Termin in der Poliklinik hast?«, frage ich in dem Versuch, einen weiteren Streit abzuwehren.

Fanny nickt erneut. Ich weiß, dass sie es erzählt hat. Ich habe es den Eltern ebenfalls gesagt.

Die Mutter weicht meinem Blick aus. Verstärkt den Griff um die Windjacke.

»Wir werden Punkt zwölf Uhr da sein«, sagt der Vater. »Kein Problem.«

Er schenkt mir ein dankbares Lächeln, das sich bis in die runden Wangen ausbreitet. Am ersten Abend, als er uns sein einziges Kind überlassen musste, hatte er mir das gleiche Lächeln geschenkt und gesagt, wie gut es doch sei, zu sehen, dass wir vom Personal *ganz normal* wirkten. Er war am häufigsten hier zu Besuch, jeden Abend, mit Bärenumarmungen und Schokoladenbären. Wenn die Mutter dabei war, sind sie Hand in Hand gekommen, um die Distanz und die Entfremdung zwischen ihnen zu verbergen.

»Papa? Hast du es?«, fragt Fanny.

»Natürlich.« Er zieht ein flaches, viereckiges Paket aus der großen Jackentasche. Das grelle Logo des Familienbetriebs prangt auf beiden Seiten des Reißverschlusses, den er kaum zubekommen hat. Er geht auf die sechzig zu, und obwohl er ein aktiver Handwerker ist, hat er es nicht so gut wie seine vierzehn Jahre jüngere Frau geschafft, dem Verfall des Alters entgegenzuwirken.

Fanny greift nach dem Geschenk und hält es mir entgegen. »Das ist für dich, Ida. Weil du so lieb zu mir gewesen bist.«

Ich weiß nicht, ob es an der Zartheit in ihren Augen liegt, daran, dass ich nie zuvor ein Geschenk von einer Patientin bekommen habe, oder an der Tatsache, dass Fanny sich auf dem Weg hinaus in eine Welt befindet, die tatsächlich völlig grausam ist, jedenfalls muss ich jetzt hart schlucken, damit meine Stimme fest bleibt.

»Fanny. Ich habe doch bloß meine Arbeit gemacht.«

»Sie haben viel mehr als das getan«, sagt der Vater. »Ohne Sie wäre es nie so gut gegangen, Ida.«

Ich widerspreche nicht. Ich habe mehr getan, als ich tun musste. Ich habe nicht nur einen guten und individuellen Patientenplan erstellt und dafür gesorgt, dass Fanny Vertrauen, Krisenbewältigung und Fortschritt erlebt hat; ich habe meine Pausen ausgelassen und ihr stattdessen ein Gespräch oder einen Spaziergang angeboten, ein paar extra Käsesandwiches, ich habe eine Extrarunde Tischtennis gespielt, sie extra lange im Zeichen- und Malzimmer gelassen, ihr meine Lieblingsbücher ausgeliehen, ihr die Hand gehalten, wenn es Schlafenszeit war. Ich bin die Einzige, die ihre Angst wirklich verstanden hat.

»Pack es ruhig aus«, sagt Fanny.

Ich folge ihrer Bitte. Erwähne nicht, dass wir vom Personal verpflichtet sind, alle Geschenke in den Besprechungsraum zu legen. Es ist eine Schachtel Schokoladenherzen. Feine Schokoladenherzen, die zwischen den Fingern leicht zerbrechen.

»Oh, vielen Dank«, sage ich. »Ich liebe Schokolade.«

Fanny lächelt mit der natürlichen Scheu eines Kindes. »Ich weiß. Du bist genau wie Papa.«

»Fanny hat Sie wirklich lieb gewonnen«, sagt der Vater. »Sie wissen ja gar nicht, wie viel es uns bedeutet, dass Sie sich so sehr um unser Mädchen gekümmert haben.«

Die Mutter dreht mir den Rücken zu, und mit gereizten Bewegungen durchforstet sie den leeren Kleiderschrank.

Ich nehme Fanny in den Arm. Sie wirkt angespannt. Ich würde sie eigentlich gern länger an mich drücken, ziehe mich stattdessen jedoch zurück. Sie darf nicht merken, wie besorgt ich bin. Dass ich denke, sie wird aus dem Nest geworfen, ehe sie flügge ist; dass ich befürchte, sie wird eine von denen, die in ein paar Wochen oder Monaten zurückkommen, jedes Mal ein bisschen kränker.

»Ich begleite euch hinaus«, sage ich und will schon die große

Tasche nehmen, die zu packen ich ihr gestern Abend geholfen habe, doch der Vater hindert mich daran.

»Das übernehme ich.« Er wirft sich die Tasche über die Schulter und tut so, als ob er wegen des Gewichts zu Boden gedrückt würde, entlockt Fanny ein spontanes und süßes Lachen, ehe er den Arm um sie legt und sie gemeinsam den Gang entlangschlendern.

Die Mutter knallt die Schranktüren zu und dreht sich zu mir um, bleibt stehen, ihr ganzes Ich zittert jetzt.

»Ich glaube, wir haben alles eingepackt«, sage ich und schaffe es nicht, mich zurückzuhalten: »Wir haben sogar alle Hautzellen und abgeknipsten Zehennägel in einen verschließbaren Beutel gelegt.«

*Damit niemand beweisen kann, dass deine Tochter hier eingewiesen war.*

Sie lacht nicht, wie ihr Mann es getan hätte. Vielleicht hätte sie es lustiger gefunden, wenn ich Haare gesagt hätte, aber im Augenblick muss ich vermeiden, mich auf Haare zu fokussieren.

»Und was passiert, wenn er sie weiterhin quält?«, fragt sie.

Sie sieht mich direkt an. Sie hat die gleichen braunen Augen wie Fanny, doch ihre sind verhärtet.

»Dann müssen Sie ihr Sicherheit und Realität vermitteln und ...«

Weiter komme ich nicht.

»Realität müssen Sie sich wohl am ehesten selbst vermitteln«, spuckt sie mir entgegen. »Ihr habt ja nicht mal ansatzweise versucht herauszufinden, wer dieser Stalker ist!«

Sie blockiert die Tür, und mich überkommt der Drang, sie an die Wand zu drücken und sie aufzufordern, ihre Tochter zu unterstützen, sie zu *sehen* und sie nicht in ein Paar Schuhe zu zwängen, die ihr gar nicht passen. Stattdessen versuche ich es mit meinem bestmöglichen Beruhigungslächeln, während ich nach einer Antwort suche, die uns beiden aus der Klemme helfen kann.

Fanny hatte kaum den Fuß über die Schwelle der Station 22 gesetzt, als die Mutter mich mit Erklärungen überfiel, dass Fanny nicht krank sei, dass es ein grober Fehler sei, sie von der Akutstation hierher zu verlegen, eine Kränkung, ein Gesetzesverstoß. Dieser Mann, der Stalker, sei natürlich real. Mehrere Wochen lang habe er ihr aufgelauert, auf der Straße, vor der Schule, vor dem Trainingscenter, vor dem Haus. Anfangs glaubten die Mutter und der Vater, es sei bloß die Rede von einem gleichaltrigen Jungen, der übermäßig an ihr interessiert war; dass Fanny überreagierte, dass sie wegen der ganzen Schularbeiten gestresst und erschöpft sei. Doch nach einer Weile wurde die Angst vor dem Unbekannten so lähmend, dass Fanny nicht mehr zur Schule ging, nicht mehr zum Training, dass sie aufhörte, Freunde zu treffen, zu essen, zu schlafen. Als sie eines Nachts schwarze Müllsäcke vor ihr Fenster klebte und sich mit dem größten Küchenmesser ausrüstete, begriff der Vater, dass diese Person, von der die Tochter hartnäckig behauptete, sie stehe im Garten, sich eigentlich im Inneren ihres Kopfes befand. Also brachte er Fanny zum Arzt. Die Mutter meinte, sie hätten besser zur Polizei fahren sollen.

»Fanny wird jetzt durch fähige Fachleute in der Poliklinik eine sehr gute und auf sie abgestimmte Nachbehandlung bekommen«, sagte ich. »Wenn es etwas gibt, das Sie wissen möchten oder das Ihnen Sorge bereitet, können Sie sich direkt an die Klinik wenden.«

Ich versuche, professionell zu klingen, erfahren, denn die Mutter hat mehrmals zum Ausdruck gebracht, dass eine psychiatrische Krankenschwester über eine große Portion Lebenserfahrung verfügen sollte, um gute Arbeit zu leisten, was ihrer Meinung nach jedoch mit achtundzwanzig Jahren niemand hat. Jedenfalls niemand, der obendrein auch noch dick ist und nicht mal weiß, wie er auf sich selbst achten soll.

Ein paarmal hatte ich Lust, ihr zu erzählen, dass zwanghaftes Essen meine Methode sei, auf mich selbst zu achten, meine Methode, zu überleben. Diese Extrakilo sind meine Festung, meine Verteidigungsanlage, genauso wie die langen gebleichten Haare, die blauen Kontaktlinsen, die haarlose Haut, die täglich ein Haarentfernungsritual über sich ergehen lassen muss.

Die Mutter verschwindet wie ein lautloser Donnerschlag zur Tür hinaus.

Ein paar Minuten später habe ich mich in der Personaltoilette eingeschlossen. Fanny ist auf dem Weg nach Hause, ein Zettel mit meiner Telefonnummer steckt in ihrer Gesäßtasche. Ich fische meinen kleinen roten Kumpel aus dem BH: ein Schweizer Armeemesser mit vierunddreißig Funktionen. Ich klappe die Pinzette aus und zupfe das Haar samt der Wurzel heraus. Dann schlucke ich es mit drei Portionen Wasser aus dem Hahn hinunter.

Trotzdem werde ich nicht ruhiger.

# 2

Barbro legt das Handy auf den Tisch und blickt mich an. Krümmt sich. »Also, ich habe nur geschrieben, dass wir noch hier sitzen? Seitdem hat er nicht geantwortet? Aber, ja, er ist sicher beschäftigt. Er fährt ja gern durch die Gegend und wedelt mit seiner Rute ...« Sie gähnt kurz. »Also, ich meine Angelrute!« Die unattraktive Röte deutet darauf hin, wie peinlich es ihr ist, etwas geäußert zu haben, das einem Freud'schen Fehler gleicht. Sie nimmt ihre Lesebrille ab, die an einer Schnur um ihren Hals befestigt ist, und versucht, sich mit dem halben Liter Bier zu ertränken. Wir sitzen in einer der abgeranzten Kneipen in einem der alten Brauhäuser in Bakklandet. Zwischen schiefen Holzwänden und einem altersmäßig breit gefächerten Klientel fügen wir uns ganz unbemerkt ein. Ich habe einen Tisch in der Ecke gewählt, wo ich die Wand im Rücken und einen Blick auf die Tür habe. Von dort kann sich keine Überraschung unbemerkt heranschleichen.

Nach der Arbeit habe ich eine lange Fahrradtour gemacht. Das hat nicht geholfen. Zum Abendessen habe ich mir eine doppelte Portion bereitet. Das hat auch nicht geholfen. Die schwelende Unruhe will nicht nachlassen, sie hat sich durch die Haut gepresst, kribbelt, kratzt. Womöglich liegt es an dem Haar. Womöglich liegt es daran, dass ich mehr für Fanny hätte tun sollen. Womöglich ist es auch gar nichts Besonderes. Es ist keine unbekannte Unruhe. Dieser Widersacher kommt des Öfteren unangemeldet zu Besuch, und an den Tagen, an denen er sich weigert, wieder zu gehen, gibt es bloß eins, das ihn wieder verjagen kann.

Barbro versucht, das stumme Handy zu ignorieren, während sie von dem Versuch zu reden beginnt, einem Ableger Wurzeln wachsen zu lassen, und dann wie üblich in einem langen und uninteressanten Monolog verschwindet. Vor den Fenstern strömt die ruhige Nidar vorbei. Die Stühle und Tische des Außenbereichs der Bar auf einem Kahn sind hereingeholt worden, die Bewirtschaftung im Freien ist für den Rest des Jahres eingestellt. Die rot gestrichene Brücke Gamle Bybro erstreckt sich quer über den Fluss, auf ihr steht ein eng umschlungenes Liebespaar und schießt in der Dämmerung ein Selfie. Diese Brücke ist meine erste Erinnerung an Trondheim. Mama und ich fuhren schon am ersten Tag hierher, gleich nachdem wir nordwärts in diese wetterfühlige Küstenstadt geflüchtet waren. Mama meinte, es könne uns Glück bringen, unter den prachtvollen Holzbögen von Lykkens Portal umherzuwandeln.

Ich denke immer an Mama, wenn ich mit Barbro unterwegs bin. Obwohl Barbro zehn Jahre jünger ist, mit breitem Nordmøre-Akzent spricht und keine Ähnlichkeit hat: Barbro ist wohl niemals schön gewesen. Ihr Haar ist dünn und ohne Glanz, das Gesicht zu länglich, die Augen stehen zu weit auseinander. Während Mama, was die äußere Form betrifft, sich klassisch und neutral kleidet, bevorzugt Barbro formlose und farbenfrohe weite Blusen. Eines haben sie dennoch gemeinsam, sie riechen gleich: nach Verbitterung darüber, dass das Leben nicht so geworden ist, wie sie es einst erträumten.

Barbro lässt die Hand über die Tischkante schleichen und berührt das Handy. Eine leere Displayfratze. Ich nippe am Bier, während sie eine neue Nachricht schickt. Es ist wie eine Wiederholung unseres letzten Stadtbummels. Und dem davor.

»Vielleicht solltest du ihn feuern?«, sage ich. »Du sagst doch zu allen, dass sie sich nicht mit jemandem von der Arbeit einlassen sollen.«

Sie überhört mich. Wie üblich. Vielleicht habe ich es nicht laut genug gesagt.

»Vielleicht hat er eine extra Nachtschicht übernommen und ist jetzt zu Hause und schläft«, sagt sie. »Alan springt ja immer ein, wenn jemand krank ist. Hast du schon gehört, dass er sich nächstes Jahr für die Pflegeausbildung bewerben will?«

In der Regel bekommen Studenten aus verschiedenen Gesundheitsbereichen die Extraschichten bei uns, aber Alan bekam dennoch im Frühjahr die Möglichkeit, ein paar Probeschichten bei uns zu machen, obwohl er keinerlei medizinische Erfahrung mitbrachte. Barbro hatte ihn am ersten Tag in die Arbeit eingewiesen, was sie als Fachbereichsleiterin und unmittelbare Vorgesetzte auf der Station 22 eigentlich hätte delegieren können, delegieren sollen, denn es dauerte Stunden. Danach war sie verzaubert. Alan sei außerordentlich geschickt im Umgang mit den Patienten, sagte sie, doch eigentlich meinte sie, dass sie sich von seinen übertriebenen Flirtattacken bezaubern ließ. Ich kann sie gut verstehen. Es ist sicher nicht leicht, ein ewiger Single, kinderlos und über fünfzig zu sein, schon weit hinaus über das *Mindesthaltbarkeitsdatum*, wenn man den Männern in ihrem Alter glauben soll. Natürlich ist es verführerisch, sich an das schmale Angebot zu klammern, das man in aller Heimlichkeit bekommt. Barbro sieht nicht, dass Alan sie ausnutzt, dass er bloß jedes Mal zu ihrer weit geöffneten Tür hereinschleicht, wenn er sich langweilt oder gerade keine andere Frau am Haken hat.

Ich bin eigentlich auch nicht besser. Jedes Mal, wenn es mich zu sehr juckt, schicke ich Barbro eine Nachricht, weil ich weiß, dass sie zu einem Stadtbummel immer Ja sagt. Sie hat sonst niemanden, der mit ihr ausgeht, und ich habe auch keinen, den ich fragen kann. Barbro ist zu sehr mit sich selbst beschäftigt, als dass sie Fragen über mich oder meine Geschichte stellt. Sie hat kein Verlangen und keine Hoffnung, was eine enge Freundschaft angeht.

Jetzt ist sie wegen der ausbleibenden Antwort von Alan offenbar verletzt, bemüht sich aber gleichwohl um eine passende Erklärung. »Er hilft bestimmt seiner Hauswirtin, den Garten für den Winter vorzubereiten. Er ist ja immer so nett zu ihr.«

Vielleicht hat er Sex mit ihr, würde ich am liebsten sagen, vielleicht hampelt und sabbert und keucht er gerade auf einer vertrockneten und faltigen Neunzigjährigen herum, aber zum Glück verkneife ich es mir. Ich sollte Mitleid haben mit Barbro, die an der kindlich naiven Vorstellung über das Gute im Menschen festhält, ich sollte Sympathie aufbringen für ihre ewige Sehnsucht, geliebt zu werden, stattdessen jedoch geht sie mir auf die Nerven. Es ist, als ob ihre mangelnde Selbstbehauptung in allen um sie herum nur das Schlimmste hervorlockt, eine unbewusste Projektion, die Bekannte und Unbekannte dazu bringt, auf ihr herumzutrampeln, ob nun bewusst oder unbewusst, und sie ihre Meinung über sich selbst bestätigt bekommt.

Es plingt in einem Handy, und Barbros Gesicht hellt sich auf. Es verdunkelt sich genauso schnell wieder, als sie begreift, dass *ich* eine Nachricht erhalten habe. Ich fische das Handy aus der Tasche und denke, die Meldung muss von Fanny sein. Dass die Rückkehr nach Hause zu überwältigend geworden ist und sie sich jetzt unsicher und ängstlich fühlt und das Bedürfnis hat, zu reden. Während meiner Abendschichten sind wir um diese Zeit immer spazieren gegangen. Es fiel ihr leichter, sich zu öffnen, wenn sie mir nicht in die Augen sehen musste, und unsere rhythmischen Schritte erschufen einen natürlichen Gesprächsfluss. Sie hatte sich um so viele Dinge Sorgen gemacht; dass sie in mehreren Schulfächern hinterherhing. Dass sie die falsche Ausbildung wählen könnte. Dass sie schuld war an den häufigen Streitereien der Eltern. Dass sie sich der Mutter gegenüber nie gut genug fühlte. Dass sie so wenige Freunde hatte. Dass die wenigen Freunde, die sie hatte, nicht mehr mit ihr herumhängen würden, wenn sie wüssten, dass sie verrückt geworden war. Dass sie niemals einen Freund bekommen würde. Dass sie sich außen vor fühlte, bei allem und allen, anders. Dass sie ihre Schwächen, sich selbst, verachtete. Es gab so vieles bei ihr, das in mir widerklang. Auf eine ganz andere Art, als ich es bei anderen erlebt habe. Deswegen war es so schwer, sie auf Abstand zu halten. Deswegen hätte ich ihr nie meine Telefonnummer geben sollen.

Es ist keine Nachricht von Fanny, nur eine Klavier-App, die mich vermisst. Ich blocke die Mitteilungen der App und versuche, meine Unruhe zu dämpfen, indem ich den Atem anhalte, bis meine Lunge ihn von selbst wieder ausstößt. Sinnlos.

Die Tür geht auf, und ich hebe den Kopf. Spüre die Erwartungen steigen, als eine fröhliche Truppe in meinem Alter hereinkommt. Lachend setzen sie sich an einen freien Tisch. Die ersten Minuten erzählen alles. Da entsteht der entscheidende Kontakt. Es muss gar kein langer Abend werden.

Die Jungen sind allerdings viel zu beschäftigt mit den hübschen schlanken Mädchen in ihrer Begleitung. Die wenigen anderen Männer im Lokal habe ich bereits als zu alt abgeschrieben. Die Grenze ist maximal zehn Jahre älter als ich.

»Wollen wir weiterziehen?«, frage ich.

Barbro blickt auf mein halb volles Bierglas. »Willst du nicht austrinken?«

»Das ist mir zu lasch.«

»Du bist viel zu anspruchsvoll, Ida.«

Ich stehe auf, und Barbro nimmt mein Glas und kippt den Rest in sich hinein, ist zu beschwipst, um zu merken, dass es alkoholfreies Bier ist. Sie möchte in eine der Musikkneipen, die sie so gern mag, aber ich bin ungeduldig und überrede sie, sich auf den Gepäckträger zu setzen, und so radeln wir fort von Kopfsteinpflaster und niedrigen Holzhäusern, wir fahren am Fluss entlang, bis wir zu dem runden, roten Gebäude kommen, das beständig und solide an der Elgeseter Brücke thront: der Studentenclub Samfundet, eine Zirkusmanege, die immer den einen oder anderen willigen Idioten beherbergt.

Wir wandern aufs Geratewohl durch die Gänge, ehe wir uns im Edgar Kafé niederlassen, wo krächzende Vinylplatten die Ohren füttern. Barbro schickt neue Nachrichten an Alan, während ich versuche, den Blick von einem der Jungen am Nebentisch aufzufangen, anscheinend gehören sie nicht zu den hoffnungsvollen Neuen des Semesters, diese wirken eher unbesorgt, haben ihre Truppe, eine Zugehörigkeit gefunden. Im Sommer habe ich sie vermisst. Die Stadt ist viel zu mager ohne all diese abenteuerlustigen Studenten. Wir ziehen weiter und landen im Klubben, wo ein Poetry-Slam im Gange ist. Ein Typ mit Rastazöpfen steht auf der Bühne und raubt mit seinen originellen Reimen dem ganzen Saal den Atem. Wir finden ein paar freie Plastikstühle in der letzten Reihe, und ich bekomme sofort Augenkontakt mit einem bärtigen Kerl, der schräg zwei Reihen vor uns sitzt. Ein paar Jahre jünger als ich, tippe ich. Auf seinem rasierten Nacken schauen die Ohren eines tätowierten Tigers über den Kragen seiner Jeansjacke. Er ist nicht der Typ, der ständig zwischen den besten Angeboten wählen kann, das sehe ich an der Art, wie seine Augen meine Brüste verschlingen. Dennoch ist er so selbstsicher, dass er an einem Donnerstagabend allein hierherkommt, auf der Jagd nach einem ungezähmten Tigermädchen.

Barbro fällt in den lebhaften Applaus mit ein. Sie steckt die Finger zwischen die Lippen und pfeift so laut und lange, dass ich schon fürchte, sie treibt den Tigerjungen fort. Als ein neuer Wortkünstler die Bühne betritt, wird sie mehr und mehr von ihrem Telefon vereinnahmt. Dann will sie plötzlich nach Hause, obwohl es bis Mitternacht noch lange hin ist. »Wir müssen ja morgen früh zur Arbeit«, sagt sie.

Ich gehe mit zur Garderobe und hole unsere Jacken. Ich wünschte, ich könnte jetzt auch nach Hause fahren und schlafen, aber wenn es mich derart juckt, ist das unmöglich.

»Fahr ruhig schon, ich muss noch aufs Klo«, sage ich.

Sie zieht mich in den Versuch einer Umarmung, ein linkischer Wangenknochenpuff gegen meine Stirn, und dann sehe ich sie aus der Tür verschwinden, ehe ich zurück zu den Poeten gehe und mich an die Wand des Zuschauerraums stelle. Ich beobachte den Tigerjungen, als er entdeckt, dass mein Stuhl leer ist. Ich sehe seinen spähenden Blick. Die Freude, als seine Augen mich wieder einfangen. Ich lächele. Habe an meinem Hemd noch einen zusätzlichen Knopf geöffnet.

Während die Jury den Gewinner des Abends küren soll, kommt er freimütig zu mir herüber. Blinzelt mich an. »Wer bist du?«, fragt er.

Er hat mehr getrunken, als mir lieb ist, sein Blick ist rot und zerflossen.

Ich sage ihm nicht meinen Namen, das wäre die langweiligste Antwort. Schenke ihm nur einen ebenso direkten Blick. Vielleicht studiert er Philosophie. Der scheinbar ernste Aufreißerspruch kommt jedenfalls nicht von einem Realisten.

Der folgende ist ordinärer: »Lust auf ein Bier?«

»Vielleicht danach«, sage ich.

»Das dauert 'ne Weile, bis hier Schluss ist.«

»Nachdem wir beide auf dem Klo waren.«

Ich habe mich nur selten in einem Typen geirrt und ein Nein kassiert. Jetzt breitet sich unter den dünnen Bartstoppeln ein schiefes Lächeln aus. Ich wähle die Behindertentoilette. Er kichert, als ich hinter uns die Tür abschließe, und verrät damit, dass er vielleicht doch nicht so erfahren ist, wie ich dachte. Ich spiele ebenfalls die Unsichere, bis er schließlich den ersten Schritt macht und mich küsst, überraschend zärtlich. Ich helfe ihm, die Hose herunterzuziehen. Es scheint so, als hätte er Deo auf seine Boxershorts gesprüht. Das ist immerhin besser als der Geruch der verschwitzten, eingesperrten Schlangen, die mir ein paarmal begegnet sind. Ich knöpfe mir selbst die Hose auf. Er küsst mich auf den Hals, sein Bart raspelt, die Hände grapschen umso hungriger, je mehr die Begierde die Schüchternheit überschattet. Ich führe seine Hände fort von meinem Schritt, und er versteht, dass er Zutritt zu dem anderen Eingang bekommt. Das lässt ihn fast durchbrennen, und ich schließe die Augen, empfange ihn, finde den Rhythmus, fließe dahin, in diesem ruckartigen Tanz, bin hier, hier und jetzt, mittendrin – bis alles, das an ein Gefühl erinnert, abflacht und ich taub werde, das Jucken hört auf, geht weder in Plus noch Minus über, wird nur auf Null gestellt.

Danach lehne ich das Bier dankend ab und verlasse ihn, bevor er dazu kommt, mich zu verlassen. Draußen vor dem roten, runden Haus ist die kühle Septemberluft mit Nieselregen durchsetzt. Ich hebe den Kopf und lasse mir von den kleinen Tropfen die Wangen kitzeln. Ich sollte das hier öfter machen. Solche Momente geben mir Kraft.

Ich nehme das Handy und schicke mit zwei schnellen Daumen eine Nachricht.

# 3

Ich fahre nicht nach Hause. Radle stattdessen in die entgegengesetzte Richtung, über den schmalen Weg, der bei Samfundet beginnt und an dem üppigen Hochschulpark entlangführt. Einer der Orte, die ich in der Stadt am meisten mag. Natürlich bin ich nicht zu oft hier. Niemals zweimal pro Woche, am liebsten nicht öfter als zweimal pro Monat. Mamas Warnung ist mir immer noch ins Gedächtnis gehämmert: *Ein Gewohnheitstier ist ein leichtes Beutetier.* Jetzt will ich den wolkenlosen Augenblick ausnutzen und hier warten, bis ich eine Antwort auf meine Nachricht bekomme.

Ich fahre zum Hauptgebäude der technisch-naturwissenschaftlichen Universität Norwegens hinauf, die ganz oben auf dem Hügel thront und vom Nidarosdom inspiriert ist, der auf der anderen Seite des Flusses in die Höhe sprießt. Während die mittelalterliche gotische Kathedrale seinerzeit zur Abschreckung böser Geister mit grotesken Wasserspeiern geschmückt wurde, hat die Fassade dieses Gebäudes geschnitzte Tiermasken mit unheimlichen Grimassen. Schutz ist stets ein Teil der menschlichen Instinkte gewesen. Sei es vor realen oder vor eingebildeten Gefahren.

Ich halte an und sauge die robuste Frontpartie in mir auf. Leuchtende Rechtecke und Bogenfenster glotzen mich in der Dunkelheit hellwach an. Auf beiden Seiten der massiven Eingangstür aus heller Eiche ragen zwei Pilaster empor. An der Spitze gibt es zwei leere Flächen, wo Platz für Skulpturen ist. Ich habe gehört, dass sie geschaffen wurden, um die Studenten träumen zu lassen. Damit sie sich bei jedem Erklimmen dieses langen Hügels vorstellen, dass eines Tages eine Statue von ihnen selbst dort steht. Hätte ich selbst entscheiden dürfen, wäre ich für das Masterstudium hierhergekommen und Diplomingenieurin geworden. Ich hatte ein natürliches Interesse für alle Arten von naturwissenschaftlichen Fächern. Doch ich wurde gezwungen, alles Natürliche zu unterdrücken. In der Schule musste ich so tun, als ob ich Algebra und Faktorisierung nicht verstand. Ich konnte keine zu guten Noten bekommen. Ich durfte nicht auffallen. Deshalb wurde ich Krankenschwester, jemand, der sich immer in die Menge einfügen und die Arbeitsstelle wechseln kann.

Ich blicke aufs Handy. Die verschickte Nachricht wurde gelesen, jedoch habe ich keine Antwort bekommen. Ich hätte Lust, eine neue zu schicken, doch im selben Moment kriecht die herbstliche Dunkelheit in mein Inneres, und ich begreife, wie elend und erbärmlich ich aussehen muss, wie ich hier stehe, empfänglich für meine egoistischen Impulse, quengelig, kurz davor, eine Blaupause von Barbro zu werden. Eine Windböe reißt den letzten Rest von Hochmut mit sich und lässt mich nackt und beschämt zurück. Manchmal dachte ich, dass sich der Tod so für andere anfühlen muss, wenn man begreift, dass man auf der Außenseite steht, abgeschnitten von allem, das nah und fern ist, und es keinen Rückweg mehr gibt.

Manchmal habe ich mich gefragt, was der Tod für mich bedeuten wird. Ich lasse eine schlanke Ida Hansen auf einer der leeren Säulenflächen über der Eingangstür stehen, ehe ich nach Midtbyen radele, zum besten Burgerladen im Zentrum, wo ich zwei von den größten Exemplaren kaufe. Auf dem Heimweg schüttet es, aber ich schere mich nicht darum. Das labile Trønder-

Wetter, das manchmal mit allen Jahreszeiten an einem einzigen Tag funkeln kann, ist mir recht, ich mag es, wenn mir kalt ist oder ich nass werde, wenn der Wind tief bis ins Rückenmark zieht, das macht mich wach und alarmbereit.

Die Burger sind lauwarm, als ich die Tür zu einem der niedrigen Holzhäuser in Ila aufschließe, zu der gemütlichen Wohnung, in der ich mich seit letztem Sommer als illegale Untermieterin aufhalte. Eine kleine, möblierte Zweizimmerwohnung mit offener Küchenlösung, zähen und zerkratzten Holzfußböden, Stuck an der Decke, Omageruch in den Wänden. Ich setze mich an den wackeligen Holztisch und drücke die Fleischstücke in mich hinein, begleitet von Chopins Nocturnes, die ich neulich entdeckt habe, zweihundert Jahre nach allen anderen. Durch das Fenster habe ich Ausblick auf den Ilapark, einen Mittelpunkt in diesem zentrumsnahen Stadtteil, wo die Industrie durch grüne Lungen und Straßenkunst ersetzt wurde. Auf der anderen Parkseite stehen ebenfalls kleine Holzhäuser. Mit alten elektrischen Anlagen. In Trondheim hat es deshalb viele Brände gegeben. Nicht alles im Leben können wir vorhersehen.

Ich esse alle Schokoladenherzen zum Dessert. Ich achte immer darauf, so viel zu essen, dass ich Bauchschmerzen bekomme. Die darauffolgende Übelkeit sorgt für eine innere Lähmung, aber nicht jetzt, jetzt ist die Unruhe zurück, heute Abend ist sie unbezähmbar. Das ist nicht normal. Ich schalte Chopins romantische Gefühlsduseleien auf dem Handy aus. Was habe ich mir bloß gedacht? Mir wurde doch klar mitgeteilt, dass ich ihn außerhalb der Arbeitszeit nicht kontaktieren soll. Ich lösche die unbeantwortete Nachricht und knülle die Burgerschachteln zusammen, drücke fest zu, drei mal drei, alles muss neun ergeben, doch als ich aufstehe, kitzelt es in meinem Nacken. Ein Gefühl, beobachtet zu werden.

Ich trete näher ans Fenster, spähe hinter dem Vorhang ins Freie hinaus. Draußen, unten auf dem Bürgersteig, steht ein Mann, allein, er hat mir halb den Rücken zugewandt. Die Kapuze an seinem Sweatshirt ist so groß, dass sein Gesicht dahinter so gut wie verborgen ist. Die Hose spannt um seine Schenkel, er ist durchtrainiert und liegt über meinem Maximalalter, über den Dreißigern, ich kann es seiner Haltung ansehen, die Energie, die er ausstrahlt, junge Männer sind viel unsicherer oder arroganter. Wohnt er in der Nähe? Arbeitet er in der Gegend? War er zu Besuch bei einem Kumpel, bei der Familie? Ich kann mich nicht erinnern, ihn hier schon mal gesehen zu haben. Kann er mir von Midtbyen aus gefolgt sein? Wollte mir meine Unruhe das vermitteln? Dass ich nicht gut genug aufgepasst habe?

Ich werfe einen Blick auf die Wohnungstür. Die Türkette und die drei soliden Riegel aus Stahl sind verschlossen. Das Bedienungsfeld für die Alarmanlage blinkt, ich erinnere mich, beim Hereinkommen den Perimeterschutz aktiviert zu haben, eingeübte Routinen, die automatisch ausgeführt werden.

Oder? Das Haar. Ich *bin* unaufmerksam gewesen.

Ich drehe mich wieder zu dem Mann um. Sein Nacken ist leicht gebeugt, er schaut aufs Handy. Sieht er zu mir? Hat er die Kamera auf Selfiemodus gestellt und filmt mich im Verborgenen?

Neben ihm hält ein Taxi. Ohne verstohlen über die Schulter zu blicken, klettert der Mann rasch auf den Rücksitz. Die Tür schlägt zu. Der Wagen fährt weg. Ich ziehe die Vorhänge zu. Ich überreagiere. Es ist bloß ein schlechter Tag.

Als ich unter die weiche Bettdecke krieche, merke ich, wie müde ich bin, wie gut eine Pause sein wird. Zum Glück hatte ich nie Schlafprobleme, eher umgekehrt, ich schlafe zu viel. Ich schließe die Augen und gehe sofort zu der einfachsten Methode über, den Kopf schnell frei zu bekommen, eine alphabetische

Aufzählung von was auch immer, Namen, Substantive, Filme, Bücher, sich reimende Wörter, heute wähle ich Orte in Norwegen, drei für jeden Buchstaben: *Alta, Arendal, Asker …*

Jäh erwache ich von einem scheppernden Geräusch. Will aufstehen, bleibe jedoch liegen. Schaffe es nicht, mich zu rühren. Mein Atem hat ausgesetzt. Am Fußende steht eine Gestalt. Ein Mann. Ich sehe nur seine Umrisse. Sein Gesicht ist in der Dunkelheit verborgen. Dennoch spüre ich seinen Blick. Wie intensiv er ist, lähmend. Ehe er plötzlich, nach zweimaligem Blinzeln, verschwindet – und ich begreife, dass es nur die Reste eines weiteren Albtraums sind.

Nicht jedoch die Alarmanlage. Die heult. Meine Hand erwacht zum Leben und zieht das Taschenmesser aus dem BH, klappt automatisch das längste Messerblatt aus, während ich das Zimmer mit den Augen abscanne. Die Schlafzimmertür ist geschlossen, der Riegel vorgeschoben. Das Fenster ist zu. Es dauert einige Sekunden, bis mir dämmert, dass nicht die Alarmanlage das Geräusch verursacht, die klingt ja anders, lauter. Was klingelt, ist mein Handy.

Ich finde es unter dem Kissen. Das Display zeigt eine unbekannte Nummer an. Es ist 05:11 Uhr. Ich habe noch nie um diese Zeit einen Anruf bekommen. Ich lasse es ein weiteres Mal klingeln. Sehr wahrscheinlich geht es um Mama.

Ich wische mit dem Finger über den Bildschirm und halte ihn mir ans Ohr. »Ja, hallo?«

Ich bereite mich darauf vor, eine professionelle, nüchterne Stimme zu hören, einen Krankenpfleger, Arzt, Priester. Doch am anderen Ende höre ich nur schnelles Atmen.

»Hallo?«, wiederhole ich.

»Fanny«, flüstert eine Stimme in mein Ohr.

Ich blicke erneut aufs Display, versuche herauszufinden, ob

die Telefonnummer mir sagen kann, wer das ist, doch die unbekannte Zahlenreihe, die nicht neun ergibt, zittert mir bloß entgegen.

»Wer ist da?«

Eine klamme Stille.

»Hallo? Wer ist da?«, frage ich, lauter jetzt.

»Hier ist Frøydis Strand. Fannys Mutter.«

Die Stimme ist vertraut, und dennoch fremd.

»Ist was passiert?«, frage ich. »Mit Fanny? Ist sie wieder in der Klinik?«

»Fanny ist verschwunden.«

Das Fremdartige, in das ihre Worte eingepackt sind, knistert jetzt.

»Was meinen Sie mit verschwunden?«, frage ich.

»Hören Sie nicht, was ich sage?«, schreit mir Frøydis ins Ohr. »Dieser verfluchte Teufel hat sie geschnappt!«

# 4

Ein Regenschauer hat einen rauen, erdigen Geruch von den Gärten und Grasebenen auf der Lade-Halbinsel, nördlich des Zentrums, mitgenommen. Seit ich von dem Anruf geweckt wurde, habe ich nicht mehr geschlafen, dennoch bin ich spät dran. Wusste nicht, was ich machen sollte. Ob ich zu Hause bleiben, rausfahren, jemanden anrufen sollte. Ich habe alle Online-Zeitungen überprüft. Da steht nichts über ein entführtes Teenagermädchen.

Ich trete fester in die Pedale, fahre auf das Krankenhausgelände, radele zwischen den soliden Bäumen auf beiden Seiten der Straße, runzelige Hundertjährige, stumme Zeugen von Winter und Frühling der menschlichen Natur. Als Fanny eingeliefert wurde, waren die Blätter grün und frisch und boten Schatten vor der Sommersonne, jetzt haben sie begonnen, auf den Boden zu fallen.

Ich schließe das Fahrrad vor der Station 22 an und eile in den Keller, in den Umkleideraum, ziehe das Arbeitszeug an, sehe auf die Uhr. Vierzehn Minuten nach sieben. Die Morgenbesprechung wird gleich beginnen. Haben die anderen von Fanny gehört? Ist sie inzwischen nach Hause gekommen?

Als ich zum Besprechungsraum in der ersten Etage komme, herrscht lebhafte Stimmung. Alan steht breitbeinig in der Mitte und unterhält die Tages- und die Nachtschicht mit einer Geschichte, die ich schon einmal gehört habe. Von dem 22,3 Kilo schweren Lachs, den er im Sommer aus der Nidar geangelt hat. Mit großkotzigem Bergen-Dialekt, vermischt mit trønderschen Begriffen und polnischem Akzent, erzählt er von dem intensiven Kampf, den Lachs an Land zu ziehen. Von den Herzkrämpfen, die er plötzlich bekam, und der Überzeugung, dass nun er selbst und nicht der Monsterlachs ins Himmelreich geschickt werden würde. Bevor er entdeckte, dass in seiner Brusttasche bloß das Handy vibrierte.

Barbro lacht am lautesten.

Mir ist übel. Ich habe zu viel gegessen, zu wenig. Ich muss mich darauf konzentrieren, dass niemand mein Zittern bemerkt. An dem großen Besprechungstisch presse ich mich auf einen freien Stuhl neben Barbro und ergreife ihren Arm. »Habt ihr nichts von Fanny gehört?«

Barbro sieht mich fragend an, als ob sie meine Anwesenheit erst jetzt bemerkt. »Wer?«

»Fanny Strand. Die gestern entlassen wurde. Sie ist in der Nacht verschwunden.«

»Verschwunden?«

»Ja. Die Mutter hat mich gegen fünf angerufen und ...«

»Hat die Mutter dich zu Hause angerufen?«, unterbricht Barbro mich und dämpft die Stimme. »Ida. Du weißt doch, dass du weder Patienten noch Angehörigen deine Nummer geben darfst?«

»Ich ... weiß nicht, woher sie die hat, aber sie sagt, dass Fanny entführt wurde.«

Barbro drückt ihr Doppelkinn auf die Brust. *»Entführt?«*

Sie sagt es laut, aber niemand sonst scheint es gehört zu haben. Sie sind zu sehr damit beschäftigt, Kaffee bei Alan zu bestellen, der den Job als Barista an der Kaffeemaschine übernommen hat.

»Ja«, sage ich. »Von diesem Stalker.«

Barbro lacht. »Also, diese Mutter ist ja komplett verrückt.«

Sie streckt die Hand aus und nimmt einen Cappuccino von Alan entgegen, der versucht, meinen Blick aufzufangen, aber ich beuge mich näher zu Barbro hin.

»Die Mutter hat gesagt, dass Fanny gestern Abend nach dem Training nicht nach Hause gekommen ist. Sie haben die ganze Nacht nach ihr gesucht.«

Barbro setzt ihre Lesebrille auf und schreibt etwas in ihr Notizbuch, das sie ständig bei sich hat. Ich frage mich, ob ich zu leise geredet habe, rüttele ihren Arm. »Fanny ist verschwunden! Niemand weiß, wo sie ist!«

Barbro seufzt übertrieben und nimmt ihre Brille ab. »Aber Ida. Du weißt doch, dass Fanny früher schon mehrmals von zu Hause abgehauen ist?«

»Was? Nein.«

»Einmal ist sie nach Oppdal verschwunden und hat sich da ein Hotelzimmer genommen.« Sie seufzt. »Hätte ich auch gemacht, wenn ich sie wäre.«

»Wie meinst du das?«

»Du weißt doch, wie dominant ihre Mutter ist? Kein Wunder, dass das arme Mädchen Drogen genommen hat und dann krank wurde.«

Die Nachtschicht gibt einen kurzen Bericht ab. Ich höre nur Bruchstücke. Relativ ruhige Nacht.

Danach mischt Barbro sich ein, als die Stationsleitung die Arbeitsaufgaben für den Tag verteilen soll. Obwohl Alan normalerweise am festen Ausflugstag den Minibus fährt, muss er sich stattdessen um einen Patienten kümmern, dem es zu schlecht geht, als dass er mitkommen könnte. Ich muss auch auf der Station 22 bleiben. Ich bin zuständig für eine neue Patientin, die gestern Fannys Bett übernommen hat, eine 24-jährige Frau mit schwieriger Jugend in diversen Jugendhilfeeinrichtungen. Im Laufe der letzten Jahre ist sie von einer Sozialwohnung in die andere gezogen, hat sich mit allem Erdenklichen betäubt, ist zu lange bei gewalttätigen Liebhabern geblieben und zu kurz in der Akutklinik, wo sie nach zwei Überdosen hinkam, die als Selbstmordversuche eingestuft wurden. Jetzt war sie wieder ein paar Tage auf der Akutstation – dieses Mal zwangsweise –, ehe sie nun zu uns verlegt wurde, um aufgrund einer neu aufgetretenen Psychose behandelt zu werden.

Leere Kaffeetassen werden auf den Tisch gestellt. Alle schlendern schwatzend aus dem Raum, während ich sitzen bleibe und auf meinem Handy durch alle Onlinezeitungen scrolle. Noch steht da immer nichts über ein verschwundenes Teenagermädchen, weder in der Lokalzeitung noch in den überregionalen Blättern.

Vor den Fenstern hat sich eine Vogelschar zu einem Pfeil am wolkengrauen Himmel geformt. Für die allermeisten ist dies ein ganz gewöhnlicher Wochentag, der mit den anderen Wochentagen verschmelzen wird. Wen kümmert es, ob ein Mädchen verschwunden ist. Eines Tages werden ohnehin alle aufhören, nach ihr zu suchen.

Ich stehe auf und gehe ins Schwesternzimmer, das gleich nebenan liegt. Die Stationsleitung arbeitet am PC, und ich nehme einen Überfallalarm aus dem Schrank und befestige ihn an meiner Hose, als Barbro den Kopf zur Tür hereinsteckt.

»Ida? Die Toilette ist wieder verstopft.«

Sie hat sich angewöhnt, die Scheißaufgabe an mich zu delegieren, weil ich es als Einzige geschafft habe, das Klo zu reparieren, als es ein andermal komplett verstopft war, und seitdem gelte ich als Klo-Expertin. Barbro verschwindet in ihr Bereichsleitungsbüro, während ich einen Eimer und eine WC-Pumpe hole, lange

Gummihandschuhe überstreife und den Gemeinschaftswaschraum der Patienten betrete. Eine Menge Wasser ist auf den Boden und an die Wände gespritzt, und ich ziehe eine ganze Rolle Klopapier, ein Paar Boxershorts und einen in Stücke gerissenen Tagesplan aus der Toilette, ehe ich sie wieder in Gang bekomme.

Dann gehe ich zu meiner Patientin, um sie zu begrüßen. Sie heißt Gizem, will mir nicht die Hand geben, trägt schmutzige Leggings und hat Augen, die sie unter einem langen dunklen Haarschopf zu verbergen sucht. Ich sorge dafür, dass sie sich wäscht, Medikamente einnimmt und etwas frühstückt. Die Zeit vergeht, steht still. Fanny hat mir nie erzählt, dass sie von zu Hause getürmt ist. Welche anderen Geheimnisse hat sie vor mir verborgen?

Der Psychologe, den sie hier hatte, hat angekündigt, später am Tag zu kommen. Hat er gehört, dass Fanny verschwunden ist?

Ich erzähle Gizem, dass wir ihr im Labor etwas Blut abnehmen möchten, um ihren körperlichen Gesundheitszustand abzuklären, einen besseren Einblick in die Drogenproblematik zu bekommen, aber sie will nicht, noch nicht, sie ist misstrauisch, auf der Hut, genau wie Fanny in den ersten Wochen.

Gizem wandert rastlos durch die Gänge, ich bin auch rastlos, weshalb ich vorschlage, dass wir einen Spaziergang machen, zumal ihr heute Ausgang mit Begleitung bewilligt wurde. Sie wirkt wie eine sympathische junge Frau, als ich sie erst einmal zum Reden bringe, reflektiert. Bekam an der Universität einen prestigeträchtigen Studienplatz in Musik, um eine Karriere als Pianistin aufzubauen, blieb aber nur ein Semester, ehe sie ausstieg. Seitdem hatte sie ein paar sporadische Jobs als Verkäuferin, die sie nicht behalten konnte, weil sie es nicht schafft, morgens aufzustehen. Nun sagt sie ganz offen, dass sie den Drang nach einem Joint verspürt. Fanny hat auch Haschisch geraucht. Es hieß, dass dies ein auslösender Grund für ihre Zwangsvorstellungen gewesen sein kann. Zu mir hat sie gesagt, dass sie es gar nicht mochte, sich zu betäuben, es aber schwierig sei, Nein zu sagen, wenn alle anderen es taten. In der Grundschule hatte sie nicht so viele Freunde, hatte sich nicht wohlgefühlt und wegen Schulverweigerung Kontakt mit dem pädagogisch-psychologischen Dienst gehabt, doch in der Oberstufe hatte sie zwei Mädchen kennengelernt, die sie öfter auf Partys einluden, ein paarmal zusammen mit etwas älteren Jungen. Ist sie mit einem von denen jetzt durchgebrannt?

Gizem und ich schlendern den schmalen Weg entlang, der wie eine Schleife um die verschiedenen Stationen herumführt, und als wir an der modernen Notaufnahme vorbeikommen, die vor wenigen Jahren errichtet wurde, erwähnt sie, was für ein schönes Zimmer sie dort hatte, verglichen mit dem, das sie bei uns jetzt bewohnt. Ich versuche, es kleinzureden, indem ich sage, dass alte Gebäude viel mehr Charme und Seele haben, und lobe unseren großen, ehrwürdigen Ziegelbau, der hier schon steht, seit die Irrenanstalt vor einem Jahrhundert erbaut wurde. Damals bestand das Krankenhaus aus mehreren großen Villen mit Gärten, wo sich die Patienten gesund arbeiten sollten. Ich erwähne nicht, wie abscheulich es ist, dass die Station 22 nicht ebenfalls renoviert wurde, was nun dazu führt, dass Gizem die Duschen und verstopften Toiletten mit zehn anderen Patientinnen teilen muss. Dass ihr und den anderen jungen Kranken weitaus bessere Räumlichkeiten zugeteilt worden wären, wenn sie nicht psychische Leiden und Drogenprobleme hätten. Junge Kranke, die gerade deswegen Eigenverantwortung und Hygiene vernachlässigen. Fanny war nicht die Einzige, die den Gang zur Toilette häufig zu lange aufschob. Ist sie jetzt wohl nach Hause gekommen?

Nach dem Spaziergang zeige ich Gizem die Aktivitätsräume im Keller, und wir spielen zwei Runden Tischtennis. Ich lasse sie gewinnen, das Gefühl, dieses Spiel zu meistern, lässt einen kindlichen Eifer bei ihr aufkommen. Fanny war auch immer so. In den letzten Wochen war es nicht schwer, ihr ein Lächeln zu entlocken. Wann hatte sie geplant abzuhauen? Hier in der Abteilung ist sie der Behandlung folgsam nachgekommen. Zeigte nie Anzeichen von Widerstand oder Zorn. Ein typisch braves Mädchen. Eine, die sich gern in Bücher flüchtete, kleine Gedichte auf dem Handy schrieb, malte. Hat sie mit irgendwelchen Fremden gechattet, als sie sagte, sie schreibe Gedichte?

Ihr Psychologe taucht kurz vor dem Schichtwechsel auf. Er geht gleich ins Schwesternzimmer, und ich folge ihm. Als ich den Raum betrete, hat Barbro ihn schon in Beschlag genommen, um über ein Debriefing zu diskutieren, das ein paar andere vom Pflegepersonal bekommen sollen wegen eines Tobsuchtsanfalls an einem Tag, als ich frei hatte. Eine Patientin hat ihre Kontaktperson geschlagen, als diese aus dem Urlaub zurückkam. Thomas' Ringe unter den Augen wirken dunkler. Sein blondes Haar ist zu einem Knoten am Hinterkopf gebunden, doch seit einer Weile nicht mehr überprüft worden, einzelne Haare haben sich mit dem langen Bart vereint. Er hat sich nicht die Mühe gemacht, die Arbeitsuniform anzuziehen, die während der Pandemie eingeführt wurde und die Hierarchien und Eigenarten zwischen uns Angestellten auslöschte. Stattdessen trägt er eine helle Cordhose und eine Strickjacke. Thomas Moan ist acht Jahre älter als ich und der jüngste Psychologe auf der Station, aber dennoch ist er derjenige, der am meisten Aufsehen erregt. Er sieht aus wie ein wiedergeborener Hippie und benimmt sich auch so. Er fordert andere gern heraus. Stemmt sich gegen verkrustete Haltungen und Vorurteile. Sieht Möglichkeiten, wo andere aufgegeben haben. Seine Antriebskraft ist enorm, seine brodelnde Energie ist ansteckend und erzeugt Neid. In Ergänzung zu seiner Weiterbildung in klinischer Erwachsenenpsychologie hat er sich auch auf Hypnosetherapie spezialisiert, die er bei ausgewählten Patienten anwendet. Was konservative Therapeuten im Krankenhaus aufregt, die nämlich meinen, dass Hypnose bei Psychosepatienten eine unverantwortliche Praxis sei. Die Argumente waren nicht stark genug, um Thomas aufzuhalten, haben aber dazu geführt, dass er seine Methoden des Öfteren als *Visualisierungswerkzeug* bezeichnet und dass er vorzieht, seine Gespräche mit den Patienten allein zu führen, ohne uns Pfleger und Schwestern, jedenfalls ohne die skeptischen. Jetzt unterbricht er Barbro, noch bevor sie ihren Monolog beendet hat.

»Ein Freund der Familie Strand ist hier«, sagt er. »Er soll wohl ein paar Sachen holen, wegen denen die Eltern gestern Nachmittag angerufen haben und die Fanny im Waschraum vergessen hat?«

»Die liegen da vorn«, sagt Barbro und zeigt auf eine Tüte, die neben der Tür liegt.

Thomas wirft einen Blick darauf, mich hingegen übersieht er. Das kann er wirklich gut.

»Er wollte auch wissen, ob hier jemand Zeit für ein kurzes Gespräch hat«, sagt er zu Barbro.

»Worüber?«

»Er will nur wissen, ob Fanny vielleicht irgendwas darüber gesagt hat, wo sie jetzt ist.«

Barbro sieht ihn über den Rand ihrer Brille hinweg an. »Alles, was Fanny uns gegenüber ausgedrückt hat, unterliegt doch der Schweigepflicht.«

»Die Eltern haben ihn geschickt. Sie machen sich Sorgen.«

»Hast du was zu ihm gesagt?«

»Ich habe nichts Relevantes dazu zu sagen. Aber vielleicht einer von ihren Betreuern?«

Ich hätte nicht kommen sollen. Dieser Freund der Familie ist sicher hergeschickt worden, um die Beschuldigungen bestätigt zu bekommen, die Fannys Mutter mir letzte Nacht ins Ohr gebrüllt hat. Ich bin schon halbwegs auf dem Weg nach draußen, doch es ist zu spät.

»Ida?«, höre ich Barbro hinter mir sagen. »Kümmerst du dich um ihn?«

Ich bin gezwungen, mich wieder zu ihnen umzudrehen. Ich sehe Thomas' fragenden Blick hinter der runden, goldgefassten Brille.

»Das passt gerade nicht so gut«, sage ich. »Ich ... wollte mit einer Patientin rausgehen.« Ich kann meine Patientin bestimmt noch einmal zu einem Spaziergang überreden.

»Mach dir keine Gedanken«, entgegnet Barbro lächelnd. »Ich sage jemand anderem Bescheid.«

»Ich kann mit dir kommen«, sagt Thomas zu mir.

Ich suche nach einem anderen Ausweg, begreife aber schnell, dass ich feststecke. Thomas ist mit der Kleidertüte schon auf dem Weg hinaus, ich kann nichts anderes tun, als ihm zu folgen.

Während wir die Treppe hinuntergehen, versuche ich, sein Schweigen zu deuten. Weiß er, dass Frøydis mich letzte Nacht angerufen hat? Will er jetzt das Gespräch gemeinsam mit mir führen, weil er erfahren hat, dass ich Fanny meine Telefonnummer gegeben habe?

»Er arbeitet übrigens bei der Polizei«, sagt Thomas.

»Wer?«

»Der Mann, mit dem wir gleich reden.«

Ich sollte umkehren. Ich sollte wirklich umkehren.

»Hattest du nicht gesagt, er sei ein Freund der Familie?«, frage ich.

»Ist er. Und er ist hier als Privatperson. Er bat mich, das zu betonen.«

Ich spüre, wie sich meine Muskeln anspannen. Als ich früher auf einer der Akutstationen gearbeitet habe, hatte ich manchmal mit der Polizei zu tun, wenn sie aggressive Patienten von der Notaufnahme oder einer Arztpraxis hergebracht haben. Das war einer der Gründe, aus denen ich die Abteilung gewechselt habe. Nicht etwa, weil Polizisten unfreundliche Menschen sind. Ich bewundere wirklich ihren Mut, ihre Kraft, ihren Gerechtigkeitssinn. Den Drang, zu helfen, Ruhe und Ordnung herzustellen. Ihre Versuche, das Böse von den Straßen zu entfernen. Sie erzeugen in der Bevölkerung ein Gefühl von Sicherheit.

Aber bei mir triggern sie erstickende Scham hervor.

# 5

Auf den ersten Blick könnte er ein x-beliebiger Angehöriger sein, jedenfalls ist er zu alt, um mit einem Patienten verwechselt zu werden. Der Mann, der im Besuchszimmer sitzt, muss Mitte vierzig sein, ein Anflug von Grau im rabenschwarzen Haar, schlanke Knochen und Finger, saubere Nägel. Er trägt ein dunkles, frisch gebügeltes Hemd und Chinos. Seine Polizeimarke hat er gut versteckt, in der Tasche oder unter dem Hemd, oder vielleicht hat er sie auch zu Hause gelassen. Gleichwohl kann er mich nicht täuschen. Hinter dem entgegenkommenden Blick erkenne ich das, was ich fürchte: den hungrigen Drang, unaufhörlich nach Antworten zu forschen.

Thomas schließt die Tür und stellt mich vor: »Das ist Ida. Sie hatte während Fannys Aufenthalt den engsten Kontakt zu ihr.«

Ahne ich den Versuch, Verantwortung von sich zu schieben?

Der Mann steht auf und begrüßt mich knapp: »Noman.«

Sein Ton ist genauso kühl und kantig wie seine Ausstrahlung, der Händedruck fest.

Ich setze mich auf den Stuhl, den Thomas mir zuweist, obwohl der am weitesten von der Tür entfernt steht und mir einen einfachen Fluchtweg versagt. Ich falte die Hände im Schoß. Atme. Lächle. Es wird schon gehen. Hier geht es nicht um mich.

Noman lächelt nicht. »Fannys Eltern fragen sich bloß, ob Sie vielleicht einen Tipp haben, wo sie sich aufhalten kann.«

Er hat gerade etwas gegessen. Zwei helle Brotkrümel kleben noch in dem einen Mundwinkel und kollidieren mit der peniblen Erscheinung. Vielleicht ist er so ein Typ, der süße Hefeteilchen in sich hineinstopft, wenn niemand ihn sieht.

»Glauben Sie, dass Fanny weggelaufen ist?«, frage ich.

Ein Trick, den ich mir selbst beigebracht habe: etwas fragen, um zu vermeiden, dass mir selbst Fragen gestellt werden, die ich nicht beantworten kann.

»Das ist korrekt«, erwidert Noman.

Er mustert mich eingehend mit seinen hellbraunen Augen. Fragt sich vielleicht, wie eine Frau, die so dick ist wie ich, einer so anspruchsvollen Arbeit wie dieser nachgehen kann. Bin ich jetzt deswegen hier? Werden jetzt alle sagen, es war mein Fehler, dass Fanny zu früh entlassen wurde?

»Die Polizei hat doch wohl eine Suchaktion nach ihr gestartet?«, frage ich. »In den Zeitungen habe ich nichts davon gelesen.«

»Die Eltern haben sie noch nicht offiziell als vermisst gemeldet.«

»Wieso nicht?«

»Es ist ja nicht das erste Mal, und sie möchten nicht so viel Aufhebens machen. Aus Rücksicht auf Fanny. Jetzt sind wir nur ein paar Freunde, die etwas zu helfen versuchen.«

Er sieht mir anscheinend an, dass ich mich frage, mit welchem Elternteil er befreundet ist, denn er fügt hinzu:

»Ich kenne die Familie Strand über meine Schwester. Sie ist eine Freundin von Fannys Mutter. Wir sind in derselben Gegend aufgewachsen.«

Der flache Tonfall und die nicht sehr stark betonten l-Laute lassen seinen Trønder-Dialekt besonders fein klingen. Es wirkt gestelzt, als hätte er das Bedürfnis, sich über andere zu erheben. Was hat Fannys Mutter ihm über mich erzählt? Hat er womöglich im Polizeiregister nach mir gesucht?

»Hat Fanny Ihnen gegenüber Orte erwähnt, zu denen sie nach der Entlassung wollte?«, fährt er fort, bevor ich dazu komme, eine weitere Frage zu stellen. »Oder hat sie jemanden erwähnt, den sie treffen wollte?«

Ich beiße mir in die Innenseite der Wange. Muss mich jetzt konzentrieren. Ganz da sein. Antworten finden.

Zu mir hatte Fanny gesagt, dass sie das Wochenende nutzen wollte, um Unterrichtsstoff nachzuarbeiten, bevor sie am Montag wieder zur Schule gehen würde. Behutsam am Anfang, ein paar Stunden jeden Tag.

»Nein«, sage ich. »Hat denn seit gestern Abend niemand etwas von ihr gehört? Und Nachrichten hat sie auch nicht beantwortet?«

»Jedenfalls hat sie nicht auf Anrufe und Nachrichten der Eltern reagiert. Sie war nicht aktiv in sozialen Medien wie Instagram oder Facebook, aber da ist sie sonst auch nicht so oft. Wie aktiv sie mit Freunden auf Snapchat war, wissen wir noch nicht.«

»Haben Sie die Orte überprüft, an denen sie war, als sie die letzten Male von zu Hause getürmt ist?«

»Ja. Und die Notaufnahmen.«

»Was ist mit anderen Sachen? Überwachungskameras, zum Beispiel?«

»Wie gesagt: Ich bin hier als Freund. Ich habe also nicht mehr Zugang zu Informationen als jeder andere auch.«

So vieles, nach dem ich Fanny hätte fragen sollen.

»So wie ich es von den Eltern erfahren habe, wollte Fanny selbst entlassen werden?«, fragt Noman.

Ich sehe zu Thomas. Er lächelt mich aufmunternd an, während er mit dem Perlenarmband spielt, das eines seiner Kinder gebastelt hat. Was denkt er jetzt eigentlich? Drei Tage vor der Entlassung hatte Thomas dafür gesorgt, dass Fannys Aufenthalt von zwangsweise auf freiwillig geändert wurde. Sie sei jetzt so gesund, dass sie selbst die Zustimmung geben könne, meinte er, und außerdem war sie motiviert, sich auf die Behandlung einzulassen. Am Tag danach, als ich freihatte, traf Thomas spontan mit Fanny und den Eltern zusammen, und dabei wurde die Entlassung beschlossen. Ich hatte den Eindruck, dass Thomas sich von der Leitung unter Druck gesetzt fühlte, weil sie darauf beharrten, es gebe kränkere Patienten, die bei uns auf ein Bett warteten.

»Ja«, sage ich und nicke.

»Hat sie Gedanken formuliert, sich das Leben nehmen zu wollen?«, fragt Noman.

»Was? Nein.« Ich sehe wieder Thomas an. Unsicher, ob ich die Frage nicht hätte beantworten sollen, im Hinblick auf die Schweigepflicht.

Thomas wendet sich zu Noman um. »Fanny wurde während ihres Aufenthaltes niemals als suizidal eingeschätzt.« Er setzt ein kleines Lächeln auf, wie um die Anspannung zu lösen.

Ich hätte mehr Druck machen sollen, Dinge aus Fanny herausholen, aber ich weiß ja selbst, wie ergebnislos diese Taktik sein kann.

Wirkte sie deshalb in den letzten Wochen fröhlicher, weil sie für sich entschieden hatte, Schluss zu machen? Ich schüttele den Gedanken genauso schnell ab, wie er gekommen ist. Ja, Fanny war wegen vieler Dinge bekümmert, aber sie hat über die Zukunft gesprochen, dass sie sich darauf freute, nach der Oberstufe in eine eigene Wohnung zu ziehen, zu studieren oder zu arbeiten, vielleicht in einer anderen Stadt.

»Was ist eigentlich geschehen?«, frage ich. »Gestern, bevor sie verschwunden ist? Was haben die Eltern gesagt?«

Noman zieht eine Snusdose aus der Hosentasche und stopft sich einen weißen Beutel unter die glattrasierte Oberlippe. »Fanny und ihre Mutter haben sich gestern Abend gestritten, und gegen acht ist Fanny zum Training gefahren, bei 3T in Moholt.« Seine Stimme ist monoton, als ob er aus einem Bericht zitiert. »Danach fuhr sie nach Midtbyen, zu Burger King in der Olav Tryggvasons gate. Das wissen wir, weil sie um elf einer Schulfreundin eine Nachricht von dort geschickt hat. Seitdem hat niemand von denen, die wir bis jetzt kontaktiert haben, etwas von ihr gehört. Auf jeden Fall sagen sie das.«

Fanny kann im Zentrum gewesen sein, als ich dort war. Burger King liegt in derselben Straße wie der Burgerladen, in dem ich war. Kann sie mich gesehen haben?

»Worüber hat sie mit ihrer Mutter gestritten?«, frage ich.

Noman zögert. »Ich weiß nicht, ob Sie alle Details kennen müssen.«

»Aber vielleicht haben sie über etwas gestritten, von dem ich etwas weiß?«

Er presst die Lippen zusammen, und ich habe das Gefühl, dass er es nicht mag, wenn ihm widersprochen wird.

»Wann sie wieder zu Hause sein sollte«, sagte er.

»Darüber haben sie gestritten?«

Er nickt. »Fanny ist zwar achtzehn, aber ihre Mutter meint, dass es dennoch gewisse Hausregeln geben muss, solange sie unter einem Dach wohnen. Das verstehe ich gut, ich habe selbst ein Bonuskind in dem Alter. Fanny wollte jetzt am Wochenende auf eine Party, während die Mutter meinte, sie sollte es lassen oder wenigstens früh wieder nach Hause kommen.«

Zu mir hat Fanny gesagt, dass sie schon öfter eine Party frühzeitig verlassen hätte, weil es sie schnell anstrengte, wenn die Musik zu laut gestellt würde. Jetzt frage ich mich, ob sie das nur gesagt hat, um so zu tun, als wäre sie mehr wie ich, ohne es eigentlich zu sein, aber wieso? Um abends ein zusätzliches warmes Käsesandwich zu bekommen?

»Was denkt denn die Mutter, wo Fanny ist?«, frage ich.

Mit der Zunge schiebt Noman sich den Snusbeutel tiefer unter die Lippe. »Das hat sie Ihnen doch selbst erzählt?«

Also weiß er, dass die Mutter mich gestern Nacht angerufen hat. Weiß er auch, dass sie mich zehn Minuten lang beschimpft und gesagt hat, sie würde mich zur Verantwortung ziehen, wenn Fanny nie wieder nach Hause käme oder, im schlimmsten Fall, tot aufgefunden würde.

»Haben Sie denn was über diesen Stalker herausgefunden?«, frage ich.

Thomas wirft mir einen erstaunten Blick zu.

»Also ich meine, da die Mutter in dieser Hinsicht so auf ihrer Meinung beharrt?«, fahre ich fort.

Jetzt beugt Thomas sich vor, stützt die Ellbogen auf den Oberschenkeln ab. »So ergeht es vielen Eltern. Sie empfinden große Scham darüber, dass ihre Kinder psychisch krank werden. Sie glauben, es sei ihr Fehler. Und deshalb suchen sie nach anderen Erklärungen. Was zu schmerzvoll zu ertragen ist, begraben wir instinktiv in Bereichen des Bewusstseins, zu denen wir keine Beziehung haben wollen. Sich mit seinen Schattenseiten zu beschäftigen ist für niemanden einfach.«

Er sieht eher mich als Noman an. Ich blicke auf meine Hände. Die Knöchel sind weiß. Am Unterarm habe ich eine kleine Wunde, die muss von letzter Nacht sein, ich kratze mich öfter im Schlaf. Ich verspüre den Drang, daran herumzunesteln. Ich hätte nicht fragen sollen. Thomas fühlt sich angegriffen und verteidigt sich, indem er uns belehrt. Das passiert nicht zum ersten Mal. Er hat die Angewohnheit, mir Instruktionen zu erteilen.

Noman beugt sich jetzt auch zu mir, als hätte Thomas ihm eine Tür geöffnet, und nun legt er ganz ungeniert mit allen Fragen los, die er bis jetzt für sich behalten hat: *Was hat Fanny zu Ihnen über ihre Mutter gesagt? Wollte sie zu Hause ausziehen? Hatte sie einen heimlichen Freund? Wissen Sie, wem sie das Hasch abgekauft hat? Welche anderen Drogen hat sie genommen?*

Ich würde gern so ehrlich antworten, wie ich kann, schaffe es aber nicht, den Mund zu öffnen. Mein Kiefer schmerzt. Ich blicke erneut auf meine Hände. Meine Füße baumeln über dem Boden, in neuen roten Sommerschuhen mit rosa Blumen. Der Fußboden ist mit kleinen Legosteinen übersät, die einst einen hohen Turm bildeten, sie erinnern mich daran, dass ich ein Trampel bin. Ich blicke auf. Der Raum hat eine andere Farbe angenommen. An den Wänden hängen Kinderzeichnungen. Fremde Gesichter glotzen mich an, Ermittler, an deren Namen ich mich nicht mehr erinnere, ihre Fragen übertönen alle anderen Laute:

*Kannst du das Bett beschreiben, in dem du geschlafen hast?*

*Wie hat es gerochen?*

*Gab es ein Fenster?*

*War es ein Mann? Mehrere?*

*Was hast du zu essen bekommen?*

Die Gesichter vor mir drängen sich mir auf, drängen mich, ihnen ein kleines Detail zu nennen, eine Spur, irgendwas. *Du musst dich doch verdammt noch mal an etwas erinnern?*

»Ida?«

Thomas' sanfte Stimme bringt mich zurück. Ich erwidere den Blick hinter seinen Brillengläsern. Er sieht mich fragend an. Ich klammere mich an die Stuhllehnen. Atme. Sei da.

»Tut mir leid«, sage ich. »Was hast du gesagt?«

Noman ergreift das Wort. »Wissen Sie irgendetwas, das uns helfen kann, Fanny zu finden?«

»Bedaure.«

»Falls Ihnen etwas einfällt, wäre es schön, wenn Sie sich bei mir melden.«

Er rupft eine Visitenkarte aus der Brusttasche. Es wirkt altmodisch, und die Art, wie er mir die Karte über den Tisch schiebt, sagt mir, dass er sich für etwas Besonderes hält. Für einen der wichtigsten Goldschulterstreifen des Landes, obwohl auf seiner Karte nicht steht, dass er Polizist ist, da stehen nur seine Handynummer und sein voller Name: Noman Achmed.

»Die Eltern werden sie aber doch als vermisst melden, damit auch die Polizei nach ihr sucht?«, frage ich.

Noman erhebt sich. »Sie wird wohl bald wieder auftauchen. Die meisten tun das.«

»Tun sie das?«, frage ich.

Er bürstet ein paar unsichtbare Staubkörner von seinem Hemd. »Um es mal so zu sagen: Nicht alle, die verschwinden, möchten gefunden werden.«

Seine Behauptung bleibt unwidersprochen in der Luft hängen.

»Ich begleite Sie zum Auto«, sagt Thomas. Er gibt ihm die Tüte mit Fannys vergessenen Kleidungsstücken, ehe er die Tür aufschließt, die sie direkt aus dem Gebäude entlässt.

Als die Tür hinter ihnen zuschlägt, sinke ich auf meinem Stuhl zurück. Ich kenne Fannys Eltern gut. Weiß, warum sie Fanny nicht als vermisst gemeldet haben. Die Polizei tut ohnehin nie genug. Sie hatten aufgegeben, ehe sie mich damals fanden. Ich sehe auf meine Hände. Sie zittern. Zu viel Adrenalin wütet im Körper.

»Alles in Ordnung?«, fragt Thomas.

Er steht jetzt an der anderen Tür, der zum Gang. Wie lange steht er dort schon?

Schnell stehe ich auf. »Ja, ja.«

Er versperrt mir den Weg, als ich hinauswill. Stattdessen legt er mir die Hand auf den Arm. Sie ist kalt. Zittert sie auch?

»Ida. Sag mir bitte, wenn du das Bedürfnis hast, darüber zu reden. Vielleicht hast du so eine Situation bisher noch nicht erlebt, und ich weiß ja, wie sehr du dich für Fanny engagiert hast. Dass du bestimmt gehofft und geglaubt hast, sie würde jetzt eine bessere Wahl treffen. Aber du sollst wissen, dass wir alle das Beste getan haben, ausgehend von unserem Kenntnisstand.«

Etwas Neues ist in seine Augen getreten. Etwas, das ich bei ihm noch nie gesehen habe. Eine Unsicherheit.

# 6

Als das Abendpersonal die Station 22 übernommen hat, bleibe ich im Besprechungsraum allein zurück. Es gibt bestimmte Regeln, um die Akten bereits entlassener Patienten einsehen zu können, doch ich logge mich unter dem Vorwand, es stehe im Zusammenhang mit der Nachbehandlung, in Fannys Akte ein. Ich mache mir Sorgen und suche nach Informationen, die einen Hinweis darauf geben können, wo sie sich jetzt aufhält. Als Erstes lese ich alle Einträge im Patientenplan, die das Pflegeteam verfasst hat. Ich lese jedes Wort, das seit ihrer Einlieferung niedergeschrieben wurde. Bei jeder Formulierung suche ich nach dahinterliegenden Gedanken, kleinen Hinweisen, versteckten Informationen, irgendetwas, das mir verdeutlichen kann, was ich möglicherweise übersehen habe. Warum verriet mir mein Bauchgefühl, dass sie nicht ganz die Wahrheit darüber gesagt hat, was sich in ihrem Inneren abspielte? War es der ausweichende Blick? Ihre Tonlage, die sich mitunter aufhellte? Die Art, sich auf dem Stuhl zu winden, bevor sie etwas sagte? Oder war es etwas, das mein Unterbewusstsein registriert hat, was nicht so einfach zu erkennen war, was ein Echo meiner eigenen Erfahrungen auslöste? Meiner eigenen Lügen? Ich habe es so gedeutet, dass Fanny eine innere Unruhe verspürte, einen andauernden Sturm, der niemals nachließ, da sie sich immer noch vor diesem Mann fürchtete, der sie überwacht hatte – weil sie jetzt verstand, dass er nicht real war. Es muss erschreckend sein, die Kontrolle über seinen Verstand zu verlieren, nicht länger auf die eigene Wahrnehmung vertrauen zu können, den Filter zwischen der äußeren und der inneren Welt einzubüßen.

Während ich jetzt alle Aufzeichnungen lese, fällt mir auf, dass sowohl ich als auch die anderen vom Personal dieselben Wörter verwenden, wenn wir auf Fannys eigene Aussagen Bezug nehmen. Ich weiß nicht, ob wir uns gegenseitig beeinflusst haben oder ob Fanny öfter die gleichen Sätze wiederholt hat, wie ein Mantra, um sich selbst zu überzeugen? Oder uns?

*Ich verstehe jetzt, dass ich psychotisch und krank war.*

*Ich habe keine Angst mehr.*

*Ich fühle mich wieder ganz wie ich selbst.*

Ich lese die Akteneinträge von Thomas. Zu Beginn hatte er keine langen Gespräche mit Fanny. Als sie nach einer Weile Vertrauen zu mir, zu ihm, gefasst hatte, wurden sie länger. Wenn ich Tagschicht hatte, war ich bei seinen Therapiestunden dabei, weil Fanny es so wollte. Jedes Mal, wenn meine Schicht begann, habe ich alles darüber gelesen, was sie während meiner Abwesenheit getan und gesagt hatte. Deshalb gibt es nichts, was ich nicht bereits zuvor gelesen habe. Damals suchte ich nach Anzeichen von Besserung. Jetzt suche ich nach Anzeichen von Krankheit.

Thomas' Aufzeichnungen unterscheiden sich von der üblichen Ausdrucksweise der anderen Psychologen und Oberärzte. Er ist nicht so wortkarg und nüchtern wie sie. Er hat nicht das Bedürfnis, seine Klugheit unter Beweis stellen zu müssen. Stattdessen strahlt er echte Fürsorge aus. *Die Patientin bestreitet akustische und optische Halluzinationen*, ist übliche Stammessprache. Thomas schreibt: *Ich frage Fanny, ob sie jetzt Stimmen hört. Ich höre Ihre, ist die Antwort, die sie mir präsentiert, mit einem Lächeln auf den Lippen. Das Mädchen hat einen Sinn für feinen Humor. Eine wichtige Ressource für die weitere Untersuchung und Behandlung.* Ich weiß, dass er an einem Buchprojekt arbeitet. Über Hypnosetherapie. Ich registriere, dass er vermeidet, die spezifischen Methoden zu benennen, die er in den Gesprächen anwendet, sondern auf die Ergebnisse und Fannys Erleben in der Situation fokussiert. Das steht im Einklang mit der übergeordneten Vorstellung der Station, dass nicht unbedingt die Diagnose, sondern die aktuellen individuellen Probleme im Zentrum stehen.

Vor sechs Tagen hat Thomas Fannys Ausflug nach Oppdal erwähnt. Er bezieht sich dabei auf ein Vier-Augen-Gespräch mit dem Vater, der diese Tour als einen spontanen Einfall nach ihrem achtzehnten Geburtstag beschrieb, als Fanny und eine Freundin zu einem Mini-Urlaub aufbrachen, ohne genau zu erklären, wohin sie wollten und wie lange sie bleiben würden. Danach war sie noch ein paarmal verschwunden. Meistens nach einem Streit mit der Mutter. Sie blieb einen oder zwei Tage weg und tauchte dann wieder auf. Laut Thomas beschönigte es der Vater als eine typische Teenagerrebellion; dass Fanny damit beschäftigt sei, sich zu befreien, zu zeigen, dass sie erwachsen war und nicht bei jeder Gelegenheit Bescheid darüber geben müsse, wo sie sich aufhielt. Als ich das zuletzt gelesen habe, muss ich es genauso gedeutet haben. Was kann ich sonst noch falsch gedeutet haben?

Ich zucke zusammen, als die Tür sich öffnet, und ich sehe Alan mit einer Kaffeetasse in der Hand hereinstapfen. Als er mich entdeckt, verzieht er das Gesicht zu einer verspielten Grimasse. »Hallooo? Wie lange starrst du schon vor dich hin?«

Er hat eine Doppelschicht übernommen, weil eine der Pflegerinnen mit Magen-Darm-Grippe zu Hause im Bett liegt.

»Ich mache Patientenpläne«, schwindele ich und richte den Blick wieder auf den Bildschirm.

Ich höre, dass er einen Knopf an der Kaffeemaschine drückt,

und hoffe, dass er genauso schnell wieder verschwindet, doch stattdessen kommt er zu mir und stellt eine volle Kaffeetasse neben meine Tastatur.

»Schwarz, nicht wahr?«, fragt er mit einem Lächeln.

»Äh, ja, danke.«

»In der Küche sind noch Reste von den Tacos.«

»Alles klar.«

Er schüttelt den Kopf, sieht mich mit seinem Fuchsblick an. Wenn er etwas größer wäre, könnte er bestimmt Model für eine dieser Marken sein, die sich auf Outdoor-Kleidung für Männer im mittleren Alter spezialisieren. Wenn er die Uniform ablegt, läuft er immer in einer Wanderhose und einem grauen, nicht mehr ganz neuen Wollpullover herum. Seine Haare sind raspelkurz, der Oberkörper muskulös, das Lächeln übertrieben weiß, obwohl er jeden Tag mindestens einen Eimer Kaffee in sich hineingießt.

»Du arbeitest zu viel«, sagt er. »Du solltest mehr Spaß haben.«

Ich möchte das Gespräch gern beenden.

»Ich habe jede Menge Spaß, Alan. Wenn du wüsstest.«

Er hebt seine buschigen Brauen, ist jetzt neugierig. »Ooh ... Erzähl schon.«

Ich zögere.

Er lacht, abrupt und laut wie immer. »Das ist ein ziemlich schlechtes Zeichen, dass du jetzt erst überlegen musst.« Mit seiner haarigen Pranke rüttelt er an meiner Schulter. »*Babcia* war genau wie du. Meine Großmutter. Ihr Herz war so groß, viel zu groß, sie hat nur an andere gedacht. Und was ist wohl mit ihr passiert?« Er legt eine einstudierte Pause ein. »Sie ist mit fünfzig gestorben, ein Jahr älter, als ich jetzt bin. *Das Leben soll lachen,* hat sie immer gesagt, aber selbst hat sie vergessen zu lachen.« Er rüttelt fester. »Du musst mehr lachen, Ida. Niemand wird dir dafür danken, dass du dich zu Tode arbeitest.«

Das Letzte sagt er mit tiefem Ernst, und mir ist danach, die Stimmung aufzuhellen. »Ich lache viel bei der Arbeit.« Über dich. »Zählt das?«

Er nimmt einen Schluck Kaffee und blickt auf den Bildschirm. »Du solltest wegen Fanny kein schlechtes Gewissen haben.«

Ich bereue, mich nicht ausgeloggt zu haben, als er hereingekommen ist.

»Du stellst dich hier ja nicht in den Mittelpunkt«, fährt er fort. »Die meisten sehen nicht den Einsatz, den du leistest. Was du für die Patienten bedeutest. Aber wenn ich bei der Arbeit bin, kommen viele und fragen nach dir: *Ist Ida nicht da? Wann kommt sie denn?* Du bist begabt. Du bewirkst etwas. Aber du kannst nicht allen helfen.«

Wieder lächelt er, jetzt eher tröstend. Ich sollte mich ausloggen und gehen, bleibe jedoch sitzen. Wie üblich platzt Alan freimütig mit allen möglichen Behauptungen heraus, ohne fachliche Verankerung. Er ist ausgebildeter Zimmermann. Ein Praktiker.

»Eine professionelle medizinische Kraft sollte das Helfen nie aufgeben«, sage ich.

»Nicht alle möchten Hilfe. Und Fanny war eine von denen. Sie hat sich entschieden.«

»Entschieden wofür?«

»Ihr Leben zu beenden.«

»Warum sagst du das?«

»Barbro hat es gesagt.«

»Was weiß Barbro schon darüber?«

»Thomas hat es zu ihr gesagt. Dass Fannys Vater es diesem Freund der Familie gesagt hat.«

»Dass Fanny sich umgebracht hat?«

Er nickt.

Es klingt unwahrscheinlich. Wieso sollte Fannys Vater das glauben? Das war nie ein Thema in den vielen langen Gesprächen, die ich mit ihm meist zum Schichtende hatte, wenn er wissen wollte, ob Fanny wieder ganz gesund würde. Und warum hat Thomas mir vorhin nichts davon erzählt?

»Fanny ist bloß von zu Hause abgehauen«, sage ich. »Sie hat es schon früher getan. Hat Barbro dir das nicht erzählt?« Mein Ton ist etwas scharf, aber das scheint ihn nicht zu kümmern.

Er nimmt noch einen Schluck Kaffee. »Alle Menschen haben das Recht, ihr Leben zu beenden, wenn sie das wollen.«

Ich muss mich darauf konzentrieren, meine Gesichtsmuskeln einzufrieren, damit ich nicht preisgebe, wie sehr er mich irritiert.

»Und manche haben so viel Schlimmes erlebt, dass ich es gut verstehen kann, wenn sie keine Lust mehr haben«, ergänzt er.

Der schwere Schleier seines Aftershaves, der ihn ständig umgibt, verursacht mir noch mehr Übelkeit. »Wenn manche sich das Leben nehmen wollen, Alan, dann liegt das daran, dass sie nicht genug Hilfe bekommen haben.«

Mir ist bewusst, dass ich jetzt nach unten trete. Dass ich Thomas' belehrenden Ton imitiere. »Sie haben nicht genügend Hilfe bekommen, um zu verstehen, dass der Todeswunsch nur eine vorübergehende Flucht vor den Problemen und Schmerzen darstellt, mit denen sie hier und jetzt konfrontiert sind. Aber es gibt immer Hoffnung, eine Lösung, eine Möglichkeit der Besserung.«

»Immer?«

»Immer.«

»Sicher?« Er reckt das Kinn in die Höhe, ein Reflex, der besonders bei Männern vorkommt, wenn sie sich bedroht fühlen. Um größer zu erscheinen.

»Wenn ein Patient dir gegenüber Selbstmordgedanken formuliert, was sagst du da?«, frage ich. »Sagst du: Bitte schön, das ist Ihr gutes Recht? Gibst du ihnen vielleicht auch einen Rat über die verschiedenen Methoden?«

Ich sollte Barbro wirklich bitten, ihn zu feuern.

Jetzt lächelt er noch breiter. »Ich sage, dass sie mit einer Krankenschwester sprechen sollen, die Ahnung von so was hat.« Er zwinkert mir zu und lässt die Kaffeetasse gegen meine klirren. »Ich wusste ja, dass du starke Ansichten hast, Ida. Aber du musst lernen, sie den richtigen Personen gegenüber laut auszusprechen. Dann würdest du jetzt hier nicht sitzen und dich vor lauter Angst fragen, ob du deine Arbeit gut genug gemacht hast oder nicht.«

Er verschwindet aus der Tür, während ich beschämt zurückbleibe. Ich habe seinen Köder geschluckt. Ich weiß ja, dass Alan es liebt zu provozieren. Andere Menschen aufzuregen. Bloß, um danach etwas zum Lachen zu haben.

Wie dem auch sei. Einige seiner Worte haben sich festgebissen.

# 7

Auf dem Bürgersteig steht ein Mädchen und weint. Ein kleines Mädchen. Vielleicht vier oder fünf, noch nicht alt genug für die Schule. Ihre Wangen sind rund, rot und feucht. Sie weint still in sich hinein und starrt dabei deprimiert auf den Asphalt, wo zwei Portionen Pommes frites verstreut liegen, wie experimentelle Street-Art. Eine ältere Kopie des Mädchens sitzt vor ihr in der Hocke, flüstert etwas und späht verlegen umher, ehe sie die Pommes mit effektiven Handbewegungen zusammenfegt und in den nächsten Mülleimer wirft. Dann nimmt sie ihre Tochter bei der Hand, und gemeinsam betreten sie denselben Burger-King-Laden, in dem Fanny gestern Abend gewesen sein soll. Durch das Fenster sehe ich Fanny an einem Tisch in der Ecke sitzen, zusammen mit ihren Freundinnen. Großzügig teilen sie Chicken-Nuggets und Milchshakes unter sich auf, während sie kichern und sich unterhalten. Aber nicht Fanny sitzt dort, nur eine, die ihr ähnelt, alle Mädchen ähneln heute Fanny – für eine halbe Sekunde.

Ich radele weiter und biege in die Nordre gate ein. Ich stelle mir vor, dass Fanny hier in dieser mit Kopfsteinpflaster belegten Fußgängerzone in der Nacht, im Dunkeln, allein umhergewandert ist. Ein Mann, vielleicht eine Gang, nahm sie als den perfekten Abschluss eines inhaltsleeren Abends wahr und zog sie in eine dunkle Ecke und vergewaltigte sie. Jetzt liegt sie leblos und kalt in einem Müllcontainer, zusammen mit schlaff gewordenen Pommes frites. Oder sie hat mit diesem Jungen noch ein paar Absacker getrunken und schläft ihren Rausch auf einem verdreckten Sofa aus. Vielleicht hat jemand etwas Unerlaubtes in ihren Drink getan, um etwas Unerlaubtes mit ihr anzustellen. Oder sie wandert ruhelos in der Stadt umher, zu wütend auf die Mutter, um nach Hause zu gehen, zu stolz, um als Erste nach einem banalen Streit um Entschuldigung zu bitten. Vielleicht ist sie irgendwo am Fluss gestrandet, musste pinkeln, hat das Gleichgewicht verloren und ist hineingefallen, wie schon viele junge Trønder vor ihr.

Freiwillig kann sie nicht in den Fluss gesprungen sein.

Es ist ihr nichts geschehen. Sie will der Mutter nur beweisen, dass sie achtzehn ist und frei, zu tun, was sie will. Sie hat begriffen, dass das Leben lachen soll.

Über den großen Mietshäusern hängen grauschwere Wolken, die drohen, sich bald zu entleeren. Die Stadtbewohner auf Einkaufstour haben sich mit Regenjacken und Schirmen ausgerüstet, unterwegs, um einen Wollpullover oder ein Buch zu kaufen, mit denen sie bald aufs Sofa kriechen können. Wenn sie von einer vermissten Achtzehnjährigen erfahren, werden sie bloß mit den Schultern zucken, vielleicht eine gewisse Freude über die großen Probleme anderer Familien verspüren und denken, dass ihnen so etwas nie passieren würde. Die meisten Menschen sind zu gutgläubig. Sie verstehen nicht, dass sich das Leben von herrlich in entsetzlich verwandeln kann, in der Zeit, die benötigt wird, um eine Faust zu ballen.

Ich nähere mich dem Ende der Fußgängerzone und schlendere an der Vår Frue Kirche vorbei. Die *Frua*, Unsere Frau. Die Sozialkirche der Stadt, die jeden Tag geöffnet ist. Draußen vor der Kirche haben sich die Drogenabhängigen um einen Kaffeestand geschart, der von freiwilligen Kirchenhelfern bedient wird. Irgendwann einmal haben diese gescheiterten Existenzen Ja zu etwas gesagt, das sie besser hätten ablehnen sollen.

An der flachen Hausreihe hinter der steinernen Kirche bleibe ich vor einem roten, zweistöckigen Holzhaus stehen, zu dem Google Maps mich geführt hat. Über der Haustür schreit mich der knallgelbe Firmenname *Experientia* an, doch nichts deutet darauf hin, dass das Event-Büro von Fannys Eltern heute irgendwelche tollen Erlebnisse offeriert. Ein Blatt Papier klebt schief an der Tür und informiert, dass *aus privaten Gründen* geschlossen ist. Es ist handgeschrieben, die Buchstaben sind undeutlich, auf die Schnelle hingekritzelt? Ich rüttele dennoch an der Tür, klopfe an, spähe hinein. Natürlich ist Fannys Vater nicht bei der Arbeit. Er sucht nach ihr. Fährt alle Straßen der Stadt mit seinem Lieferwagen ab. Auch er denkt bestimmt, dass er sie überall sieht. Kann sie die Stadt verlassen haben? Ist sie in einen Zug nach Schweden gestiegen? Oder ist sie in den Wald geflohen? Von einer Klippe gesprungen? Hat sich in eine Höhle gelegt und Pillen geschluckt, die sie draußen vor der Frua erstanden hat? Hat ein Seil an einem Baum befestigt?

Ich schiebe die hässlichen Bilder weg, die von der Fantasie erschaffen wurden, und fahre weiter, vorbei an Lykkens Portal, aus der Stadt hinaus, die Hügel hinauf. Ich mache einen Umweg, niemals wage ich, ein Ziel direkt anzusteuern, komme zum Tyholtturm und biege in den Dr. Sands veg ein, wo ich das Fahrrad vor dem weißen, renovierten Einfamilienhaus der Familie Strand abstelle. Ich bin hier schon einmal gewesen. Vor ein paar Wochen. Als Fanny zum ersten Mal Urlaub hatte. Ich ging mit zu ihr nach Hause, weil sie mich darum gebeten hatte und weil ich es als eine Möglichkeit betrachtet habe, zu sehen, wie sie außerhalb der Station mit ihren Eltern klarkam. Es war eine schreckliche Situation. Frøydis hatte vor unserer Ankunft das Haus geschrubbt. Hatte Brötchen gebacken und grünen Tee gekocht. Sie hatte genau geplant, wie sie mich davon überzeugen könnte, dass es sich um eine perfekte Familie ohne mentale Probleme handelte. Wir saßen in der schönen, frisch gereinigten Sofagruppe im Wohnzimmer, unter unterkühlten Gemälden. Die Mutter präsentierte gedruckte Fotobücher von Fannys Taufe und Konfirmation, von Urlaubsreisen und Festtagen. Fanny hatte gelächelt und gelacht, sich prächtig amüsiert beim Betrachten der Fotos von sich, als sie klein war. Als sie noch sorglos lebte? Der Vater war ruhig gewesen. Er schien das Schauspiel nicht zu mögen, das seine Frau aufführte, und verschwand nach einer Weile in der Küche, um ein paar Arbeitsanrufe zu tätigen.

Sein Lieferwagen steht nicht in der Einfahrt. Im Garten vor dem Haus gibt es eine hübsche Pergola mit Hängepflanzen und hellen, feuchten Sitzkissen. Entlang der Wände stehen mehrere Holzkisten, voll mit Blumen, die sich an den Sommer klammern. Daneben ein Puppenhaus, dessen Fenster mit kleinen Papierhänden dekoriert wurden. Fannys Vater hat das alles selbst gebaut, bestimmt aus Liebe für seine kleine Kernfamilie. An der Rückseite des Wohnhauses gehe ich die Treppe hinauf, die zu einer türkisenen Haustür führt. *Fanny, Freddy und Frøydis* steht auf einem Holzschild unter dem Klingelknopf. Der F-Clan. In frischen Farben von Kinderhand gemalt. Eine große gelbe Sonne erstrahlt über den Namen. Ich klingele. Ein Standard-*ding-dong* ertönt im Inneren. Ich sehe, dass die Tür verschlossen ist. Hinter dem Küchenfenster, das zur Treppe zeigt, ist es dunkel.

Ich klingele noch einmal, während ich mich darauf vorbereite, dass die Fahrt umsonst gewesen ist. Soll ich stattdessen Thomas anrufen? Er hat ja gesagt, dass ich anrufen soll, wenn ich reden will. War damit auch außerhalb der Arbeitszeit gemeint?

Ich bin schon auf dem Weg die Treppe hinunter, als ich hinter mir ein Geräusch vom Türschloss höre. Ich drehe mich um.

Freddy steht in der Tür. Blinzelt mich an. Anscheinend ist er gerade wach geworden. Im ersten Moment wirkt er verwirrt. Dann hellt sich sein Ausdruck auf. »Habt ihr sie gefunden?«, fragt er. »Wurde sie wieder bei euch eingewiesen?«

Ich schüttele den Kopf und registriere die Enttäuschung, die seinen Kopf zwischen die Schulterblätter drückt. Gleichwohl bringt er ein Lächeln zustande. Mit dem Lächeln ist er immer großzügig umgegangen. Optimist zu sein liegt vielleicht an seinem Beruf, seiner Persönlichkeit. Doch jetzt?

»Können wir uns kurz unterhalten?«, frage ich.

Sein Blick wird unstet. Vielleicht wird ihm gerade erst klar, dass es ungewöhnlich ist, wenn eine Krankenschwester in der Freizeit das Haus einer entlassenen Patientin aufsucht. Allerdings ist dies auch keine gewöhnliche Situation. Jedenfalls nicht für mich.

Er winkt mich herein. Ich schließe die Tür hinter mir. Es riecht nicht wie beim letzten Mal nach Schmierseife. Ebenso wenig habe ich es jetzt mit einem penibel aufgeräumten Zuhause zu tun. Mehrere Paar Schuhe liegen über den Boden verteilt. Die Garderobenhaken sind voll mit Jacken in verschiedenen Formen und Ausführungen. Ich folge ihm ins Wohnzimmer, wo ein Wäscheständer mit Unterwäsche vor dem Fernseher steht. Die Sofakissen liegen kunterbunt durcheinander, zusammen mit einer zerknüllten Wolldecke. Unter dem Wohnzimmertisch stehen ein Teller mit Brotrinden, ein leeres Milchglas, Schokoladenpapier.

Freddy beeilt sich, die Decke aufzuheben. »Ich musste etwas schlafen und eine Kleinigkeit essen. Ich bin die ganze Nacht draußen gewesen, mein Blutzucker ist ganz durcheinander. Ich habe Diabetes, wissen Sie.«

Er wirkt beschämt. Als ob er momentan kein Recht auf Schlaf

oder Nahrung hätte. Er hebt den Teller auf und steckt sich das Schokoladenpapier in die Tasche.

»Und Frøydis?«, frage ich.

»Sie und meine Schwiegermutter wollen versuchen, mit allen in Fannys Klasse zu sprechen. Irgendwer muss doch was wissen, oder?« Er hebt das Handy auf, das sich zwischen den Sofakissen versteckt hat. »Eine Tasse Tee?«, fragt er.

»Nein, danke. Bitte meinetwegen keine Umstände.«

»Ich wollte sowieso einen trinken, ehe ich wieder losfahre.«

Er geht in die Küche, und ich höre klappernde Schranktüren und den rauschenden Wasserkocher. Vor dem Sofa, neben einem Korb mit Strickzeug, steht Fannys Tasche. Der Zettel mit meiner Telefonnummer liegt auf dem Tisch, zusammen mit dem rotgoldenen Laptop. Fanny hatte ihn auch in der Klinik dabei und versuchte in den letzten Wochen, Schularbeiten zu machen, war sehr darauf erpicht, alles nachzuholen, was sie vielleicht verpasst haben könnte.

»Wir kommen da nicht rein.« Ohne dass ich es gemerkt habe, ist Freddy zurückgekommen. Er taucht einen Löffel in einen kleinen Joghurtbecher.

Ich möchte eigentlich nicht fragen, muss es aber, muss es wissen. »Ich habe gehört, Sie hätten Ihrem Freund von der Polizei gesagt, dass Sie fürchten, Fanny hätte sich ... vielleicht das Leben genommen?«

Er starrt in den Becher und rührt langsam weiter. »Ich habe jedes Mal Angst davor, wenn Fanny wegbleibt, ohne Bescheid zu sagen ... Nicht, dass sie es mit Absicht tut, aber dass es zu einem Unglück kommt. Dass sie irgendwelche Pillen oder was anderes schluckt, was sie nicht verträgt. Fentanyl zum Beispiel.« Er wirft mir einen verängstigten Blick zu. »Glauben Sie, sie wird jetzt wieder psychotisch, wenn sie sich mit so etwas betäubt?«

»Ich weiß nicht.«

»Aber wenn das passiert, werde ich dafür sorgen, dass sie stark genug wird, um allen destruktiven Verlockungen und Impulsen zu widerstehen.«

»Wollen Sie sie nicht bei der Polizei als vermisst melden?«, frage ich.

»Nein.« Die Antwort kommt schnell.

»Wieso nicht? Also, wenn Sie so besorgt sind?«

Er seufzt schwer. »Das ist nicht so einfach. Fanny ist es extrem wichtig, dass wir nichts über sie preisgeben. Sie will selbst darüber bestimmen, was andere wissen sollen.« Er sieht mich an. »Ich weiß, dass sie Ihnen vertraut. Dennoch gibt es bestimmt viele Dinge, die sie nicht erzählt hat.«

»Ich weiß, dass sie schon früher zweimal abgehauen ist.«

»Das war öfter als nur zweimal.«

Ich kann meine Überraschung nicht verbergen.

»Fanny wollte nicht, dass Sie im Krankenhaus absolut alles wissen. Und Frøydis und ich fanden das in Ordnung. Ihr Hauptfokus sollte ja ohnehin auf den Problemen im Hier und Jetzt liegen, oder?«

Ich hätte mehr in ihrer Vergangenheit forschen sollen. »Wie oft ist sie denn weggelaufen?«

Er zögert.

»Ich verstehe, wenn Sie das nicht erzählen möchten«, sagte ich. »Aus Respekt vor Fanny.«

»Ich bin sehr dankbar, dass Sie sich so selbstlos um sie kümmern.« Er schiebt sich einen Löffel Joghurt in den Mund, kaut auf dem Zweifel herum. »Fanny hatte immer Temperament. Genau wie ihre Mutter. Als dann die Hormone voll zuschlugen, da ist es ein wenig eskaliert ... Sie hat sich mit falschen Leuten umgeben und ›vergessen‹, uns zu informieren, wo sie war oder dass sie bei einer Freundin übernachtete. Der pädagogisch-psychologische Dienst war kurzfristig eingeschaltet, weil sie die Schule geschwänzt hat. Und als sie dann in die Oberstufe kam, haben wir sie ein paarmal nicht gefunden und die Polizei kontaktiert.«

»Wie damals in Oppdal?«

Er nickt. »Sie ist ja achtzehn und hat natürlich das Recht, irgendwohin zu fahren, ohne uns zu informieren, aber damals haben wir uns wirklich Sorgen gemacht, und es wurde eine große Suchaktion eingeleitet. Und dann wurde sie einfach völlig berauscht in einem Hotelzimmer gefunden.« Er leckt den Joghurtlöffel ab. »Sie wissen bestimmt, wie das ist, wenn man häufiger Alarm auslöst? Letztes Mal, als wir sie als vermisst gemeldet haben, hat die Polizei uns bloß gebeten, Geduld zu haben. Und dann ist sie nach zwei Tagen wieder aufgetaucht.«

»Das tut sie jetzt bestimmt auch.«

Ich weiß nicht, ob ich das antworte, um ihn zu trösten oder mich.

»Wenn wir Fanny jetzt bei der Polizei als vermisst melden oder eine Vermisstenmeldung bei Facebook posten, fürchte ich, dass sie nie wieder mit uns reden wird«, sagt Freddy. »Nach Oppdal war sie so sauer auf uns, dass sie über zwei Wochen bei einer Freundin gewohnt hat.« Er verschwindet wieder in der Küche. Eine Weile ist es dort drinnen ganz still, dann klirren ein paar Tassen.

»Zucker oder Milch?«, ruft er.

»Nein, danke.«

Nach kurzer Zeit kommt er zurück, noch röter um die Augen und mit zwei großen Teetassen in den Händen.

Ich trinke etwas, viel zu schnell, und verbrenne mir die Zunge.

Er setzt sich nicht, als ob er sich jetzt keine weitere Pause gestatten kann. Ich puste auf den Tee, der das Zimmer mit einem süßen Duft nach Äpfeln und Zimt erfüllt. Fanny hat nie etwas Hässliches über ihren Vater geäußert. Sie schien ein enges Verhältnis zu ihm zu haben. Offenbar ist Freddy einer von den liebevollen Vätern, die immer für ihr Kind da sind, egal was ist.

»Wir hätten Fanny überreden sollen, länger bei uns zu bleiben«, sage ich.

»Thomas hat es versucht, aber ich habe ihn gebeten, es sein zu lassen«, sagt Freddy.

»Aha? Wieso?«

Er dreht das Gesicht zum Fenster, als ob er Kräfte aus dem Tageslicht absorbiert. »Fanny hat mich so oft gebeten, mit ihm zu reden. Sie wollte nach Hause. Frøydis war nicht einverstanden. Nachdem sie zu Beginn erst völlig gegen die Einweisung war, meinte sie dann, dass es sicherer für Fanny sei, wenn sie in der Klinik untergebracht, eingesperrt wäre. Ja, Sie wissen ja, dass Frøydis Probleme damit hatte, die Erkrankung zu akzeptieren. Aber ich habe Fanny dabei unterstützt, sich selbst zu entlassen.« Er beißt die Zähne zusammen. »Ich dachte, wir würden das gemeinsam schaffen.«

Fanny hat das mir gegenüber nie erwähnt. Vielleicht, weil sie wusste, dass ich der Meinung war, sie sollte noch länger bleiben?

Sein Handy piept. Er erstarrt, wagt nicht, einen Blick darauf zu werfen. Schließlich tut er es doch. Etwas scheint ihn zu erleichtern. Als ob die Sonne für einen Augenblick hinter den Wolken hervortritt.

»Frøydis will, dass ich Fannys rosa Strickpullover suche«, sagte er. »Ein Junge in der Klasse glaubt, sie heute Morgen vielleicht gesehen zu haben. In dem Pullover.«

Hoffnung flackert in seinen Augen auf. Sie überträgt sich auf mich.

»Soll ich helfen, ihn zu suchen?«

# 8

Freddy nimmt zwei Stufen auf einmal, als er die Treppe ins Obergeschoss hinaufläuft. Ich eile ihm nach, vorbei an einer groben Zusammenfassung von Fannys Leben, die mich von der Holztäfelung in Form einer verklärten Collage anlächelt. Taufe. Kindergarten. Erster Schultag. Konfirmation. Sie wurde heute Morgen gesehen. Sie hat die Stadt nicht verlassen. Auch wenn sie keinen psychotischen Rückfall erlitten hat, werde ich trotzdem versuchen, sie zu einer erneuten Einweisung zu überreden, sobald ich sie wiedersehe.

Am Ende der von mehreren Türen umgebenen Treppe begrüßt mich ein gemütliches Dachbodenzimmer. Ich war beim letzten Mal nicht in Fannys Zimmer, es ist chaotischer, als ich es mir vorgestellt habe. In der Klinik hat sie sehr darauf geachtet, ihr Zimmer sauber und aufgeräumt zu halten. Hier liegen zusammengeknüllte Kleidungsstücke über den Boden verteilt. Der Schreibtisch ist übervoll mit Schminkutensilien, ausgerechnet sie, die nicht einmal Mascara benutzt hat? Lichterketten in verschiedenen Farben hängen wie Fischernetze unter der Decke. An die Wände sind eingerahmte Zitate gehämmert worden. *Keep calm and be free. You can do it. Live and get lost.* Eine große Topfpflanze in der Ecke ringt mit dem Tod. Zahlreiche Bücher in einem Regal beweisen, dass sie jedenfalls nicht nur so getan hat, als ob sie gern liest. Es riecht nach Fanny, Kokos.

Freddy öffnet die Tür eines Kleiderschranks, der eine der Längswände einnimmt, und fängt an zu suchen. Ich durchforste die große Tasche auf dem Bett. Kein rosa Pullover. Auch nicht unter der Bettdecke, unter dem Kissen. Der Schreibtisch hat auf beiden Seiten große, tiefe Schubladen. In den obersten liegen alte Notizbücher und Zeichenmaterial, zusammen mit Cremes, noch mehr Make-up, Nähzeug, kleinen Taschen, Bikinis, Kleidung und anderen Sachen, die definieren, wer Fanny ist oder zu sein wünscht. Sind die Vintage-Klamotten eine Zwangsjacke von der Mutter oder ein aufrichtiges Engagement im Hinblick auf Nachhaltigkeit? Erzählen die zahlreichen Schminkutensilien und der asiatische Kleinkram von einer anderen Fanny als der, die ich kennengelernt habe? Hat sie eigentlich den Tolkien und die Amalie Skram im Bücherregal gelesen?

In der untersten Schublade fällt mir etwas Rosafarbenes auf. Ich ziehe es hervor.

Und da. Ist es, als ob. Alles erstarrt.

Alle Geräusche verschwinden. Als ob mir jemand plötzlich die Ohren zuhält, doch gleichzeitig die Sinne schärft. Das Einzige, das ich höre. Ist mein eigener Atem.

Ein.

Aus.

Mit jedem Mal schneller.

Der Fußboden zittert, die Wände, ich? Ich drehe Freddy den Kopf zu. Er steht immer noch am Schrank und schmeißt ein Kleidungsstück nach dem anderen auf den Fußboden.

Ich atme ein. Ich atme aus. Ich kneife die Augen zusammen. Ich bin wach.

Ich richte den Blick wieder auf meine Hand. Sie zittert. Ich schwitze, mir ist heiß, mir ist kalt. Ist das meine Hand?

Atme ein.

Atme aus.

Ich kralle die Finger noch fester um diesen weichen rosa Gegenstand. Er piept. Ich löse den Griff. Dann drücke ich erneut zu. Noch ein Piepen, ein vertrautes Piepen, das eingeschlossene Gefühle weckt, eine Mischung aus allem und nichts, die mich in den Würgegriff nimmt, zudrückt, mein Rückgrat zum Schwanken zwingt. Ich verliere den Boden unter den Füßen und weiß nicht mehr, wo ich anfange und wo ich aufhöre, nicht ich stehe hier, alles kommt mir auf einmal unwirklich vor, ich bin nicht real.

Ich bewege mich, ohne mir darüber klar zu sein, und stehe plötzlich direkt hinter Freddy. Ich merke, dass ich den Mund öffne, ich höre meine Stimme hervorklettern: »Haben Sie einen Hund?«

»Was? Nein.« Er antwortet, ohne mich anzusehen. Stochert und kramt tiefer in dem Schrank herum.

Es ist schwierig, einen Gedanken festzuhalten. »Hatten Sie früher mal einen Hund?«, frage ich.

»Nein.«

»Aber woher hat Fanny dann dieses Hundespielzeug?«

Ich begreife gar nicht, woher meine Kräfte kommen, um aufrecht stehen, um sprechen zu können, ich sollte zu Boden gesunken sein, das Bewusstsein verloren haben. Der Schweiß steht mir auf der Stirn, sammelt sich unter den Armen, ich glaube, mein Herz hat aufgehört zu schlagen.

»Sagen Sie mir, woher Fanny verdammt noch mal dieses Hundespielzeug hat!«

Brülle ich hier so?

Freddy dreht sich zu mir um. Zunächst überrascht. Dann verwirrt. Er blickt auf den rosa Hasen, der in meiner Hand zittert.

»Das da?«, fragt er.

Ich nicke.

»Ich weiß nicht …«, sagt er.

»Das müssen Sie doch wissen.« Jetzt flüstere ich. »Sie müssen doch wissen, von wem sie das hat.«

Er schaut wieder auf den Hasen. Ich sehe ihm an, dass er gründlich überlegt. »Wenn ich ehrlich bin, dann habe ich das noch nie zuvor gesehen.«

Als ich ganz still werde, dreht er sich wieder zum Kleiderschrank. Er zieht eine weitere Schublade auf – und nimmt einen rosa Strickpullover heraus.

Ich sehe, wie er mit dem Rücken zu mir innehält, während die Hoffnung aus ihm heraussickert und zum Fenster hinausfliegt.

Der Hase fliegt nicht hinterher. Er starrt mich an. Als hätte er auf diesen Augenblick gewartet. Als hätte er allein in dieser Schublade gelegen und darauf gewartet, dass ich herkommen und ihn finden sollte.

*Es kann nicht derselbe Hase sein.* Ich wiederhole es für mich wie einen schlechten Refrain: *Es kann nicht derselbe Hase sein.*

Ich halte ihn eine Armlänge von mir weg, als hätte ich Angst, dass er mich angreift, wenn ich ihn zu nahe heranlasse. Er ist aus strapazierfähigem Leinen gefertigt. Er hat drei Beine. Das vierte ist verschwunden und der Stoff wieder fest zusammengenäht, amputiert, mit zwei zierlichen Kreuzstichen in Schwarz, derselben Farbe wie die Augen. Die Schnauze ist heller, fast bräunlich. Die Ohren hängen schlaff auf den dicken Bauch hinunter. Ein Ohr ist anders als das andere, Ersatz für ein Ohr, das vermutlich irgendwann einmal abgerissen wurde, es ist länger, reicht bis zum Hintern hinunter. Ähnlich der amputierten Pfote ist es mit strammen, feinen Kreuzstichen festgenäht worden. Der untere Teil des Ohres hat einen Knick. Es ist eine Socke. Eine Kindersocke. Sie ist nicht dunkelrosa wie das andere Ohr. Vielleicht war sie einmal weiß, jetzt ist sie eher gelb.

# 9

Das Fahrrad schlingert über die Flusspromenade in Øya. Ich habe das Handy in der einen Hand. Abermals wähle ich Mamas Nummer. Es klingelt und klingelt. Warum fährt der Radfahrer hinter mir so langsam wie ich? Ist er da schon lange? Ich hätte nicht den schnellsten Weg zu Mama nehmen sollen, aber sie geht nicht ans Telefon.

Ich weiß nicht mehr, was ich zu Freddy gesagt habe, wie ich aus dem Haus gekommen bin, welchen Weg ich hierher eingeschlagen habe. Ich verlangsame das Tempo und lasse den Radfahrer hinter mir überholen. Er dreht sich nicht um, fährt schnell weiter und verschwindet außer Sichtweite. Ein anderer Mann kommt mir entgegengejoggt. In engen Leggings und mit Kopfhörern. Sein Laufstil ist schwer und abgehackt. Kann er hinter den Bäumen gestanden und auf mich gewartet haben? Schnell stecke ich das Handy in die Jackentasche und lasse meine Hand unter den Pullover schleichen, bin darauf vorbereitet, das Soldatenmesser hervorzuziehen, das unter dem BH bereitliegt, immer bereit. Der Jogger ist jetzt nur noch ein paar Meter entfernt. Sein Blick ist fern. Die Bässe aus dem Kopfhörer hämmern auf mich ein, als er an mir vorbeistampft. Dreht er sich um?

Aufgeregtes Bellen veranlasst mich, den Blick wieder nach vorn zu richten, und ich muss einen abrupten Haken schlagen, um nicht mit einem Hund und einem schlecht gelaunten Rentner zusammenzustoßen.

Ich mache einen Abstecher. Fahre zwischen Einfamilienhäusern und kommunalen Sozialwohnungen weiter. Rufe wieder Mama an. Noch immer keine Reaktion. Im Rucksack versengt mir der rosa Hase den Rücken. Die Wahrscheinlichkeit, dass es ein anderes Hundespielzeug mit exakt den gleichen Defekten gibt, ist gleich null.

An einer Straßenecke halte ich an und verstecke mich hinter einer Hecke. Niemand kommt. Bloß ein Spatz, der mit bettelnden Augen vor mir auf dem Asphalt landet.

Schnell fahre ich das letzte Stück bis zu dem rostroten Ziegelbau in der Klostergate hinauf. Öffne die Tür zum Aufgang, der dem Fluss am nächsten liegt. Trage das Fahrrad in die zweite Etage. Halte das Ohr an Mamas Wohnungstür. Ich drücke auf den Klingelknopf. Keine Schritte auf der anderen Seite. Ich fasse nach der Türklinke. Die Tür ist verschlossen. Alles ist so wie immer. Ich stecke meinen Schlüssel ins Schloss und drehe ihn um, dann öffne ich.

Die Luft im Flur ist dick und abgestanden. Ich stelle das Fahrrad ab und verschließe die Tür, drücke die Klinke herunter, um zu überprüfen, ob sie wirklich zu ist. Als ich an Badezimmer und Kammer vorbeigehe, sickert mir der vertraute Mamageruch aus dem Wohnzimmer entgegen: eine Mischung aus Rauch, Kaffee und Pisse. Manchmal Erbrochenes, aber nicht heute.

Das Radio läuft leise. Sie liegt auf dem Sofa. Schläft tief und fest. Trägt eine saubere und hübsche bügelfreie Bluse. Das kurze graue Haar ist frisch gewellt. Das Gesicht stark geschminkt. In den letzten Jahren ist sie immer vergesslicher geworden, aber sie vergisst nie, ihre Maske aufzusetzen.

Ich trete ans Fenster und schlüpfe mit dem Blick durch zugezogene Vorhänge, spähe auf einen Balkon ohne Möbel, blicke auf die Aussicht, vorbei an der Sportanlage und dem Trondheim Spektrum, die an der Spitze dieser von der Nidar umschlungenen Halbinsel liegen. Einen Steinwurf über den Fluss liegt mein Viertel Ila. Hätte ich ein Fernglas, könnte ich sehen, ob *er* vor meiner Wohnung steht und wartet?

Ich sinke in den Sessel. Versuche, mich zu sammeln, ehe ich Mama mit dem wecken muss, vor dem sie sich fürchtet, seit sie beschlossen hat, dass sie und ich Papa und meine kleinen Brüder verlassen würden. Unser altes Leben verlassen. Uns selbst verlassen.

Es kann nicht lange her sein, dass sie eingeschlummert ist. Der Zigarettenrauch liegt noch immer wie eine dünne Schicht unter der schmutzig-gelben Gipsdecke. Die Kaffeekanne und die übliche Tasse mit hellroten Lippenstiftspuren stehen auf dem abgenutzten Wohnzimmertisch. Die Schnapsflasche liegt bestimmt unter einem der Zierkissen versteckt. Ich weiß, ich hätte öfter herkommen sollen, aber sie selbst hat mich rausgeworfen, als ich mit der Ausbildung fertig war, damit sie die Welt aussperren und sich in Ruhe betrinken konnte.

Ich stehe auf. Kann nicht länger warten. Wir haben wenig Zeit. Wir müssen aufbrechen. Wohin fahren wir?

»Mama?«

Ich schüttele sie. Sie grunzt unwillig.

»Mama. Komm schon, du musst aufwachen.«

Ich lege meine Arme um sie und ziehe sie hoch, sodass sie sitzt. Sie blinzelt und fährt sich mit dem Handrücken über den Mund, um den Speichel abzuwischen, der ihr aus dem Mundwinkel getropft ist. Dann lächelt sie. »Mensch, Ida, meine Kleine. Wie schön, dass du Zeit hast, bei deiner alten Mutter vorbeizuschauen. Hast du Hunger?«

»Nein.«

Es gibt keine schonende Art, es zu tun. Ich setze mich neben sie und nehme den rosa Hasen aus dem Rucksack. Stelle ihn vor sie auf den Tisch. Er kippt leicht zur Seite, findet aber Halt an der Kaffeekanne.

Mama betrachtet das Hundespielzeug mit ausdrucksloser Miene. Ihr Brustkorb hebt sich ganz ruhig. Dann richtet sie ihren Blick wieder auf mich. »Ich habe gestern einen Blechkuchen gebacken. Möchtest du ein Stück?«

»Mama.« Ich nehme den Hasen, wedele damit vor ihrem Gesicht herum. »Er hat mich gefunden!«

Sie runzelt die Stirn. »Wer?«

Es ist also einer von diesen Tagen. An denen ihre Erinnerung ausgeschaltet ist.

Ich rücke näher an sie heran. Nehme ihre schlaffe Hand, drücke sie, fest, damit sie mir folgen kann. »Mama, hör mir zu. Ein Mädchen, das bei uns eingeliefert war, ist gestern Abend verschwunden. Sie wurde eingewiesen, weil sie glaubte, dass ein Mann sie verfolgt. Alle dachten, sie sei psychotisch und habe Zwangsvorstellungen, doch als ich heute bei ihr zu Hause war, habe ich das hier in ihrem Zimmer gefunden.«

Mama will weder den Hasen noch mich ansehen. Sie hebt die Hand und nimmt die Zigarettenschachtel vom Wohnzimmertisch. Mit zitternden Fingern steckt sie sich eine Zigarette zwischen die Lippen und zündet sie mit einem Feuerzeug an. Die Glut knistert, als sie das Gift tief in die Lunge zieht. Dann lösen sich ihre Lippen vom Filter, und sie bläst den Rauch aus, er tanzt um die Hängeleuchte über dem Tisch, die einzige Lichtquelle im Zimmer.

»Mama?«

Sie antwortet nicht.

»Was hast du damals mit diesem Hundespielzeug gemacht?«

Die Glut frisst sich an der Zigarette herab, während sie schweigend dasitzt.

»Mama!« Jetzt schüttele ich sie. »Hast du es auf den Müll geworfen? Oder weggegeben? Für einen Flohmarkt? Jemandem, den wir kannten? Hat die Polizei es zurückbekommen?«

Etwas Glut fällt aufs Sofa, aber sie macht sich nicht die Mühe, sie wegzuwischen, sondern starrt in die leere Luft.

Ich weiß noch, dass ich geweint habe, als Mama mir den rosa Hasen wegnahm an dem Tag, als wir geflüchtet sind, ich habe wochenlang geweint. Ich habe dem Hasen sogar viele Briefe geschrieben, die Mama alle verbrannt hat. Immer wieder habe ich gefragt, wo er wäre, aber sie wollte, dass ich ihn vergesse. Jetzt hat *sie* ihn vergessen.

Manchmal frage ich mich, ob sie mir etwas vorspielt.

In den ersten Jahren, nachdem wir hierhergezogen waren, hat sie oftmals dasselbe wiederholt, jeden Tag: *Ich hoffe, dir ist klar, dass es viel schlimmer ist, nicht zu wissen, was eigentlich mit dir passiert ist, als es zu wissen.*

Es war so, als ob auch sie glaubte, dass ich alle täuschte. Dass ich mich eigentlich an jede Einzelheit dieses *Geschehnisses* erinnerte, mich aber weigerte, jemandem irgendetwas darüber zu erzählen. Seinerzeit hat sie abends nur ein Glas Wein getrunken, als Schlafmittel, aber nach und nach begannen ihre Gedanken, sie von innen immer mehr aufzufressen, der Alkohol war dann irgendwann das Einzige, das die grauenhaften Vorstellungen, was mit mir geschehen sein mochte, vernebeln konnte. Jetzt ist es schon seit vielen Jahren so, dass das Weinglas bereits zum Frühstück auf dem Tisch steht.

Ich frage mich, ob sie nur vorgibt, sich nicht an den Hasen zu erinnern, weil sie mich bestrafen will.

*Wenn du dich an nichts erinnerst, dann werde auch ich alles verdrängen.*

Ich zwinge ihn in ihre Hand.

»Mama. Erinnerst du dich an den Tag, an dem ich nach Hause gekommen bin?«, frage ich. »Weißt du noch, ob ich dieses Hundespielzeug dabeihatte?«

Sie drückt den Hasen zusammen. Es piept. Sie lacht. »Ida, Kind, bist du nicht zu groß für Kuscheltiere?« Sie legt ihn zurück auf den Tisch und steht auf. »Ich hole uns mal etwas Kuchen.«

Ich hätte Lust, sie anzubrüllen, dass sie sich zusammenreißen muss, dass sie auf mich aufpassen muss, deshalb hat sie mich ja gezwungen, die Person aufzugeben, die ich gewesen bin.

Stattdessen lasse ich sie in der Küche herumfuhrwerken. Ich höre, dass sie die Schubladen öffnet.

Ich sehe den Hasen an. Ein rosa Klumpen dunkler Geheimnisse.

Wir müssen heute Abend aufbrechen. Wohin fahren wir?

Ein Lärm aus der Küche reißt mich vom Sofa hoch. Ich renne hinein. Auf den Laminatfliesen liegt ein Stuhl mit den Beinen in der Luft. Mama daneben. Ihre Hose ist feucht im Schritt.

Ich beuge mich hinunter und fasse ihren Arm. Schnell stößt sie mich weg, wütend auf mich, auf sich selbst. Ich trete zwei Schritte zurück, habe gelernt, dass es an den schlimmsten Tagen am besten ist, ganz behutsam zu sein. Sie murmelt etwas Unverständliches, während sie sich erst auf die Knie hochrappelt, seufzt, dann eine Hand auf den zerkratzten Resopaltisch legt und sich hochzieht. Ein paar Sekunden verharrt sie mit gebeugten Knien und schwankt. Eigentlich war es nie der Schnaps, der sie gebrochen hat. Es waren die Schuldgefühle.

*Ja, lauf du nur zum Spielplatz, meine Kleine, ich komme gleich nach.*

Fahren wir nach Norden? Nach Süden? Ins Ausland? Ist Mama überhaupt imstande, mehrere Stunden in einem Zug oder Bus zu sitzen? Würde man ihr den Zugang zu einem Flugzeug verweigern?

Mama hat den Urinfleck entdeckt, ihre Augen glänzen. Das Kinn zittert.

»Mama, geh ruhig ins Bad. Ich suche dir was Sauberes heraus.«

Sie protestiert nicht. Auf unsicheren Beinen tapst sie aus der Küche in den Flur. Stützt sich an der Wand ab, an der eine billige Kopie eines Obstteller-Gemäldes hängt. Hier findet sich keine Collage meines Lebens. Keine Fotos von der Taufe oder Porträts aus der Schule. Ich wurde nicht konfirmiert. War niemals bei irgendwelchen Freizeitaktivitäten oder Geburtstagsfeiern von Freunden dabei, musste stets darauf achten, dass niemand Fotos von mir machte, die dann womöglich in der Zeitung oder im Internet gelandet wären. *Nur für den Fall.*

Ich drehe mich zur Arbeitsplatte um. Hier gibt es keinen Blechkuchen. Bloß schmutzige Teller und leere Verpackungen von Fertiggerichten, die sie geliefert bekommt. Ich bestelle ihre Lebensmittel. Den Schnaps bestellt sie selbst. Das vergisst sie nicht.

Ich gehe ins Schlafzimmer, das neben der Küche liegt. Das Bett ist gemacht. Sie hat immer auf dem Sofa geschlafen, als ich noch hier wohnte. Ihre Kleidung liegt zusammengefaltet im Schrank, doch nicht mehr so rigide und systematisch wie früher. Blusen und Hosen liegen durcheinander, und in der Schublade für die Unterwäsche liegen ihr Handy und eine Gabel.

Ich suche ihr frische Sachen heraus und klopfe an die Badezimmertür. »Mama? Geht's dir gut?«

Auf der anderen Seite ist es still, also stecke ich den Fingernagel in den Schlitz am Schloss und drehe ihn herum.

Mit der Zahnbürste in der Hand sitzt sie auf dem Toilettendeckel. Noch immer mit der feuchten Hose.

»Und jetzt eine schöne Dusche, ja?« Ich beginne, sie auszuziehen. Sie starrt nur mit fernem Blick vor sich hin, und als sie so in all ihrer runzligen Pracht vor mir steht, führe ich sie zu dem Duschstuhl, den ich vor zwei Monaten gekauft habe, nachdem sie eines Morgens auf den Fliesen ausgerutscht war und sich die Hüfte gestoßen hatte. Sie schließt die Augen, als ich ihr den Rücken einseife. Und da die Gelegenheit da ist, wasche ich ihr auch die Haare. Ich frage mich, ob sie immer noch den Gedanken nachgeht, wie ihr Leben vielleicht geworden wäre, wenn sie weiter Ehefrau, Freundin, Tante, Kollegin hätte sein dürfen, wenn sie hätte fortfahren können, Jugendliche in Mathematik und Sport zu unterrichten, anstatt als arbeitsunfähige, alleinerziehende Mutter zu enden. Wird es mir gelingen, sie aus der Wohnung zu locken? Wird sie sich im Bus vollpinkeln, mich beschimpfen, darauf bestehen, in aller Öffentlichkeit zu trinken, oder so viel Krach veranstalten, dass alle auf uns aufmerksam werden?

Sie genießt es, dass ich ihre Kopfhaut massiere, auch wenn sie es nicht sagt. Ich hätte Lust, sie in den Arm zu zwicken, wie sie mich immer gezwickt hat, wenn ich mich vergaß und wieder in alte Gewohnheiten abglitt. Ich kann mich noch an Details vom Tag unserer Flucht erinnern. Wie weh es getan hat, Kontaktlinsen zu tragen, um meine nussbraunen Augen zu verstecken. Die Fremde, die mich im Spiegel anstarrte, mit hellen, kurzen, struppigen Haaren und blauen Augen. Jetzt weiß ich nicht mehr, wie ich früher ausgesehen habe. Ich weiß auch nicht mehr, wie Mama vor den ganzen Implantaten ausgesehen hat. Die Gesichter meines Vaters und meiner Brüder sind schon vor Langem ausgelöscht worden.

Muss ich mir jetzt eine neue Verkleidung zulegen?

Ich trockne Mama fest mit einem Handtuch ab. Sie zieht sich selbst die frische Bluse und die Hose an, ich helfe ihr mit den Strümpfen.

»Hast du Hunger?«, fragt sie. »Ich habe gestern einen Blechkuchen gebacken.«

Während sie neuen Lippenstift auflegt, säubere ich die Kratzer an meinem Unterarm, klebe ein Pflaster darauf. Ich weiß nicht, wann ich angefangen habe, mich im Schlaf zu kratzen, ob ich das auch vor dem *Ereignis* getan habe.

Ich helfe Mama zurück zum Sofa, ehe ich einen Eintopf für uns beide aufwärme.

Ich kann allein fliehen, ohne Mama.

Sie isst bloß die halbe Portion, also esse ich den Rest von ihr auch noch. Es kümmert sie nicht, dass ich zusehe, wie sie Schnaps in ihre Kaffeetasse gießt. Etwas kratzt in meinem Nacken. Ich stehe auf und vergewissere mich, dass kein Schlitz in den Vorhängen ist.

»Falls du Dessert möchtest, ich habe einen Blechkuchen gebacken«, sagte Mama.

»Davon ist nichts mehr übrig.«

Sie streicht mir über die Wange, als ich mich wieder neben sie setze. »Du hast Blechkuchen immer so gern gegessen, Ida, meine Kleine.«

Ich habe Blechkuchen immer gehasst, und Mama weiß das. Einmal hat sie so viel Blechkuchen in mich hineingestopft, dass ich etwas davon in die Luftröhre bekam. Sie hat mir nicht geholfen, es wieder herauszubekommen. Ich musste selbst damit klarkommen.

Sie steckt sich eine neue Zigarette an, die Rauchzeichen steigen zur Decke empor.

Dieses Mal kann ich nicht flüchten. Mama hat sich hier fest eingerichtet, und ohne mich hat sie niemanden. Und wen habe ich, abgesehen von ihr? Die Einsamkeit kriecht aus ihrem Versteck, glotzt mich mit angsterfüllten Augen an. So muss es wohl

Fanny jetzt ergehen. Hier sitze ich und ertrinke in Selbstmitleid, doch was ist mit Fanny? Wo ist sie gerade?

Der rosa Hase sieht mich vom Wohnzimmertisch verstohlen an. Es lag in Fannys Zimmer, nicht in meinem. Er hat jetzt Fanny, nicht mich. Kann er die Jagd nach mir aufgegeben haben und entführt stattdessen andere Mädchen? Vielleicht entführt er seit zwanzig Jahren andere Mädchen, und jetzt ist es reiner Zufall, dass er sich in meiner Nähe aufhält. Norwegen ist ja ein kleines Land? Denn falls er weiß, wer ich jetzt bin, wie ich heiße, wo ich arbeite, wo ich wohne, dann wäre es ja verdammt unlogisch, dass er sich nicht mich, sondern Fanny geschnappt hat.

Genauso kann ich aber die Fakten nicht verleugnen:

Fanny ist momentan verschwunden. Weil es *mir* nicht gelungen ist, ihn damals zu stoppen, als ich die Chance dazu hatte.

# 10

Ich schließe das Fahrrad neben dem Parkplatz an. Eile auf die andere Station im Nachbargebäude, wo Thomas an der Eingangstür wartet. Er lächelt, sein professionelles Lächeln.

»Hallo Ida, komm rein.«

Er hält mir die Tür auf, damit ich an ihm vorbeigehen kann, und ich eile weiter, ehe ich noch auf die Idee komme, ihn zu umarmen.

Ich bin froh, dass Thomas sein Büro nicht bei uns auf der Station 22 hat, ich laufe also nicht Gefahr, andere Kollegen zu treffen, die sich fragen, was ich hier außerhalb der Arbeitszeit zu suchen habe. Bin ich dafür bereit?

Er führt mich in sein spartanisch eingerichtetes Büro, nimmt Bücher und Aktenordner von einem Zweisitzer aus Leder, ehe er sich selbst auf einen anscheinend häufig benutzten Bürostuhl fallen lässt. Ich setze mich ganz vorn auf das kalte Sofa, falte die Hände, behalte den Rucksack auf, in dem der Hase in der Dunkelheit zittert. Auf dem Schreibtisch, neben dem Computerbildschirm, steht ein gerahmtes Foto von Thomas und seiner Frau, passenderweise mir zugedreht. Es wurde vor mehreren Jahren an einem Strand im Süden aufgenommen, die Hochzeitsreise? Sie sehen glücklich aus, verliebt. Sie ist hübsch, hat ein warmes Wesen, bestimmt eine beliebte Hausärztin mit langer Warteliste, ich weiß nicht, wie sie heißt, Thomas nennt sie bloß *die Madame*, wenn er Kollegen und Patienten von seiner perfekten Familie erzählt.

Die Kinder haben ihre eigenen Rahmen. Der neunjährige Junge hat einen Ball unter dem Fuß liegen. Vielleicht ist er ein zukünftiger Rosenborg-Spieler. Die sechsjährige Tochter, *Mamsell*, ähnelt dennoch Thomas am meisten, helles, struppiges Haar, stur und mit unbezähmbarer Energie, nach Aussage des Vaters schon jetzt ein Skitalent, die nächste Marit Bjørgen, pure Trønder-Kraft.

»Wie geht es dir?«, fragt er.

Ich ramme mir die Fingernägel in die Handfläche. Bin ich jetzt wirklich dafür bereit?

Seine Hände ruhen entspannt auf den Armlehnen, doch diese neue Unsicherheit, die lauert immer noch hinter seinen blaugrauen Augen.

»Einige Patienten berühren uns stärker als andere«, sagt er. »So geht es uns allen. Da ist es dann wichtig, den Blick nach innen zu wenden, nach dem Warum zu fragen und daraus zu lernen. Das ist ein Teil unserer Arbeit.«

Zum ersten Mal ist mir Thomas wirklich aufgefallen, als wir uns in einem Gespräch über eine Patientin befanden, die von ihrem Großvater missbraucht worden war. Mehrere andere aus dem Behandlungsteam waren anwesend, und Thomas erläuterte, was er über Menschen dachte, die sich an Kindern vergreifen. Als Psychologe, erklärte er, suche man häufig nach Ursachen für eine Handlung, weshalb man schnell Sympathie für einen gewalttätigen Menschen aufbringen könne, der in einem schwachen Augenblick aufgrund von alten Traumata die Selbstkontrolle verliert. Für Menschen allerdings, die sich an Kindern vergreifen, könne Thomas niemals Mitleid aufbringen. Sich an einem Kind zu vergreifen sei eine Wahl, sagte er, keine spontane, sondern eine durchdachte Entscheidung, und zu behaupten, es sei eine Veranlagung, bedeute nicht nur, sich vor der Verantwortung zu drücken, sondern auch zu behaupten, der Zustand sei unbehandelbar. Es war eine aufwühlende Besprechung. Ich bewunderte seine ungefilterte Ehrlichkeit.

»Du wolltest mir etwas erzählen?«, fährt er fort. »Du hast in der Nachricht geschrieben, es sei äußerst wichtig?«

Die verbotenen Wörter brennen in meiner Mundhöhle, doch ich schaffe es nicht, sie herauszulassen, und plötzlich kommt es mir völlig falsch vor, jetzt hier zu sein. Als ob ich kurz davor wäre, eine große Dummheit zu begehen. Etwas total Verrücktes, Ungesetzliches. Einundzwanzig Jahre habe ich von Mama zu hören bekommen, dass ich niemals jemandem erzählen darf, wer ich bin, dass ich niemals jemandem vertrauen kann. Ich habe nicht nur meinen Namen und mein Aussehen geändert, meinen Akzent, meine Interessen; Mama hat mir zusätzliches Körpergewicht aufgezwungen, eine andere Gangart, andere Fakten, ein anderes Lächeln, eine andere Persönlichkeit. Ich musste sogar lernen, mit der rechten Hand zu schreiben. Jetzt weiß ich nicht mehr, was natürlich ist. Das Natürliche ist das hier. Den Mund halten. Sich verstecken. Ich hätte wissen müssen, dass es unmöglich sein würde, meine Maske abzunehmen, auch jetzt. Mamas Drohungen und Schreckgespenster sind zu meinen Gedanken geworden.

»Ist etwas passiert?«, fragt Thomas.

Er ist ein guter Menschenkenner. Er hat mir erzählt, dass er in Gesprächen mit Patienten häufig die gleichen Gefühle wie sie verspürt und davon ausgehend handelt. Jetzt hat er ein Bein über das andere geschlagen, die Schuhspitze schwingt befreit, während ich feststecke und mir klar wird, dass ich für immer feststecken werde, dass alle Zukunftsträume, die ich hatte, eine Rettungsboje gewesen sind, aus der die Luft entwichen ist.

»Du bist also nicht wegen Fanny hier.«

Da ist kein negativer Klang in seiner Stimme, eher eine Art Mitleid.

»Als du mir gestern eine Nachricht geschickt hast ...«, setzt er an, doch ich unterbreche ihn:

»Sorry, das war ein Versehen.«

»Und jetzt?«

»Du hast gesagt, dass ich mich melden kann?«

Ich höre, wie ruhig ich erscheine, wie geschickt ich darin bin, den Sturm im Inneren zu blockieren.

Er befeuchtet seine großen Lippen mit der Zunge. Er ist auch ein guter Küsser. Von allen meinen Bekannten fiel Thomas mir als derjenige ein, dem ich am meisten vertrauen könnte.

Thomas weicht meinem Blick nicht aus, er hat einmal gesagt, dass sich erst nach einem längeren Anstarrwettbewerb die reine Form unserer Seele zu zeigen wagt. Ich wünschte, er könnte meine Gedanken lesen und mir sagen, was ich tun soll.

»Um ehrlich zu sein«, sagt er, »finde ich es eigentlich nicht so gut, dass du eine ernste Situation wie diese ausnutzt.«

»Was? Nein. Das tue ich nicht ...«

»Ida. Ich verstehe, dass du traurig bist. Oder wütend. Oder beides. Ich hätte dich nicht zu dem Glauben verleiten dürfen, dass es mit uns etwas werden könnte. Das bedaure ich. Schlechte Urteilskraft von meiner Seite. Aber ich hoffe, dass wir das jetzt hinter uns lassen können. Ich möchte nicht daran schuld sein, dass du die Station verlassen musst. Ich weiß ja, wie wohl du dich hier fühlst.«

Ich senke den Blick. Vielleicht ist er doch nicht so ein guter Menschenkenner. Er kann unmöglich spüren, was ich jetzt fühle. Oder vielleicht tut er genau das: Er spürt die Angst, schuld daran zu sein, dass andere zugrunde gehen. Sechsmal haben wir uns geküsst, fünfmal endete es mit Sex. Das erste Mal war eine schnelle Nummer in einem Kneipenklo vor Ostern. Danach konnte er mir nicht mehr in die Augen sehen. Nach einem Umtrunk mit anderen Kollegen am Ende des Monats landeten wir in einem Hotelzimmer, da war er liebevoller. Es gab noch mehrere Hotelzimmer, beim letzten Mal ist er nicht nach ein paar Stunden wieder gefahren, sondern blieb über Nacht. Wir schliefen nicht, ich ließ ihn seine heimlichen Lüste ausforschen, ohne Worte. Die kamen später, am selben Abend, in Form einer langen Textnachricht, in der er schrieb, er müsse an seine Familie denken. Ich musste versprechen, ihn niemals privat zu kontaktieren. Bei der Arbeit sollten wir uns selbstverständlich professionell zueinander verhalten, aus unseren Fehlern lernen; er schob es darauf, dass er und seine Frau im letzten Jahr eine schwierige Phase durchlebt hätten.

Ich stehe auf. Ich muss fahren. Wohin soll ich fahren?

Er steht ebenfalls auf. Legt plötzlich die Hand auf meinen Arm. Lässt sie für eine rein freundschaftliche Geste zu lange dort liegen. Sie ist warm und weich, und ich bekomme Lust, mich an seine Brust zu lehnen.

Jäh zieht er die Hand zurück. »Soll ich dich nach Hause fahren? Ich wollte sowieso in die Innenstadt, um mich mit Fannys Vater zu treffen.«

Ich sehe auf die Uhr. Bald Mitternacht. »Ist Freddy jetzt noch da draußen?«

»Die haben im Rahmen der Suchaktion einen Treffpunkt in seinem Event-Büro eingerichtet.«

»Suchaktion?«

»Ja, die haben Verwandte und Freunde mobilisiert, nachdem sie ein paar Hinweise bekommen haben, wo Fanny sein kann.«

»Was für Hinweise?«

»Ich weiß nicht. Und sie wissen auch nicht, ob sie denen

trauen können.« Er tritt an die Garderobe neben der Tür und zieht eine Lederjacke an, die für die Jahreszeit viel zu dünn ist. »Wenn du mich fragst, dann hat Fanny vermutlich einen Rückfall bekommen und ist auf irgendeiner Party gelandet, die ein paar Tage dauert.«

Ein neuer Gedanke wächst in mir heran. Eine neue Möglichkeit, einen Ausweg aus dem Nebel zu finden.

»Ist Frøydis auch da?«, frage ich.

»Davon gehe ich aus.«

»Ich komme mit.«

Thomas nimmt eine Tragetasche vom Boden. »Ich glaube nicht, dass das so schlau ist. Freddy Strand hat mir erzählt, wie du dich aufgeregt hast, als du bei ihnen warst.«

Was hat Freddy ihm eigentlich erzählt? Weiß Thomas von dem rosa Hasen?

»Warum hast du mir nicht erzählt, dass Freddy immer Angst hatte, Fanny könnte sterben, als sie früher weggelaufen ist und sich betäubt hat?«, frage ich. Ablenkung ist oft die beste Verteidigung.

Er beißt nicht an. »Es ist wichtig, dass du Grenzen dafür setzt, wie sehr du dich bei jedem Patienten involvierst, Ida. Und Angehörige außerhalb der Arbeitszeit aufzusuchen ist, wie du weißt, gegen die Leitlinien.« Wieder der belehrende Ton.

»Warum fährst du dann dahin?«, frage ich.

Er zögert, so lange, bis ich weiß, was das Neue in seinem Blick ist. Ich erkenne es wieder, allzu gut, es ist keine Unsicherheit, es sind Schuldgefühle. Nicht weil er seiner Frau untreu geworden ist, sondern weil er eine falsche Einschätzung abgegeben hat, weil er mitschuldig daran sein kann, dass Fanny jetzt womöglich in einem schwarzen Sack zurückkommt.

Er versucht, es mit einem Lächeln zu übertünchen. »Ich fahre kraft meines Berufs und meiner hiesigen Stellung dorthin. Wenn mich ein verzweifelter Angehöriger anruft, dann weise ich ihn nicht ab. Dann biete ich ihm eine Stütze an, solange ich es vermag.«

»Und ich kann das nicht?«

# 11

Wir klettern in Thomas' kleinen blauen, elektrischen Fiat. Hier gibt es keine Kindersitze auf der Rückbank, selbstverständlich haben sie ein größeres und stabileres Familienauto, um die Kinder hin und her zu fahren. Mit geübten Händen startet er den Motor, und schon gleiten wir fort vom Krankenhaus, durch schlafende Straßen und Wohngebiete, und für einen Moment stelle ich mir vor, dass wir einfach immer weiterfahren, hinaus aus der Stadt, hinaus aus dem Land, nur wir beide, zu einem neuen Ort, einem neuen Leben.

Thomas zupft sich mit Daumen und Zeigefinger an der Oberlippe, eine schlechte Angewohnheit, die ihn immer dann überkommt, wenn er tief in Gedanken verfällt. Ich glaube nicht, dass er an das letzte Mal zurückdenkt, als wir in dieser Metallblase eingekapselt waren, an den Tag, an dem ich nach der Arbeit das Angebot zum Mitfahren annahm und wir auf einem verlassenen Parkplatz im Wald Bymarka endeten. Was, wenn Fanny irgendwo in den Wald geworfen wurde? Was, wenn sie niemals gefunden wird?

Als Thomas den Wagen direkt vor dem Event-Büro parkt, fallen weitere Regentropfen auf die Frontscheibe herab. Hinter den Fenstern des roten Holzhauses ist es hell und lebendig. Von außen kann es wie eine gemütliche Gesellschaft an einem Freitagabend wirken, ein Firmenfest, ein Geburtstag. Eine muntere Glocke ertönt, als wir über die Türschwelle treten. In den kleinen, gemütlichen Räumlichkeiten sind weitaus weniger Menschen, als ich mir vorgestellt habe. Nur zehn oder zwölf Erwachsene, auf kleine Gruppen verteilt, in einer Sofaecke, an zwei Schreibtischen. Köpfe mit und ohne Haare dicht zusammengedrängt, die Gespräche sind leise und kleiden den Raum in eine Ernsthaftigkeit, die im Kontrast zu den stimmungsvollen, von den Wänden herablächelnden Werbefotos steht. Einige glotzen neugierig herüber, versuchen, uns richtig einzuordnen: Freunde, Nachbarn, Kollegen, entfernte Verwandtschaft, gute Kunden?

Als Freddy uns entdeckt, kommt er sogleich näher.

»Schön, dass Sie beide kommen konnten.« Er zieht mich in eine spontane Bärenumarmung. »Geht's Ihnen gut?«

»Ja, ja«, beruhige ich ihn schnell. »Und Ihnen?«

Ich kann Frøydis nirgendwo entdecken.

»Ich bin allen dankbar, die helfen möchten«, sagt Freddy. Der Optimismus in seinen Augen ist zurück. Er muss jetzt der starke Vater sein. Der alles organisiert und regelt.

»Schön, zu sehen, dass so viele da sind«, sagt Thomas.

Freddy nickt. Die weißen Fingerspitzen um seine Kaffeetasse verraten, dass er viel Kraft aufwendet, um so gefasst zu wirken.

»Wo ist Frøydis?«, frage ich.

»In der Küche.« Er dämpft seine Stimme. »Ich habe sie zum Suppekochen abkommandiert. Sie hat seit über vierundzwanzig Stunden nicht geschlafen, weigert sich aber, nach Hause zu fahren, und hat ihre Mutter überredet, auf das Haus aufzupassen, für den Fall, dass Fanny dort auftaucht.« Um sicherzugehen, dass ihn niemand hört, blickt er sich um. »Aber sie sollte nicht hier sein. Die Leute glauben ja, dass sie durchgedreht ist, wenn sie ihre Wahnvorstellungen verbreitet …«

»Ich kann ja mal mit ihr reden«, sage ich.

Freddy schüttelt den Kopf. »Am besten lassen wir sie in Frieden.« Er sagt *wir*, meint aber eigentlich mich. Er weiß ja, wie ungestüm Frøydis mir gegenüber war, und möchte wohl vermeiden, dass es zu einer Szene kommt.

»Lassen Sie Ida es doch versuchen«, wirft Thomas ein. »Sie ist ziemlich gut mit solchen Dingen.« Ich weiß nicht, ob er das wirklich meint oder ob er mich vielleicht hat mitkommen lassen, um nicht selbst mit Frøydis reden zu müssen, auch er ist ein Container für ihre krassen Ausbrüche gewesen.

Freddy wirkt nicht überzeugt.

»Haben Sie vielleicht ein bisschen Kaffee?«, fragt Thomas.

Freddy wischt seine Zweifel mit einem neuen Lächeln beiseite. »Aber natürlich.«

Während sie auf die Sofagruppe und die Kaffeekannen zutreten, bewege ich mich an Wollpullovern und Wanderhosen vorbei, an kräftigem Schweißgeruch und Bruchstücken von Theorien über Fannys Verbleib. Ich bleibe vor einer geschlossenen Tür stehen, die anscheinend in die Küche führt. Ich bin unsicher, ob ich anklopfen soll, entscheide mich schließlich dagegen. Die Angeln quietschen, als ich die Tür aufstoße.

Die Küche ist eng, ein paar Schränke, eine Arbeitsplatte mit kleingeschnittenem Gemüse, ein Herd, auf dem ein großer Suppentopf köchelt. Frøydis steht mit dem Rücken zu mir, allein, in demselben Mantel wie neulich, den Suppenlöffel in der Hand. Sie blickt zum Fenster, von wo aus ihr Spiegelbild unbeteiligt auf sie zurückstarrt.

»Frøydis?«, probiere ich es.

Sie dreht sich um. Keinerlei Freude zu spüren. Keine Mimik.

»Ich weiß, dass es gerade sehr schwierig ist für Sie«, sage ich.

Ihr Gesicht verhärtet sich, die Nasenlöcher werden größer. »Hat Freddy Sie geschickt?«

»Nein. Ich habe mich Thomas Moan angeschlossen, als ich hörte, dass er hierhin wollte.«

»Und wozu?«

Ich sollte etwas behutsamer vorgehen, aber die Zeit wird langsam knapp. »Tut mir leid, dass ich Ihnen zu Beginn nicht richtig zugehört habe, aber jetzt würde ich gern mehr erfahren. Warum sind Sie so sicher, dass Fanny entführt wurde?«

Frøydis schnaubt derart, dass ein Tropfen Rotz aus ihrer Nase entweicht. »Glauben Sie etwa, ich kapiere nicht, was Sie hier tun? Freddy hat Sie gebeten zu kommen, um mich dazu zu bringen, den Mund zu halten. Sonst wird er *mich* einweisen lassen, oder wie?«

»Freddy hat mich nicht gebeten zu kommen. Ich bin hier, weil ich glaube, dass Sie recht haben.« Ich sehe ihre plötzliche Überraschung. »Bitte«, sage ich. »Erzählen Sie mir alles, was Sie über diesen Mann wissen, der Fanny verfolgt hat.«

Sie sagt nichts. Eine ganze Weile. Schließlich stößt sie ein Seufzen aus. »Das Problem ist, dass ich nicht so viel über ihn weiß.«

»Wie hat Fanny ihn denn beschrieben?«

»Ich habe sie mehrmals gefragt, wie er aussah. Körperbau, Alter, Haarfarbe, Haut, aber Fanny hat bloß gesagt, er sei ein *ganz normaler Typ*. Sie hat ihn nie aus der Nähe gesehen. Hat nie sein Gesicht gesehen. Sie sagte, er sei immer ganz schnell entwischt, wenn sie ihn entdeckt hat.«

»Dann hat sie also nie mit ihm gesprochen?«

Frøydis schüttelt den Kopf.

»Aber wieso sind Sie dann so sicher, dass sie ihn sich nicht bloß eingebildet hat?«

Sie schlingt sich die Arme beschützend um den Leib. »Es war die Art, wie sie über ihn geredet hat. Nennen Sie es meinetwegen Intuition. Wenn Sie selbst Mutter wären, würden Sie verstehen, was ich meine.«

»Aber Sie haben doch wohl etwas Konkreteres als das?«

Ihre Lippen spannen sich. »Ja. Das sollte ich. Und wissen Sie, wie sich das jetzt anfühlt? Dass ich als Mutter nicht gut genug auf meine Tochter aufgepasst habe. Ich hätte härter darum kämpfen müssen, dass man mir glaubt.« Ihre Augen glühen vor Selbstverachtung, als sie sich abwendet und durch eine Hintertür neben dem Herd hinausgeht.

Ich hätte behutsamer vorgehen sollen. Ich hätte ihr alles erzählen sollen. Jetzt folge ich ihr. Hinter der Tür gibt es eine schmale Treppe ins Obergeschoss. Ich steige hinauf, verliere für einen Augenblick fast das Gleichgewicht, weil das Geländer lose ist, gehe aber weiter. Oben an der Treppe befindet sich ein vollgestopfter Raum, ein Lager. Verschiedene Ausrüstungen und Kulissen und Zubehör für Feste und Veranstaltungen stapeln sich darin vom Boden bis zur Decke. Ich steige über Lautsprecher und Wikingerhelme, große Plastikwannen mit Geschirr und Dekomaterialien und Glitzervorhängen, bis ich am Ende des Raums zu einer angelehnten Tür komme. Ich gehe nicht hinein, spähe nur durch den Türschlitz, will sehen, ob sich ihre Wut gelegt hat, ob sie offen ist für eine Fortsetzung des Gesprächs.

Der Raum scheint ebenfalls ein Lager zu sein, und inmitten von Klapptischen und Discokugeln hockt Frøydis auf dem Fußboden, auf den Knien, noch immer mit dem Suppenlöffel in der Hand. Sie wiegt sich vor und zurück, aber das ist nicht das Auffälligste: Ihr Gesicht ist zu einer schrecklichen, schmerzhaften Grimasse verzogen. Noch nie zuvor habe ich jemanden so weinen sehen, tonlos, ein lebender Klumpen voll stummem Schmerz. Als ob sie sich alle Kleider, die Haut, vom Leib gerissen hat und ihr Innerstes entblößt, die schlimmsten Ängste. Und ich sehe vor mir, dass sie in ein paar Jahren auch auf dem Fußboden liegen wird, volltrunken, mit einem Urinfleck im Schritt.

# 12

Die Torgkone, die Skulptur einer Marktfrau, lächelt mich unter ihrem Bronzehut an. Sie schert sich nicht um den schüttenden Regen, hält ihre Handtasche und ihre Einkaufstüte fest umklammert, während sie über den leeren Platz späht. Der Name dieser volkstümlichen Skulptur lautet *Go' dagen*. Jetzt sind die guten Tage vorbei. Wieso habe ich diesen Noman nicht früher kontaktiert? Jetzt habe ich noch mehr zu erklären. Noch mehr, worauf ich keine Antwort geben kann.

Ich sehe ihn auf mich zukommen. Zusammen mit einem angeleinten schwarzen Schäferhund. Mein Körper will flüchten, das hier ist eine verdammt schlechte Idee, aber was, wenn Fanny lebt und morgen tot ist?

Er nickt mir kurz zu, als er auf mich und die Torgkone zutritt. Der Hund hat offenbar kein Interesse, mich zu begrüßen, und setzt sich auf Nomans Kommando brav auf den Boden. Ich habe Hunde noch nie gemocht. Sie sind zu abhängig von anderen. Noman und der Hund sind beide nass, haben vielleicht ebenfalls draußen nach Fanny gesucht, aber genau wie die Torgkone scheinen sie für jede Art von Wind und Wetter gerüstet zu sein. Nomans frisch gebügeltes Hemd ist durch eine teure Allwetterjacke ersetzt worden, an den Füßen trägt er frisch geputzte Bergstiefel.

Keine Schande, jetzt umzukehren.

»Ja?«, fragt er.

Es ist fünfundzwanzig Minuten her, dass ich ihn angerufen und gebeten habe, mich hier allein zu treffen. Über fünfundzwanzig Stunden, dass Fanny zuletzt ein Lebenszeichen von sich gegeben hat. Ihre Spuren beginnen langsam kalt zu werden. Ich erklärte, ich könne am Telefon nichts sagen. Noman sieht müde aus. Vielleicht habe ich ihn geweckt. Ich sehe mich um. Das Restaurant nebenan hat schon geschlossen. Hier am Rande des Platzes gibt es keine anderen Ohren.

Noman steht direkt vor mir. Ich versuche, die Übelkeit herunterzuschlucken. Die Uhr hat einen neuen Tag geschlagen, randvoll mit neuen Möglichkeiten.

»Ja?«, wiederholt er. »Ich habe nicht die ganze Nacht Zeit.«

Ich wippe auf der Stelle. Eine unbekannte Dunkelheit gähnt mich an. Ich glaube, Fanny nach mir rufen zu hören, so wie ich einmal rief, ohne dass jemand mich hörte?

Noman glotzt auf die maskuline Uhr an seinem Handgelenk. Ich habe Angst, dass er gehen will. Ich weiß nicht, wie ich anfangen soll, weiß aber, dass ich muss.

Ich springe ins kalte Wasser. »Vor dreiundzwanzig Jahren ist ein fünfjähriges Mädchen in Asker verschwunden«, sage ich. »Gleich außerhalb von Oslo.«

Die Wörter kommen schnell, stakkatohaft. Noman spitzt die Ohren unter seinem Basecap, wie ein Hund, der die Fährte aufgenommen hat. Ich fahre fort, ohne Atem zu holen. »Eines schönen Augusttages ist sie spurlos von einem Spielplatz verschwunden. Eine große Suchaktion wurde eingeleitet. Niemand hat sie gefunden. Gut zwei Jahre später ist das Mädchen plötzlich wieder aufgetaucht, ganz von allein. Auf einer Straße in Lier, zwanzig Kilometer entfernt. Sie hielt ein Spielzeug in der Hand. Ein Hundespielzeug. Einen rosa Plüschhasen.«

Der Schäferhund reckt die Schnauze in die Luft.

Noman rührt nicht einen Muskel.

Es kratzt mich im Nacken. Erneut schaue ich mich um. Muss fortfahren. »Das Mädchen konnte nicht das Geringste über die zwei Jahre berichten, in denen sie verschwunden war. Sie erinnerte sich nicht. Der Psychologe meinte, das sei ein Verteidigungsmechanismus. Dass sie alle Erinnerungen aus dem Bewusstsein verdrängt hatte, wie es traumatisierte Kinder tun, um zu überleben. Der rosa Hase konnte der Polizei keinen Hinweis darüber geben, wo oder mit wem das Mädchen zusammen gewesen war.«

Ich mache eine Pause, um die Lunge zu füllen. Balle meine Hände im Inneren der Jackentasche zusammen, um nicht erkennen zu lassen, wie sehr sie zittern.

Noman nickt. »Der Fall Lilly Leonora«, sagt er.

Es ist eigenartig, jemanden den Namen laut aussprechen zu hören, und ich spüre Tränen hervorkommen. Sie kommen plötzlich und unerwartet. Ich beiße mir auf die Innenseite der Wange.

»Ich kann mich gut an den Fall erinnern«, sagt er. »Der war Gesprächsthema auf der Polizeihochschule.«

Dann weiß er auch von den Narben in meinem Unterleib. Derentwegen die Polizei auch annahm, dass ein Mann hinter der Entführung steckte, *mindestens ein* Mann.

»Ich gehe davon aus, dass Sie mich nicht mitten in der Nacht angerufen haben, um mir von einem alten, ungelösten Entführungsfall zu erzählen?«, fragt er. Sein Blick wirkt jetzt hungrig.

Ich öffne den Reißverschluss meines Rucksacks und nehme den rosa Hasen hervor. Kurz und sachlich, so wie ich mir vorstelle, dass er selbst ein Beweisstück präsentieren würde. »Ich habe ihn zu Hause bei Fanny gefunden«, sage ich. »In ihrem Zimmer. In einer Schublade.«

Noman betrachtet den rosa Hasen. Der Hund starrt ebenfalls, beginnt zu sabbern.

»Sie haben also im Zimmer von Fanny Strand dieses Hundespielzeug gefunden«, sagt Noman, »das einem anderen Hundespielzeug ähnelt und mit einem Entführungsfall vor zwanzig Jahren verknüpft ist, über 500 Kilometer von hier entfernt?«

Ich nicke. »Aber es ähnelt ihm nicht nur. Es ist dasselbe Spielzeug.«

»Ach, tatsächlich?«

Der Hase glotzt mich an. Die angenähte Kindersocke ist schwerer als das andere Ohr und lässt den Kopf zur Seite wegknicken.

»Ich kann mich gut an diesen Fall erinnern«, sage ich. »Weil meine Mutter so sehr davon berührt war. Ich war ja damals so alt wie dieses Mädchen, und meine Mutter bekam Angst, dass ich auch entführt werden könnte. Wie so viele Mütter. Und dieses Kuscheltier war ja in allen Zeitungen abgebildet. Wie so eine Puppe in einem Horrorfilm. Meine Freundinnen und ich hatten deswegen Albträume.«

Meine Kleidung ist klatschnass, aber die Zunge ist trocken. Sieht er, dass ich schwindele? Ich bin noch nicht bereit, ihm die ganze Wahrheit aufzutischen. Ich bin nicht bereit, mit fremden Ermittlern, die mein Gehirn sezieren möchten, in einen Vernehmungsraum gesperrt zu werden. Am wichtigsten ist, dass die Polizei an den richtigen Orten nach Fanny sucht.

Noman greift mit seinem wasserdichten Handschuh nach dem Hasen. »Wann haben Sie das gefunden?«

Das Tier sieht in seiner großen Pranke verängstigt aus, gefangen und voller Furcht, und egal, wie sehr ich dagegen ankämpfe, bin ich plötzlich zurück. Zurück an dem Tag, an dem ich aus dem Nichts wieder auftauchte, als hätte mich ein Ufo abgesetzt, inmitten mir fremder Häuser in Lier. Kurze Erinnerungsfetzen, die vor meinen Augen aufblitzen: Die faltige Hand der alten Frau, die auf mich zukam. Die Blaulichter. Schwarze Polizeistiefel. Mamas Tränen, die meine Kopfhaut feucht und warm werden ließen. Meine Weigerung, den Hasen loszulassen. Ich erinnere mich nur an diese Bilder, Bilder ohne Ton, ohne Gefühle.

»Waren Sie jetzt zu Hause bei Familie Strand?«, fragt Noman.

Ich beiße noch härter auf die Wange. Nicke. »Vor ein paar Stunden.«

»Vor wie viel Stunden?«

»Ich weiß nicht. Das war etwa gegen fünf oder sechs.«

»Warum haben Sie mich nicht früher angerufen?«

Das Letzte sagt er nicht laut, aber ich sehe, dass er es denkt. Ich hätte das Kaninchen natürlich in Fannys Schublade liegen lassen sollen. Jetzt ist es mit meiner DNA verunreinigt, mit Mamas, vielleicht hat der Regen auch alle Spuren fortgespült. Noman stellt mir weitere Fragen über das Kaninchen, ich kann keine davon beantworten. Und wieder bin ich das unfähige siebenjährige Mädchen, das es nicht schafft, die Wünsche der Erwachsenen zu erfüllen. Ich hätte Lust, das Kaninchen in Stücke zu schneiden und nachzusehen, ob meine Erinnerungen irgendwo dort drinnen versteckt sind.

»Haben Sie jemand anderem von diesem Hasen erzählt?«, fragt er.

Ich schüttele den Kopf. Ohnehin wäre es sinnlos, wenn er sich mit Mama unterhielte.

»Es ist sehr wichtig, dass Sie niemandem davon erzählen. Nicht, bevor wir wissen, was das zu bedeuten hat. Verstehen Sie?« Jetzt ist sein Ton genau so, als ob er dem Hund einen Befehl gäbe.

Ich nicke.

Noman sieht mich fragend an.

»Ja«, sage ich. »Ich verstehe.«

Der Hund steht abrupt auf, als hätte er eine unhörbare Anweisung bekommen.

»Dann machen wir das so«, sagt Noman und zieht einen Hundebeutel aus der Tasche, in den er den Hasen legt.

# 13

Als ich nach Hause komme, hämmern schwere Technobässe und das Gegröle der Studenten von der Wohnung unter mir durch den Fußboden. Obwohl die Haustür verschlossen und die Alarmanlage eingeschaltet war, durchkämme ich die zweiundvierzig Quadratmeter sehr genau: Badezimmer, Wohnzimmer und Küche, Schlafzimmer, jeden Schrank. Ich schaue unter das Bett, unter das Sofa. Nur zur Sicherheit. Ich schäle mich aus den nassen Sachen, und im Badezimmerspiegel sehe ich, dass der Regen mein blondes Haar lockig gemacht und über die Schultern ausgebreitet hat.

Ich nehme eine Dusche. Fahre mit dem Rasierer über die glatte Haut. Färbe die Wurzeln meines Kopfhaares, obwohl es noch keine Anzeichen für einen nachgewachsenen schwarzen Haaransatz gibt. Ich föhne es trocken und bearbeite jede Andeutung von Locken mit dem Glätteisen. Das Ritual hat in der Regel einen beruhigenden Effekt, doch dieses Mal nicht. Anschließend putze ich die Wohnung. Die schwelende Wut hinter den Rippen ist erwacht. Das, was mich mitunter hassen lässt. Mama hassen lässt. Die seinerzeit Ja anstatt Nein gesagt hat.

Sie hat die Geschichte nie ausgeschmückt. Hat es so gesagt, wie es gewesen ist. Dass ich als Kind eine richtige Nervensäge gewesen sei, stur und trotzig, wenn ich meinen Willen nicht bekam. An jenem schicksalsträchtigen Tag war ich mit Fieber und einer Erkältung aus dem Kindergarten nach Hause gekommen, doch nachdem ich eine Paracetamol bekommen hatte, wurde ich wieder munter und wollte raus und spielen. Mama war mit meinen Zwillingsbrüdern in Elternzeit, sie waren acht Monate alt und lagen nachts oft wach. Mama war müde und erschöpft, bekam nie genug Schlaf. Das Erste, woran sie morgens dachte, war, dass sie sich auf den Abend freute, wenn sie sich hinlegen könnte. Als ich sie fragte, ob ich zum Spielplatz gehen dürfe, sagte sie zuerst Nein. Sie meinte, ich sei zu klein, um allein dorthin zu gehen, obwohl er kaum hundert Meter von unserem Haus entfernt lag. Doch ich quengelte und quengelte, und schließlich gab sie nach, dieses eine Mal, und als sie zwanzig Minuten später mit dem Zwillingskinderwagen angerollt kam, hatte mich jemand von dem Leben getrennt, für das ich eigentlich vorgesehen war.

Ich überprüfe alle Online-Zeitungen, aber noch steht da nichts über Fanny. Ich stelle mir vor, dass die Polizei eine ebenso intensive Jagd nach ihr eingeleitet hat wie damals nach mir, in den ersten Monaten. Vielleicht war da ein Fingerabdruck auf dem Hasen, der in den Registern auftauchte, und jetzt sind sie schon unterwegs, um eine Verhaftung vorzunehmen? Wie werde ich wohl reagieren, wenn ich den Kidnapper sehe? Wird sein Anblick dazu führen, dass ich mich an etwas aus den zwei leeren Jahren erinnere?

Etwas in mir verknotet sich bei dem Gedanken.

Ich schlafe unruhig. Werde wach davon, dass *er* wieder vor dem Bett steht. Die diffuse Männergestalt ohne Gesicht.

Es gibt keine Muster in diesem sich wiederholenden Albtraum. Er kommt, wenn er will, nicht so oft wie jetzt, zweimal in einer Woche. Manchmal können Monate dazwischen liegen, Jahre, aber immer, immer gibt es mir das gleiche lähmende Gefühl, das abzuschütteln manchmal viele Stunden dauert.

Auf der Rückseite der Vorhänge gleitet das Wochenende vorbei, während ich auf einen Anruf warte, eine Meldung, eine Internet-Schlagzeile, die mir sagt, dass Fanny wohlbehalten gefunden wurde. Ich räume mein Bücherregal auf. Bücher sind immer ein Ersatz dafür gewesen, dass ich mich in der realen Welt nicht so gut mit Menschen anfreunden kann: Gedichte, Sachbücher, Romane, am liebsten romantische Romane. Die Twilight-Serie war die erste, die mich an Liebesgeschichten herangeführt hat. Ich krame durch meine DVD-Sammlung, meist Thriller, Gruselfilme. *The Sixth Sense. Get Out. Parasite. Psycho.* Die Furcht und Angst anderer Menschen zu verspüren hat manchmal meine eigene gemildert.

Ich sortiere meine Kleidung nach Farben: beige, grau, weiß. Neutrale Farben und Formen, nichts, was hervorsticht. Ich klimpere ein bisschen auf dem alten Klavier herum, das ich beim Einzug übernommen habe, *Bruder Jakob,* das einzige Stück, bei dem ich die Bässe mit der linken Hand mitspielen kann. Dann werde ich es leid und höre mir Chopin auf dem Handy an. Ich nehme eine Schlaftablette, um traumlos zu schlafen, kratze mich im Schlaf – als Bestrafung? Ich sollte nach Fanny suchen, ich sollte in die Stadt fahren, damit das Jucken nachlässt, aber ich schaffe es nicht, ich traue mich nicht. Jedes Mal, wenn ich an der Wohnungstür stehe, stelle ich mir vor, dass *er* draußen steht.

Ich rufe mir in Erinnerung, dass er, seitdem ich hier lebe, unmöglich wissen kann, wer ich bin. Warum steht in den Zeitungen noch immer nichts über Fanny?

Ich esse den Kühlschrank leer, doch die Unruhe lässt sich nicht betäuben. Sonntagabend um halb acht rufe ich Noman an. Er meldet sich kurz angebunden nach dem ersten Klingeln. Im Hintergrund redet jemand. Vielleicht sitzt er mit seiner Bonustochter beim Abendessen und ist genervt davon, dass ich die Familienidylle störe.

Ich versuche, genauso sachlich zu klingen wie er, als ich frage, ob der Hase irgendwohin geführt hat. Noman ist wortkarg, sagt, dass er leider beschäftigt ist, und will das Gespräch beenden, aber ich hindere ihn daran.

»Warum steht in den Zeitungen nichts über Fanny? Vielleicht gibt es ja Zeugen, die sie gesehen haben.«

Er scheint sich in einen anderen Raum zu begeben, die Hintergrundgeräusche verstummen, und seine Stimme wird kühler. »Das hier ist nicht der einzige Vermisstenfall«, sagt er. »Vor ein paar Monaten verschwand ein männlicher Teenager aus der Stadt und wurde für drei Wochen vermisst, bevor er wieder auftauchte. Es gibt viele Gründe dafür, warum Menschen weglaufen.«

»Aber Fanny ist doch nicht freiwillig weggelaufen?«

Er zögert die Antwort heraus. »Ich weiß nicht, wie gut Sie die Familie Strand kennen, aber Sie müssen jetzt etwas vorsichtig sein mit dem, was Sie sagen und tun. Damit Frøydis nicht auch noch einen Rückfall erleidet.«

»Wovon reden Sie?«

Es wird still in der Leitung.

»Was meinen Sie damit? Was für einen Rückfall?«

Er seufzt. »Sie in Ihrem Job haben bestimmt schon einmal gehört, dass Drogenabhängigkeit und psychische Krankheiten vererbt werden können?«

War es Frøydis deshalb so wichtig, wie perfekt zu erscheinen?

»Das hat aber momentan nichts zu bedeuten«, sage ich. »Frøydis hat ja schließlich recht. Fanny ist entführt worden.«

Abermals Stille. Vielleicht stopft er sich gerade einen Snusbeutel unter die Lippe. »Haben Sie mit Fanny über den Fall Lilly Leonora gesprochen?«, fragt er.

»Nein …«

»Vielleicht hat sie davon gelesen, als sie anfing, sich verfolgt zu fühlen. Sie soll große Angst gehabt haben, entführt zu werden. Und Täter haben ja oft ein Handlungsmuster, einen Modus Operandi, aber es gibt einen ziemlich eklatanten Unterschied zwischen einer Fünf- und einer Achtzehnjährigen.«

Ich verstehe, worauf er hinauswill. Meine Wangen brennen. »Sie glauben doch wohl nicht, dass Fanny diesen Hasen selbst genäht hat?«

Er antwortet nicht.

»Haben Sie denn überprüft, ob der Hase aus dem alten Entführungsfall in irgendeinem Asservatenlager liegt?«

Ich bekam ihn damals zurück, nachdem die Polizei ihn untersucht hatte, in der Hoffnung, dass er mir helfen könnte, mich an mehr zu erinnern, aber als Mama und ich flüchteten, durfte ich rein gar nichts aus meinem alten Leben mitnehmen. Wo ist Mama das Spielzeug losgeworden?

»Es ist absolut möglich, anhand der alten Zeitungsfotos eine Kopie herzustellen«, sagt Noman. »Denn es ist ja ziemlich seltsam, dass das jetzt in Fannys Zimmer lag. Weder Freddy noch Frøydis haben es je gesehen, sagen sie.«

Einen Moment lang glaube ich, er macht Spaß. »Ernsthaft! Jetzt glauben Sie, dass *ich* es dort hingelegt habe?« Ich brülle fast in den Hörer.

Sein Ton wird sanfter. »Ich versuche nur, Ihnen zu sagen, dass es verschiedene Gründe dafür geben kann, dass das Spielzeug jetzt auftaucht.«

Ich reiße mich zusammen, spreche leiser, kontrollierter: »Ich habe den Hasen in einer Schublade in Fannys Zimmer gefunden. Ich hoffe für Fanny, dass Sie mir glauben.«

»Bleibt abzuwarten, ob das zufällig war oder nicht.«

»Zufällig?«

Im Hintergrund ist eine dunkle Stimme zu hören. Freddys?

Noman muss die Hand über das Mikro gelegt haben, denn am anderen Ende verschwinden die Töne. Dann ist er wieder da. »Hören Sie, ich bin nicht als Polizist in diese Sache involviert. Ich bin auch kein Ermittler. Ich arbeite für die vorbeugende Bekämpfung von Straftaten und im Streifendienst. Aber eines kann ich Ihnen sagen, und zwar, dass die Polizei in der Bevölkerung niemals Angst und Schrecken wegen eines Entführungsfalls verbreitet, solange nicht sicher bewiesen ist, dass es sich tatsächlich um etwas Konkretes handelt. Ich schlage also vor, Sie vertrauen darauf, dass die richtigen Leute die richtigen Einschätzungen treffen. Ich muss jetzt gehen.« Dann legt er auf.

*Zufällig?*

Ich bekomme das Wort nicht aus meinem System.

Was, wenn die Polizei niemals nach Fanny suchen wird?

Ich stelle mir schon die Schlagzeilen vor, falls herauskommt, dass ihr Verschwinden im Zusammenhang mit meiner eigenen Entführung steht. Wenn *er* Fanny nicht schon getötet hat, wird er es vielleicht dann tun, um danach mich zu verfolgen? Vielleicht will er genau das, wenn er sich andere Mädchen schnappt: mich hervorlocken? Es gibt einige Vergewaltiger und Serienmörder mit uneinheitlichem Handlungsmuster, deren Opfer sowohl Erwachsene als auch Kinder waren. Ich habe mal von einem Vater gelesen, der von seiner Tochter im Erwachsenenalter genauso besessen war wie während ihrer Kindheit. Das menschliche Bedürfnis, alles in bestimmte Kategorien einzuordnen, hindert uns vermutlich daran, die dunkelsten Winkel des Bewusstseins wirklich zu verstehen.

Ich öffne eine Zwei-Liter-Eispackung aus dem Gefrierfach und esse so schnell, dass ich Kältekopfschmerzen bekomme. Das verschafft mir eine Pause, doch nur eine kurze, also gehe ich ins Bad, stecke mir den Finger in den Hals und lasse alles, was ich im

Laufe dieses Wochenendes in mich gestopft habe, den hungrigen Kanalratten zukommen. Nagen sie jetzt an Fanny?

Ich bleibe auf den kühlen Fliesen liegen, während mein Magen danach schreit, erneut gefüllt zu werden, und das Einzige, das ich anzubieten habe, ist die Wut, die sich in mir aufbaut, stärker jetzt, und dieses Mal richte ich sie gegen die Person, die mich damals gefangen genommen und dafür gesorgt hat, dass ich nie wieder frei sein kann. Wird er erneut entkommen? Wird Fanny in zwei Jahren wieder auftauchen, völlig zerstört, sowohl physisch als auch psychisch, dazu verurteilt, ein Leben auf der Flucht zu verbringen?

Ich zupfe an dem Pflaster auf meinem Unterarm, reiße den Schorf ab, der sich über der Kratzwunde gebildet hat, betrachte die rote Flüssigkeit, die einen natürlichen Teil meiner selbst ausmacht, auch wenn ich sie nicht jeden Tag sehe. Unverhofft lege ich den Mund auf die Wunde, sauge das Blut auf, befürchte, dass, wenn ein Blutstropfen mich verlässt, ein Tropfen hier, ein Tropfen dort, es am Ende leer wird und ich ein für alle Mal verschwinde. Es piept in den Ohren.

Ein Klingeln.

Es dringt durch die Wand zum Wohnzimmer herein. Mein Handy. Es verstummt. Ehe es erneut klingelt. Und wieder. Eindringlich.

# 14

»Ida?«

Ich höre eine Stimme in der Ferne. Sie klingt vertraut. Eine helle Deckenleuchte brennt mir in den Augen. Ich kneife sie zusammen.

Die sanfte Stimme lässt mich nicht in Frieden. Ich blinzle, drehe den Kopf, oder es ist eine Hand, die es für mich tut, dieselbe, die mich an der Schulter rüttelt. Ich blicke direkt auf Thomas. Er lächelt. Sein warmes Lächeln. »Hallo. Jetzt bist du zurück.«

Neben ihm ist Barbro, warum sieht sie so erschrocken aus? Sie hocken rechts und links neben mir, beide auf den Knien. Ich erkenne den Konferenztisch hinter ihnen. Die weißen Wände mit meditativen Bildern von Wegen, die sich an stolzen norwegischen Felsrücken entlangschlingen. Ich liege im Besprechungsraum auf dem Fußboden.

Ich stütze mich auf die Ellbogen und stöhne. Mein Hinterkopf tut weh. Die Tür zum Gang steht offen, und ich sehe die ängstlichen Blicke von Kollegen, ein paar Patientinnen. Barbro steht auf und tritt zu ihnen. »Es geht ihr gut. Geht ruhig runter zum Frühstück.«

Sie schließt die Tür, während Thomas mir vorsichtig auf die Füße hilft und mich zu einem Stuhl führt. Ich habe feuchte Flecken auf der Uniformhose. Der Fußboden ist mit Kaffeespritzern dekoriert. Ein Becher liegt mit zerbrochenem Henkel klaffend auf der Seite.

»Hier, trink etwas Wasser.« Barbro hält mir ein Glas vor den Mund. Ich tue, was sie sagt, während ich mich frage, wie ich hier gelandet bin. Ich war im Speisesaal. Die Patientinnen sollten sich an den Frühstückstisch setzen, und meine Kaffeetasse war leer. Nach der unruhigen Nacht war ich müde und habe überlegt, ob ich sie auffüllen sollte oder nicht, weil ich manchmal nämlich von zu wenig Schlaf und zu viel Kaffee ein zitterndes Spatzenküken werde. Dann plötzlich, ein schwarzes Loch.

Barbro sieht mich bekümmert an. »Hast du heute schon gegessen?«

Ich schüttele den Kopf. »Es geht mir gut.«

»Tut es augenscheinlich nicht. Du hast nicht genug Kraft. Du kannst das Frühstück nicht einfach auslassen.« Sie nimmt ein paar Servietten vom Tisch und fängt an, die Kaffeepfützen vom Boden aufzuwischen.

Ja, ich habe letzte Nacht unruhig geschlafen, ich habe seit mehreren Stunden nichts gegessen, aber ich bin noch nie zuvor ohnmächtig geworden. Ich hatte immer die Kontrolle, immer.

»Ich kann dich nach Hause fahren«, sagt Thomas. »Ich habe nach dem Mittagessen keine Termine mehr.«

»Ich will nicht nach Hause.«

»Du kannst jetzt nicht arbeiten, Ida.«

»Ich rufe Alan an«, sagt Barbro. »Er kann bestimmt kurzfristig einspringen.«

Thomas hebt mein Handy vom Boden auf. Es war das Gespräch mit Freddy gestern Abend, das mich um den Schlaf gebracht hat. Er rief an und beschimpfte mich dafür, dass ich nun plötzlich zu Frøydis hielt. Es war, als ob er plötzlich ein anderer geworden wäre. Nicht der lächelnde Teddybär, sondern der brüllende Grizzly. Ich ließ ihn alles ausspucken, dachte, dass er bloß erschöpft und ängstlich war und überreagierte. Dass es schwierig für ihn war, zu akzeptieren, dass er sich geirrt hat. Und dennoch schaffte ich es nicht, seine letzten Worte an mir abperlen zu lassen: *Denken Sie an Fanny! Überlegen Sie, wie es Fanny geht, wenn Sie jetzt diese kranken Zwangsvorstellungen unterstützen!*

Und genau das tat ich. Ich dachte die ganze Nacht an Fanny. Ich schaffte es nicht wie sonst, den Kopf auszuschalten. Ich stellte mir alles Mögliche vor, dem Fanny ausgesetzt sein mochte. Es war, als ob ich ihre Schmerzen und Ängste in meinem Körper wüten spürte, ihre Augen pressten sich durch die Wände, leblose Augen, die starr und anklagend dreinblickten, und ich begann ernsthaft zu begreifen, was Mama mit *»es nicht zu wissen ist schlimmer, als es zu wissen«* gemeint hatte.

Barbro besteht darauf, mich in die Umkleide zu begleiten, sie möchte aufpassen, dass ich beim Umziehen nicht erneut ohnmächtig werde. Mir gefällt nicht, dass sie mich dann nackt sieht.

»Du, ich brauchte bloß einen Powernap, okay?«

Sie findet es nicht witzig. »Du hast mir wirklich einen Schrecken eingejagt, Ida. Ich bin in den Besprechungsraum gekommen und habe dich an der Kaffeemaschine stehen sehen. Und dann, plötzlich, bist du einfach nach hinten umgekippt. Ich bin sicher, dass dein Kopf einen Riss im Fußboden hinterlassen hat.«

»Ich werde das später signieren«, entgegne ich. »Mein eigenes kleines *fall of shame?*«

»Also bitte, mach jetzt keine Witze. Am wichtigsten ist doch, dass dir nichts Schlimmes passiert ist?«

Da falle ich nun also einmal in Ohnmacht, und dann ausgerechnet in Barbros Anwesenheit. Pech. Jetzt werden alle davon erfahren.

»Jetzt iss was und ruh dich aus«, kommandiert sie und hält mich länger umarmt, als sie es je getan hat.

Ich treffe Thomas an seinem Wagen. Er öffnet mir die Tür. Ich schnalle mich an. Er startet den Motor, fährt aber nicht los. Die Scheibenwischer kratzen panisch über die Scheibe.

»Ich habe gestern Abend mit Freddy Strand gesprochen«, sagt er. »Ich habe von dem Hasen erfahren, den du gefunden hast.«

Ich blicke auf meine im Schoß gefalteten Hände. Ich habe vergessen, sie zu waschen, wegen der braunen Kaffeespritzer sehen sie aus wie alte Hände mit Pigmentflecken. Hände auf dem Weg in den Tod. Die Bilder von letzter Nacht drängen sich auf. Fannys leblose Augen.

»Ich verstehe ja, dass du auch wissen willst, wo Fanny sich aufhält. Aber dass du jetzt die Meinung der Mutter teilst?« Er seufzt. »Dadurch werden noch größere Konflikte zwischen den Eltern geschaffen, wo sie doch ein Team sein und sich gegenseitig stützen sollten.« Er sieht mich an, als ob er eine Entschuldigung von mir erwartet.

Mein Kopf tut weh, der Kiefer. Ich wünschte, ich könnte ihn ignorieren, aber mein Puls ist jetzt auf doppelte Geschwindigkeit angestiegen.

»Ida ...«

»Nein! Stopp!« Es platzt aus mir heraus. Fast zuckt er zurück, wie es aussieht.

»Du ... verstehst nicht«, stammele ich.

»Was verstehe ich nicht?«

In meinem Hals fängt es an zu brennen. Die Scheibenwischer wedeln hin und her. Soll ich, soll ich nicht?

Er legt die Hand auf meinen Arm. »Was verstehe ich nicht, Ida?«

Seine Hand ist so warm. Schmilzt eine Sperre hinweg.

»Dass Fannys Verschwinden meine Schuld ist«, flüstere ich.

Er streichelt meinen Arm mit dem Daumen. »Wir alle fühlen uns schuldig, wenn so etwas geschieht«, sagt er. »Das ist ganz normal. Wir denken dann an alles, was wir hätten tun oder nicht tun sollen.«

Da ist etwas an der Art, wie er es sagt, als käme es nicht aus einem professionellen Blickwinkel, sondern aus einem echten, verletzbaren Winkel in seinem Inneren.

»Ist es normal, dass du es auch so empfindest?«, frage ich. »Oder empfindest du es jetzt ganz besonders?« Ich blicke ihn an. »Weil du spürst, dass da irgendetwas nicht stimmt.«

Er antwortet nicht.

Soll ich, soll ich nicht.

Ich lege eine Hand auf seine. Versuche, die Furchtlosigkeit aufzusaugen, mit der er für gewöhnlich ausgestattet ist.

»Ich ... ich weiß, wie ich Fanny finden kann.«

Er sieht mich fragend an, noch kann ich einen Rückzieher machen. Ich kann die Tür öffnen und aussteigen, gehen, wohin ich will, aber ich habe mich entschieden. Weil ich seit letzter Nacht weiß, dass Fannys leblose Augen mich verfolgen werden, egal, wohin ich jetzt gehe. Ich werde sie auf jeder Wand sehen, auf jedem Baumstamm, in jedem Gesicht.

»Man kann doch durch Hypnose Informationen hervorholen, die man aus dem Bewusstsein verdrängt hat, oder?«, frage ich.

Er mustert mich. »Du denkst, dass du bei deinen Begegnungen mit Fanny unbewusst etwas Wichtiges aufgeschnappt haben kannst?«

»Nein. Das ist nicht das, woran ich denke.«

»Sondern?«

Ich hole Luft, kann Fanny noch immer Luft holen?

Thomas schaltet die Scheibenwischer ab, kratzt sich den Bart, drei kurze Bewegungen. »Jetzt komme ich nicht mehr mit.«

»Antworte mir einfach«, sage ich. »Kann man durch Hypnose Informationen aus einem verdrängten Trauma hervorholen?«

»Theoretisch ja. Woran denkst du?«

Ich denke an die vielen toten Leben, an denen ich schuld sein kann, weil ich nicht gewagt habe, mich umzudrehen und mich schon früher mit meinen Schatten zu konfrontieren. Ich denke, dass ich feige gewesen bin und jetzt mutig sein muss.

»Dieser Hase«, sage ich. »Der alte Entführungsfall, der damit verknüpft ist, erinnerst du dich an den?«

Er schüttelt den Kopf. »Ich habe erst jetzt davon erfahren. Ich war ja noch nicht so alt, als das passiert ist.«

Draußen hinter der Windschutzscheibe tritt die Sonne hervor, lässt einen bunten Regenbogen entstehen. Ist Fanny am anderen Ende?

»Dieses Kuscheltier muss gar nichts zu bedeuten haben«, sagt er, doch ich lasse ihn nicht fortfahren.

»Ich weiß etwas, das sonst niemand weiß.«

Er sieht mich skeptisch an.

Wie ehrlich traue ich mich zu sein? Ich möchte seine Hand nicht loslassen.

»Das Mädchen, das damals entführt wurde.« Ich halte die Luft an. Es fühlt sich an, als ob die ganze Stadt das Gleiche täte. Als ob ich im Lerkendal-Stadion wäre und vor dem entscheidenden Strafstoß stünde. »Das bin ich …« Jetzt flüstere ich. »*Ich* bin Lilly Leonora Bye Engelund.«

Der Name bleibt schwirrend zwischen uns in der Luft hängen, wie eine Bombe, die droht, den Wagen in Fetzen zu reißen. Ich dachte, es würde sich anders anfühlen, den Namen nach so vielen

Jahren laut auszusprechen, aber merkwürdigerweise fühlt es sich richtig an, natürlich.

Thomas hingegen sieht mich an, als wäre ich plötzlich eine völlig Fremde. »Du verarscht mich jetzt?« Er setzt ein kleines Lächeln auf, um zu unterstreichen, wie absurd er das hier findet.

»Nein«, sage ich. »Ich habe mir vorhin nicht den Kopf so hart gestoßen, dass ich jetzt durchgedreht bin.«

Er zieht die Hand und den Oberkörper von mir weg, betrachtet mich aus längerem Abstand.

»Ich wurde über zwei Jahre von einem Entführer festgehalten«, sage ich. »Im Alter zwischen fünf und sieben, und ich erinnere mich an nichts mehr davon. Deshalb wurde nie jemand gefasst. Und meine Mutter, sie hatte eine Heidenangst davor, dass ich erneut entführt werden könnte, also hat sie mit dem alten Leben gebrochen und ist mit mir hier hochgezogen, wo wir beide eine neue Identität angenommen haben.«

Zu Beginn hatte ich Unterricht zu Hause, und als ich endlich zur Schule gehen durfte, blieb ich nie lange an einer, stand nie auf der Klassenliste, hatte keine Freunde. Das war eine der vielen Regeln: Ich durfte niemals jemanden zu nahe an mich heranlassen, ich konnte niemals jemandem vertrauen. Das wurde mir zu einer Gewohnheit oder zu einer Last. Ich durfte auch keinen Kontakt zu Papa haben. So war es am sichersten. Dass niemand etwas wusste. Dass niemand sich verplappern konnte.

»Wir lebten unter Code 6, der allerstrengsten Schutzmaßnahmenstufe. Wir hatten eine Kontaktperson bei der Polizei, aber als ich achtzehn war, hat Mama sich mit ihm überworfen und den Kontakt abgebrochen. Seitdem sind wir allein zurechtgekommen.«

Mama war genauso davon besessen, ihren Alkoholkonsum zu verbergen, wie mich zu beschützen. Es war nie infrage gekommen, das strenge Regime zu lockern, eher im Gegenteil.

Thomas bleibt stumm. Der Regenbogen am Horizont verblasst. Kann er jetzt die Abscheu nachempfinden? Versteht er jetzt, wieso ich nur Analsex mit ihm haben wollte, konnte?

»Wie viele Menschen wissen davon?«, fragt er schließlich.

»Niemand. Abgesehen von dir jetzt.«

»Und du hast diesen Polizeikontakt von euch informiert?«

»Er ist tot.«

Anderthalb Jahre nach dem Streit hatte Mama seine Todesanzeige in der Zeitung gesehen. Vermutlich das Herz, davon sind wir ausgegangen, weil er ein paar Jahre zuvor einen Infarkt hatte. Wir sind auch nicht zur Beerdigung gegangen, aber hinter Mamas Rücken habe ich später dann die Nummer angerufen, unter der er immer erreichbar war, aber den Anschluss gab es nicht mehr.

»Es gab nur ein paar autorisierte Personen bei der Polizei, die Zugang zu Informationen über uns hatten«, sage ich. »Aber ich habe die Namen von den anderen nie erfahren.«

»Aber jetzt willst du zur Polizei gehen?«

Ich schüttele den Kopf.

»Wieso nicht?«

Mir kommt eine Erinnerung, ich, sieben Jahre alt, in eine Ecke gedrückt, Strafe stehen, stumm und dumm. »Ich habe monatelang in Vernehmungen gesessen. Mit Ermittlern und Psychologen, die erfolglos versucht haben, meine Erinnerungen zu wecken. Mir ging es richtig schlecht dabei. Ich habe aufgehört zu schlafen, zu essen, zu reden. Habe wieder Windeln getragen. Ich kann nicht eher zur Polizei gehen, bis ich konkrete Informationen vorzuweisen habe. Ich muss das auf meine Art machen. In meinem Tempo. Wenn nicht …« Das Auto bewegt sich, obwohl es ganz ruhig steht. Ich konzentriere mich auf meinen Atem, ein durch die Nase und wieder hinaus.

»Wenn nicht was?«, fragt Thomas.

»Habe ich Angst, dass ich in einen Zustand gerate, aus dem es keinen Ausweg mehr gibt.« Meine Stimme klingt so schwach. »Dass ich die Kontrolle verliere. Und zwar weit mehr, als es mir vorhin passiert ist.«

Hinter seinen Brillengläsern wird hart und lange gearbeitet. »Damals. Hast du da Hypnose probiert?«

»Nicht, soweit ich mich erinnere. Ich weiß, dass manche meinen, es könnte schädlich sein für Menschen mit Amnesie. Dass man retraumatisiert werden kann. Dass manche der Ansicht sind, es sei unmöglich, an verdrängte Erinnerungen heranzukommen. Aber du weißt ja sicher auch, dass andere vom Gegenteil überzeugt sind. Und falls ich es schaffe, etwas von ihm zu erinnern, wie er aussieht, wie er heißt, was auch immer, dann können wir Fanny finden.«

Thomas klopft mit einem Finger auf dem Lenkrad herum. »Ich weiß nicht, Ida ... Ich weiß nicht, ob ich dir helfen kann.«

»Du sollst ja nicht mir helfen, sondern Fanny.«

Er schaltet den Motor aus, als ob er es ganz still haben muss, um seine eigenen Gedanken zu hören. Er reibt sich übers Gesicht. Ich nehme seine Hand, drücke sie. »Ich werde nicht mehr in den Spiegel sehen können, wenn ich nicht alles Erdenkliche tue, um sie zu finden.«

Er starrt auf unsere Hände. Auf mich. »Ich kann mal mit dem Abteilungsleiter reden.«

»Nein. Wir können niemand anderes involvieren. Nicht bevor ich weiß, ob ich das schaffen kann. Bitte.« Es ist mir egal, dass ich verzweifelt klinge. »Das ist das Letzte, um das ich dich je bitten werde.« Thomas erwidert meinen Blick. Vielleicht sieht er, dass meine Augen nicht blau sind, sondern braun. Dass meine Seele nicht rein ist, sondern besudelt von einem dunklen Fleck.

Schließlich nickt er.

# 15

Thomas schließt die Tür zu seinem Büro auf, bittet mich, ein wenig auf dem Ledersofa zu entspannen, dann geht er wieder hinaus. Eigentlich wollte er bis morgen warten, bis ich ausgeruhter bin. Die Frau und die Kinder lächeln mich vom Schreibtisch aus an. Ich drehe die Fotos zum Fenster, in Richtung des labilen Wetters, das sich nicht entscheiden kann, ob es heute weinen oder lachen soll. Ich kann keine Ruhe finden, bleibe mitten im Raum stehen und nehme den sanften Geruch von Thomas in mir auf.

Er hat ein paar Prämissen aufgestellt. Er möchte nicht, dass es Gerüchte gibt, wenn wir zusammen gesehen werden. Deshalb müssen wir es in seinem Büro machen. Er hat schon mit Barbro gesprochen, die einverstanden ist, dass er mich als Kollege eine Zeit lang unterstützt. Das hat er auch schon für andere getan. Informelle, individuelle Gespräche mit anderen, die zusätzliches Debriefing oder Beratung aufgrund eines herausfordernden Patienten oder einer schwierigen Situation benötigen. Es ist auch kein Geheimnis, dass er Barbro geholfen hat, mit dem Rauchen aufzuhören. Ich hoffe, dass er nicht gegangen ist, um mit dem Abteilungsleiter zu reden, dem sowohl Barbro als auch er unterstellt sind.

Thomas kommt nach einer halben Stunde mit einem Einkaufsnetz voller Lebensmittel zurück. Um ihn zufriedenzustellen, setze ich mich aufs Sofa und stopfe ein Baguette in mich hinein, anschließend trinke ich einen Smoothie. Er hat alle Patiententermine nach dem Mittagessen abgesagt. Ich sehe, wie engagiert er ist. Er mag neue Herausforderungen. Grenzen verschieben. Er sagt immer, dass es noch zu keinen neuen Erfindungen gekommen ist, indem man alten Regeln folgt.

Er nimmt einen Post-it-Block und einen Stift und sinkt auf seinen Bürostuhl. »Wichtig ist, dass du keine Erwartungen hinsichtlich der Ergebnisse hast«, sagt er.

»Lass uns einfach anfangen.« Bevor ich mich anders entscheide. Ich weiß nicht, welche Gefühle gerade in mir wüten, bloß, dass sie mein T-Shirt erzittern lassen.

»Als du damals zurückgekommen bist, konntest du dich da an deine Familie erinnern?«, fragt Thomas.

»Ja, aber von dem Tag an, als ich verschwand, ist alles schwarz gewesen.«

»Du warst fünf Jahre alt?«

Ich nicke.

»Was kannst du jetzt noch erinnern, aus der Zeit, *bevor* du entführt wurdest?«

»Nur kleine Fetzen. Eine Baby-Born-Puppe, die ich zum vierten Geburtstag bekam, weil ich bald eine ältere Schwester sein würde. Eine Kreuzotter im Sandkasten. Und meine jüngeren Brüder, die zusammen auf dem Sofa unter einer kleinen Bettdecke schliefen, wie zwei Puppen. Jedenfalls glaube ich, dass das Erinnerungen sind und nicht etwas, das mir erzählt wurde.«

»Du weißt also, dass es falsche Erinnerungen gibt?«

»Äh, ja?«

»Hast du mal darüber nachgedacht, was in den zwei Jahren, an die du dich nicht erinnerst, passiert sein kann? Hast du darüber irgendwelche Fantasien gehabt?«

»Nein.«

Darum hat sich Mama gekümmert.

»Gut.« Er schreibt etwas auf den Block.

»Wieso ist das gut?«

»Das erhöht die Chancen, dass die Erinnerungen, die du eventuell hervorholen kannst, auch echte Erinnerungen sind. Denn Erinnerungen werden verunreinigt.«

»Verunreinigt?«

»Jedes Mal, wenn wir eine Erinnerung hervorholen, verzerren wir sie leicht und speichern sie erneut ab. Das kennt man zum Beispiel aus Zeugenvernehmungen. Ein Zeuge, der unsicher ist, ob ein Auto grün oder blau war, wird bei der Farbe jedes Mal sicherer, wenn er an sie denkt. Das gilt auch für Erinnerungen, die wir nicht mehr im Gedächtnis haben. Fabulieren wir über das Geschehene, wird es sich auf unsere verdrängten Erinnerungen auswirken.«

Das klingt nicht vielversprechend.

»Was weißt du über Hypnosetherapie?«, fragt er.

»Ein bisschen.«

Als ich entdeckte, dass Thomas Hypnosetherapie praktiziert, wurde ich sehr neugierig. Ich habe im Internet gesucht und in der Bibliothek in Dragvoll heimlich Bücher gelesen. Erfuhr, dass der betäubende Effekt von Hypnose bewiesen ist; Menschen mit Gehirnverletzungen können dadurch ihr Gedächtnis verbessern, Angst und Entzündungen können abflauen. Man kann auch offener für Verhaltensänderungen werden. Man kann in der Zeit zurückreisen und entdecken, wann unglückliche Verhaltensmuster entstanden sind, in der Kindheit, in einem anderen Leben? Einigen kann geholfen werden, sich an vergessene Traumata zu erinnern, die einen unbewusst auf nachteilige Art im Alltag beeinflusst haben.

»Aber ich habe noch nicht ganz verstanden, wie du eigentlich arbeitest«, sage ich. »Ich habe mal so Videomitschnitte von Hypnoseshows gesehen …«

»Das ist etwas völlig anderes«, unterbricht Thomas mich.

»Es ist also nicht so, dass du nur mit den Fingern zu schnipsen oder ein Codewort zu sagen brauchst, wenn ich dir später irgendwo begegne, und ich gerate in eine Trance, und du kannst mir befehlen, was auch immer zu tun?«

Mein Lachen klingt viel zu nervös. Thomas stimmt nicht darin ein.

»Leute, die in solchen Shows auf die Bühne geholt werden, sind im Vorfeld genau ausgewählt worden«, sagt er. »Die wollen da nämlich keine Personen, die sich nicht hypnotisieren lassen. Das ist dann nämlich nicht unterhaltsam.«

»Also können nicht alle hypnotisiert werden?«

»Nicht alle wollen hypnotisiert werden. Ob nun bewusst oder unbewusst.«

Was, wenn mein unterbewusstes Ich es nicht möchte?

»Hypnose muss gar keine tiefe Trance sein«, sagte Thomas, als ob er meine Unruhe wittert. »Das kann auch auf einfachem Niveau vonstattengehen, wenn wir uns wie jetzt unterhalten, und dann bewegen wir uns ein bisschen hinein und hinaus, während du beschreibst und deutest, was zu dir kommt.«

»Deute?«

»Es gibt drei Möglichkeiten, Erinnerungen anzupacken, die unter einer Hypnose hervorkommen: Sie sind echt. Sie sind erlogen. Oder sie sind eher symbolisch.«

»Wie weiß man, was was ist?«

»Genau das müssen wir herausfinden.« Er legt den Stift weg. »Jetzt mach mir nach.«

Er streckt die Zeigefinger nach oben, hält sie in zwei Zentimetern Abstand aneinander.

»Sieh auf deine Finger«, sagt er. »Stell dir vor, es sind zwei Magnete, die einander anziehen, aber du kämpfst dagegen an.«

Ich tue, was er sagt. Meine Zeigefinger sind zwei reglose Stöckchen.

»Du kämpfst dagegen, aber die Finger ziehen einander immer mehr an.«

Ich konzentriere mich darauf, sie ganz ruhig zu halten. Aber dann werden sie plötzlich doch zueinander gezogen. Ich schwitze.

Thomas lächelt. »Was du dir vorstellst, bezwingt die rationale Vernunft. Wenn du glaubst, dass deine Finger Magneten sind, kommuniziert das Unterbewusstsein dies an den Körper. Hast du Tagträume?«

Ich nicke. Oft von Thomas.

»Tagträumerei ist eine Form von Dissoziation. Da koppeln wir uns vom Hier und Jetzt ab. Im Alltag gibt es viele Dinge, die uns schnell in eine leichte Trance locken können. Ein Buch. Ein Film. Das Handy. Oder wenn wir auf der Autobahn fahren und dann bemerken, dass wir uns nicht an das letzte Stück der gefahrenen Strecke erinnern können. Menschen, die Tagträume haben, können empfänglicher für Hypnose sein.«

»Die auch eine Form der Dissoziation ist?«

»Man kann sagen, dass Hypnose eine kontrollierte Dissoziation ist.«

Er möchte mich in Stimmung bringen und bittet mich, die Augen zu schließen und die Arme vorzustrecken. Danach soll ich mir vorstellen, dass ich in der linken Hand ein dickes Buch habe, das sie herunterzieht, während an meiner rechten Hand ein Heliumballon befestigt ist, der sie hochzieht. Als er nach einigen Minuten sagt, dass ich die Augen wieder öffnen kann, haben sich meine Arme weder hinauf- noch hinunterbewegt.

»Du musst wissen, dass es einen Grund dafür gibt, dass du die Erinnerungen aus deinem Bewusstsein ausgesperrt hast«, sagt

Thomas. »Unsere psychische Verteidigung schützt uns vor dem, was wir nicht schaffen, in uns aufzunehmen.«

»Ich weiß viel über Traumata«, unterbreche ich ihn. Langsam werde ich ungeduldig. »Und ich weiß, wie wichtig es ist, dass wir uns innerhalb meines therapeutischen Toleranzbereichs bewegen müssen, damit ich weder überwältigt noch inaktiv gemacht werde.«

Er hebt das Kinn. Ist er jetzt beleidigt, weil ich ihm gegenüber belehrend war?

»Wenn ich dich in die dunkelsten Winkel deines Bewusstseins führen soll, dann musst du auch Vertrauen zu mir haben«, sagt er. »Damit du dich traust, dich an das heranzutasten, was du verdrängt hast.«

Ich spüre seine Zweifel, oder sind es meine? Es war mir stets wichtig, die totale Kontrolle über mich zu haben. Ich habe eine strengere Lebensführung als die meisten und habe alle Gefühle, Impulse, Verlockungen bezwungen. Habe mir niemals gestattet, einen Tropfen Alkohol zu trinken, aus Angst, alle Hemmungen zu verlieren.

Er sieht mich prüfend an. »Ich verstehe, dass es schwer für dich ist, mir zu vertrauen.«

Ich weiß, worauf er hinauswill. »Ich habe keine Gefühle für dich, falls es das ist, was du glaubst. Ich habe mir nie vorgestellt, dass etwas Ernstes zwischen uns entstehen sollte.«

Eine gewisse Enttäuschung kommt bei ihm kurz zum Vorschein, oder ist das nur etwas, das ich mir einbilde?

Er nickt. »Gut. Dann wissen wir ja, wie wir zueinander stehen.«

Er greift wieder nach dem Post-it-Block und lehnt sich zurück. »Wir können anfangen, indem wir einen sicheren Ort für dich kreieren. Einen angenehmen Zustand, wie ein Anker, zu dem du jederzeit zurückkommen kannst, falls es zu schwierig oder zu unheimlich wird.«

Ich winde mich. Bin ich wirklich bereit für das hier?

»Gibt es einen realen Ort, an dem du gewesen bist und der dich immer glücklich macht, sobald du an ihn zurückdenkst?«

In meinen Gedanken taucht ein Ort auf, eine Hütte, die Mama den ganzen Sommer gemietet hatte, bevor ich in der Sekundarstufe begann. Eine kleine gelbe Hütte am Fjord, mit einem privaten Sandstrand. Das war unsere erste Urlaubsreise. Unsere einzige.

»Ja. Auf der anderen Seite des Fjords. In Fosen.«

»Fosen«, sagt er nickend und notiert es auf seinem Block. »Kannst du diesen Ort in Fosen beschreiben? So detailliert wie möglich?«

Ich versuche es. Ich stelle mir das Schlafzimmer mit den geblümten Vorhängen vor, die träge in der Morgenbrise wehen. Das kleine Wohnzimmer mit der lauschigen Sofaecke. Die Küche mit einer Kochplatte und einem winzigen Ofen, der immer verbrannt riecht. Es gibt Strom, aber keinen Wasseranschluss, nachts pinkele ich also in eine alte Waschschüssel, um nicht allein zum Plumpsklo gehen zu müssen. Ich erinnere mich noch an das Geräusch des Urinstrahls, wenn er auf das Porzellan trifft. Ich erinnere mich an den Bootssteg, wo sich ein Holzsplitter in meine Brust bohrt und wo ich in dicken Romanen versinke, bis meine Schultern knallrot werden. Ich erinnere mich an das Kribbeln im Blut, wenn ich von der Kante ins Wasser springe. An den Moment, in dem das eiskalte Wasser sowohl meine Vergangenheit als auch die Zukunft auslöscht. Ich erinnere mich an den warmen Wind, der Buchstaben auf meine Haut zeichnet. Die Lippen, die zu gesalzenen Kartoffelchips werden. Den Geruch von Tang. Möwenschreie und Bootsfahrten gemeinsam mit dem Mond. Brötchen zum Frühstück. Den frischen Fisch am Abend. Ich erinnere mich an *Die Jagd nach den gestohlenen Diamanten* und an alle Volksmärchen aus der Gegend, die Mama mir über den Grill hinweg erzählt. Ich erinnere mich, mit der leisen, monotonen Radiostimme einzuschlafen, die die Wetterverhältnisse draußen auf den Fischbänken ankündigt. Ich erinnere mich an Mamas Lächeln, wenn sie über das Meer späht. Ich erinnere mich an das Gefühl eines Lebens, das hätte sein können.

Ich sehe zu Thomas, aber er sitzt nicht mehr auf dem Stuhl. Er steht am Fenster. Lächelt.

»Du warst völlig weg. Du hast dissoziiert.«

»Ist das gut oder schlecht?«

»Das ist gut.« Er setzt sich wieder hin. »Es bedeutet, dass wir einen Versuch machen können, zu einer früheren Erinnerung zurückzugehen. Wir werden nicht direkt zu dem *Ereignis* gehen, wie du es nennst. Wir werden sehr behutsam vorgehen.«

Das herrlich faule Sommergefühl verlässt mich. »Was soll das heißen, ganz konkret?«

»Erst mal gehen wir zurück zu einer Erinnerung, die eine ganze Weile vor dem Tag deines Verschwindens verortet ist. Du hast von einem Geburtstag gesprochen, als du vier geworden bist. Wir fangen da an, und dann sehen wir, wie weit wir jetzt im ersten Durchgang weiter vorwärts gehen können. Du regelst selbst, wie nah du an die Situation herangehen willst, ob du sie von einem anderen Planeten aus sehen willst oder aus nächster Nähe. Sollte ich bemerken, dass du in irgendeiner Weise Unbehagen empfindest, bringe ich dich zurück nach Fosen in die Sommerhütte mit den geblümten Vorhängen und den Kartoffelchips-Lippen.« Er beugt sich vor und tätschelt mir kameradschaftlich das Knie. »Ich werde gut auf dich aufpassen, Ida.«

# 16

Die Schultern spannen sich, mein Körper ist automatisch in den Verteidigungsmodus übergegangen, doch ich bezwinge den Instinkt und folge Thomas' Instruktion, auf einen bestimmten Punkt vor mir zu starren. Ich suche mir einen kleinen Fleck an der Wand und spüre, dass ich auf dem Sofa sitze, die Füße stehen stabil auf dem Boden, mein Hintern drückt sich in das Lederpolster, meine Haut kribbelt, doch ich widerstehe dem Drang, zu kratzen, folge Thomas' Anweisungen, konzentriere mich auf den Fleck, darauf, dass ich hier bin, dass ich locker werde, entspannt, dass mich eine angenehme Stimmung durchströmt, und als Thomas mich auffordert, die Augen zu schließen, tun sie es fast wie von selbst. Draußen vor dem Fenster schwatzt eine Elster. Nach und nach wird sie von Thomas' sanfter Stimme übertönt. Er möchte, dass ich eine Treppe vor mir sehe, die allerfantastischste Treppe, die ich mir vorstellen kann. Sie wächst in meinem Inneren heran und ist nicht aus Gold oder Marmor. Stattdessen besteht sie aus Treibholz, aus Brettern mit Spuren eines rätselhaften Lebens, die einen geheimen Durchgang zu einem unbekannten Ziel bilden. Thomas sagt, ich soll die Treppe hinabsteigen, sie hat hundert Stufen. Ich zähle beim Gehen rückwärts. *Siebenundneunzig, sechsundneunzig, fünfundneunzig*. Ich bin barfuß, die groben Planken massieren meine Fußsohlen, während ich mich nach unten bewege. *Fünfundachtzig, vierundachtzig.* Die Elster draußen schwatzt laut, versucht sie, mir etwas zu sagen? *Achtundsiebzig.* Ich lasse die Hand über das Geländer streichen, es ist zäh und rau von Wind und Wetter. Ich spüre den köstlichen Stich eines Splitters, der sich in meine Fingerspitze bohrt. *Einundfünfzig. Fünfzig.* Ich höre Thomas sagen, dass der bewusste Verstand mehr im Hintergrund verbleiben kann. *Neunundvierzig.* Dass der unbewusste Geist mehr hervortreten kann. *Vierundvierzig, dreiundvierzig.* Ich stehe auf festem Untergrund, gleichzeitig gleite ich die Stufen hinunter. Bevor wir anfingen, hat Thomas erzählt, dass man bei der Hypnose eine Spaltung des Bewusstseins erleben kann: Während sich der eine Teil in Trance befindet, kann man mit einem anderen Teil, der alles von außen observiert, kommunizieren. *Achtunddreißig. Siebenunddreißig. Sechsunddreißig.* Ich sehe jetzt das Ende der Treppe, wo sich feinkörniger Sand wie eine glatte Düne zum Wasser hinunterzieht. Ich höre das beruhigende Geräusch von Wellen, die mir entgegenrollen, den Schrei einer Möwe. Nein, keine Möwe, etwas anderes? Ich bleibe stehen. Ich möchte nicht weitergehen, ich möchte die Treppe wieder hinauflaufen, aber Thomas' Stimme nimmt mich bei der Hand, geht mit mir zusammen weiter nach unten, tiefer. *Zweiunddreißig, einunddreißig.* Keine Zeit für Zweifel. Am Himmel über dem Wasser hängen zwei leblose braune Augen. *Neunundzwanzig. Achtundzwanzig.* Ich muss meine Flügel ausbreiten, hinunterhechten, zu Wellengetöse und Möwenschreien, ist es nicht das, worauf ich immer Lust hatte, alle Regeln hinter mir lassen, Frieden verspüren, frei sein? Ich werde von einer unwiderstehlichen Woge aus Leichtigkeit erfüllt, ein Gefühl, dass es nicht so gefährlich ist, wenn ich einfach fortfliege und niemals zurückkomme. Ich atme ein …

Stille.

Eine herrliche, wogende Stille.

Wie in einem Tagtraum sehe ich mich selbst am Himmel fliegen, schweben, die Arme ausgestreckt wie eine Möwe. Ich muss Thomas sagen, dass das hier nicht funktioniert, aber die Arme, die Beine, sie sind so schwer, ich kann sie nicht bewegen, kann den Mund nicht öffnen, die Augen. Also setze ich fort. Fliege weiter. Über mir ist die Sonne. Unter mir sind Wolken. Ich sinke, durch die Wolken. Sie sehen aus wie Zuckerwatte. Ich sehe etwas Grünes. Einen Wald? Ich höre helle Schreie. Kinderlachen?

Ich fliege tiefer.

Sehe:

Gras. Grünes Gras.

Im Gras: ein kleines Mädchen.

Ich sehe, von hoch oben, aus einem Elsterblickwinkel, von einer Baumkrone:

Dort unten. In einem kleinen Garten. Im Gras. Mein kleines Ich?

Ich brauche mehr Abstand. Ich klettere auf eine Wolke am Himmel.

Ich sehe:

Mein kleines Ich. Im Gras. Weit weg, und dennoch nah. Ich trage ein gepunktetes, hellgrünes Kleid. Bin so glücklich. So stolz. Auf dem Kopf, auf den schwarzen langen Locken: eine gezackte Papierkrone. Auch andere sind da. Kinder. Erwachsene. Geschenke. Viele Geschenke im Gras. Geschenkpapier mit Goldkronen darauf. Ich reiße es ab. Blicke direkt auf zwei kleine starre Augen. Eine Babypuppe! Im Bauch grummelt es.

Ich verlasse die Wolke. Wage mich näher heran.

Etwas näher.

Flammen. Kleine Flammen. Ein Kuchen mit Kerzen. Schokolade. Nonstop. Ein Schloss mit zwei Türmen.

Jemand singt: *Zum Geburtstag viel Glück!*

Mein kleines Ich zählt die Kerzen auf dem Kuchen:

*Eins, zwei, drei, vier, fünf!*

Ich möchte weiter davon weg, sitze aber fest, ich als Kind, ich sitze auf einem Fußboden. Ich füttere die Babypuppe mit einer Babyflasche. Streiche ihr über die Wange. Wie Mama es mit den Zwillingen macht. Mein Zeigefinger ist ein Haken. Ein Piratenhaken. Ich lege mir die Puppe über die Schulter. Sie weint. Ich streichle ihr den Rücken. Streichle und streichle, nicht die Puppe ...

Einen Hund?

Ein großes bellendes Maul vor mir. Es bellt und bellt. Spitze Zähne. Schmieriger Speichel. Der Hund ist so wütend. Ich fürchte mich so. Das Gebell schlägt auf mich ein. *Peng! Peng! Peng!* Es wird dunkel.

Schwarz.

Stille, Stille.

Ein Geruch. Ein komischer Geruch. Süß und stark. Er brennt in der Nase.

Mir ist übel. Ich muss mich übergeben.

Der Körper zittert.

*Mama!*

Ich hole kurz Luft. Der warme Wind kitzelt meine nackte Haut. Ich stehe auf dem Steg, an der kleinen gelben Hütte in Fosen. Ich lecke mir das Salzwasser von den Lippen. Eine angenehm träge Welle wälzt sich durch mich hindurch, während ich höre, wie Thomas sanft von fünf herunterzählt. Bei drei fordert er mich auf, die Augen zu öffnen. Bei eins sagt er, dass ich wieder im Raum bin, gesund und munter, im Hier und Jetzt. Ich blinzele. Ich öffne den Mund, kann aber nichts sagen. Mein Kiefer schmerzt.

Thomas sitzt vor mir. Ich sitze auf dem Ledersofa. Wir sind in seinem Büro. Ich schlucke, doch meine Zunge steckt fest im trockenen Gaumen. Er reicht mir eine Flasche Wasser, aus der ich gierig trinke. Meine Hand zittert. Ich verschütte etwas. Ich weiß nicht, wieso ich immer gedacht habe, ich sei vier gewesen, als ich die Baby-Born-Puppe bekommen habe. Ich war fünf Jahre und vier Tage alt, als ich entführt wurde.

Thomas legt den Post-it-Block auf den Tisch. Auf dem obersten Blatt steht nur Geschnörkel.

»Wir können heute nicht weitergehen«, sagte er. »Ich weiß, du bist ungeduldig, aber diese Erinnerung hat dich überaktiv gemacht. Du bist aus deinem therapeutischen Rahmen gefallen, und jetzt brauchst du eine Pause.«

Ich lege keinen Widerspruch ein. Der Hund hat sich in mir festgebissen. Der Geruch.

Was war dieser Geruch?

# 17

Ich ziehe die Wohnungstür zu. Lehne mich an die schäbigen Holzwände und schließe die Augen. In mir knurrt immer noch der Hund. Lässt meinen Körper knurren. Kann Mama sich bei den Jahreszahlen geirrt und mir erzählt haben, dass ich die Baby-Born-Puppe bekam, als ich vier wurde und nicht fünf? Ich hätte Lust, zurückzulaufen, die schöne Treppe aus Treibholz hinunter, in die schnappende Dunkelheit hinein, um in kürzestmöglicher Zeit alle Erinnerungen an mich zu reißen, um danach niemals wieder dorthin zu gehen. Aber Thomas hat recht, wir dürfen nicht zu schnell sein. Ich spüre es in mir. Dass etwas in Gefahr ist, zu bersten.

Erst in dem Moment fällt mir die Stille auf. Das Radio ist nicht wie üblich eingeschaltet. Ich richte den Blick aufs Wohnzimmer. Kein Dunst aus Zigarettenrauch tanzt unter den Deckenplatten. Kein frischer Kaffeeduft. Kein schweres, süßliches Parfum.

»Mama?«

Niemand antwortet. In der Wohnung über mir schabt ein Stuhl über den Fußboden.

Ich gehe ins Wohnzimmer. Mama liegt nicht auf dem Sofa. Auf dem Tisch steht die Kaffeekanne. Die übliche Tasse ist leer. Ich gehe in die Küche. Die Kanne der Kaffeemaschine ist bis zum Rand mit kaltem Kaffee gefüllt. Auf der Arbeitsplatte steht eine

Konservendose Fleischbrühe. Der Deckel ist zur Hälfte geöffnet. Einer der offenen Küchenschränke gafft mich stumm an. Mama war immer sehr darauf bedacht, dass alle Türen zu sind, obwohl sie niemals Gäste hat. Ich schließe sie und gehe zum Schlafzimmer. Klopfe vorsichtig an. »Mama?«

Vielleicht ist sie auf der Tagesdecke zusammengebrochen, mit einer Promillezahl, die auszuschwitzen Tage dauern wird. Vielleicht liegt sie auf dem Fußboden, erstickt an ihrem eigenen Erbrochenen.

Ich öffne die Tür. Finde den Schalter auf der Innenseite und knipse das Licht an. Das Bett ist leer. Ich stelle mir vor, dass sie einen kindischen Einfall bekam und sich im Kleiderschrank versteckt hat, wie sie es manchmal tat, als ich jünger war. Ich öffne ihn, aber keine kichernde Mama platzt mit einem Buh! heraus.

Ist sie wieder in der Dusche hingefallen?

Ich gehe zum Badezimmer und öffne die Tür mit einem Ruck. Die Zahnbürste ist trocken. In der Waschmaschine liegt feuchte Wäsche.

Dann ist sie wohl rausgegangen. Es ist einer der Tage, an denen sie sich besser fühlt. Vielleicht hat sie schon alle Chilinüsse aufgegessen, die ich bestellt hatte, und ist zum Laden runtergeschlendert. Ich setze mich in den Lehnstuhl. Ich hoffe, dass sie nicht zu betrunken ist, wenn sie zurückkommt. Ich möchte sie nach meinem fünften Geburtstag fragen. Nach der Baby-Born-Puppe. Nach der Zeit, bevor ich verschwand. Die letzten sorglosen Tage. Vielleicht erinnert sie sich an etwas davon. Vielleicht ist sie bereit, darüber zu reden.

Plötzlich fällt mir ein schwarzer Klumpen zwischen Sofa und Wohnzimmertisch auf. Mamas Handtasche. Ich hebe sie auf, öffne den Reißverschluss. Die Geldbörse mit allen Bankkarten liegt darin. Ich rufe sie an. Finde ihr Handy in einer Küchenschublade.

Ich gehe hinaus ins Treppenhaus. Klingele bei den Nachbarn. Ich habe nie mit ihnen gesprochen, weiß aber, dass es sich um ein älteres Ehepaar in den Siebzigern handelt.

Die Frau öffnet die Tür. In einem jugendlichen Sweatshirt. Ein sommersprossiger Junge von vier oder fünf Jahren lugt neugierig hinter ihren Hosenbeinen hervor. Es riecht nach Rosinenbrötchen.

»Entschuldigen Sie bitte die Störung«, sage ich. »Aber haben Sie heute vielleicht schon Wenche gesehen? Ihre Nachbarin?«

Die Großmutterfrau erstrahlt in hundert Lachfältchen. »Sind Sie vom Pflegedienst oder so?«

»Ich bin ihre Tochter.«

»Ach, ja?« Sie beugt sich zu dem Jungen hinunter. »Geh rein zu Opa, mein Goldschatz, und frag ihn, ob er dir Butter aufs Brötchen schmieren kann.«

Nachdem der Junge gegangen ist, sieht sie mich besorgt an. »Haben die sich nicht bei Ihnen gemeldet?«

»Wer denn?«

»Das Krankenhaus?«

Ich versuche, die sich ausbreitende Panik unter Kontrolle zu halten. Ich hätte mich von Mama niemals überreden lassen dürfen, auszuziehen.

»Was ist passiert?«, stammele ich.

»Sie ist hier gestern die Treppe runtergestürzt. Einer der Nachbarn hat sie gefunden. Ich weiß nicht, wie lange sie da gelegen hat, aber der Rettungswagen ist wohl schnell gekommen.«

Ich hätte Mama in irgendeine Entzugsklinik zwingen müssen.

»Hat sie sich schwer verletzt?«, frage ich.

»Das weiß ich leider nicht.«

Das St. Olavs Krankenhaus liegt mit dem Fahrrad nur drei Minuten entfernt. Ich benötige eine. In der Notaufnahme gibt es zum Glück keine Warteschlange, und mir wird gesagt, dass sie in der Orthopädie liegt. Als ich dort ankomme, weigert sich die Krankenschwester, mir irgendetwas zu sagen.

»Wenche Hansen hat verfügt, niemanden über ihre gesundheitliche Situation zu informieren«, sagt sie. »Sie wollte auch keine Verwandten benennen.«

»Mama ist alkoholabhängig und dement«, entgegne ich. »Ich hoffe, Sie haben ihr eine Delirprophylaxe gegeben?«

Nachdem ich die Pflegerin überzeugt habe, die Wahrheit zu sagen, erfahre ich, dass Mama sich eine Gehirnerschütterung zugezogen hat, zwei Rippen angebrochen sind und der rechte Arm eine Fraktur hat. Sie hat am Vormittag eine große Operation durchgemacht, die sehr gut verlaufen ist, und jetzt schläft sie. Sie haben diverse Proben entnommen und daher registriert, dass sie viel Alkohol im Blut hatte, aber anscheinend hat Mama sich von ihrer besten Seite gezeigt und ihnen keinen Anhaltspunkt für den Verdacht geliefert, dass sie an einem längerfristigen Alkoholproblem leidet. Jetzt bedanken sie sich bei mir für die Informationen und wollen ihr Medikamente verabreichen, die ein lebensbedrohliches Delirium abwenden.

Ich darf zu ihr hineingehen, aber sie steht zu sehr unter dem Einfluss von Schmerzmitteln, als dass sie auf meine Stimme reagiert. Sie hat blaue Flecken auf Wange und Stirn und wird sowohl von Maschinen als auch von Pflegern genauestens überwacht. Ich sollte mich an ihr Bett setzen und ihre Hand halten, doch stattdessen verlasse ich sie. Bevor ich mich dazu hinreißen lasse, ihr selbst einen blauen Fleck zu verpassen. Egoistisch, das ist sie. Schwach. Eine Frau, die die Herausforderungen des Lebens nicht besser bewältigen kann. Feige. Denn sie täuscht mich nicht. Sie hat bloß vorgegeben, nichts zu verstehen, als ich ihr den Hasen gezeigt habe. Die Treppe ist sie mit Absicht hinuntergefallen. Es war ein verdeckter Fluchtversuch. Sie hat keine Lust mehr, Versteck zu spielen. Hat nicht die Kraft zu kämpfen, wenn es nötig ist. Parallel zu ihrer schrumpfenden Leber ist alles andere in ihr auch kleiner geworden. Vielleicht träumt sie davon, wieder die gelbe Sommerhütte zu mieten und meine jüngeren Brüder dorthin einzuladen. Sie hat alles dem Schuldgefühl geopfert, nicht besser auf ihre eigene Tochter aufgepasst zu haben, aber jetzt ist Schluss damit. Indem sie sich hier hingelegt hat und mich nicht als Angehörige angibt, lässt sie mich wissen:

Jetzt muss ich allein klarkommen.

Draußen ist die Sonne wieder hinter grauen Wolken in Deckung gegangen. Ich schiebe das Fahrrad neben mir her, vorbei an der Sportanlage und über die Fußgängerbrücke in mein Viertel Ila, während ich versuche, die Tränen zurückzuhalten. Ich hasse Mama. Ich sollte froh sein. Jetzt brauche ich mir keine Sorgen mehr zu machen, dass ich eines Tages in ihre Wohnung komme und sie leblos auf dem Fußboden vorfinde. Jetzt wird sie bestimmt in eine Reha-Maßnahme geschickt, bleibt dort mehrere Wochen, Monate, vielleicht zieht sie zurück nach Asker?

Jäh überkommt mich ein Gefühl. Eine prickelnde Ahnung, dass irgendetwas nicht stimmt. Ich blicke mich um und stelle fest, dass ich mich vor dem niedrigen, blauen Holzhaus befinde, in dem ich wohne. Dass ich so versunken in meine Gedanken war und mich an das letzte Stück von der Brücke bis hierher nicht erinnere.

Ich schließe die Haustür auf und hieve das Fahrrad über die Schwelle, doch als die Tür hinter mir zuschlägt, umfängt mich Dunkelheit. Das Licht im Treppenhaus ist doch normalerweise nicht ausgeschaltet? Ich taste mich zum Schalter vor, aber die

Glühbirne muss defekt sein. Ich ziehe das Handy aus der Hosentasche …

Etwas bewegt sich im Augenwinkel. Reflexartig drehe ich den Kopf herum. Dicht an die Wand gedrückt, steht eine Gestalt an der Treppe. Ein Mädchen? Ich sehe nur ihre Umrisse in der Dunkelheit. Sie ist zart gebaut. Das Haar zu einem hohen Pferdeschwanz gebunden. Ich fummele am Handy herum, schaffe es, die Taschenlampe einzuschalten, und leuchte alles vor mir ab, das ganze Treppenhaus bis zum ersten Stock.

Da ist niemand.

# 18

Zehn Minuten bevor der Handywecker klingeln sollte, werde ich wach. Ich habe sechzehn Stunden geschlafen. Musste die Hirngespinste mit zwei Schlaftabletten abstellen. Meine Muskeln sind steif. Ebenso mein Bauch. Als ob der aggressive Hund darin gelegen und die ganze Nacht geknurrt hätte. Habe über den Geruch gegrübelt.

Ich schließe das Hauptschloss an der Schlafzimmertür auf, schiebe den Bolzen hoch, gehe ins Bad. Drehe das eiskalte Wasser auf und lasse die Haut gefühllos werden, ehe ich den Hobel zum Einsatz kommen lasse. Stelle fest, dass ich mich im Schlaf abermals gekratzt habe. Diesmal ist es nicht nur die Spur von einem Nagel, sondern mehrere feine Streifen, die beinahe einen Buchstaben formen, h, für hoffnungslos.

Ich brate mir zwei Spiegeleier, esse aber nur das eine. Das schlechte Gewissen kommt wieder angeschlichen. Weil ich schlafen und essen und mich an eine Art Alltag klammern kann, während Fanny ihren verloren hat. Ich muss ständig hinter die Türen und in den Schrank gucken. Muss mich vergewissern, dass da kein Mädchen mit hohem Pferdeschwanz steht. Dass das Gefühl, beobachtet zu werden, nur Einbildung ist.

Ich treffe Thomas erst in anderthalb Stunden und beschließe, beim Event-Büro vorbeizuschauen. Ein unangenehmer Wind zieht mir an den Haaren, als ich in den neuen Tag hinaustrete. Die Bäume im Park schütteln ihre Äste, die sich noch weigern, das Winterkleid zu tragen. Ich hoffe, dass auch Fanny standhält, nicht aufgibt. In den USA werden jeden Tag über zweitausend Kinder als vermisst gemeldet. In Norwegen jedes Jahr weniger als zweitausend Kinder und Erwachsene. Die allermeisten tauchen nach kurzer Zeit wieder auf. Entführungsfälle kommen in unserem Land äußerst selten vor. Wenn so etwas geschieht, dann handelt es sich meist um Kinder, die von Verwandten ins Ausland entführt werden. Wir leben in einem der weltweit reichsten und friedlichsten Länder. Das hat die Norweger naiv werden lassen und gierig. In gutem Glauben drücken wir auf per E-Mail empfangene Links, die irgendeinen Gewinn versprechen. Norweger lieben alles, was gratis ist.

Vor der Frua verteilt eine Weißhaarige Kaffee in Pappbechern, ehrenamtlich. Womöglich lässt sie sich dazu verleiten, ihre Rente einem der Streuner zu geben, die sich heute hier versammelt haben. Ich fahre langsamer, als ich ein bekanntes Gesicht unter ihnen entdecke. Sie sitzt auf einer Bank, etwas abseits von den anderen, in einer hellblauen Windjacke. Klammert sich an einen Becher, während sie mit einem krummgebeugten Typen mit Anglerhut redet, der vor ihr steht. Er ist einer der Ältesten in der Schar derer, die nach langen Jahren mit Heroin in den Adern diese charakteristische bleiche Lederhaut sowie eingesunkene Wangen und hohle, ferne Augen bekommen haben.

Ich springe vom Fahrrad und laufe das letzte Stück. Sie registriert mich erst, als ich einen Meter von ihr entfernt bin. In ihren Mundwinkeln zuckt es, ein Reflex, kein Lächeln.

»Hallo, Frøydis«, sage ich.

Sie blickt mich an und dennoch nicht. Sie muss sich jetzt seit mehreren Tagen in konstanter Alarmbereitschaft befinden und hat alle unnützen Gedanken, wie etwa sich die Haare zu kämmen oder Mascara aufzulegen, gestrichen. Es ist unnötig, zu fragen, wie es ihr geht.

Der Typ neben ihr betrachtet mich mit einem schwer zu deutenden Blick.

»Ich wollte nicht einfach vorbeifahren, ohne Hallo zu sagen«, sage ich und lächle entwaffnend. »Gibt es Neuigkeiten?«

Sie kneift die Lippen zusammen. Jedenfalls wirkt sie nicht berauscht. »Ich habe Fanny als vermisst gemeldet«, sagt sie. »Ich war gestern Abend bei der Polizei.«

»Die Polizei sucht jetzt also auch nach ihr?«

Sie schnaubt. »Sehen Sie hier Polizei in den Straßen?« Sie blinzelt angestrengt, um die Tränen zurückzupressen. »Ich habe denen von dem Stalker erzählt, damit sie begreifen, dass Sie dieses eklige Spielzeug in Fannys Zimmer nicht zufällig gefunden haben. Jetzt *untersuchen* sie den Fall, heißt es. Was bedeutet, dass sie keinen Finger rühren.«

Ich bekomme das Bedürfnis, sie zu trösten. »Ich bin sicher, die von der Polizei wissen, was sie tun.«

»Genauso wie Sie sicher waren, dass Fanny verrückt ist?«

Ihr Blick schießt mir entgegen, und ich lasse ihn treffen, sodass es brennt, ich habe es ja nicht anders verdient. Und dann schießt es mir plötzlich durch den Kopf: Was, wenn es Frøydis war, die den Hasen gebastelt hat? Wenn sie alle ungelösten Entführungsfälle im Land durchforstet hat, um dann eine falsche Kopie zu nähen, die, wie sie hoffte, Freddy finden würde, mit dem Ziel, sowohl ihn als auch die Polizei davon zu überzeugen, dass sie recht hat?

Der Anglerhut glotzt mich weiter an. Seine viel zu weite Jeans hat zu kurze Beine und wird in der Taille von einem Schnürsenkel gehalten. Dicke Wollsocken stecken in neuen Sneakern.

»Du ähnelst Fanny«, sagt er plötzlich. »Genauso süß und dünn. Seid ihr verwandt?«

Frøydis greift ein, geradezu beleidigt. »Ganz und gar nicht.« Dann zu mir: »Das hier ist Olve. Wir kennen uns schon lange. Seit der Schule.«

Olve bricht in ein zahnarmes Lächeln aus. »Love, wenn man die Buchstaben umstellt.« Er ergreift meine Hand. Drückt sie zwischen seinen. Sie sind trocken und voller Wundschorf. »Schön, dich kennenzulernen«, sage ich und will meine Hand zurückziehen, aber er hält sie fest, erwidert meinen Blick. Dann zieht er die Schultern hoch, als ob ihm kalt ist. »Oh, Scheiße.«

Er lässt meine Hand los und tritt einen Schritt zurück. Schiebt sich den Anglerhut weiter aus der Stirn, wie um mich genau zu mustern. Seine Pupillen sind klein, zwei einsame Punkte in einer eisblauen Landschaft. »Du hast viel Scheiße erlebt, hä?«

Frøydis muss wohl sehen, wie verwirrt ich bin, denn sie steht auf und lächelt, jetzt versöhnlich. »Olve hat ein paar besondere Fähigkeiten«, sagt sie. »Die hatte er immer schon.«

»Was für Fähigkeiten?«, frage ich.

»Bloß verdammt viele Geräusche«, murmelt Olve und fischt eine Kippe aus der Gesäßtasche. »Und mit den Jahren wird's auch nicht besser, wa!« Er schiebt sich die Zigarette zwischen die Lippen. Zündet sie mit einem Zippo an.

»Olve kann die Energie von anderen lesen«, sagt Frøydis. »Er kann alles spüren, von körperlichen Schmerzen bis hin zu Verletzungen in unserer Psyche.«

Erst denke ich, dass sie Witze macht. Sie, die sich hartnäckig geweigert hat, anzuerkennen, dass ihre Tochter psychisch krank war, und dann glaubt sie an so etwas? Doch sie sieht mich todernst an.

»Olve hat mir viele Male geholfen«, sagt sie. »Er weiß, dass der

Stalker, der Fanny gequält hat, kein Produkt ihrer Fantasie war. Und jetzt kann er Fannys Energie spüren. Er hatte oft Kontakt mit Toten, doch jetzt ... Er kann spüren, dass Fanny lebt ...«

Ihre Stimme bricht, und Olve beugt sich zu ihr und legt einen Arm um sie. Sie lehnt den Kopf an seine Brust, und ich bekomme den Eindruck, dass sie irgendwann einmal mehr als nur Freunde gewesen sind.

Ich würde gern mehr über Olves Fähigkeiten hören, mehr über Fanny, mehr über den Stalker, werde aber von einer zuknallenden Autotür daran gehindert.

Ich drehe den Kopf in Richtung Event-Büro. Freddy hat seinen Lieferwagen davor geparkt und kommt mit schweren Schritten auf uns zu. Nicht nur ich werde unruhig.

»Wir sehen uns«, sagt Olve, lässt Frøydis los und verschwindet schnell zu den anderen Streunern.

Frøydis wirft ihren Kaffeebecher in den Mülleimer neben der Bank und fasst nach meinem Arm. »Sagen Sie Freddy nichts hiervon. Er versteht so etwas nicht. Und er mag auch Olve nicht besonders.«

Ich möchte ebenfalls gehen, weil Freddy mich auch nicht mehr besonders mag, aber schon ist er bei uns, sieht mich aber nicht an, nur Frøydis.

»Ich dachte, wir hätten ausgemacht, dass du zu Hause bist?«, sagt er.

»Ich brauchte etwas frische Luft«, sagt sie.

»Wieso bist du hierhin gefahren?«

»Wieso nicht?«

Der Ton zwischen ihnen ist gereizt. Freddy dreht sich zu mir um. Wirkt verlegen. »Tut mir leid, Ida ...«

»Schon in Ordnung«, sage ich.

»Ich meine, dass ich meine Frustration neulich an Ihnen ausgelassen habe.«

»Oh, vergessen Sie's.«

Er lächelt zurückhaltend. »Ich bin natürlich froh, dass alle Hypothesen untersucht werden.«

Vielleicht wittert Frøydis es ebenso wie ich, dass unter Freddys Freundlichkeit etwas Beunruhigendes glimmt, denn sie zieht die Jacke enger um den Leib.

»Äh, ich muss leider gehen«, sage ich. »Ich muss zur Arbeit.«

Schnell lasse ich sie hinter mir. Will mich gerade auf den Fahrradsattel schwingen, als mir jemand auf den Rücken klopft. Ich drehe mich um und sehe Olve vor mir. Sein Blick ist gehetzt, aber dennoch entschieden.

»Du musst dich beschützen«, flüstert er. »Sonst kann es ziemlich schiefgehen.« Dann spuckt er auf den Boden zwischen uns.

# 19

Ich will zurück zu dem Geburtstag. Zu der Babypuppe. Zu dem Hund. Ich möchte ein Spürhund sein, der einem Geruch nachgeht, einem Leitfaden, aber ich stecke fest auf der Treppe aus Treibholz. Mit geschlossenen Augen sitze ich auf dem klammen Ledersofa und zähle von hundert rückwärts, aber jedes Mal, wenn ich mich der Null nähere, komme ich nicht weiter als bis zu der gelben Sommerhütte, zu der Wettervorhersage für die Fischbänke draußen und zu dem Geräusch des Urinstrahls in der Porzellanschüssel.

»Nimm es als ein Zeichen«, sagte Thomas. »Dafür, dass deine psychische Verteidigung nicht möchte, dass du zu schnell vorangehst.«

Er steht auf, wirft den Post-it-Block auf den Schreibtisch und öffnet das Fenster. Ein kühler Wind strömt gierig hinein. Wir sind seit einer Stunde in seinem Büro, ohne dass ich etwas zustande gebracht habe. Jetzt will er nach Hause fahren und das Essen bereiten, ehe der Junge zum Fußballspiel geht. Es liegt am Anglerhut. Ich kann seine Warnung nicht von mir abschütteln. Obwohl ich nicht so viel über Energien weiß oder was auch immer, wofür dieser kleine Kauz anscheinend Experte ist. Vielleicht luchst er Frøydis bloß Geld ab, nutzt ihre norwegische Naivität aus, melkt eine verwundbare Seele in einer verwundbaren Phase. Die Gier nach dem Rausch hat die leidige Tendenz, jedwedes Gewissen und jedwede Empathie abzulegen.

»Glaubst du«, sage ich, »dass das beim letzten Mal eine Erinnerung war, aus der Zeit, als ich entführt wurde?«

»Du bist diejenige, die die Wahrheit kennt«, sagt Thomas. »Was empfindest du selbst?«

»Ich … empfinde das so?«

Eigentlich bin ich sicher. Der Hund, der Geruch, sie waren da. Deutlich und undeutlich, und dennoch ein Teil von mir.

»Wir glauben an unsere Gedanken und Gefühle«, sagt Thomas. »Wir glauben, dass sie wir sind. Aber wir können nicht allem vertrauen. Ein Großteil ist bloß ein Produkt all unserer schlechten Erfahrungen und Verwundungen.«

Soll das ein Trost sein?

»Können wir es nach der Abendschicht noch mal probieren?«, frage ich.

Auf der Station ist es ein ruhiger Nachmittag. Es regnet gerade nicht, und Alan hat drei Patienten mit sich in den Garten hinausgelockt, um Volleyball zu spielen. Zwei von ihnen haben Ausgang. Gizem, meine Patientin, ist müde, ihr ist übel, und sie möchte am liebsten im Bett liegen, nicht spazieren gehen, kein Tischtennis spielen, sie will auch nicht, dass ich ihr dabei helfe, ihre Rechnungen zu bezahlen. Schließlich kann ich sie motivieren, das Klavier im Musikzimmer auszuprobieren, der Versuch, eine ihrer vergessenen Ressourcen zum Leben zu erwecken. Auf der Treppe in den Keller fragt sie, was der Name Ida bedeutet, und als ich »die Fleißige« antworte, sagt sie, dass der Name zu mir passt. Sie erzählt, dass Gizem türkisch ist und »Mysterium« oder »Rätsel« bedeutet, und ich stelle fest, dass ihr Name ebenfalls zu ihr passt, als sie sich ans Klavier setzt. Ich muss gestehen, ich hätte nicht gedacht, dass sie so gut ist. Ihr Gang wirkt eigentlich zu steif, die Bewegungen zu abrupt, ihr Geist zu starr und fragmentiert, als dass sie Töne zu einer Melodie zusammensetzen könnte. Jetzt allerdings fließen die Finger graziös über die Klaviatur. Als ob sie in eine Art Trance verfällt und sich von der Musik leiten lässt und nicht umgekehrt.

Ich frage, ob sie etwas von Chopin kennt, eine Nocturne?

Sie trinkt ein großes Glas Wasser, ehe sie mit ihrem Lieblingsstück beginnt, das ich zuvor erst wenige Male gehört habe. Sie hat es viele Jahre nicht gespielt und muss mehrmals von vorn anfangen. Ich betrachte ihren gebogenen Rücken, während ich die zackige Melodie in mich aufnehme, ich will den Gedanken entfliehen, die mich an all das erinnern, was ich hätte tun sollen, anstatt hier zu sitzen und fleißige Krankenschwester zu spielen.

Gizem bricht ab. Bleibt auf dem Klavierhocker sitzen und starrt mit gebeugtem Nacken auf die Tasten. Vielleicht war es ein Fehler, sie mit hierher zu nehmen. Vielleicht hat es sie an alles erinnert, was hätte sein können, wenn sie es geschafft hätte, morgens aufzustehen, wenn sie Nein anstatt Ja zu all den Giften gesagt hätte, die sie ihrem Körper zugemutet hat. Es ist nicht meine Aufgabe, herauszufinden, warum die Dinge für sie so geworden sind, wie sie sind, ich soll Symptome observieren, Ressourcen, Herausforderungen, ihr dabei helfen, besser auf sich selbst zu achten, bessere Entscheidungen zu treffen.

Ein Geruch dringt mir in die Nase. Ein vertrauter Geruch?

Ich schnuppere in die Luft. Der Geruch ist schwach, aber dennoch stark, süßlich, es ist der gleiche Geruch, den ich während der Hypnose wahrgenommen habe. Und mit einem Mal bin ich wieder bei dem bellenden Hund –

Dunkelheit.

Übelkeit.

Ich stehe auf. Nicht jetzt. Nicht hier.

»Vielleicht können Sie mir ein Lied beibringen?«, sage ich und blase den Geruch durch die Nase aus. Atme. Bin hier. »Ich habe zwei Monate versucht, mir das Klavierspielen beizubringen, kann aber noch nicht viel. Ich glaube, ich kann zwei Akkorde. Wie viele gibt es eigentlich?«

Es war Thomas, der mich gelehrt hat, dass es schlau ist, ein wenig dümmer zu spielen, als man ist, das kann nämlich bei den Patienten ein Erfolgsgefühl hervorrufen. Als ich zu ihr gehe, sehe ich, dass sie die Augen geschlossen hat.

Ihre Haut ist blass, schwitzig.

Ich rüttele ihr leicht an der Schulter. »Gizem?«

Sie reagiert nicht. Ich rüttele fester. »Hallo?«

Ich hebe ihr Kinn an, aber da fällt der Kopf nach hinten, der Körper folgt nach. Ich schaffe es, sie aufzufangen, kurz bevor sie zu Boden stürzt.

Nein, nein, nein, nein.

Jetzt bewahre einen klaren Kopf. Halte ihren Kopf fest.

Ich lege sie auf die Seite. Drücke auf den Überfallalarm, um Hilfe herbeizuholen. Ich höre, wie sich das Geheul in den Etagen verbreitet.

Ich tätschele ihre Wange. »Gizem! Hallo! Aufwachen.«

Ich lege ihr zwei Finger an den Hals. Ihr Puls geht schnell. Sie atmet schnell und schwer.

Da registriere ich wieder den starken süßlichen Geruch. Es ist Gizems Atem, der riecht. Und plötzlich erkenne ich den Geruch.

Das Wort, nach dem ich gesucht habe, schnellt aus seinem Versteck hervor:

Nagellackentferner.

Es riecht nach Nagellackentferner.

Hat Gizem den geschnüffelt, ohne dass ich es gesehen habe? Oder in ihrem Zimmer, bevor wir hierher gingen?

Ich durchsuche ihre Taschen, finde aber keine Flasche, auch keinen Pillenblister oder Pillenbeutel, bloß Reste einer Kekspackung.

Die Tür wird aufgerissen, Alan und ein Pfleger kommen hereingestürzt.

»Ruf den Notarzt!«, sage ich. »Sie muss was geschluckt haben. Ich glaube ...«

Ich unterbreche mich selbst. Denn jetzt begreife ich, was dieser Geruch ist. Warum Gizems Atem so riecht. Es ist kein Nagellackentferner. Es ist Azeton.

Ich blicke Alan an, der auf seinem Handy die Notrufnummer gewählt hat. »Sag denen, dass sie vermutlich eine Blutübersäuerung hat. Wie Diabetiker sie bekommen können.«

Und sobald ich es ausspreche, überlege ich, wer von denen, die ich sonst noch kenne, an Diabetes leidet.

Ich zittere immer noch, als ich Thomas nach der Schicht treffe. Er sitzt auf seinem Bürostuhl und hört zu. Genau so, wie er Patienten mit viel Redebedarf zuhört. Ruhig, nicht so rastlos stehend wie ich, die hin und her wippt, von einem Bein auf das andere, die keinen Halt findet, nicht herausfindet, warum. Warum Freddy?

»Dieser Geruch«, setze ich an, doch Thomas unterbricht mich:

»Gerüche sind etwas, woran Überfallsopfer sich häufig erinnern. Das kennst du bestimmt von Patienten, mit denen du gearbeitet hast. Aber dieser Geruch, den du glaubst, während der Hypnose registriert zu haben, reicht allein als Beweis nicht aus.«

»Freddy hat Diabetes. Vielleicht konnte ich ja damals türmen, weil er unter einer akuten Blutübersäuerung gelitten hat.«

»Das klingt seltsam. Dass derselbe Typ, der dich vor zwanzig Jahren entführt hat, seine Tochter in die Klinik bringt, in der du arbeitest?«

»Du meinst, er weiß, wer ich bin?«

Ich erinnere mich an die erste Begegnung mit Freddy im Krankenhaus. Sein Kommentar, wie gut es doch sei, dass ich *ganz normal* wirkte. War da mehr mit diesem Kommentar verbunden? Eine Anspielung darauf, dass ich jetzt ganz anders aussah als damals bei unserer letzten Begegnung? Der springende Punkt mit dem Wechsel der Identität war ja, ganz gewöhnlich auszusehen. Unsichtbar zu sein.

»Ich finde, du bist vielleicht etwas zu sehr darauf fixiert, Zusammenhänge zu finden«, sagt Thomas. »Du kannst, wie gesagt, deinen Erinnerungen nicht hundertprozentig trauen. Weder im Wachzustand noch unter der Hypnose.«

»Es war derselbe Hase.«

»Bist du dir so sicher?«

Er sieht mich skeptisch an, und ich beginne zu zweifeln. Hätte ich das Kuscheltier mit alten Zeitungsbildern vergleichen sollen, ehe ich es abgegeben habe? Ich erinnere mich an Freddys Reaktion, als ich es ihm gezeigt habe. Er wirkte ... unbeteiligt? Hat er das mit dem rosa Pullover erfunden, damit ich den Hasen finden sollte?

Er kann nicht wissen, wer ich bin.

Es kann nicht Freddy sein.

»Sollten wir der Polizei einen Hinweis auf ihn geben?«, frage ich.

»Meinst du nicht, dass die ihn schon in den Blick genommen haben, wenn sie den Fall jetzt untersuchen? Das Klischee besagt ja, dass es immer jemand aus der engen Verwandtschaft ist. Und was, wenn du jetzt irgendwelche Behauptungen über Freddy verbreitest und er gar nicht der Schuldige ist?«

»Aber was, wenn er tatsächlich der Schuldige ist? Was dann?«

Thomas schiebt zwei Finger hinter die Brillengläser, drückt

mit Daumen und Zeigefinger die Nasenwurzel zusammen, vielleicht hat er viel mehr Lust, nach Hause zu fahren und sich mit *der Madame* ins Bett zu legen. Er schiebt seine Brille zurecht. »Du darfst nicht vergessen, dass deine Erfahrung mit Hypnose ganz neu ist, Ida.« Jetzt wieder der belehrende Ton. »Es wird eine Weile dauern, bis du zwischen echten und falschen Erinnerungen sowie dem unterscheiden kannst, was vielleicht nur eine symbolische Sprache ist, die du deuten musst.«

Ich gehe einen Schritt auf ihn zu. »Dann hilf mir doch.«

# 20

In den Straßen draußen ist alles leblos. Nur die Bäume reden heute Nacht. Sie flüstern geheime Codes, die der Wind zwischen ihnen umherweht. Reden sie über ihn? Der auf der obersten Treppenstufe steht. Er hat hohe Schultern, den Kopf gebeugt über eine allzu große Schokoladentafel. Er isst, gierig, macht sich nicht die Mühe, ein Eckchen nach dem anderen abzubrechen, stopft sich bloß die Tafel in den Mund und schlingt ein großes Stück herunter, noch ehe er das letzte fertig zerkaut hat, aus Angst, auf frischer Tat ertappt zu werden?

Plötzlich wendet mir Freddy den Kopf zu. Schnell ziehe ich mich hinter die Hausecke zurück. Bleibe stehen. Lausche. Einem Automotor in der Ferne. Als ich mich traue, wieder hervorzuschauen, ist die Treppe vor dem Event-Büro leer.

Thomas meint, meine Verteidigungsmechanismen seien zu aktiv. Dass es deshalb nicht gelang, mich vorhin in eine erneute Trance hinabzusenken. Ich bin nicht ganz sicher, ob er vielleicht derjenige ist, der nicht zu schnell weitergehen will. Weil er nicht schuld daran sein möchte, mich zu retraumatisieren.

Ich schiebe das Fahrrad um die Hausecke und trete näher auf das Event-Büro zu. Weiß nicht, warum ich hier bin. Ich bin naiv. Ich glaube, dass ich Freddy jetzt entlarven kann. Dass ich ihm zu dem Ort folgen kann, wo er Fanny eingeschlossen hat.

In den Fenstern brennt kein Licht. Niemand, der sich aufwärmt, nach einer Suche in den dunkelsten Winkeln der Stadt. Es ist fast halb drei, noch nie zuvor bin ich nachts so spät draußen gewesen. Ich sollte nicht hier sein, ich bin in letzter Zeit zu oft hier gewesen, ist da eine Gestalt an der Kirche, die mich beobachtet?

Das Armeemesser brennt in meinem BH, während ich mich aufs Fahrrad schwinge, von dannen radele, schnell, schneller. Ich biege nach rechts anstatt nach links ab. Ein Umweg. Mehrere. Ich wähle für Autos verbotene Wege, um sicherzugehen, dass mir niemand folgt.

Zu Hause in der Wohnung suche ich im Internet alles zusammen, was ich über Freddy Strand finden kann. Gemäß den leicht zugänglichen Informationen ist er einer von vier Norwegern mit diesem Namen. Alles, was ich über meinen Freddy Strand aus Trondheim finde, ist mit dem Event-Büro Experientia verknüpft. Es wurde schon vor einunddreißig Jahren im Brønnøysundregister eingetragen. Damals mit Sitz in Tønsberg, was angesichts von Freddys ostnorwegischem Akzent nicht verwunderlich ist. Ich weiß nichts über seine Familie, Fanny hat immer nur von der mütterlichen Seite der Verwandtschaft gesprochen. Vor zwanzig Jahren wurde der Sitz der Firma nach Trondheim verlegt. Ein halbes Jahr, nachdem Mama und ich hierher geflüchtet waren. Zufall?

Ich kann seinen Namen sonst nirgendwo finden. Weder auf der Teilnehmerliste eines Laufwettbewerbs noch eines Kneipenquiz. Auch in offenen Diskussionsforen hat er keine Kommentare hinterlassen. Ich habe keinen Account bei sozialen Medien und kann somit nicht darin herumschnüffeln.

Ich lehne mich zurück. Fahre mit einem Finger über den Unterarm, über die frischen Kratzwunden aus den letzten Stunden mit Schlaf, sie sind an beiden Handgelenken, als hätte ich versucht, etwas wegzukratzen, das einst an ihnen festgebunden war.

Noch habe ich nicht auf Thomas' Nachricht geantwortet, in der er fragt, wie es mir geht. Ich war beim letzten Abschied kurz angebunden. Ich hatte das Gefühl, dass er mich im Stich lässt. Gelogen. Ich habe ihn im Stich gelassen.

Während der Tagesschicht starte ich eine neue Suche nach Freddy Strand, als ich an Gizems Bett sitze. Sie schläft und wird frühestens in ein paar Tagen nach Østmarka zurückgebracht werden. In der Zwischenzeit müssen wir von der Station 22 die Schicht in der Gastroenterologie übernehmen, weil auch dort die eingefleischte Ansicht herrscht, dass alle psychiatrischen Patienten gefährlich sind. Die Ärzte meinen, dass Gizem Glück gehabt hat. Dass sie seit längerer Zeit die Symptome ignoriert haben muss, sie womöglich eher dem Rausch zuschrieb, während sie den Zustand aufgrund ihres ausschweifenden und instabilen Lebenswandels gleichzeitig verschlimmert hat, und nun extremes Glück hatte, dass sie durch die Einweisung bei uns so schnell behandelt werden konnte und der Diabetes entdeckt wurde. Sie wird wieder gesund.

Die Suchmaschine verrät keine Geheimnisse über Freddy. Es juckt mich, ich kann kaum still sitzen. Gizem liegt reglos da, keine Geräusche, nur der Brustkasten hebt und senkt sich, gerade so. Vielleicht hat sie in den Nächten draußen gelernt, wie sie es vermeiden kann, die Aufmerksamkeit brünstiger Hinterhofkater auf sich zu ziehen. Ihr schwarzes Haar wogt über das Kissen, ihre Haut wirkt wie verfärbt auf dem weißen Bettzeug, und mir wird klar, dass sie genauso aussehen würde, wenn sie tot wäre, in der ersten Zeit, den ersten Stunden.

Die einzige tote Person in meinem Leben habe ich hier gesehen, im St. Olavs Hospital, während meiner Zeit in der Chirurgie. Zwei Tage nach einer Operation am Enddarm tat eine achtundachtzig Jahre alte Frau ihren letzten Atemzug. Sie hatten ihr den Kiefer nicht rechtzeitig hochgebunden, sie wurde mit steifem und schiefem Mund zum Himmelstor geschickt. Das war alles andere als ein friedlicher Anblick, wie sie da lag, mit kalten gefalteten Händen über dem Laken. Vielleicht war es ein Zeichen, dass ihre Seele eher in die Hölle geschickt werden würde. Ich mustere Gizem. Sie wirkt so unschuldig, wenn sie schläft. So rein. Als ob alle schmerzlichen Erfahrungen sie verlassen, sie wieder zu einer blanken Tafel gemacht hätten, tabula rasa.

Plötzlich grunzt sie und öffnet die Augen, murmelt etwas Unverständliches, bis ich schließlich begreife, dass sie Durst hat. Ich reiche ihr ein Glas Wasser und helfe ihr, sich aufzusetzen.

»Danke«, flüstert sie, dann fängt sie an zu weinen, redet plötzlich davon, wie die Nahtoderfahrung zu einer Erweckung geführt hat.

Ich weiß nicht, wie oft sie das früher schon gesagt hat, wie oft sie versucht hat, mit den Drogen aufzuhören, ob sie es überhaupt probiert hat.

»Glauben Sie, ich schaffe das?«, fragt sie.

»Ja. Wenn Sie es wirklich wollen.«

Letztlich kommt es immer auf den Willen an.

Nach der Schicht wird das Jucken schlimmer. Schließlich richte ich die Nase gen Süden, stampfe steile Hügel hinauf, lasse die Milchsäure ordentlich brennen und bin verschwitzt und außer Atem, als ich nach Saupstad komme, einem Stadtteil mit angeschlagenem Ruf. Ich stelle das Fahrrad vor Barbros Reihenendhaus ab, das kinderfreundlich an einem Wald gelegen ist, und vielleicht träumt sie auch immer noch davon, die großen Räume mit etwas anderem zu füllen als Pflanzen. Wie ich sehe, hat sie sich seit meinem letzten Besuch neue angeschafft. Mehrere Mitglieder des Pflege-Clans sitzen bereits zusammengequetscht in der Sofaecke und trinken Wein und Breezer, es ist Zahltag. Pflanzen in diversen Formen und Größen strecken sich an Decke und Wänden entlang und verwandeln das Wohnzimmer in einen gemütlichen Dschungel, wo sich munter plaudern lässt. In der Sofamitte sitzt Alan, wie immer der Mittelpunkt. Barbro musste sich mit einem Küchenstuhl zufriedengeben und späht jedes Mal zu ihm hinüber, wenn er in Lachen ausbricht.

Ich setze mich auf ein Kissen auf dem Boden, zusammen mit ein paar anderen Nachzüglern, es ist eine Taktik von mir, die allerpersönlichsten Fragen werden oft früh am Abend gestellt. Ich nippe an einem alkoholfreien Bier, das ich in ein Glas geschüttet habe, sitze zu nahe an den Lautsprechern, die ABBA-Melodien ausspucken, der Geräuschpegel steigt nach und nach, im Gleichtakt mit der Anzahl leerer Flaschen auf dem Wohnzimmertisch. Ich gebe vor, mich an den Gesprächen zu beteiligen, während ich darüber nachdenke, wie zynisch wir auf Außenstehende wirken müssen. Hier sitzen wir und lachen, die weißen Engel, und erwähnen Fanny mit keinem Wort. Ich frage mich, ob Thomas noch kommt, nachdem er mit der Mamsell beim Rollskitraining war.

»Mit wem aus der Abteilung würdet ihr am liebsten ins Bett gehen?« Einer der Medizinstudenten hat das Spiel begonnen. Einer von diesen arroganten Jungs, die bald mit der Facharztausbildung beginnen. Ständig wehrt er sich dagegen, wenn ich eine Aufgabe an ihn delegieren will. Nicht zum ersten Mal wird auf einem Personalfest ein provokantes Gedankenspiel in Gang gesetzt, doch dieses ist neu. Er fängt an und nennt natürlich gleich den Namen einer dieser klassisch süßen Krankenschwestern. Sie ist geschmeichelt, klar, obwohl sie einen Freund hat, nennt aber nicht seinen Namen, als sie an der Reihe ist. Stattdessen sagt sie Thomas Moan.

Dem Medizinblödmann passt die Antwort nicht, und ich bin erstaunt, dass ich mich selbst auch darüber ärgere.

»Und du?«, fragt Alan und guckt mich an.

Alle gucken mich an. Ich trinke Bier. Ich könnte sagen, dass ich keine Lust habe, bei diesem idiotischen Spiel mitzumachen, habe aber gleichzeitig Lust auf etwas Spaß. Warum nicht, wenn ich schon mal hier bin? Bin ich deswegen nicht gekommen, um das Jucken wegzulachen?

»Barbro«, sage ich.

Niemand lacht. Nicht eher, bis Barbro ein entnervtes Seufzen von sich gibt. »Also, Ida, kannst du nicht ausnahmsweise mal ernst sein?«

»Ich bin ernst.«

»Du stehst auf Männer.«

Ich lächle, verführerisch. »Dass ich auf Männer stehe, heißt doch nicht, dass ich nicht auch Frauen gut finde?«

Überreife Frauen, würde ich am liebsten sagen. Jemand muss sich ja auch der angeschlagenen Früchte erbarmen, aber andererseits will ich es auch nicht übertreiben.

Barbro drückt ihr Kinn tiefer in den Hals. Ich muss mich anstrengen, um nicht zu lachen. Tatsächlich ist sie eine von denen, die nur noch süßer werden, wenn sie wütend sind.

»Und du, Alan?«, frage ich.

Barbro vermeidet, ihn anzusehen, stattdessen steckt sie prüfend zwei Finger in einen Blumentopf, wie um zu demonstrieren, dass sie sich nicht um seine Antwort schert.

Alan denkt eine Weile nach. Lässt den Blick über die Versammlung gleiten, verharrt kurz bei Barbro, dann bei mir. »Darf man auch zwei nennen?«

Barbro steht abrupt auf. »Wenn wir den Bus kriegen wollen, müssen wir jetzt los.«

Wir landen in der Moskus Bar. Barbro trifft die Entscheidung, niemand widerspricht ihr, vielleicht denken die anderen auch, dass es falsch wäre, sich auf ihre Kosten zu amüsieren. Ich sollte mich entschuldigen, lasse sie aber in Frieden, als sie sich neben Alan an den Tisch setzt. Ich habe Augenkontakt mit einem gleichaltrigen Rocker an der Bar aufgenommen. Als ich aufstehe, registriert er das Signal und folgt mir, doch plötzlich hängt Barbro sich an mich und ruiniert den ganzen Plan. Sie schubst mich fast in die Toilette hinein und ist offenbar der Ansicht, dass ich einen kleinen Vortrag brauche. Sie spuckt einen langen Monolog darüber aus, dass ich viel zu weichherzig bin, mich zu viel mit Patienten und Angehörigen einlasse, dass mein Verhalten ganz einfach gefährlich sein kann. Sie hat mitbekommen, dass ich wieder bei Familie Strand war.

»Der Bruder hat mich heute im Büro angerufen«, sagt sie.

»Welcher Bruder?«

Sie fängt an zu flüstern, hat offenbar Angst, dass jemand draußen steht und zuhört. »Der Bruder von Freddy Strand. Er war sehr besorgt. Hat erst jetzt erfahren, dass Fanny bei uns eingeliefert war und nun von zu Hause getürmt ist. Und ich dachte, das sei wegen der Mutter ... Du musst mir versprechen, dich von ihm fernzuhalten, Ida.«

»Von dem Bruder?«

»Nein, von Freddy. Ja, also, das bleibt jetzt erst mal zwischen uns, bis wir wissen, ob es stimmt. Das sind ernsthafte Vorwürfe, und ich weiß ja nichts über diesen Bruder. Aber wenn es stimmt, was er gesagt hat, dann hat die Polizei es in ihren Registern und macht sich Gedanken.«

»Was hat der Bruder denn zu dir gesagt?«

»Dass Freddy vor ein paar Jahren wegen eines Übergriffs angezeigt wurde.«

Ich bin mir nicht sicher, ob sie Witze macht. Ob das jetzt eine Art morbider Rache dafür ist, dass ich ihr vorhin auf den Schlips getreten bin, und sie mir jetzt erzählen will, was für eine schlechte Krankenschwester ich bin, die sich bei allem und allen getäuscht hat.

»Übergriff in Verbindung mit ... Fanny?«, frage ich.

»In Verbindung mit seiner Nichte. Sie war gerade mal fünf, die Ärmste.«

# 21

Als ich mit dem Fahrrad bei der Tankstelle in Nardo ankomme, steht Noman an der Zapfsäule und betankt einen rostigen Jeep, der gar nicht zu seiner tadellosen Fassade passt. Er war nicht gerade begeistert, als ich anrief. Bat mich, beim Hinweistelefon anzurufen, da Fannys Fall jetzt offiziell untersucht werde, doch ich entgegnete wahrheitsgemäß, dass ich nicht mit unbekannten Polizeibeamten über leere Gerüchte sprechen möchte, die alles noch schlimmer machen könnten.

Unterwegs muss er Frøydis aufgelesen haben, sie steht an der Beifahrertür und tritt ungeduldig von einem Bein aufs andere. Den Mantel hat sie mit einer dünnen Daunenjacke und weiten Leinenhosen ersetzt und stürzt beinahe mit zitternden Koffeinaugen auf mich zu. »Mit wem haben Sie gesprochen?«

Ich sehe Noman an, der mich mit einem formellen Nicken kurz begrüßt.

»Kommen Sie gerade von der Abendschicht?«, fährt Frøydis fort. »War das vielleicht eine Patientin, die gesagt hat, wo Fanny sein kann?«

Wie genau hat sie eigentlich alles verfolgt? Oder hat sie sich bloß weggedreht, wie es mir andere Patientinnen über ihre Mütter, Tanten, Großmütter erzählt haben?

Noman hängt die Zapfpistole zurück an die Säule und

schraubt routiniert den Tankdeckel zu. »Wäre schön, wenn Sie sich etwas beeilen könnten«, sagt er, und ich sehe es ihm an. Er vertraut mir nicht. Wahrscheinlich glaubt er, dass ich ihm erzählen will, was Fanny gern auf dem Brot hatte, oder etwas anderes auf diesem Niveau.

»Freddys Bruder hat heute auf der Station angerufen«, sage ich.

»Ach, ja?« Frøydis' Ton verrät, dass ihr nicht gefällt, was sie hört. Oder vielleicht mag sie auch ihren Schwager nicht.

Noman reißt ein Stück Papier aus einem Behälter und wischt sich sorgsam die Finger ab.

»Vielleicht können wir uns unter vier Augen unterhalten«, sage ich zu ihm, doch Frøydis mischt sich ein:

»Wenn Sie etwas Wichtiges wissen, sollten Sie es mir erzählen.«

Sie riecht süßlich. Nach Erdbeeren. Ihre Zähne arbeiten frenetisch an der Ermordung eines Kaugummis, und ich stelle mir vor, wie sie zu Hause in der Küche genauso dagestanden und geschmatzt hat, um das Geknarre aus dem Obergeschoss zu übertönen.

War Fanny also doch wegen einer toxischen Vater-Tochter-Beziehung krank? Haut Fanny deswegen immer wieder von zu Hause ab? Hat Freddy sie einweisen lassen, um sie als psychisch krank und unzuverlässig abstempeln zu lassen, weil sie damit drohte, etwas zu erzählen?

»Der Bruder hat von der Anzeige gegen Freddy erzählt«, sage ich.

Frøydis hebt die Augenbrauen. Wirkt sie überrascht?

Nomans Gesicht ist ausdruckslos. Er faltet das Trockenpapier zusammen und wirft es in den nächsten Mülleimer.

»Freddy ist noch nie wegen irgendwas angezeigt worden«,

sagt Frøydis. Sie hat jetzt ihre Stimme gesenkt. Versucht sie, ihn zu beschützen? Denn was würde es über sie aussagen, wenn sie einräumt, was Freddy getan hat? Nur ein Idiot kann mit einem Idioten zusammen sein.

»Er hat gesagt, dass Freddy vor zwanzig Jahren wegen eines Übergriffs auf seine Nichte angezeigt wurde.«

Ich habe schon mal von dem Ausdruck *Sämtliche Farbe wich aus dem Gesicht* gehört. Jetzt sehe ich es bei Frøydis.

Ebenso schnell mobilisiert sie ihre innere Widerstandskämpferin.

»Freddy hätte so was niemals getan!«, faucht sie mich an. »Und das wissen Sie auch!«

Ich drehe mich zu Noman um. »Sie können doch bestimmt überprüfen, ob es eine Anzeige gab?«

Er bleibt auffällig stumm. Steht mit durchgedrücktem Rücken da und blickt abwechselnd mich und Frøydis an. Und da kapiere ich es. Da kapiert es auch Frøydis.

»Hast du davon gewusst?«, flüstert sie.

Noman gibt keine Antwort, aber ich sehe es in seinen Augen. Frøydis sieht es auch. Panik steht ihr plötzlich ins Gesicht geschrieben. Ihre Lippen bewegen sich, aber sie bringt keinen Ton hervor. Dann dreht sie uns den Rücken zu und geht. Schnell, beinahe torkelnd. Sie bleibt draußen vor dem Eingang zur Tankstelle stehen. Kramt in der Jackentasche und fischt ein Päckchen Zigaretten hervor, steckt sich eine halbe Kippe in den Mund und versucht, sie mit einem Streichholz anzuzünden.

»Das wäre nicht nötig gewesen«, sagt Noman zu mir.

Ich drehe ihm den Kopf zu. »Nicht nötig? Sie begreifen doch wohl, was das bedeutet? Es muss Freddy sein, der Fanny entführt hat!«

»Halten Sie das für wahrscheinlich?«

»Er hat sich früher schon an einem Kind vergriffen.«

»Er wurde nicht verurteilt. Was darauf hinweist, dass es nicht genug Beweise gegen ihn gab.«

»Das bedeutet nicht, dass es nicht passiert ist.«

»Es bedeutet auch nicht, dass es passiert ist.«

Seine störrische und arrogante Haltung provoziert mich. Sehr sogar. »Wie haben Sie davon erfahren?«, frage ich.

Er zuckt mit den Schultern. »Kommt ja schon mal vor, dass man im Umkleideraum ein Gespräch mitbekommt. Kennen Sie doch bestimmt auch.«

Aus dem Innenraum des Wagens sind Geräusche zu hören, im Kofferraum, wo die Gitterstäbe eines Hundekäfigs zu sehen sind.

Noman verzieht die Mundwinkel zu einem Lächeln, das seine Augen jedoch nicht erreicht. »Freddy war an dem besagten Abend bei einem Nachbarn. Die haben da einen Bartresen eingeweiht, den Freddy gebaut hatte, und er ist erst gegangen, als Frøydis ihn gegen Mitternacht anrief und sagte, dass Fanny nicht nach Hause gekommen sei.«

»Vielleicht hat Freddy seinen Kumpel ja fürs Lügen bezahlt. Vielleicht steckt der mit ihm unter einer Decke?«

»Es waren mehrere Nachbarn vor Ort. Eine Gruppe von fünf. Und alle sagen das Gleiche. Außerdem waren Freddy und Frøydis die ganze Nacht zusammen und haben gesucht.«

Ich werfe einen Blick auf Frøydis, die sich hinter einer Qualmwolke versteckt.

»Was machen jetzt eigentlich diese Polizeibeamten, die den Fall untersuchen?«, frage ich.

Noman schiebt sich einen Finger unter die Lippe und fischt einen Snusbeutel hervor, den er ordentlich zurück in die Dose legt. »Überschreiten Sie jetzt nicht ein wenig Ihren Verantwortungsbereich als psychiatrische Krankenschwester?«

»Ich versuche nur, das Gleiche zu tun wie Sie. Ein wenig zu helfen.«

Er deutet mit dem Kopf in Richtung Frøydis. »Und glauben Sie, dass Sie ihr jetzt geholfen haben?«

»Sie haben sie mit hierhergebracht.«

»Als Sie angerufen haben, war ich gerade dabei, Frøydis von meiner Schwester nach Hause zu fahren. Sie hat da den ganzen Tag nur auf dem Sofa gelegen und geweint.«

Ich presse die Kiefer zusammen. Sie schmerzen.

»Ich verstehe ja, dass Sie sich Sorgen um Fanny machen«, sagt Noman ohne besondere Sympathie in der Stimme. »Sie ist jemand, den man schnell mag. Jetzt untersuchen meine Kollegen, ob es einen Grund gibt, eine Ermittlung in Gang zu setzen, also überlassen Sie die Hypothesen besser denen.«

Nomans Motivation, ein Staatsbeamter zu werden, kann unmöglich aus dem dringenden Bedürfnis resultiert haben, anderen Menschen zu helfen. Macht ist das, was er begehrt. Und jetzt steht er da und lächelt sanft, weil er die Überhand über mich gewinnt.

»Sie sehen erschöpft aus«, sagt er. »Fahren Sie nach Hause und gönnen sich etwas Schlaf.«

Sein Blick ist genauso gefühlsflach wie seine Stimme, seine Ausstrahlung, ich kann mir beim besten Willen nicht vorstellen, dass er jemals einen Lachkrampf hatte oder sich während einer Diskussion aufgeregt hat. Er gehört bestimmt zu denen, die geräuschlose Orgasmen haben. Und plötzlich merke ich, wie erschöpft ich tatsächlich bin, wie hungrig, wann habe ich zuletzt gegessen?

»Wohnen Sie in der Nähe?«, fragt er.

Die Art, wie er fragt, verrät, dass er mich gegoogelt, aber keine Informationen gefunden hat. »Ja«, lüge ich, und als ich von dannen radele, steht Frøydis immer noch vor der Eingangstür der Tankstelle. Einsam und verlassen.

# 22

In der siebten Klasse hat Mama mir verboten, mit ins Schullandheim zu fahren. Stattdessen rief sie eine Stunde vor der Abfahrt meine Lehrerin an und sagte, ich hätte Fieber und eine Halsentzündung. Natürlich hatte ich die ganze Zeit gewusst, dass ich nicht würde mitfahren dürfen, dass es überhaupt nicht infrage kam, ohne sie zu verreisen, in den Süden, in die Gegend von Asker. Gleichwohl hoffte ich bis zuletzt, dass in Mamas Kopf kein »gefährlich« auftauchen würde, wie es immer passierte, wenn ich zu einer Freizeitaktivität außerhalb der Schule eingeladen wurde.

Nachdem ich den halben Morgen geweint hatte, wollte Mama mich mit einem Tagesausflug über die schwedische Grenze trösten, nach Åre, wo wir einen umherreisenden Jahrmarkt besuchten. Ich war nie zuvor auf einem Rummelplatz gewesen. Mama meinte, es sei am besten, es langsam angehen zu lassen, also setzte ich mich auf ein weißes Pferd auf einem Karussell. Ich weiß nicht, wieso es passierte. Weder damals noch heute. Ob es ein Geruch war. Etwas, was ich sagte. Etwas, woran sich vielleicht mein Körper erinnerte, aber nicht mein Gehirn. Denn das Karussell drehte sich gar nicht lange, ehe ich völlig erstarrte. Ich konnte mich nicht rühren. Ich saß wie festgeklebt auf diesem Pferd, mit den Händen um die Riemen des Halfters, während mich ein einziges Gefühl beherrschte: pure Angst. Sie raubte mir den Atem. Raubte mir alle Vernunft. Raubte mir alles, was ich in den letzten Jahren über das Unterdrücken meiner Gefühle gelernt hatte. Ich glaubte, ich würde sterben. Ich war völlig davon überzeugt, in ein großes schwarzes Loch zu fallen und nie, nie wieder den Weg nach Hause zu finden, wenn ich das Halfter des Pferdes losließe. Ich saß mehrere Stunden auf dem Pferderücken, während Mama endlose Strategien ausprobierte, um mich von dem Karussell zu locken, ohne dass ich dabei bewusstlos würde. Ich weiß nicht mehr, was mich schließlich veranlasste, das Halfter loszulassen, aber noch Wochen und Monate später musste ich jeden Tag üben, wie ich eine neue Panikattacke bewältigen könnte. Wie ich die Kontrolle gewinnen, ein Zombie werden, tot spielen könnte.

Jetzt sitze ich fest auf einem anderen Karussell. Ich drehe und wälze mich im Bett, weil mir all die Gedanken durch den Kopf gehen. Ich schaffe es nicht, Freddy loszulassen. Ich klammere mich an die inneren Bilder, auf denen er sich nachts in Fannys Zimmer schleicht. Dass er das während ihrer ganzen Kindheit und Jugend getan hat. Dass er sie gezwungen hat, tot zu spielen, während er ihr mit Strafen drohte, sofern sie nicht den Mund hielte.

Doch das sind nur falsche Szenen, die meine Fantasie produziert. Genauso wie der Geruch von Nagellackentferner, den ich unter der Hypnose so stark und echt wahrnahm, eine falsche Erinnerung war?

Obwohl Mama mir beigebracht hat, dass sich hinter dem freundlichsten Lächeln auch ein Monster verbergen kann, habe ich Freddy immer gemocht. Jetzt ist es so, als ob ich mir dennoch wünsche, dass er der Schuldige ist, denn wenn er es nicht ist, kann es jeder x-Beliebige sein – wieder einmal.

Ich versuche, von dem Karussell zu springen, indem ich europäische Städte in alphabetischer Reihenfolge aufliste, amerikanische Bundesstaaten, Substantive, athletische Popmusiker, doch ich falle nicht in den Schlaf. Jedes Mal komme ich nicht weiter als bis F.

F für Fuck.

Ich schlucke zwei Schlaftabletten aus der Nachttischschublade. Schlafe nicht viele Stunden. Es ist dunkel, als ich einschlafe, und es ist dunkel, als ich wach werde. Die Nachtlampe in der Steckdose fabriziert undefinierbare Schatten, summt schwach. Tickt? Ich schaue aufs Handy. Fast vier Uhr. Es schmerzt im Kiefer, im Körper. Ich drehe mich auf die andere Seite – die Schlafzimmertür steht offen. Ich habe nicht nur vergessen, sie abzuschließen, sondern auch, sie zuzumachen. Ich bin viel zu nachlässig. Die Gedanken fressen die Gewohnheiten.

Ich stecke meine Hand unter den BH, wo mein roter Soldat seine feste Nachtwache abhält, und stehe auf. Das Parkett ächzt unter den Fußsohlen, als ich mich auf die Tür zubewege. Ich bleibe stehen, lausche der Stille, dem Kühlschrank, der sich ausschaltet.

Ich ziehe die Tür etwas weiter auf. Werfe einen schnellen Blick auf das leere Wohnzimmer, die Küche. Nachts lasse ich stets das Licht über dem Herd eingeschaltet, an guten Tagen kann Licht die Fantasien austrocknen. Jetzt ist das Herdlicht erloschen.

Kann sein, dass die Birne ihren Geist aufgegeben hat. Die Schlaftabletten trüben mein Gehirn ein. Entschieden trete ich auf den Herd zu, hebe die Hand, um den Schalter zu betätigen.

Ich drehe den Kopf.

War da ein Geräusch?

Im Treppenhaus?

Ein Knirschen? Ein Schritt?

Wie ich sehe, sind alle Sicherheitsriegel an der Wohnungstür vorgeschoben, und an der Seite blinkt das Bedienungsfeld für die

Alarmanlage. Ich schleiche zur Tür, stelle mich neben sie. Ich verharre ein paar Sekunden, ehe ich den Arm ausstrecke und einen Finger auf den Türspion lege.

Ich habe es einmal in einem Film gesehen: In der Wohnung einer Frau klingelte es an der Tür. Sie ging hin und sah durch den Spion, um nachzuschauen, wer da war. Der Mann draußen musste es genau geplant haben, musste die Schritte, die sich auf der Innenseite näherten, gehört haben, und als sie verstummten – feuerte er durch den Türspion und schoss ihr direkt ins Auge.

Niemand schießt mir jetzt in den Finger, daher trete ich einen Schritt vor und schaue durch das kleine gläserne Loch.

Eine schlanke Person in einem allzu großen Pullover steht auf der anderen Seite. Ein Mädchen. Sie sieht mich direkt an. Ich kann ihr rundes Gesicht erkennen, die markante Nase, die betonten Brauen unter dem braunschwarzen Haar, das zu einem hohen Pferdeschwanz gebunden ist, die Augen. Sie sind von etwas erfüllt, instinktiv und wiedererkennbar: pure Angst.

Auf dem Bedienungsfeld gebe ich den Code ein, um den Alarm auszuschalten. Mühe mich damit ab, das obere und das untere Schloss zu öffnen, alle Riegel zur Seite zu schieben, meine Hände sind zu nervös. Als ich die Tür endlich aufreiße, ist das Mädchen nicht mehr da.

Ich laufe ein Stockwerk hinunter, öffne die Haustür. Lege die Matte in den Türschlitz und renne barfuß auf die Straße. Auch hier ist kein Mädchen zu sehen.

Zurück in der Wohnung bleibe ich mit zitterndem Brustkasten hinter der verschlossenen Tür im Flur stehen.

Das Mädchen. Es war nicht Fanny, aber ich habe sie schon einmal gesehen. Ich hatte lange Gespräche mit ihr, habe Spaziergänge gemacht, warme Käsesandwiches mit extra Grillkräutern bereitet, Tischtennis gespielt. Es war Ellen. Ellen Bratseth. Sie wurde im letzten Herbst in die psychiatrische Notaufnahme gebracht. Sie war der Grund, warum ich auf die Station 22 gewechselt bin.

Ich lasse das Frühstück nach dem Morgenritual aus und mache ein paar Anrufe. Ellen war aufgrund einer drogenindizierten Psychose auf der Akutstation gelandet, sie war diejenige, die meiner Karriere eine neue Richtung gab. Denn durch die Begegnung mit ihr entdeckte ich, was ich gut kann, dass ich solch gebrochene junge Seelen mit tiefen Narben aus der Vergangenheit auf eine ganz andere Art verstehe als meine Kollegen. Und indem ich ihnen helfe, kann ich die Glassplitter, die in mir festsitzen, auf sinnvolle Weise verwenden.

Nach einigen Wochen wurde Ellen zwecks Abklärung auf die Station 22 verlegt und hielt sich dort einige Monate auf, bis sie in eine kommunale Wohngemeinschaft entlassen wurde. Nun erfahre ich von einer der dortigen Angestellten, dass sie nicht viele Wochen blieb. Ich weiß, dass sie sich ein paarmal für kurze Aufenthalte auf der Akutstation befand, nachdem ich dort aufgehört habe. Ich habe sie dort einmal besucht, um sie zu motivieren, sich erneut um einen freiwilligen Aufenthalt bei uns zu bemühen, aber das wollte sie nicht. Nach zwei weiteren Anrufen erfahre ich, dass sie im Sommer letzten Jahres in einem Ressourcencenter gewohnt hat. Eine Einrichtung im Stadtzentrum, wo Frauen mit Drogenproblemen vorübergehend ein Zimmer oder in besonderen Krisenfällen ein Bett über Nacht bekommen können. Ich verstehe nicht, wieso Ellen vor meiner Tür stand. Ellen und Fanny waren nicht gleichzeitig bei uns untergebracht. Fanny gehörte auch nie zu den schwer Drogenabhängigen der Stadt, wie Ellen es war, aber ich weiß, dass Ellen an einigen Schulen sowohl Hasch als auch Pillen verkauft hat. Weiß sie, wo Fanny jetzt ist? Weiß sie etwas über *ihn*?

Als ich an dem weiß verputzten Ziegelsteingebäude in der Bispegate klingele, empfängt mich eine freundliche Heilerziehungspflegerin, die zuerst glaubt, ich sei gekommen, um an der wöchentlichen Waffelstunde teilzunehmen. Nachdem ich mich vorgestellt und erklärt habe, dass ich nur zufällig vorbeigelaufen bin und mich gefragt habe, wie es im Ressourcencenter aussieht, da viele meiner Patientinnen das Angebot genutzt haben, werde ich zu einer Besichtigung eingeladen. Während wir durch die Etagen streifen, vorbei an Zimmern und Gemeinschaftsräumen und weiter zum Turmzimmer, wo Yogamatten auf dem Boden verstreut liegen, komme ich wie zufällig auf Ellen zu sprechen.

»Ich habe oft daran gedacht, wie es ihr wohl geht«, sage ich, »manche Patienten hinterlassen ja einen größeren Eindruck bei uns, nicht wahr?«

Die Heilerziehungspflegerin kennt Ellen gut. Ein introvertiertes kleines Mädchen, das immer in zu großen, eher für Jungen gedachten Sachen herumlief, damit sie in dem rauen Drogenmilieu, in dem sie körperlich unterlegen war, robuster wirkte. Ein Mädchen mit großer Fürsorge für ihre Umgebung, besonders für die verletzten Stadttauben, die sie manchmal in das Center mitbrachte und darauf bestand, sie so lange im Badezimmer unterzubringen, bis sie wieder gesund genug wären, um allein zurechtzukommen. Jetzt fragt sich auch die Heilerziehungspflegerin, wo Ellen ist. Es ist schon zwei Monate her, dass sie hier ausgezogen ist, und seit einer Weile hat sie wohl niemand mehr gesehen.

»Was heißt denn *eine Weile?*«, frage ich.

»Vielleicht fünf oder sechs Wochen?«

»Gibt es niemanden, der weiß, wo sie sich jetzt aufhält?«

Sie zuckt resigniert mit den Schultern. »Sie wissen ja bestimmt, wie das ist. Menschen wie Ellen haben ein ziemlich unregelmäßiges Leben. Ständig verändert sich, wo sie wohnen oder mit wem sie zusammen sind. Und es ist gar nicht so unüblich, dass sie über kürzere oder längere Zeiträume wegbleiben, um dann unverhofft wieder aufzutauchen. Oft haben sie Partner, die kontrollsüchtig oder gewalttätig sind, und da ist es nicht so leicht, Grenzen zu setzen, wenn die Person, die einen missbraucht, auch diejenige ist, die einen mit Drogen füttert.«

»Sie glauben also, dass Ellen sich bei einem Freund aufhält?«

»Oder sie hat sich in eine andere Stadt abgesetzt? Ellen hat mal gesagt, dass sie Trondheim leid sei und sich einen Neubeginn wünsche.«

# 23

*Siebenundachtzig.*

Thomas meint, dass es zwischen Fanny und Ellen nicht unbedingt einen Zusammenhang gibt.

*Fünfundachtzig.*

Thomas weiß nicht, dass ich noch nie Besuch von jemandem hatte. Nicht einmal Mama weiß, wo ich lebe. Meine Adresse ist nirgendwo registriert, weil ich illegal zur Untermiete wohne.

*Achtzig.*

Ellen muss mich verfolgt haben, ich war zu sehr damit beschäftigt, nach Männern Ausschau zu halten.

*Achtundsiebzig.*

Ich habe mit Kollegen von der Akutstation und unserer gesprochen, konnte aber keine Erklärung dafür finden, was Ellen von mir will oder wo sie jetzt vielleicht ist.

*Dreiundsiebzig.*

Das Ledersofa zwickt mir in den Hintern. Ich kneife die Augen fester zusammen, um mir die Treppe aus Treibholz vorzustellen, anstatt hier in einem Mahlstrom aus wahrscheinlichen und unwahrscheinlichen Theorien festzustecken.

*Siebzig.*

Ich kann heute Abend nach Ellen suchen. An der Frua ein

bisschen herumfragen. Vielleicht weiß der komische Typ ja etwas?

*Achtundsechzig.*

Ob Ellen auch heute Nacht zu mir kommt?

*Siebenundsechzig.*

Ich konzentriere mich auf Thomas' sanfte Stimme, die mich tiefer und tiefer die imaginäre Treppe hinunterführt. Ich habe ihm nichts über Freddys Alibi erzählt. Ich habe ihm nichts über Freddys Übergriff im Zusammenhang mit der Nichte erzählt. Barbro hat auch nicht getratscht. Vielleicht, weil sie weiß, wie wütend Thomas sein wird, in erster Linie auf sich selbst, weil er Freddy Unterstützung und Mitgefühl hat angedeihen lassen.

*Sechzig.*

Kann jemand, der sich einmal vergriffen hat, damit aufhören und es nicht mehr tun? Was, wenn Fanny tatsächlich nur in den Rausch geflüchtet ist, um ihrem Vater zu entkommen?

*Sechsundfünfzig.*

War es derselbe Hase?

*Fünfundfünfzig.*

Atme. Denk nicht nach. Werde ganz leer.

Ein.

*Zweiundfünfzig.*

Aus.

Ich lehne den Kopf an das Sofa. Er ist jetzt schwer. Die Arme ebenso. Die Beine. Ich fließe die Treppenstufen hinab. Ich höre Wellen, ich atme wie eine behagliche Welle, Thomas' Stimme ist eine behagliche Welle, die mir ins Ohr spült: »Kannst du zu dem Tag zurückgehen, an dem du fünf wurdest? Kannst du all die schönen Augenblicke dieses Tages wiederfinden?«

Ich sinke durch eine Wolkenschicht aus Zuckerwatte. Sie glitzert.

Ich sehe mein kleines Ich, mit schwarzen Locken. Ich zeichne, mit Glitzerkleber. Ich zeichne auf meine Geburtstagskrone. Zeichne Herzen, eine Sonne, eine Blume.

Ich presse ein Smartie auf einen Kuchen. Lecke mir die Glasur von den Fingern. Zermalme ein Smartie zwischen den Zähnen.

Ich drücke die Babypuppe. Es grummelt warm in ihrem Bauch. Ich öffne ein neues Geschenk. Es ist eine Puppenbadewanne. Ich öffne noch ein Geschenk. Ein Puppenkleid.

Ich laufe barfuß durchs Gras. Werde nass. Mein gepunktetes, hellgrünes Kleid wird nass. Wasser spritzt mir ins Gesicht. Ich heule. Ich schieße mit der Wasserpistole.

Ich puste eine Kerze aus. Puste alle fünf Kerzen auf dem Kuchen aus. Schließe die Augen. Wünsche mir: einen Hund.

Ich sitze auf Mamas Schoß. Die Babypuppe liegt in meinem Schoß. Mama liest mir ein Märchen vor dem Schlafen vor. Mama hebt den Hintern an und furzt. Ich kichere.

Thomas: »Kannst du zwei Jahre weitergehen. Bis du sieben bist. Zu dem Tag, an dem du zu deiner Familie zurückgekommen bist.«

Es wird dunkel.

Ich werde schwerer.

Thomas sagt: »Suche nach den ersten guten Gedanken dieses Tages.«

Ich registriere ein Gefühl. Ich kann es nicht beschreiben. Es ist nur ... so gut. Ich sehe mein kleines Ich und Mama. Wir klammern uns aneinander. Sie drückt und drückt mich. Ich höre nicht auf, sie zu drücken. Ich weine. Sie weint. Meine Kopfhaut ist ganz feucht und warm von Mamas Tränen. Mama will mich nicht loslassen. Ich will sie nicht loslassen. Ich drücke mein Gesicht an ihre Brust, atme den Mamaduft ein. Zuhause, das ist das Gefühl.

Thomas und ich haben täglich zwei Sitzungen, in denen wir versuchen, das *Ereignis* einzugrenzen. Wir geben ihm eine Gestalt, indem wir versuchen, weitere gute Gefühle hervorzuholen, nämlich von der letzten Erinnerung, bevor ich entführt wurde, und von der ersten Erinnerung, nachdem ich wieder nach Hause kam. Gute Gefühle, zu denen ich während der Hypnose jederzeit zurückkehren kann. Wir erschaffen eine Verbindung zwischen mir und meinem Körper, nicht zwischen mir und meinem Kopf und meiner Vernunft.

Ich weiß nicht, ob die Erinnerungen wahr sind oder ob ich mir nur eine gute Kindheit erschaffen möchte. Aber das hat ohnehin keine Bedeutung. Wichtig ist das gute körperliche Gefühl, das sie in mir hervorrufen. Thomas meint, dass diese Kindheitserinnerungen auch als Werkzeug im Alltag funktionieren können, wenn ich mich ängstlich fühle oder meinen Bewusstseinszustand verändern will.

Ich versuche, geduldig zu sein. Das ist jetzt unsere Strategie. Sicherheit schaffen. Vertrauen. Damit ich mich noch tiefer in das Unterbewusstsein vorwage. Damit ich größere Kontrolle über meine Erinnerungen gewinnen kann und nicht umgekehrt. Beim letzten Mal wurde ich überwältigt, deshalb verschloss ich mich, aktivierte einen größeren Widerstand dagegen, in die verdrängten Jahre, in die Verletzungen hineinzugehen.

Ich beginne, besser zu verstehen, wie die Hypnosen funktionieren. Wie ich mich selbst aus den Erinnerungen herausziehen kann, zurück zu den kleinen, von Glück erfüllten Momenten vor und nach dem *Ereignis*, und wenn das nicht geht: zurück zu der gelben Sommerhütte in Fosen. Näher bin ich einem Glücksgefühl nie gewesen. Ich fange an, mit dem Gedanken zu spielen, dass Thomas und ich diese Hütte einmal mieten könnten, verwerfe ihn aber gleich wieder, denn für Tagträume habe ich keine Zeit.

Wovon handeln Fannys Tagträume? Ist sie überhaupt imstande, Tagträume zu haben? Können wir ohne Tagträume leben?

Nach einer Abendschicht mitten in der Woche sage ich, dass ich bereit bin, zu dem Tag zurückzukehren. Thomas sagt, wir können einen Versuch unternehmen. Das soll nicht heißen, dass wir direkt darauf zugehen, sondern dass wir die Erinnerung einkreisen, um sich ihr schrittweise zu nähern, bis ich es schaffe, direkt in sie hineinzugehen.

»Lass uns mit dem Morgen beginnen«, sagt Thomas.

Um zu vermeiden, dass ich abermals überwältigt werde, rät er mir, in der dritten Person zu erzählen, in der Vergangenheit, einer dissoziierten Perspektive, nicht assoziiert, wie ich in der Gegenwart bin. Das soll eine größere Distanz zu Gefühlen und Eindrücken ermöglichen. Mir eine neutralere Position eröffnen, in der ich auch mehr Details festhalten kann.

Ich werde zu einer Welle. Einer behaglichen, gemächlichen Welle.

Thomas' Stimme dringt in die Dunkelheit ein: »Es ist Sommer. August. Lilly Leonora ist fünf Jahre und vier Tage alt und wach geworden und aufgestanden. Was tut sie?«

Rhabarber.

Ich hebe die Schultern an und ziehe mich zurück zu dem Geburtstag und den Kerzen auf dem Kuchen. Lasse die behagliche Welle meine verspannten Muskeln lockern. Fließe wieder zurück.

Zu dem Tag.

Zu dem Morgen.

Zum Rhabarber.

Sie, das Mädchen, fünf Jahre und vier Tage alt, tauchte einen langen Rhabarberstiel in eine Schale Zucker. Leckte ihn ab. Tauchte ihn erneut ein. Ihre Finger wurden feucht und klebrig. Sie wischte sie an ihrem nackten Bauch ab, während sie über den Pinguin Pingu lachte, der im Fernsehen Fische fing.

Ich sehe die Erinnerung von außen, wie in einem Traum, und es überrascht mich, wie deutlich sie ist, wie ein innerer Film. Als ob ich in zwei Teile gespalten wäre. Ein Teil von mir sieht die Erinnerung aus der Nähe, ein anderer Teil ist weiter weg und hört Thomas: »Und was macht das Mädchen dann?«

Das Mädchen sah ihre Mutter an. Sie saß in einem Lehnstuhl. Mit einem Baby auf jeder Schulter. Babys, die nur Windeln trugen. Dunkle lockige Haare auf den kleinen Puppenköpfen. Das Mädchen hatte auch eine Puppe auf der Schulter. Die Babypuppe trug auch nur eine Windel. Das Mädchen nur eine Unterhose. Sie fragte: »Mama? Kann ich zum Spielplatz gehen?«

Ich gehe zurück zur Geburtstagskrone. Zum Glitzerkleber. Zur Wasserschlacht. Ich lasse mich von einer großen warmen Welle zurückspülen –

Zu dem Mädchen, auf dem Sofa, vor dem Fernseher, mit Pinguin Pingu, der Fische fängt. Das Mädchen fragte die Mutter, ob es zum Spielplatz gehen könne.

»Ja«, erwiderte die Mutter.

Ich schiebe mich vom Sofa herunter.

Thomas zieht mich zurück ins Gras, zu den Geburtstagsgeschenken.

»Sie. Nicht du«, erinnert mich Thomas. »Dann. Nicht jetzt.«

*Sie*, wiederhole ich für mich selbst. *Das Mädchen. Dann, nicht jetzt.*

Ich gehe zurück.

Zum Wohnzimmer. Zu dem Mädchen. Das über den Pinguin Pingu im Fernsehen lachte.

Das Mädchen fragte die Mutter, ob es zum Spielplatz gehen dürfe. Die Mutter sagte Ja.

Das Mädchen lief in sein Zimmer. Hob das hellgrüne, gepunktete Kleid vom Boden auf. Zog es an. Zog der Puppe die Windel aus. Sie war nass. Das Mädchen zog der Puppe auch ein Kleid an.

Ich öffne die Haustür.

Ich trage die Geburtstagskrone auf dem Kopf. Die gezackte Papierkrone. Die Zahl 5 ist mit Glitzerkleber auf die Krone geschrieben.

Das Mädchen öffnete die Haustür. Mit der Babypuppe in der Hand. Das Puppenhaar kitzelte auf der Haut. Das Mädchen lief die Straße entlang. Vorbei an einer Reihe roter Häuser. Zu dem kleinen Spielplatz, beim Wald. Zwei Schaukeln, ein Sandkasten. Das Mädchen setzte sich in den Sand. Setzte die Babypuppe in den Sand. Nahm eine Schaufel und fing an, einen Kuchen für die Puppe zu backen.

Ein Hund bellte.

Das Mädchen hob den Kopf. Ein Hund kam aus dem Wald gelaufen. Er war weder groß noch klein. Schwarz-weißes Fell, wie ein Pinguin. Der Hund lief direkt zu dem Mädchen. Sie freute sich. Streichelte dem Hund über den Kopf. »Bist du heute auch hier?«, fragte sie.

Der Hund leckt mir über die Wange. Ich lache.

Ich lecke mir Schokoladenglasur von den Fingern. Zermalme ein Smartie zwischen den Zähnen. Ich sitze auf dem Schoß von

Mama, die mir ein Märchen vorliest. Ich spüre Mamas warme Tränen auf meiner Kopfhaut.

*Sie, das Mädchen, nicht ich. Dann, nicht jetzt.*

Ich lasse mich von der weichen, gemächlichen Welle zurückspülen.

Zum Spielplatz.

Das Mädchen strich dem Hund über den Kopf. Er streckte die Zunge aus und leckte ihr über die Wange. Sie lachte. Der Hund lief weg. Das Mädchen vergaß die Puppe und rannte dem Hund hinterher. In den Wald hinein. Das Mädchen suchte den Hund. Da! Da ist er! Zusammen mit einem Mann.

Geburtstagskrone. Mamas warme Tränen auf dem Kopf. Warme Wellen in mir. Gutes, gutes Gefühl.

Das Mädchen war im Wald. Das Mädchen sah den Hund. Er war mit einem Mann zusammen.

Das Herz des Mädchens schlägt so schnell. Oder ist es meins? In meinen Ohren tickt es.

Ich puste fünf Kerzen aus. Ich knabbere und knabbere ein Smartie.

»Das Mädchen war im Wald«, höre ich Thomas sagen.

Das Mädchen war im Wald. Das Mädchen sah den Hund. Der Hund war zusammen mit einem Mann.

»Welche Farbe hatte die Jacke des Mannes?«, fragt Thomas.

Der Mann steht wie eine dunkle, unscharfe Gestalt zwischen den Bäumen.

Ich habe die Geburtstagskrone auf dem Kopf. Ich drücke meine Nase an Mamas Pullover.

»Das Mädchen war im Wald«, sagt Thomas. »Mach weiter.«

Ich ziehe mich zurück, zum Himmel, und blicke hinunter auf das Mädchen und den Hund.

Sie waren im Wald. Zusammen mit einer dunklen Gestalt. Einem Mann.

Thomas wiederholt: »Welche Farbe hatte die Jacke des Mannes?«

Ich traue mich etwas näher heran.

Braun?

Nein, schwarz.

Schwarze Jacke.

Glatt. Dicker Stoff.

»Und die Haare?«, fragt Thomas. »Welche Haarfarbe hatte der Mann?«

Ich betrachte die unscharfe Gestalt im Wald. Ich sehe sein Gesicht nicht. Aber ich spüre seinen Blick, während er sich langsam auf mich zubewegt. Sein Blick erstickt mein Herz. Atme. Ich muss atmen. Ich muss, muss Luft holen! Es wird dunkel. Tick-tack in meinen Ohren. Mir ist übel, ich will mich übergeben, ich will zu Mama …

In der Ferne höre ich Thomas:

»Fischbänke.«

»Wehende geblümte Vorhänge.«

»Kartoffelchips-Lippen.«

Ich sitze mit geschlossenen Augen da. Ich will den Mann vor mir sehen. Ich sehe den Mann vor mir. Und dennoch sehe ich ihn nicht. Er ist nur eine dunkle, schemenhafte Gestalt, wie in einem

Albtraum. Ich vermag nicht, ihn zu beschreiben. Ich vermag nicht zu sagen, ob er groß, klein, dick oder schlank war, aber ich spüre ihn. Ich vermag nicht, die Empfindung in Worte zu fassen. Es kitzelt in Händen und Füßen. Juckt. Schwarze Jacke. Glatt. Dicker Stoff.

Mir ist zu warm, ich schwitze. Mein Kiefer tut weh. Ich öffne die Augen.

Von seinem Bürostuhl lächelt Thomas mir aufmunternd zu. »Wie geht es dir jetzt?«

Ich muss mich ein paarmal räuspern, ehe ich herausbringen kann: »Gut.«

Ich schließe wieder die Augen und stelle mir Wellen vor, die vor der gelben Sommerhütte in Fosen an den Strand brausen.

Ich lasse die Wellen über mich hinwegspülen, in mich hinein, lasse die namenlose Empfindung dieses formlosen Mannes fortspülen.

Ich zucke zusammen von einem klopfenden Geräusch und öffne wieder die Augen. Jemand klopft an die Bürotür. Genauso eindringlich wie meine Herzschläge.

»Warte hier«, sagt Thomas. Er steht auf und öffnet die Tür. Tritt in den Gang.

Ich lasse mich von den warmen, guten Wellen zur gelben Sommerhütte zurückspülen. Zum Steg. Ich lege auch Thomas dorthin. Wir liegen Haut an Haut, sind ganz benommen von der Sonne. Frei.

Thomas' Schritte bringen mich zurück ins Büro. Er steht mitten im Raum, zupft sich am Bart.

»Ist was passiert?«, frage ich.

Er seufzt. »Fannys Mutter wurde gerade in die Notaufnahme eingeliefert.«

# 24

Langsam gehe ich den Korridor entlang, der von einem speziellen orangen Licht eingehüllt ist, eine Konsequenz aus der Tatsache, dass das blaue Lichtspektrum im Tageslicht und in den Lampen mithilfe verschiedener Filter abgeblockt wird. Wie sich zeigte, hat das einen therapeutischen Effekt und soll den Patienten in der Akutstation dabei helfen, zu einem besseren Tagesrhythmus zu finden. Einen ähnlichen Lichtfilter sollte ich mir für meine Wohnung anschaffen. In letzter Zeit haben die Tage entweder zu viele oder zu wenige Stunden mit Schlaf enthalten, ich bin außer Takt geraten, das merke ich an meinem Gang. Ich muss mich darauf konzentrieren, weniger mit den Hüften zu schwingen, als die Instinkte es wollen.

Ich bleibe draußen vor der Tür des Besucherraums stehen. Setze die professionelle Maske auf, bevor ich anklopfe, warte jedoch nicht auf eine Reaktion, sondern trete unmittelbar ein. Als Freddy mich sieht, erhebt er sich schnell von dem farbenfrohen Sofa. Seine Augen sind rot umrandet, der Blick wirkt gehetzt, er atmet nur mit dem oberen Teil seines schlaffen Brustkastens. »Wie geht es Frøydis?«, fragt er mit allzu viel Wind in den Wörtern.

»Sie wird von der Nachtschicht gut versorgt.« Ich höre, dass meine Stimme wärmer klingt, als ich es möchte.

»Arbeiten Sie hier heute Nacht?«, fragt er.

Ich schüttele den Kopf. »Ich habe von der Einweisung gehört und wollte nur kurz vorbeischauen.«

Thomas meinte, wir könnten heute Abend nicht viel für Frøydis tun, aber ich konnte nicht anders. Meine ehemaligen Kollegen haben sich über mein Kommen nicht gewundert, sie wissen, dass Frøydis' Tochter bei uns war und jetzt vermisst wird. Laut der aufnehmenden Ärztin ist dies der Grund, warum Frøydis eine Überdosis Pillen und Alkohol zu sich genommen hat. Sie wurde zu Hause im Badezimmer von ihrer Mutter gefunden, die gleich einen Rettungswagen rief. Nach einer Ventrikelentleerung und der Zufuhr von Aktivkohle stimmte sie einer freiwilligen Einweisung zu. Ebenso erfahre ich, dass Frøydis als Teenager aufgrund ernsthafter Depressionen und Drogenkonsums dreimal in der Psychiatrie gewesen ist. Anscheinend hat sie nicht viel gesagt, wird als apathisch und mimikreduziert beschrieben. Niemand hat etwas über Freddy und die Nichte erwähnt. Beschützt Frøydis sich selbst oder Freddy, indem sie sich ausschweigt über diese letzten Informationen?

Freddy sinkt auf das Sofa, verbirgt das Gesicht in den Händen. Ich empfinde nichts, als ich ihn ansehe. Keine Sympathie. Keine Abscheu. Ich bekomme keine Lust, das Soldatenmesser aus dem BH zu ziehen. Er ist unangemeldet hierhergekommen, doch Frøydis wollte keinen Besuch. Die Kollegen von der Nachtschicht hatten viel zu tun und haben mich gefragt, ob ich mit ihm reden könnte, ehe er nach Hause geschickt werden würde, da ich ja ohnehin schon vor Ort war und die Familie Strand so gut kenne. Ich schaffte es nicht, Nein zu sagen.

Ich setze mich auf das Sofa ihm gegenüber. Warte ab, bis er sich gesammelt hat. Es dauert eine Weile. Er reibt sich mit den Händen über das flammend rote Gesicht.

»Ich weiß, was Sie denken«, sagt er, mit auf die Tischplatte gerichtetem Blick.

Ich bin froh, dass er das Thema selbst anspricht, das erleichtert es mir, nach den Antworten zu forschen, die mich interessieren.

»Ich habe das Gleiche gedacht wie Sie.« Die Stimme klingt ungewöhnlich schwach für ihn. »Dass man nicht grundlos wegen eines ernsthaften Übergriffs angezeigt wird.« Er hebt den Kopf. Sein Blick ist jetzt entschieden. »Aber ich versichere Ihnen. So bin ich nicht.« Ich registriere, dass er immer verzweifelter wird, je länger ich eine Antwort hinauszögere. In seinen Mundwinkeln haftet weißer Speichel.

»Ich bin bloß ein ganz gewöhnlicher Mann. Ich hoffe, Sie verstehen das?«

»Ich verstehe nicht, wie sich ein Mensch an einem fünf Jahre alten Mädchen vergreifen kann.«

»Das habe ich nicht getan!«

»Sagen das nicht alle, die schuldig sind?«

Er steht auf. »Sie verstehen nicht ... Mein Bruder. Er ist nie ein guter Mensch gewesen.«

»Also ist es Ihr Bruder, mit dem was nicht stimmt?«

Freddy wischt sich mit dem Finger etwas Rotz unter der Nase weg. Stellt sich vor mich. Blockiert meinen Weg, indem er mit seinem breiten Körper die Tür versperrt. Ich hätte einen Überfallalarm mitnehmen sollen.

»Ich verstehe sehr gut, dass Sie mir nicht glauben, Ida. Egal, was ich jetzt sage, Sie werden immer Zweifel haben, oder? Aber ich habe mich nicht an meiner Nichte vergriffen. Das hat mein Bruder nur erfunden.«

Ich beuge mich vor, damit ich schneller auf die Beine kommen kann, falls nötig. »Und weshalb sollte er so etwas erfinden?«, frage ich, so ruhig wie nur möglich.

»Weil wir gerade dabei waren, das Erbe aufzuteilen. Nach dem Tod meines Vaters. Und indem er mich dieser Sache beschuldigte, gelang es ihm, meine Mutter und den Rest der Familie auf seine Seite zu ziehen, und ich wurde gezwungen, meinen Teil des Erbes abzugeben.« Abermals kommen ihm die Tränen. Er schafft es nicht, still zu stehen. Sein ganzes Ich zittert. »Ich habe Frøydis nie etwas davon erzählt, weil ich wusste, dass sie wie Sie reagieren würde. Aber ich schwöre Ihnen aus tiefstem Herzen: Ich habe so etwas nicht getan. Ich bin bloß ein ganz normaler Mann ...« Jetzt flüstert er. »Bitte ... helfen Sie mir ... Ich kann nicht auch noch Frøydis verlieren ...«

Er zerbricht. Wie ein großer Baum, der von einem Unwetter mitsamt der Wurzel herausgerissen wird. Es ist nicht möglich, unberührt zu bleiben. Sein schmerzvolles Schluchzen drängt sich in mich hinein. Als ob er auch um mich weint. Um Frøydis. Um Fanny. Um alle, die zerbrochen sind und zerbrechen werden. Und ich denke, dass vielleicht nicht alle Geheimnisse ans Licht gebracht werden sollten.

# 25

Mama hat auch ein Geheimnis.

Ich bin in Furcht aufgewachsen, ich war ein gehorsamer Fußsoldat, der Mamas Befehle stets ausgeführt hat, aber was den letzten Morgen vor dem *Ereignis* angeht, hat Mama gelogen. Vermutlich hat sie diese Erinnerung so oft hervorgeholt, dass sie sie irgendwann verändert hat, um sich selbst zu beschützen. Ich war wütend auf sie, weil sie nicht bei Nein geblieben ist, als ich fragte, ob ich zum Spielplatz gehen dürfe, ein Nein, das sie nie ausgesprochen hat? Ich bin wütend. Mama und ich haben exakt das Gleiche getan: unsere Sünden aufeinander projiziert. Denn die Wahrheit ist, dass ich selbst zum Spielplatz gehen wollte. Ich selbst bin dem Hund hinterhergelaufen. Ich hätte es sein lassen können. Ich kann es auch jetzt sein lassen, diesen verdrängten Erinnerungen nachzulaufen. Ich kann. Wenn ich will.

Ich fahre mit dem Staubtuch über die Fensterbank. Ich hätte Gizem auch sagen können, dass sie ihr Zimmer selbst putzen kann, aber wer bin ich, wenn ich aufhöre, anderen zu helfen.

Gizem hat jetzt einen ganz anderen Schwung. Eine viel munterere und gesündere Energie. Sie hat beschlossen, ab sofort nur noch gute Entscheidungen zu treffen. Eine davon ist, das Zimmer auf der Station 22 sauber und aufgeräumt zu halten. So herrscht auch in ihrem Kopf mehr Ordnung. Ich frage mich, woran sie gerade denkt. Wir produzieren jeden Tag Zehntausende von Gedanken, wie viele davon sind Gedanken, die sie am liebsten nicht hätte? Ich habe in der Akte gelesen, dass sie sich eine Zeit lang prostituiert hat. Dass sie die Scham vermehrte, um es sich leisten zu können, ihr mithilfe von Drogen zu entkommen. Sie steckte fest in ihrem Teufelskreis.

Ich helfe Gizem dabei, einfache Pläne mit einfachen Zielen zu entwickeln. Tagespläne und Zukunftspläne. Kleine Pläne und große Pläne. Pläne, die sie morgens aufstehen lassen, und Pläne, die sie dazu bringen werden, sich woanders hinzuträumen. Pläne, an denen sie sich festhalten kann, wenn der Drang auftaucht, vor ihrem eigenen Schatten zu flüchten.

Danach nehmen wir unsere Kaffeetassen mit nach draußen und lassen uns auf einer feuchten Bank bei den Apfelbäumen nieder. Sie schließt die Augen und streckt den Kopf der Sonne entgegen, die hinter den Wolken Verstecken spielt.

»Glauben Sie an Gott?«, fragt sie, noch immer mit geschlossenen Augen.

Ich glaube, dass es einen Teufel gibt. »Ich weiß nicht«, erwidere ich.

»Glauben Sie, es gibt einen Sinn hinter allem, was geschieht?«

»Glauben Sie es?«

»Manchmal.«

»Wann denn?«

»Wenn alles zum Teufel geht.«

»Sie meinen, dass Ihr Leben so sein muss?«

Sie öffnet die Augen. Das trübe Wetter spiegelt sich in ihnen. »Ich weiß nicht, ob ich verdiene, dass es mir gut geht.«

»Warum glauben Sie das nicht?«

Sie sieht mich an. »Ich bin kein guter Mensch, Ida. Ich habe keine schönen Gedanken.«

»Welche Gedanken haben Sie denn?«

Sie wendet den Blick ab. Beißt sich auf die spröden Lippen. »Manchmal bekomme ich Lust, zu töten.«

Der Name passt wirklich gut zu ihr. Sie ist ein Rätsel. Ein dunkles Rätsel.

»Wen zu töten?«, frage ich.

Sie lächelt. Warm. Echt. »Den, der mich vor ein paar Wochen vergewaltigt hat. Oder meinen fantastischen Klavierlehrer, der mir jeden Mittwoch seinen Schwanz ins Maul geschoben hat.« Sie lacht. »Verdammt. Tut mir leid. Kann man sich hier wieder alle Löcher zunähen lassen, oder wie?« Dann weint sie.

Ich lege meinen Arm um sie.

Nach der Schicht fahre ich mit Barbro und zwei anderen Kollegen nach Solsiden, um irgendwo in einem der quirligen Restaurants ein Bier zu trinken. Ich sollte jetzt besser in eine neue Hypnose eintauchen, spüre aber den Widerstand in mir und bin erleichtert, dass Thomas am Nachmittag seinen Sohn zu einem Fußballspiel begleiten musste. Als wir alle unser Bier bestellt haben, gehe ich zur Toilette, schnappe mir auf dem Weg dorthin die Kellnerin und sage, dass ich doch lieber ein alkoholfreies hätte. Ob sie es in ein Halbliterglas umfüllen kann? Zurück am Tisch stoße ich mit Barbro und den anderen an und überlasse ihnen das Reden, während ich die Online-Zeitungen aufrufe.

In Adresseavisen steht plötzlich eine kleine Meldung. Fannys Name wird nicht erwähnt, es gibt auch keine Bilder, aber die Polizei hat eine Pressemeldung herausgegeben und bittet die Öffentlichkeit um Hinweise in Verbindung mit der Suche nach einer vermissten Achtzehnjährigen aus Trondheim, die zuletzt in Midtbyen gesichtet wurde. Eine einfache Beschreibung von ihr ist hinzugefügt: 1,62 m groß, dunkle lange Haare. Bekleidet mit einer schwarzen Trainingshose, einem schwarzen Kapuzenshirt, weißen Sneakers. Eine blaue Nike-Tasche. Dort steht, dass die Polizei den Fall untersucht, jedoch über nur wenige Spuren verfügt und keine Hypothese ausschließt.

Frøydis' Schrei nach Hilfe wurde also gehört? Warum steht da nichts über den Hasen?

Nach einer Weile kommt Alan dazu und setzt sich neben mich. Er hat noch eine zusätzliche Nachtschicht auf der Akutstation vor sich und bestellt daher einen Softdrink. Ich sehe, dass Barbro unzufrieden ist. Ich sitze zwischen ihnen und verhindere, dass sie ihre aufdringliche Hand auf seinen Schenkel legen kann. Dazu kommt, dass Alan anscheinend mehr Interesse hat, sich mit mir zu unterhalten, als mit ihr. Nach und nach führt sie sich immer alberner auf. Lacht lauter. Beugt sich über mich und ruft Alan schlechte Witze ins Ohr. Sie presst ihr Gesicht so dicht an mich heran, dass ich die Haare auf ihrer Oberlippe zählen kann, und als sie an meinem Arm rüttelt und sich über meine *fall-of-shame*-Episode mit dem Riss im Boden amüsiert, fällt mir zum ersten Mal auf, wie kräftig sie zupacken kann, dass ihre Hände eigentlich unnormal breit sind. Und ein neuer Gedanke breitet sich in mir aus: dass Barbro früher ein Mann war.

Ich beiße mir kräftig in die Wange, um diese lächerlich paranoiden Vorstellungen wegzudrücken. Ich lache über diese völlig wilde Idee. Barbro denkt, ich lache über ihren Witz, also wiederholt sie ihn, nicht nur einmal, sondern zweimal.

Alan süffelt gierig an seinem Softdrink. Er langweilt sich, und ich verspüre plötzlich den Drang, ihn zum Klo mitzuschleppen. Ich bin sicher, dass er zu einer schnellen Nummer mitkommen würde, aber so verzweifelt bin ich glücklicherweise nicht, ich habe nämlich schon Augenkontakt mit einem Surfer-Typen am Bartresen aufgenommen. Er sitzt da schon eine Weile mit seiner

Cava-Flasche, wahrscheinlich hat er sich im Tag geirrt, an dem die Studenten hier ihren wöchentlichen Cava-Abend veranstalten.

»Wieso hast du eigentlich keine Freundin?«, frage ich Alan. »Ich nehme mal an, dass du viele Angebote von Frauen in deinem Alter bekommst? Oder älteren?«

Sein Fuchsblick kommt angeschlichen. Barbro tritt mir unter dem Tisch gegen das Bein. Sie kapiert nicht, dass ich das nur für sie mache. Dass es für sie eine Gelegenheit ist, zu verstehen, dass Alan niemals eine langfristige Beziehung mit ihr eingehen wird.

»Wieso hast du keinen Freund?«, fragt er.

Es ist also ein empfindliches Thema für ihn. Er vermeidet eine Antwort, indem er eine Frage zurückschießt.

»Ich mag die Abwechslung«, sage ich. »Aber ich glaube, dass du Verpflichtungen und enge Beziehungen fürchtest. Wahrscheinlich hattest du deshalb nie eine feste Arbeitsstelle? Oder lebst deswegen weit von deiner Familie entfernt? Hast du eigentlich enge Freunde? Oder bist du vielleicht nur etwas unreif? Zu anspruchsvoll? Verletzt?«

Er scheint nicht beleidigt zu sein. Sieht eher so aus, als ob er sich amüsiert. »Ich wusste gar nicht, dass das hier eine Gruppentherapie für alleinstehende Angestellte ist?«, sagt er.

»Dann solltest du öfter einen Blick auf das Schwarze Brett werfen«, entgegne ich.

Er beugt sich zu mir. Flüstert mir ins Ohr, sodass nur ich es hören kann: »Ich werfe einen Blick auf dich, Ida.«

Er zieht sich wieder zurück und grinst, während er seine hungrigen Augen über meine Brüste gleiten lässt. Ich drehe mich zu Barbro um. Versuche mit dem Blick zu fragen: Siehst du, welchen Sack du da vögelst?

Aber sie ist eingeschnappt und sauer.

Als Alan zur Nachtschicht aufbrechen muss und die anderen

nach Hause wollen, dauert es nach der Verabschiedung exakt sechs Minuten, bis der Surfer-Typ und ich uns in das Behindertenklo einschließen. Obwohl ich sie wegstoße, kehren seine Hände ständig zu meinem Schritt zurück, aber er ist kein Fan von Analsex, und ich muss gehen, ohne das Jucken gestillt zu haben. Ich komme mir dumm und beschmutzt vor, und auf dem Heimweg schleicht der formlose Mann aus dem Wald hinter mir her, ich spüre ihn, er beobachtet mich, genauso wie er mich vor dem *Ereignis* beobachtet haben muss. Denn seinen schwarz-weißen Hund muss ich, fünf Jahre und vier Tage alt, ganz offensichtlich schon vor dem Morgen meines Verschwindens einmal kennengelernt haben.

Und jetzt habe ich den Eindruck, diese diffuse Männergestalt überall zu sehen, ein Schatten in den Schaufenstern der Geschäfte, hinter einer Hausecke, einem Baumstamm, sein lähmender Blick kneift mich in den Nacken. Ich mache kurz bei einem Pizzaschuppen halt und kaufe zwei große, mit Peperoni belegte Exemplare, die ich in mich hineinstopfe, jeden Bissen Käse, jede Kruste, jeden Krümel, ich kann nicht aufhören, doch das Gefühl, dass er in der Nähe ist, klebt immer noch an mir.

# 26

Blut tropft in die Kloschüssel. Es brennt, wenn ich pinkele. Ich gebe Wasser in einen Krug und stürze es hinunter. Ich muss in den letzten Tagen vergessen haben, genug zu trinken, und vereinbare kurzfristig einen Termin in einer privaten Arztpraxis. Die Ärztin hat zuckerfreie Proteinriegel auf dem Schreibtisch liegen, sie trägt Perlenohrringe und interessiert sich in erster Linie dafür, mich über die Bedeutung des Pinkelns nach dem Sex zu informieren. Ich bin zum ersten Mal bei ihr, es existiert keine umfassende Akte über meine sporadischen Arztbesuche im Laufe der Jahre, sie weiß also nicht, weshalb oder wie oft ich unter den Symptomen leide.

Ich hätte bei der Arbeit anrufen und sagen können, dass ich krank sei und die Abendschicht abgeben müsse, das hätten andere bestimmt getan. Es nervt, diesen konstanten Pinkeldrang zu verspüren und spitze Dornen aus der Harnröhre zu pressen, allerdings lassen mich die Schmerzen auch den Fokus bewahren, das Antibiotikum wird wohl frühestens in ein paar Stunden zu wirken beginnen.

Nachdem ich die Tabletten in der Apotheke abgeholt und die erste mit einem halben Liter Wasser hinuntergespült habe, radele ich zur Frua. Olve steht mit ein paar Kumpeln an der Feuerschale. Ich frage, ob ich mit ihm reden kann, und dann gehen wir zur

Ecke des historischen Hornemansgård, der ironischerweise früher einmal eine Polizeistation war. Er glaubt, es geht um Frøydis, und ist erkennbar wütend, weil es so lange gedauert hat, bis sie die nötige Hilfe bekam. »Wieso kümmert sich eigentlich nie jemand, ehe alles richtig den Bach runtergeht?«

»Hast du ihr die Pillen gegeben?«, frage ich.

Es ist nicht so leicht, hinter dem Heroinnebel seine echte Reaktion zu erkennen.

»Hast du diesen Bullen mitgebracht, oder wie?«, fragt er und scannt im Laufe von Sekunden die unmittelbare Umgebung ab. Auch er ist ein gewiefter Fußsoldat auf seinem Spezialgebiet.

»Kennst du Ellen Bratseth?«, frage ich.

Er richtet seinen Blick wieder auf mich. Jetzt misstrauisch?

»Weshalb fragst du?«

»Seit ein paar Wochen hat niemand was von ihr gehört.«

»Wieso interessiert dich das?«

»Kannte sie Fanny?«

»Keine Ahnung.« Er lässt seine halb toten Augen über mich hinweggleiten und schneidet eine Grimasse, wie um zu verdeutlichen, dass ich ihm unangenehm bin.

»Hast du Ellen in letzter Zeit gesehen?«, frage ich.

»Glaubst du, ich erinnere mich an alle vierundzwanzig Stunden des Tages?«

»Aber kennst du sie?«

»Woher zum Teufel soll ich das wissen?«

Er ist unruhiger als beim letzten Mal. Guckt sich ständig über die Schulter, womöglich wittert er auch, dass jemand uns verfolgt. Eine Gruppe von Teenagern mit Schultaschen geht an uns vorbei. Olve nimmt den Anglerhut ab. Vielleicht, um ihnen mehr zum Glotzen zu geben. Vielleicht, um Sympathie zu bekommen. Sein Schädel ist von kleinen, hellen Flaumbüscheln bedeckt, als ob er sich gerade gehäutet hätte und ihm neues Fell wächst. Er registriert, dass ich ihn anstarre.

»Wie lange hast du schon Krebs?«, frage ich.

»Eine Weile.«

»Und wo?«

»Leber. Das ist die Strafe, weißt du, weil ich zu oft frei von ihr weggeredet habe.« Sein Lachen rumort im Brustkasten wie ein rostiger Motor, der nicht anspringen will.

»Wie sind die Prognosen?«

Er zuckt mit den Schultern. »Das ist der Vorteil, wenn man stirbt, nicht wahr? Dann kann man alle heimsuchen, die einen verraten haben, und dafür sorgen, ihnen das Leben zur Hölle zu machen, wie sie es verdienen.«

Ich lache kurz auf.

Olve lacht nicht. Er steht schief vor mir und mustert mich. »Bei dir hat sich auch jede Menge Verrat und Dreck angesammelt, hä? Deine Energie ist von Rissen und Wunden durchzogen, was dich zu einem attraktiven Wirt macht.«

Jetzt ist er mir unangenehm. »Was ... meinst du damit?«

Er wägt seine Antwort sorgfältig ab. »Wir sind von Parasiten umgeben. Bakterien und Würmer und Larven, die sich in uns hineinschleichen, sobald sie eine kleine Öffnung entdecken.« Sein Blick ist jetzt direkter, als ob der nüchterne Teil seiner Seele durchdringt. »Einige Menschen sind auch Parasiten. Sie ernähren sich von den Schwächen der anderen. Sie saugen sich fest in Wunden und Rissen, und wenn du nicht gut genug auf dich aufpasst, gelangen sie in dein Inneres. Sie fressen dich auf. Stück für Stück. Und ich rede jetzt nicht bloß von lebenden Menschen.«

Seine Worte kriechen mir unter die Haut. Plötzlich fällt mir das Atmen schwer. Olve grinst. Ich weiß nicht, ob er versucht, mich zu erschrecken, oder ob er das wirklich ernst meint.

Gegenüber von uns werden plötzlich Rufe laut, und wir drehen uns beide zur Kirche um, aus der zwei junge Männer stürzen. Sie sind inmitten eines lauten Streits, der kurz darauf in eine Schlägerei ausartet. Mehrere andere mischen sich ein. Die vornehme Stadtbevölkerung auf der anderen Straßenseite schüttelt den Kopf und eilt weiter. Es dauert nicht lange, bis oben auf dem Kirchenhügel ein Streifenwagen auftaucht, aus dem zwei uniformierte Beamte klettern. Einen von ihnen erkenne ich wieder. Es ist Noman. Selbstbewusst tritt er auf die Streithähne zu. Es ist nicht schwer zu erkennen, dass er sich in der Rolle des Straßenkehrers wohlfühlt.

Olve hat es plötzlich genauso eilig wie ich. Er zieht sich wieder den Anglerhut über den Kopf und zündet sich eine Kippe an, die er vom Boden aufliest. »Kannst du Frøydis von mir grüßen? Sag ihr, dass sie mich jederzeit anrufen kann, wenn was ist.«

»Wenn sie neue Pillen haben möchte?«

Er bläst den Qualm durch die Nase aus. »Ihre Hausärztin hat sie ihr verordnet. Ich schicke die Leute nicht in die Hölle, es sei denn, sie verdienen es.« Er beugt sich näher zu mir und flüstert: »Sag einfach Bescheid, falls du Hilfe brauchst, um jemanden loszuwerden.«

Ich radele von dannen, am Fluss entlang. In Richtung Fjord. Ich stelle mir vor, dass Fanny am Abend ihres Verschwindens Ellen kennenlernte, bei Burger King, vor der Frua, auf irgendeiner Party in einem sozialen Wohnprojekt. Sie verstanden sich gut, stellten fest, dass sie allem und jedem überdrüssig waren, und bestiegen den Nachtzug nach Oslo, wo es einfacher wäre, sich zu verstecken, sich zu betäuben oder den Drogen zu entkommen. Vielleicht haben sie die Reise noch verlängert, ließen sich von den Zügen nach Süden verfrachten, fort von den Leichen im Keller, und in diesem Moment liegen sie an einem spanischen Strand und sonnen sich. Es könnte so gewesen sein, hätte es den Hasen nicht gegeben. Seltsamerweise gibt mir gerade dies jetzt etwas Hoffnung. Ich wurde über zwei Jahre gefangen gehalten. Das muss bedeuten, dass der Kidnapper nicht mordet, sondern auch Fanny gefangen hält. Und Fanny ist klug. Sie hat sicher schnell begriffen, dass sie keinen Widerstand leisten darf, dass sie sich anpassen muss, die Regeln befolgen, genauso, wie sie es während ihrer Unterbringung bei uns getan hat, wie es mehrere überlebende Entführungsopfer getan haben, nach dem, was ich gelesen habe. Fanny ist mental stark. Töchter sind stärker als ihre Mütter.

Ich treffe eine Stunde vor Schichtbeginn auf der Station 22 ein. Thomas' Büro ist verschlossen, und als ich ihm eine Nachricht sende, erfahre ich, dass er zu Hause geblieben ist, weil die Mamsell krank ist.

Ich beschließe, bei Frøydis vorbeizuschauen, aber sie will keinerlei Besuch. Nicht von Freddy, der Mutter, den Schwestern, den Freundinnen oder den großen Brüdern der Freundinnen. Bestimmt liegt sie nur im Bett und starrt in die Leere.

Auf dem Rückweg von der Akutstation begegne ich draußen Alan.

»Wieso bist du nicht zu Hause und schläfst?«, frage ich.

»Hab jetzt Abendschicht.«

»Hier?«

»Ja.« Er sieht mich abwartend an. Möchte wohl, dass ich das Spiel von gestern fortsetze.

»Macht's dir bei uns keinen Spaß mehr?«, frage ich.

»Wirst du mich vermissen?«

Ich weiß, worauf er hinauswill. Er will, dass ich ihn anflehe, nicht bei uns aufzuhören, und ich sollte es wirklich tun, weil es ein großer Verlust für unsere Patienten wäre, die immer nur dann an Tagesausflügen mit dem Minibus teilnehmen wollen, wenn Alan am Steuer sitzt.

Vielleicht war ich gestern zu hart ihm gegenüber. Wenn er Probleme mit engen Beziehungen hat, möchte er nicht, dass die Leute anfangen, ihn zu gut zu kennen. Ein süßer Pfleger, der ebenfalls Abendschicht hat, kommt angelaufen, und Alan öffnet die Tür für ihn. Er kichert, als er unter Alans Arm hindurchgehen muss, als ob sie *Goldene Brücke* spielen.

»Du wirst wohl eher uns vermissen«, sage ich.

Alan zwinkert mir munter zu. »Ich vermisse niemals das, was ich haben kann, Ida.«

Und sobald er in der Tür verschwunden ist, fängt es an zu jucken, es kribbelt unangenehm in meinem Bauch, in der Brust, denn es hat etwas damit zu tun, wie Alan sich hinter der laminierten Glastür bewegt, was ich erst jetzt plötzlich bemerke, als er sich in eine verschleierte Gestalt verwandelt. Die Art, wie er den linken Arm schwingt. Wie sich die Schultern bei jedem Schritt von einer Seite zur anderen bewegen. Es ist, als ob ich den formlosen Mann im Wald sehe.

# 27

Ich motiviere Gizem zu einem Besuch beim Ergotherapeuten in einem der alten Gebäude am anderen Ende des Krankenhausareals, wo es eine Trainingsküche gibt, in der sie die Zubereitung von Mahlzeiten üben kann. Sie hat niemals von Grund auf ein Abendessen zubereitet, nie gebacken, weiß kaum, wie ein Messbecher funktioniert. Ich nutze die Gelegenheit, mich in den Besprechungsraum zu setzen und etwas in Gizems Patientenplan zu schreiben. Das ist das, was ich sage, allerdings logge ich mich in den digitalen Schichtplan ein und rufe alle Belegungslisten der letzten Monate auf. Ich will nachsehen, wie oft Alan womöglich Fanny nachgestiegen ist, während ich selbst frei hatte. Wie oft er den Minibus gefahren hat, wenn sie während ihres Aufenthalts mit auf einen Ausflug oder zum Bouldern kam. Ich weiß, dass ich desperat bin. Dass Alan ein Flirt ist, bedeutet ja nicht, dass er ein Verbrecher ist. Dass Fanny verschwunden ist, bedeutet nicht, dass sie von jemandem entführt wurde, den sie kennt.

Doch es ist wahrscheinlich, dass sowohl Fanny als auch ich ihn kennen. Wahrscheinlich, aber nicht selbstverständlich, durchaus möglich. Was hat Alan noch mal gesagt? Ich werfe einen Blick auf dich, Ida.

Alan ist ein gewöhnlicher Typ, so ähnlich wie Fanny den Stalker beschrieben hat. Sie hat niemals sein Gesicht gesehen, ihn niemals reden gehört, deshalb hat sie Alan nicht wiedererkannt, als sie ihm hier begegnet ist?

Ich lese über das Lachsangeln. Über das Fliegenfischen. Stoße auf ein Diskussionsforum, wo steht, wie man Angelruten am besten instand halten kann. Es wird geraten, Nagellackentferner für den Kork an der Angelrute zu verwenden. Der würde Fett und Dreck entfernen und sie wie neu wirken lassen.

Sehr wahrscheinlich klammere ich mich an einen kleinen Strohhalm, weil ich im Dunkeln tappe. Hat Alan eine Extraschicht in der Akutstation übernommen, um Frøydis nahe zu sein? Erregt es ihn, einen gebrochenen Menschen zu sehen?

Mithilfe von Textnachrichten kann ich Thomas überreden, mich nach der Schicht zu treffen. Er taucht in einer Schlabberhose mit ausgebeulten Knien in seinem Büro auf. »Die Madame war gar nicht erfreut, dass ich jetzt ins Büro musste. Ich habe eine Stunde, ehe ich wieder losmuss.«

Ich will zurück in den Wald.

Schnell gehe ich die Treppe aus Treibholz hinunter, will schnell hinunter und schnell wieder herauf. Ich brauche nur einen schnellen Blick, etwas mehr.

Das Mädchen.

Der Hund.

Der Wald.

Thomas' sanfte Stimme: »Siehst du den Mann?«

Ich sehe nichts.

»Geh tiefer«, sagt Thomas.

Ich versuche es. Aber ich kann mich nicht bewegen. Es gibt keine weiteren Stufen, die hinunterführen. Ich sehe einen Fußboden. Einen Betonboden? Kleines, gelocktes Ich, das auf dem Boden liegt.

»Entferne dich etwas von der Situation«, sagt Thomas.

Ich bin eine Fliege an der Wand.

Ein Dachs auf dem Dach.

Das Mädchen, dann, nicht jetzt.

»Was siehst du?«, fragt Thomas.

Das Mädchen. Sie liegt auf dem Betonfußboden.

In einem glitzernden roten Weihnachtskleid. Rote Schleife in dem dunklen, gelockten Haar.

Sie nässt sich ein.

Die Wellen spülen gegen den Steg an der gelben Sommerhütte in Fosen.

Die Sonne wärmt die Haut, den Kopf. Ich bin benebelt, träge.

Thomas: »Jetzt bist du bereit, geh zurück in den Wald.«

Ich sitze zwischen Zapfen auf einem Baum. Sehe hinunter. Sehe das Mädchen, das zwischen den Bäumen umherlief, nach dem Hund suchte.

Da! Da war der Hund. Zusammen mit einem Mann.

Dem Mann in schwarzer Jacke. Ein schwarzer Schatten. Weder groß noch klein. Weder dünn noch dick.

Thomas: »Möchtest du etwas näher herangehen?«

Der Mann winkte dem Mädchen zu. Er hielt etwas in der Hand. Einen Ast? Eine Angelrute?

Das Mädchen liegt auf dem Betonfußboden. Blutige Lippe. Angst, so viel Angst. Sie nässt sich ein. Es brennt, brennt, doch sie weint nicht. Ich weine. Ich laufe die Treppe aus Treibholz hinauf, nehme zwei Stufen auf einmal. Ich will mich nicht umdrehen, obwohl ich Thomas' vertraute Stimme höre. Ich will nach Hause. Wo ist zu Hause?

Thomas ist still, als ich die Augen öffne. Ich stürze eine halbe Flasche Wasser hinunter. Es hilft nichts. Die Tränen wollen nicht nachlassen. Es brennt im Schritt.

Thomas steht auf und setzt sich neben mich auf das Sofa. Legt mir eine Hand auf die Schulter. Ich möchte mich an seine Brust lehnen, ihm die Kleider vom Leib reißen, ihn meine Tränen trocknen lassen, mich von ihm nullstellen lassen, doch stattdessen bleibe ich gleichermaßen steif und entspannt sitzen. Auch er ist angespannt.

»Ich kann nicht aufhören, darüber nachzudenken, dass du in etwa so alt warst wie meine Mamsell jetzt«, sagt er. »Falls sie das Gleiche durchmachen müsste wie du ... Ich bin grundsätzlich nicht für die Todesstrafe.«

Ich blicke zu ihm auf.

Er schenkt mir ein kurzes Lächeln. »Tut mir leid. Ich weiß, dass sich das schlimm anhört. Ich bin Staatsangestellter, aber ich möchte, dass du weißt, was ich denke. Ich habe so viele Schicksale gesehen. So viele junge Mädchen, die missbraucht wurden und die ihre Aggressionen mit Selbstverletzungen und Selbstverachtung gegen ihr eigenes Inneres richten, im Gegensatz zu männlichen Opfern, die die Aggressionen nach außen wenden. Ich wäre nicht bereit zu vergeben, und du sollst wissen, dass auch du das nicht musst.«

Ich konzentriere mich auf den Schmerz im Schritt und lasse ihn die Tränen verdrängen.

»Ich tue das hier nicht für mich selbst«, sage ich. »Das ist keine Therapiestunde.«

»Aber wenn du es schaffen willst, Fanny zu helfen, musst du die auftauchenden Gefühle bearbeiten. Auf diese Weise kannst du dich tiefer in dein Bewusstsein hineinbewegen, tiefer in die Erinnerungen, die echten. Ehe du sie dann loslässt und entscheidest, die Vergangenheit nicht definieren zu lassen, wer du bist.«

»Ich habe eine Angelrute gesehen.«

»Vielleicht, weil du sie sehen wolltest.«

Vor der Hypnosestunde habe ich Thomas von Alan erzählt. Er meinte sofort, ich sollte keine voreiligen Schlüsse ziehen. Die Angelrute kann ein Ast gewesen sein. Ein Stock. Und natürlich: ein Phallussymbol.

Aber der Betonfußboden. Das rote Samtkleid. Die rote Haarschleife. Das Blut an der Lippe. Jetzt erinnere ich mich daran. Mein Körper erinnert sich daran. Jetzt auch mein Kopf. Das war keine falsche Erinnerung. Es war kein Symbol für etwas anderes. Das war ich, die da gelegen hat.

»Wieso bin ich plötzlich zu einer anderen Erinnerung zurückgesprungen?«, frage ich.

»Hypnose kann öfter so ablaufen. Wir haben beschlossen, an einen Ort zu gehen, aber das Unterbewusstsein kennt uns besser, und wir landen an einem anderen Ort. Ich glaube, dass dein Unterbewusstsein dir Fragmente der Dinge liefert, die du jetzt ertragen kannst. Wie hast du dich gefühlt, als du dich selbst auf dem Betonfußboden gesehen hast?«

Es waren mehrere Gefühle, ineinander verschachtelt. Da war Angst, nein, etwas Stärkeres, Panik. Aber unter der Panik gab es eine zähe Schicht von etwas anderem: Scham. Und ganz im Inneren: ätzende Selbstverachtung.

»Kann eine Harnröhreninfektion diese Erinnerung getriggert haben?«

»Hast du jetzt eine Harnröhreninfektion?«

Ich nicke.

»Ist das ungewöhnlich bei dir?«, fragt er.

»Nein.« Das war eine geführte Frage. Er kannte die Antwort, und ich sehe, was er denkt: Es muss daran liegen, dass mein ganzer Unterleib ruiniert ist. Ich frage mich, ob er jetzt meine Abscheu gegen mich selbst nachempfinden kann. Ob er sich vorstellt, wie groß die Verletzungen sind. Ich glaube nicht, dass seine Fantasie dafür ausreicht.

»Kann gut sein, dass du jetzt weitere Trigger erleben wirst, die dir dabei helfen, dich an noch mehr zu erinnern«, sagt er. »Auch außerhalb der Hypnosesitzungen. Und dabei ist es wichtig, dass du die auftauchenden Gefühle auch annimmst.«

»Aber keine Vergebung.«

»Möchtest du vergeben?«

Viele meinen, dass der Schuldige eine Person weiterhin im Griff hat, wenn sie ihm nicht vergibt.

»Nein«, sage ich. Ich will tun, was Thomas sagt. Ich will meine Erinnerungen loslassen, das *Ereignis* loslassen, denn ohne es bin ich frei, die zu sein, die ich sein will. Ich will mich selbst neu definieren. Ich würde gern sagen, dass ich auch die Todesstrafe für alle befürworte, die sich an Kindern vergreifen. Weshalb sollen sie weiterleben dürfen, wenn sie das Leben anderer zerstört haben? Manche bereuen nicht einmal, was sie getan haben. Manche begreifen nicht einmal, dass ihre Taten falsch waren. Und selbst, wenn einige bereuen, selbst, wenn sie wussten, dass es falsch war, was sagt das über sie? Was sagt es über die, die es trotzdem taten? Die planten, es zu tun? Über wie viele Fälle wurde in den Zeitungen nicht berichtet, über Familienväter, die in ihren dunklen Höhlen sitzen und immer abscheulichere pornografische Fotos von Kindern bestellen? Das Widerwärtigste ist, dass manche meinen, sie seien im Recht, aufgrund ihrer Veranlagung; dass manche meinen, das Kind habe es selbst so gewollt; dass sie das sexuelle Schutzalter senken wollen. Sie alle hätten einmal eine psychiatrische Klinik besuchen und mit all den Mädchen reden sollen, die sich große Fischernetze in die Haut geritzt haben. Wenn nicht Todesstrafe, dann doch zumindest Kastration. Oder Lobotomie. Lasst doch die Vergewaltiger genauso gefühlsarm werden, wie die Überlebenden es sind.

Aber ich schäme mich auch, wenn ich so etwas denke. Das macht mich zu einer egoistischen, primitiven Seele, die auf Rache aus ist. Ich möchte nicht dadurch zu einem ganzen Menschen repariert werden, dass derjenige getötet wird, der meinen Unterleib verwüstet hat. Wie viele Leben und Unterleibe hat er zerstört?

»Anzuerkennen, dass manches so ist, wie es ist, ist oft besser, als zu vergeben«, sagte Thomas. »Anerkennung bedeutet nicht Akzeptanz.«

Sein Handy fängt an zu vibrieren. Er späht darauf, nimmt den Anruf aber nicht an. Stattdessen bleibt er sitzen, mit der Hand auf meiner Schulter, als fürchte er sich davor, was geschehen wird, wenn er sie loslässt, ob ich über dem Fußboden schweben oder wie ein Heliumballon zum Himmel aufsteigen werde. Ich lege meine Hand auf seine. Da zieht er sie zurück.

»Ich kann dich nach Hause fahren«, sagt er.

Ich bitte ihn, mich am Ilapark abzusetzen, und gerade als ich aus dem Wagen klettern will, sagt er:

»Ich werde mit der Polizei reden. Es ist wichtig, dass sie alle erdenklichen Hinweise bekommen. Es schadet ja nicht, wenn sie sich mit Alan unterhalten. Ich werde kein Wort über dich und die Hypnose sagen, aber überleg dir, wann du bereit sein könntest, ihnen von deinem Hintergrund zu erzählen.«

Sagt er das jetzt, weil er nicht mehr weitermachen möchte? Ich hätte nicht weinen sollen.

Ich nicke. »Danke.«

»Pass auf dich auf. Trink viel Wasser.«

Die Nacht verbringe ich auf dem Fußboden im Flur. Ich bin unruhig und lausche nach Schritten vor der Haustür, bin bereit, aufzuspringen, falls Ellen wiederkommt. Kann Fanny in jener

Nacht auf dem Weg zum Ressourcencenter gewesen sein, um dort ein Bett zum Schlafen zu bekommen, und dann ist sie Alan begegnet – und Ellen hat sie gesehen? Mietet Alan deswegen ein Zimmer bei einer uralten, schwerhörigen Frau, weil er in ihrem Keller ein Zimmer eingerichtet hat, das perfekte Versteck?

Liegt Fanny jetzt dort auf einem Betonfußboden und hat sich vollgepinkelt?

Warum ist Ellen nicht zur Polizei gegangen, wenn sie weiß, wo Fanny ist?

Hat Alan sie hergeschickt?

Weiß er, wo ich wohne?

# 28

Barbro ist ungewöhnlich ruhig. Wo sie doch regelmäßig dazu neigt, in den Zimmern aufzutauchen und ein paar falsche Strophen aus einem ABBA-Song zum Besten zu geben.

Oder sie kapert jedes Gespräch im Schwesternzimmer mit einem neuen Pflanztipp. Jetzt gleitet sie lautlos wie ein Gespenst durch die Gänge, beschäftigt sich damit, im Lager die Wäsche zusammenzulegen oder die verstopfte Gemeinschaftstoilette selbst zu reparieren. Nach einer Weile schließt sie sich in ihr Büro ein und vertieft sich in die Turnus- und Dienstpläne.

Als ich in Gizems Tagesplan lese, dass sie eine Stunde im Zimmer entspannen soll, klopfe ich an Barbros Bürotür und stelle ihr eine Schale mit den Waffelkeksen hin, die sie so liebt.

»Du darfst nicht zulassen, dass dich diese Sache mit Alan derart fertigmacht«, sage ich.

Das ist natürlich unmöglich. Ich habe auf dem Weg zur Arbeit drei Zimtschnecken in mich hineingestopft.

Barbro gibt ein entnervtes Seufzen von sich. »Die Gerüchte machen schon die Runde. Nicht nur hier, aber auch auf allen anderen Stationen.«

Nicht lange, nachdem Thomas sich mit den richtigen Leuten bei der Polizei unterhalten hat, wurde Alan zur Vernehmung einbestellt. Seitdem ist er auf der Polizeistation. Inzwischen schon zwei Tage. Das muss bedeuten, dass die Polizei etwas gegen ihn in der Hand hat, wahrscheinlich versuchen sie, ihn so lange zu zermürben, bis er zusammenbricht und gesteht, wo Fanny ist.

»Es wird hart für ihn, wenn er wieder zur Arbeit kommt«, sagt Barbro.

»Glaubst du, dass er zurückkommt?«

»Natürlich. In der Nacht, als Fanny verschwand, war Alan ja bei mir.«

Sie wirkt wie ein Kind, das noch nicht gelernt hat, wie man eine Lüge am besten kaschiert. Man darf weder den Blick zu sehr fokussieren noch die Augen aufreißen oder die Gesichtsmuskeln zu schlaff werden lassen.

»Am nächsten Tag hast du Alan bestraft, indem du ihm für den Ausflugstag den Minibus verweigert hast«, sage ich. »So wie du ihn früher jedes Mal bestraft hast, wenn er nicht zu dir kam, als du ihn darum gebeten hast.«

Sie windet sich auf ihrem Stuhl und pflückt eine verwelkte Blüte von einer Topfpflanze auf dem Schreibtisch. »Das war keine Strafe. Also ... Alan hat es satt, ständig den Minibus zu fahren.«

»Hast du das der Polizei erzählt? Du weißt, dass es strafbar ist, eine falsche Erklärung abzugeben?«

Ihre Mundwinkel zucken nervös. Sie zerdrückt einen Waffelkeks zwischen den Lippen. »Ich habe nicht mit der Polizei gesprochen. Ich weiß doch nicht, was Alan denen erzählt hat?«

»Du denkst, dass es ihm so peinlich ist, die Nacht mit dir verbracht zu haben, dass er es nicht erwähnt? Obwohl er der Hauptverdächtige in einem Entführungsfall ist?«

»Jetzt übertreibst du aber reichlich.«

»Er sitzt in Untersuchungshaft?«

Barbro schürzt die Lippen, sodass sie zu einem dünnen Saum werden. »Du mochtest Alan nie.«

»Das habe ich nicht gesagt.«

»Doch, Ida, das hast du gesagt. Viele Male. Du hast ihn eine witzige Amöbe genannt. Hast gesagt, er sehe aus wie ein schöner, durch Inzucht zustande gekommener Ziegenbock.«

Ich zucke mit den Schultern. »Alan spielt nur mit dir«, sage ich. »Siehst du das wirklich nicht?«

Barbros Augen werden glasig. »Was willst du jetzt eigentlich ausdrücken, Ida? Dass ich nicht liebenswert bin?«

Sie ist jetzt wütend. Vielleicht ist es meine Wut, die sie infiziert hat. Ich ärgere mich darüber. Ich, der erfahrene Fußsoldat, habe vielleicht den Maulwurf nicht gesehen.

Seit Monaten schleicht Alan um mich herum und beobachtet mich. Auf die gleiche Art, wie er Fanny beobachtet und sie zu uns getrieben hat. Warum?

»Warum hat Alan, gleich nachdem Frøydis dort eingeliefert wurde, angefangen, auf der Akutstation zu arbeiten?«, frage ich. »Glaubst du, dass das ein Zufall ist?«

»Ich war diejenige, die Alan empfohlen hat, dort ein paar Schichten zu übernehmen. Weil es langsam ernst wird zwischen uns. Und dann geht es nicht, dass wir auf der gleichen Station arbeiten.«

»Es wird *ernst*?«

Sie steckt sich noch einen Waffelkeks in den Mund. Kaut schnell, kräftig. »Hast du der Polizei den Hinweis auf ihn gegeben?«

Ich zögere.

»Ich wusste es«, schnaubt sie.

»Ich habe der Polizei keinen Hinweis gegeben.«

»Bist du eifersüchtig?«

»Ob ich eifersüchtig bin?«

»Du wiederholst die Frage, um mehr Zeit für die Antwort zu gewinnen.«

»Ich bin nicht eifersüchtig.«

»Kannst du dich nicht einfach mit Thomas zufriedengeben?«

Ich lasse meine Gesichtsmuskeln ausruhen. Dann lache ich. Es muss das Beste sein, jetzt zu lachen. Ihr zu demonstrieren, wie absurd ihre Worte sind. »Ist das das Beste, was deine Fantasie zustande bringt?«, frage ich. »Dass ich es mit einem Typen treibe, der im Winter Sandalen trägt?«

Barbro sieht mich mit einer Härte an, die ich bei ihr noch nie wahrgenommen habe. »Ich habe versucht, dich zu beschützen, Ida. Ich habe niemandem hier auf der Station erzählt, dass du eine Hure bist.«

Mit nur einem einzigen Wort hat Barbro es geschafft, mir den Atem zu rauben.

Sie steht auf. »Ich habe deine Extraschichten geändert. Zukünftig musst du mehr Abende und Wochenenden einplanen. Es wird also weniger Möglichkeiten geben, um erschöpfte Familienväter flachzulegen. Und wenn du mehr Unterstützung von Kollegen brauchst, dann komm zu mir.«

Sie nimmt eine Sprühflasche und beginnt, die Pflanzen zu besprühen, mit denen das Büro vollgestopft ist.

Barbro und Alan.

Wenn ich darüber nachdenke, sind sie das perfekte Paar. Perfekt auf die Art, dass sie äußerlich betrachtet überhaupt nicht zusammenpassen. Niemand wird glauben, dass sie ein Paar sind. Wie lange kennen sie sich eigentlich?

# 29

»Sag Alan zu mir.«

Ich liege in einem vollgepissten roten Weihnachtskleid auf dem Fußboden und dränge seine Stimme aus meinem Kopf. Dränge mich selbst aus der Erinnerung. Nicht an die Sommerhütte in Fosen, sondern an Zimmer 314 im Stav Hotel, zwanzig Minuten Fahrt gen Norden, direkt an der E6. Ich habe mir nach der Schicht einen Wagen gemietet, einen anonymen Yaris, und mir ein Doppelzimmer mit Aussicht auf den Fjord genommen. Der Standard ist nicht hoch, das Zimmer eine geschmacklose Mischung aus alt und neu, es gibt Flecken auf der Auslegeware, der Toilettensitz ist locker, aber es reicht für den Zweck.

Thomas kommt kurz vor sechs. Er flieht aus dem Familienhaus unter dem Vorwand, eine Schicht in seiner Schreibstube einzulegen, die er sich vor einem Jahr gekauft hat, als er mit dem Buchprojekt begann. Ich habe ihm nicht davon erzählt, dass Barbro von unserer Affäre weiß, obwohl es nie eine war und nie eine sein wird.

Ich bezweifle, dass er dann gekommen wäre. Ich sage, ich müsste raus aus der Krankenhausumgebung, die mich an Alan erinnert.

Thomas führt mich zurück zu der Erinnerung, in der ich mein

kleines Ich als atmenden Blutfleck auf dem Betonfußboden sehe. Ich habe die Erinnerung ganz klar und deutlich vor mir:

Die vergilbte Kindersocke, die ich mich weigerte anzuziehen, der Trotz, der Schlag, die Krämpfe im Bauch. Es ist schwierig, die Erinnerung auf Abstand zu halten, sich an das Mädchen zu halten. Dann, nicht jetzt. Ich spüre den harten, kalten Betonboden an meiner Wange, als ich hingefallen bin. Den brennenden Schmerz im Schritt, als die Blase sich unerlaubt geleert hat. Den Puls, der in der Lippe pocht, während ich versuche, mich nicht zu bewegen, nicht zu blinzeln, nicht zu atmen, nur vor mich hinzustarren, während ich dachte, dass ein Name ihn vielleicht zu einem Menschen machen könnte.

Ich wollte den Mann, der sich über mich beugte, nicht sehen, aber ich hörte ihn, seine Stimme, ich vermag nicht, sie zu beschreiben, nicht den Klang, nicht den Akzent. Sie war nicht dunkel, nicht hell, bloß ganz normal, wie alle Stimmen es werden, wenn sie flüstern. Normal, jedoch erfüllt von dem gleichen aufgegeilten, zitternden Begehren, das Männer überkommt, wenn ich ihnen die Hose herunterziehe. Aber die Stimme sagte nicht, was ich mir zu hören wünsche, auch wenn ich versuche, sie wieder und wieder zu hören, sie sagte:

»Sag Jan zu mir.«

Wir legen eine Pause ein.

Die Art, wie die unklare Gestalt in dieser klaren Erinnerung den Namen ausspricht, vermittelt mir den Eindruck, dass Jan nicht sein richtiger Name ist.

Er muss befürchtet haben, dass ich fliehen könnte, oder war es ein Teil des Plans, ein Teil des Spiels, mich freizulassen, um dann die Jagd nach mir aufzunehmen, mich einzukreisen, mich abermals zu fangen? Alan geht gern auf die Jagd, nach Fischen und flüchtigen Verhältnissen.

»Jan ist der häufigste Name in Norwegen«, sagt Thomas. Er führt eine schnelle Suche auf seinem Handy durch. »Heutzutage ist Jan als Name für ein Kind nicht mehr so beliebt, aber fast fünfzigtausend Männer hier im Land heißen Jan.«

So oder so verursacht der Name mir Unbehagen. Oder jedenfalls die Erinnerung. Ich hörte nicht nur seine Stimme. Ich spürte ihn auch. Das gleiche lähmende, erstickende Gefühl wie in Albträumen.

Es weckt etwas in mir. Keinen Zorn. Etwas Stärkeres. Das mich die Fäuste ballen lässt. Etwas Brodelndes und genuin Starkes, noch tiefergehend als Hass?

»Lass es uns noch mal versuchen«, sage ich.

Ich will mehr finden. Etwas Konkretes, womit die Polizei überzeugt werden kann, dass sie den Richtigen geschnappt haben. Etwas, das Fannys Fall mit meinem verbindet. Was beweist, dass Alan eingesperrt werden muss.

Thomas sieht auf die Uhr. Er hätte von seiner Schreibschicht schon längst nach Hause zurückkehren müssen, nickt aber dennoch. Wir waren früher schon in diesem Hotel, auch damals fiel es ihm schwer zu gehen.

Ich trinke den letzten Tropfen aus der Wasserflasche, sauge so fest daran, dass die Luft nachfolgt und das Plastik erwürgt.

*Ein Name kann ihn zu einem Menschen machen.*

Doch was bewirkt ein falscher Name? Eine falsche Identität?

Ich gleite sanft in eine leichte Trance, zusammen mit dem Beobachterteil meiner selbst, brauche bloß einen kleinen Stups von Thomas, um die Treppe hinunterzugehen, zu dem kalten Betonfußboden, der gegen meine Wange drückt. *Die Wange des Mädchens.* Ich breite die Flügel der Fliege an der Wand aus und fliege nach oben, setze mich auf die einzige Glühbirne, die von der Decke herabhängt, und betrachte das Mädchen. Wenn ich die Augen zukneife, sieht sie aus wie eine rote Pfütze aus Blut.

Die Schatten in den Ecken krochen auf sie zu. Sie regte sich. Als hätte sie Angst, dass etwas in der Dunkelheit sie beißen würde. Die Glühbirne, auf der ich sitze, ist dunkel und kalt. Dem Mädchen war kalt. Sie zitterte. Sie setzte sich auf und begann, sich mit kleinen, verfrorenen Händen die feuchte Strumpfhose auszuziehen. Klapperte mit den Zähnen. Zuckte zusammen. Legte die Hände auf den Bauch und ächzte vor Schmerzen. Mit der Strumpfhose um die Fußknöchel krabbelte sie auf dem Boden herum, tapste im Dunkeln umher. Mit der einen Hand hielt sie den rosa Hasen mit einem Ohr und drei Beinen fest, wollte nicht loslassen, wollte ihn nicht essen, er konnte nicht verschwinden, nicht auch noch er. Mit der anderen Hand fuhr sie suchend umher. Fand etwas. Eine Flasche. Sie saugte die Luft heraus. Suchte weiter. Ertastete ein Malbuch. Ein schwarzer Fettstift fiel heraus. Sie steckte ihn in den Mund. Nagte am Ende herum. Gierig, gefräßig. Biss ein Stückchen ab, kaute und kaute, bis es zu einer weichen Masse wurde, die sich mit dem Speichel vermischte, schluckte es herunter. Wiederholte das Ganze. Aß den halben Fettstift auf. Dann umklammerte sie den übrig gebliebenen Stumpen mit ihren kleinen Fingern, fand das Malbuch wieder, blätterte zu einer Seite vor, strich mit den Fingerspitzen über das Papier, um zu überprüfen, ob es schon mit Fett und Farbe versehen war, fand schließlich das, was sie für eine leere Seite hielt. Dann fuhr sie mit dem Fettstift über das Papier. Zeichnete Striche und Schnörkel, die zwei undeutliche Augen formten, einen Mund, ein Gesicht. Und ich spüre es. Was in ihrem Bauch brennt. Was sie zeichnen, schnörkeln, brennen lässt, ich stöhne, sie schreit, wieder und wieder, um die Dunkelheit aufzuwärmen, sich selbst, mich, ich schreie den Namen des Mannes, den ich zeichne:

»JAN! JAN! JAN!«

Ein Tropfen fällt auf meinen Arm. Die Risse in mir brechen zu größeren Wunden auf. Ich weine nicht vor Wut. Ich weine nicht vor Angst. Nicht vor Schmerzen. Nicht vor Einsamkeit. Ich weine vor Sehnsucht. Ich weine vor Verlust, ich vermisse ihn, den ich gezeichnet habe. Ich vermisse Jan.

Nicht nur dann.

Jetzt.

Jemand atmet unregelmäßig. Ich. Ich spucke den Geschmack des Fettstifts aus, der noch in meiner Mundhöhle sitzt. Vor den Hotelfenstern sind dröhnende Lastwagenmotoren zu hören. Draußen ist es dunkel geworden, aber abseits der künstlichen Beleuchtung, die den verfluchten Herbstabend verdrängt, liegt der tiefe, stille Fjord. Alles, was in mir getost hat, ist ertrunken. Ich wage nicht, Thomas anzusehen.

Er räuspert sich. »Es ist nicht unüblich, dass Opfer Gefühle für ihre Vergewaltiger entwickeln«, sagt er. »Besonders, wenn er derjenige ist, der das Opfer mit Essen und Trinken versorgt. Wenn die Existenz des Opfers völlig von ihm abhängt. Das ist ganz natürlich. Die einzige Art, zu überleben. Der Überlebenswille in uns ist stark. Er wird immer nach Lösungen suchen.«

Ich werde Thomas nie wieder in die Augen sehen können. Ich habe mich vor ihm bis auf die Knochen ausgezogen. Ihm gezeigt, welch erbärmliches, elendes und bedürftiges Wesen sich in mir verbirgt. Denn die Sehnsucht und der Verlust, die ich empfand – die waren echt. Die kamen aus meinen tiefsten Tiefen.

# 30

Eine kleine Welle spült über meine Beine. Langsam zieht sie sich wieder zurück, aufs Meer hinaus, und ich schiebe das verräterische Brennen in die Welle hinein. Das Meer gibt, und das Meer nimmt, heißt es. Über lange Jahre hinweg haben unzählige Fischerfrauen entlang der Küste an abgenutzten Küchentischen gesessen und den Wettermeldungen für die Fischbänke draußen gelauscht und gehofft und gebetet, dass das Meer nicht ihre Ehemänner auswählt. Auf den Friedhöfen des Landes gibt es viele leere Gräber, und ich frage mich, an welchem Punkt man aufgibt. Was eigentlich geschieht in dem Moment, in dem das Wasser gewinnt. Ist es ein bewusster Augenblick, wenn man beschließt zu resignieren, oder geschieht das Aufgeben ohne Willen und Absicht in der aufkommenden Panik? Ich habe gelesen, dass der Körper automatisch Widerstand leistet, unabhängig davon, wie sehr man sich den Tod wünscht. Du springst von einer Brücke, und wenn du den Sturz überlebst und zum Meeresgrund hinabsinkst, werden die physiologischen Reflexe aktiviert. Arme und Beine werden verzweifelt darum kämpfen, den Körper wieder an die Oberfläche zu bringen. Die Lebenskraft in uns ist stark. Starrt man lange genug ins Dunkel, wird man Licht sehen, es kann klein sein, doch wenn du darauf fokussierst, wird es wachsen. Halte aus, das Leben ist für alle eine Lüge. Was ist der Tod?

Der neue Schmerz fließt. Unter die Haut, durch das Blut, er flüstert. Ich wende ihm mein taubes Ohr zu und reibe mir Salzwasser in den Nacken. An einem der wärmsten Sommerabende gingen Fanny und ich hierher, nach Korsvika. Vom Krankenhaus ist es nur eine Viertelstunde zu Fuß, durch ein Wohnviertel und dann über den Ladestien, der sich mehrere Kilometer am Fjord entlangschlängelt. Es freute mich, zu sehen, wie das Meerwasser Fanny entspannen und lächeln ließ.

Badengehen hat mich auch immer zum Lächeln gebracht, aber es war in einer Nacht in dem Sommer in Fosen, als ich daran dachte, wie es wohl wäre. Einfach vom Steg zu springen und zu sinken. Ich war mitten in der Nacht aus einem weiteren erinnerungslosen Albtraum erwacht, doch der Körper erinnerte sich, der Körper war im Fluchtmodus, fort von dem gesichtslosen Mann, der so wirklich und unwirklich vor mir gestanden hatte, als ich die Augen öffnete. Aber die Gedanken sind am stärksten, hat Mama mir beigebracht, Gedanken können den schlimmsten Splitter herauszupfen, und der Gedanke an die Panik, die entstehen würde, wenn die Lunge nach Luft lechzte, hatte mich zurückgehalten. Jetzt strampele ich im Wasser. Ich treibe im Fjord, der sich an den Felsen entlangstreckt, habe mich von Gedankenströmen fangen lassen, die am Grund festsitzen wie morsche Angelschnüre.

*Gedanken. Anker. Fischbänke.*

*Meer. Blut. Rot.*

*Kleid. Strick. Hure.*

Die Gedanken sind am stärksten. Wieso schaffe ich es nicht wie früher, den unerwünschten Bodensatz abzublocken? Freud sagte, das Ich sei nicht Herr im eigenen Haus. Dass der Mensch von unbewussten Triebkräften gelenkt werde. Ich gehe in einen Supermarkt und stopfe die Tragetaschen voll mit Pizza Grandiosa und Wiener Würstchen, Burgern und Schokolade, bleibe aber auf der Treppe zur Wohnung hängen. Ich weiß nicht, wie oft ich hinauf- und hinuntergehen muss, bis alles endlich neun ergibt und ich mich im Omageruch einschließen kann. Ich spüle das fettige Essen mit mehreren Krügen Wasser hinunter. Die Übelkeit nimmt immer mehr zu und verdrängt nach einer Weile alle anderen Gefühle und Gedanken, bis sie derart unerträglich wird, dass ich mich erbrechen muss. Ich stopfe mich abermals voll und versuche, die Freude über eine Geburtstagskrone mit Glitzerkleber wiederzuerzeugen oder über eine Baby-Born-Puppe, die weinen und pinkeln kann. Mehrere Stunden laufe ich zwischen Esstisch und Toilette hin und her. Als die Einkaufstüten genauso leer sind wie mein Magen, gelobe ich mir, niemals, niemals wieder etwas zu essen. Der Schmerz schwillt an. Die Klavier-App plingt mich auf dem Handy an, hatte ich die Mitteilungen nicht ausgeschaltet? Ich spiele den Anfang meiner Lieblingsnocturne auf dem falschen Klavier, Chopins Erste, aber meine dicken Finger versagen. Lieber kapsele ich mich mit den Kopfhörern ein, bei voller Lautstärke der Nocturne, doch ich höre nur meine eigenen Gedanken, wie einen dumpfen Liedtext:

*Blut,*
*rot,*
*Kleid,*
*Hure.*

Ich würde gern Mama anrufen. Wird Thomas jetzt Vorlesungen über mich halten? Fachgespräche darüber führen, warum ein Opfer seinen Vergewaltiger vermissen kann? Ich vermisse Jan nicht. Ich hasse ihn. Ich will ihn nicht beim Namen nennen. Ich will ihn nicht einen Menschen nennen. Er ist niemand. Niemand kann mir jetzt etwas antun. Warum wollen die Gefühle nicht auf die Gedanken hören? Meine Gefühle lügen. Alles an Ida Hansen ist eine Lüge. Blut, Hure.

Ich zähle bis neun und schlucke Luft runter, befehle ihr, den Versteck spielenden Verräter zu töten. Um zu überleben, wurde ich gezwungen, mich selbst zu verlassen. Mich selbst wegzupacken. Verbotene Gefühle habe ich nicht eingepackt. Ich bin keine Verbrecherin. Das Verlustgefühl war ein Symbol. Ich vermisse einzig mich selbst.

Nomans nüchterne Stimme kriecht aus den kleinen Löchern im Handy.

»Hallo, hier ist Ida Hansen. Hat er was über Fanny gesagt?«

»Wer?«

Jetzt muss ich seinen Namen doch aussprechen. »Alan. Alan Wozniak.«

Es wird still. Ich habe Angst, dass Noman mich durch das Telefon sehen kann. Sehen kann, dass ich wie ein zusammengeknülltes Blatt Papier im Wohnzimmer in der Ecke sitze, mit Ketchup auf dem Pullover. Ich lege die Hand auf meine Schulter, halte mich fest. Ist das meine Hand? Sie ist so kalt. Ich bin eine Fliege an der Wand, auf der Glühbirne unter der Zimmerdecke. Sie, die Hure, ist ein Ketchupfleck auf dem Fußboden.

Ich habe zuerst beim Hinweistelefon der Polizei angerufen, wurde aber höflich davon unterrichtet, dass ich ihnen gern Informationen geben könne, sie mir aber nichts zurückgeben könnten, aus Rücksicht auf die Ermittlung, aus Rücksicht auf die Familie und blablabla. Noman sagt jetzt auch nichts. Behauptet, genauso unwissend und abgetrennt von dem Fall zu sein wie ich, und fragt, ob ich ein schlechtes Gedächtnis habe, habe ich vergessen, dass er kein Ermittler ist?

Er könne doch wohl bei einem Kollegen in der Umkleide nach Informationen fischen, sage ich, aber Noman fordert mich auf, runterzukommen, das sagt er nicht direkt, würde es aber nur zu gern tun, der Streifenbulle, der dem Prozedere ganz genau und pedantisch folgen möchte.

Ich nehme Schlaftabletten, die maximale Dosis, und es dauert nicht lange, bis sie wirken und den verkrampften Kiefer lockern. Unter der Bettdecke, inmitten der immer träger und träger werdenden alphabetischen Aufzählung gesunder Lebensmittel, höre ich es ticken. Ich weiß nicht, ob ich schlafe oder wach bin, vielleicht irgendwo dazwischen. Das Ticken kommt und geht, in gleichmäßigem Tempo, dann setzt eine Stille ein, kurz oder lang, es gibt dabei kein System. Es ist schwach zu hören, aber dennoch in der Nähe. Kommt es aus der Wohnung unter mir? Von draußen vor der Haustür? Ehe ich mich hingelegt habe, habe ich über eine Stunde darauf verwendet, zu prüfen, ob alle Fenster geschlossen, alle Türen verriegelt sind und die Alarmanlage eingeschaltet. Sie ist eingeschaltet. Oder? Die Tür ist verriegelt. Oder? Ich will aufstehen, um nachzusehen, ich muss, aber die Schlaftabletten haben mich am Laken festgeleimt, jetzt schwebe ich hin und her, in den Schlaf hinein und wieder heraus. Tick-tack. Und in diesem breiigen Dösen zwischen hier und nicht hier werde ich plötzlich unsicher. Ob nicht das Ticken eigentlich von innen kommt. Als sei ich eine Bombe, die bald explodiert.

# 31

Barbro sitzt am Ende des langen Besprechungstischs und liest uns, die wir die Abendschicht übernehmen, den Tagesbericht vor. Normalerweise liest sie den Bericht nur selten vor, möchte jetzt aber anscheinend dafür sorgen, dass es beim Schichtwechsel nicht zu einem Austausch des neuesten Klatsches kommt. Niemand erwähnt ihn, der heute von der Liste gestrichen wurde. Selbst dann nicht, als ein ungewöhnliches Motorengeräusch beim Minibus zur Sprache kommt, und alle wissen, dass er es ruckzuck erledigt hätte, wenn er hier wäre. Barbro sieht alle an außer mich. Ich bin ein unerwünschter Fleck auf ihrem Brillenglas. Sie befeuchtet ihre Lippen mit der Zunge, und ich bin bemüht, nicht daran zu denken, an welchen anderen Orten sie schon damit war. Ich nehme einen viel zu großen Schluck Kaffee, schlucke ihn viel zu schnell, es brennt im Hals, aber ich tue so, als ob nichts wäre. Ich bin das brave Mädchen, die ruhige, reservierte Ida, die eins mit der Tapete werden kann, wenn sie will. Ich bin die, die tut, was sie soll, und sogar noch mehr. Barbro lacht viel zu laut über die Bemerkung einer Pflegerin. Sie spielt jetzt eine Rolle. Vielleicht hat sie immer eine Rolle gespielt. Wie viele ihrer Gedanken hat sie eigentlich mit mir geteilt? Was sind wir überwiegend: was wir denken, was wir fühlen oder was wir tun? Es war Barbro, die mich interviewt hat, als ich mich um diesen Job beworben habe, sie hat mir die feste

80-Prozent-Stelle gegeben und dazu ein paar Extraschichten, um auf einen Vollzeitlohn zu kommen.

Gierig trinke ich meinen Kaffee, schlucke die Paranoia hinunter. Ich kannte Barbro nicht, bevor ich mich für die Stelle beworben habe. Auch Barbro ist bloß ein unschuldiges Opfer, dazu manipuliert, Alan einen Job zu geben und jetzt ein falsches Alibi. Ich sollte ihr eine Mitschwesterhand reichen, aber stattdessen lasse ich sie nach ihrer grellen Tasche greifen, den anderen Tschüss zurufen und aus dem Gebäude und heim zu ihren Pflanzen verschwinden. Die alle ihre Geheimnisse kennen. Vermisst sie ihn?

Ich versuche, etwas aus den anderen Pflegern herauszubekommen, aber niemand weiß etwas Neues über Alan. Mein Körper fühlt sich zermürbt an. Nacken und Kiefer sind steif, ich habe zu lange geschlafen. Ich stand zu lange unter der Dusche. Stand zu lange vor der Haustür, um mich zu vergewissern, dass sie auch verschlossen war. Musste zurückgehen, um es erneut zu checken, wieder und wieder, es half nicht, mit dem Handy ein Foto von der Tür zu machen, ich musste am Türgriff rütteln, den Schlüssel hineinstecken, es klicken hören.

*Habe ich das Klicken eigentlich gehört?* Der Verlust schmerzt immer noch in mir, hat sich festgebrannt, aber ich bin es, die ich vermisse. Wer war ich, wer bin ich, hinter der Maske Ida Hansen. Ich vermisse sonst niemanden. Er ist niemand.

Ich gehe los und begrüße Gizem, die im Aufenthaltsraum vor ihrem Zimmer sitzt und häkelt. Trotz allem, was in ihrem Inneren vermutlich schmerzt, schafft sie es, mich anzulächeln. Laut Bericht ist es ein schwieriger Tag für sie gewesen, sie hat sich lange mit Thomas unterhalten, war rastlos, es ist Mittwoch, der Tag der Woche, an dem sie sich normalerweise wegschießt. Sie häkelt zu schnell, verliert Maschen, ich muss ihr dabei helfen, ein paar Reihen zu retten, von vorn anzufangen. Sie häkelt eine Mütze für ihren Babyneffen, sie hofft, ihn bald zum ersten Mal zu sehen, bald, vielleicht nächste Woche, falls sie Ausgang bekommt? Schon jetzt wirft sie Blicke zur Tür, obwohl es erst zwischen sechs und sieben am schlimmsten für sie wird. Da glaubt sie, ihr Klavierlehrer kommt und stopft ihr wieder das Maul. Mittwochs kann ihr Körper mitunter nicht mehr zwischen damals und heute unterscheiden. Ich schlage vor, dass wir in den Trainingsraum im Keller gehen, neue Aktivitäten können alte töten. Sie trainiert nicht gern, aber nach einer dezenten Erinnerung daran, wie wichtig physische Aktivität ist, um die Zuckerkrankheit in Schach zu halten, willigt sie ein.

Gizem will mit dem Laufband beginnen. Ich besteige das neben ihr, um ihr Gesellschaft zu leisten, meine eigene Unruhe zu besänftigen. Schritt für Schritt erhöhen wir das Tempo. Fanny ist während ihres Aufenthaltes auch gern hier gelaufen. Sie erzählte mir, wie viele Minuten sie für einen Kilometer, eine Meile brauchte, sie wurde immer besser. Ich sehe sie vor mir. Wie sie auf diesem Laufband rannte, wie sie so schnell wie nur möglich rannte, während sie eigentlich vor dem Zusatzwächter wegzulaufen versuchte, der hinter der Maschine stand und sie beobachtete.

Ich drehe mich zu Gizem um und stelle fest, dass sie nicht mehr auf dem Laufband ist. Sie sitzt auf dem Fußboden, in der Hocke, mit gebeugtem Kopf.

Ich stelle meine Maschine auf Pause und gehe zu ihr. »Hey, was ist los?«

Sie hebt den Kopf und schluchzt. »Ich schaffe das nicht …«

Ich helfe ihr auf die Füße und hinüber zu den Matten, wo wir uns hinsetzen. Ich zeige ihr ein paar Yoga-Übungen, die ihr helfen können, die Angst abzuwehren, zeige ihr die Stellung des Kindes und fordere sie auf, tief in den Bauch zu atmen. Es ist schon länger her, dass ich die Übung selbst ausgeführt habe, und ich frage mich, ob auch Fanny sich daran erinnert, die Kontrolle über ihren Atem zu übernehmen, wenn die Angst sie überfällt. Ich habe es auch anderen beigebracht. Ellen zum Beispiel. Sie mochte es nicht, den steigenden Puls zu spüren, wenn wir Spaziergänge machten, so wie Gizem mir jetzt erzählt, dass sie es auch nicht aushält. Deswegen hat sie nie gern trainiert, lässt sie mich wissen. Es ist unangenehm, sie hat Angst zu sterben. Vielleicht erinnert es sie daran, wie ängstlich sie jeden Mittwoch war. Ich atme ihre Beklommenheit ein. Schon früher hat sie erzählt, dass sie nach Ansicht ihrer Mutter den Klavierlehrer selbst verführt haben muss. Gizem hat den Kontakt zur Mutter vor vielen Jahren abgebrochen, trotzdem ist die Mutter bei ihr als eine Stimme im Kopf, die all ihre Aktivitäten kommentiert, die mit der Stimme des Klavierlehrers kollaboriert, wenn er ab und an mit seinen Drohungen hereinplatzt.

»Wann kommt Alan zur Arbeit?«

Ihre Frage kommt so plötzlich, dass ich zusammenzucke. Ich richte mich halbwegs auf. »Wieso wollen Sie das wissen?«

»Er hat gesagt, er würde mir Boxen beibringen.«

»Wozu das?«

»Er meinte, ich sollte stärker werden. Damit ich mich besser verteidigen kann.« Sie richtet sich in den Kniestand auf und streckt die Hand aus. »Nehmen Sie sie.«

Ich tue, was sie sagt.

Sie legt ihre Hand um meine. »Alan sagt, ich bin so stark wie eine Fünfjährige.«

Ich versuche es. Zu atmen. Mit dem Bauch.

»Was hat er sonst noch zu Ihnen gesagt?«, frage ich.

»Stehen Sie auf.« Sie wartet nicht, bis ich es selbst tue, sondern zieht mich auf die Füße, dreht dabei meinen Körper herum, sodass ich mit dem Rücken zu ihr stehe.

»Manche Männer sind so selbstgefällig, dass sie dir den Rücken zukehren«, sagt sie. »Und da gilt es, schnell zu sein, sagt Alan.«

Ohne Vorwarnung tritt sie fest nach mir, direkt in die eine Kniekehle. Ich falle nach vorn, lande auf den Knien, und im selben Moment packt sie meinen Kopf mit beiden Händen. »Und dann muss man nur noch ihre Fresse am Boden oder an der Wand zerquetschen.«

Sie lässt mich los, und ich sehe sie an. Sie grinst, voller Stolz.

In der Abteilung herrscht die Regel, dass wir vermeiden sollen, mit den Patienten über Angestellte zu sprechen, wir sollen ihnen keinen Anlass bieten, das Pflegepersonal zu spalten und Leute gegeneinander aufzuhetzen. Ungeachtet dessen will ich mehr wissen, Gizem muss sich, um zu überleben, wie eine Straßenkatze die Fähigkeit erarbeitet haben, die Schwächen anderer zu erkennen, vielleicht kann sie mir einen Hinweis darauf geben, was ich selbst hätte sehen sollen. Aber Gizem ist weder daran interessiert, zu reden, noch weiter zu trainieren, und ich begleite sie die Treppe hinauf.

»Warum ist es so still hier?«, fragt sie, als wir in die erste Etage kommen.

Sie hat recht. Es ist ungewöhnlich still.

»Die Leute ruhen sich wohl auf ihren Zimmern aus«, sage ich. »Auf Ihrem Plan steht ja, dass Sie das jetzt auch machen sollten?«

»Ich habe Hunger.«

Ich sehe auf die Uhr. Ihr Blutzucker erträgt es womöglich nicht, bis zum Abendessen zu warten.

»Ich kann Ihnen ein warmes Käsesandwich machen«, sage ich.

»Dann bitte mit ordentlich Grillkräutern.«

Sie eilt auf ihr Zimmer. Ich gehe in den Aufenthaltsraum.

Keine Patienten, keine Pfleger. Hat jemand randaliert?

Eine ernsthafte Selbstverletzung? Oder haben sich alle unten im Essraum versammelt? Riecht es nach Waffeln?

Plötzlich höre ich ein leises Summen. Wie von einem versteckten Wespennest. Es kommt aus dem Schwesternzimmer, am anderen Ende des Gangs. Die Tür steht für gewöhnlich offen, damit die Stationsleitung die Etage im Blick behalten kann, doch jetzt ist sie geschlossen. Ich gehe näher heran, und als ich die Tür öffne, sehe ich, dass die diensthabende Ärztin und alle Schwestern und Pfleger sich hier versammelt haben. Thomas ist auch da. Barbro.

Weshalb ist sie zurückgekommen? Sie sieht mich jetzt an, mit einem seltsamen Blick. Auch Thomas blickt mich merkwürdig an. Das Gespräch verstummt, sehen alle mich an? Ich werde sofort nervös, fürchte, etwas Wichtiges vergessen zu haben, weil ich so müde war, als ich am Nachmittag zur Schicht gekommen bin.

»Hast du sie gesehen?«, fragt Thomas.

»Was gesehen?«, entgegne ich.

»Die Nachrichten?«

Ich schüttele den Kopf und ziehe reflexhaft mein Handy aus der Tasche, doch Thomas redet einfach weiter, ehe ich dazu komme, eine Seite aufzurufen.

»Da wurde ein Mädchen gefunden«, sagt er.

Niemand jubelt. Niemand lächelt.

»Was soll das heißen, gefunden?«, stammle ich.

»Sie wurde im Meer gefunden.«

# 32

Ich umklammere das Telefon mit den Händen, muss mich festhalten, darf nicht fallen. Die Umgebung ist verschwommen, ich schaffe es nicht, den kurzen Zeitungsartikel auf dem Bildschirm zu lesen.

»Hallo?«

Ich blicke auf, sehe undeutlich zwei Augen hinter runden Brillengläsern. »Alles in Ordnung?«, fragt Thomas.

Mir fällt ein, dass ich atmen muss. Jetzt sind nur noch wir beide im Schwesternzimmer. Wie lange habe ich hier so gestanden?

»Ist sie tot?«, frage ich und bin überrascht, wie fest meine Stimme klingt, aber ich habe ja beschlossen, dass Thomas mich nie wieder wehrlos sehen soll, auch jetzt nicht.

Er nickt.

Ich verstärke den Griff um das Handy.

»Wo wurde sie gefunden?«, frage ich.

»Irgendwo am Ladestien.«

»Korsvika?«

»Ich weiß nicht. Sie wurde von einem Angler gefunden.«

»Wie lange hat sie da gelegen?«

»Das weiß ich auch nicht. Sie soll obduziert werden. Freddy ist gerade auf dem Weg zum Pathologen. Er hat gefragt, ob ich mit ihm kommen kann, zur Unterstützung.«

»Ich komme auch mit.«

Ich habe keine Lust, muss sie aber sehen, muss sehen, was dieser Teufel mit ihr angestellt hat. Wieso hat er sie beim Ladestien ins Meer geworfen? Hat sie da gestern gelegen, als ich gebadet habe, verborgen unter dem Tang, über den ich hinweggeschwommen bin? Wie weit entfernt vom Krankenhausareal wurde sie gefunden? Oder war Fanny an dem Abend auf dem Weg hierher? Um die Tüte mit den vergessenen Sachen zu holen? Wollte sie wieder aufgenommen werden? Warum, verdammt noch mal, habe ich nicht härter dagegen gekämpft, dass sie entlassen wurde.

Freddy verspätet sich. Thomas und ich warten fast eine Stunde vor dem Gebäude, in dem sich die Abteilung für Pathologie befindet. Als er endlich kommt, entschuldigt er sich und redet von einer Kaffeemaschine, die am Morgen nicht mehr funktionierte und die er reklamieren musste. Während wir die Gänge passieren, beklagt er sich über die unfähigen Verkäufer, die ihm keine neue Maschine geben wollen, weil die Garantie abgelaufen ist. Gereizt fuchtelt er mit den Armen, als ob die Wirklichkeit weggewedelt werden könnte wie aufdringliche Mücken. Er sieht aus wie ein kindischer, alter Teddybär. Möglicherweise beharrt er gerade jetzt auf eine Art normalen Alltag, weil er weiß, dass bald, in einem Augenblick, allen Alltagen etwas anderes fehlen wird als kaputte Kaffeemaschinen. Ich schaffe es nicht, sein Lächeln zu erwidern. Ich kann ihn kaum anblicken. Thomas tätschelt ihm aufmunternd den Rücken, er hat von der Anzeige gegen Freddy offenbar immer noch nichts gehört.

Wir verharren in einem Warteraum. Thomas will Bescheid sagen, dass wir eingetroffen sind. Freddy setzt sich nicht hin, also bleibe auch ich stehen. Er redet nicht mehr über die Kaffeemaschine. Starrt bloß vor sich, und ich weiß, dass ich etwas sagen sollte, aber was? Dass alles gut geht? Aber das wäre ja eine Verleugnung der Realität.

Ich überlege, nicht mit hineinzugehen. Ich möchte Fanny so in Erinnerung behalten, wie sie war, nicht wie sie jetzt ist. Ist sie aufgeschwollen? Blau? Grau? Werde ich sie wiedererkennen? Wird Freddy seine Tochter wiedererkennen? Da sie ihn gebeten haben, herzukommen, kann sie doch nicht so schlimm aussehen? Es blubbert in einem Wasserspender. Ich muss nicht mit hineingehen.

Thomas kommt zurück mit einer Frau in einer geblümten Bomberjacke und grauen, zu einem dicken Zopf geflochtenen Haaren. Sie ist Ermittlerin, ich verstehe ihren Namen nicht, sie riecht nach Honig. Mein Puls steigt plötzlich unangenehm an. Ich sehe, dass Freddys Hände zittern, als er sie in den großen Taschen seiner Firmenjacke begräbt. Denkt er jetzt, dass er Fanny zur Polizei und nicht zur Notaufnahme hätte bringen sollen, an jenem Abend vor einigen Monaten? Ich hoffe, die Obduktion ergibt, dass Fanny gestorben ist, weil sie die falschen Drogen genommen hat. Oder dass sie nur eine Runde schwimmen wollte und einen Krampf hatte, dass es ein Unfall gewesen ist. Dass der Hase tatsächlich eine Kopie ist, die Fanny selbst gebastelt hat, weil sie krank war und besessen von Stalkern und Entführungsgeschichten. Es braucht nicht meine Schuld zu sein. Ich brauche nicht mit hineinzugehen. Mir fällt ein, dass ich Gizems Käsesandwich vergessen habe. Ich kann sagen, dass ich deshalb auf der Station anrufen muss, wenn die anderen zu Fanny hineingehen.

Ein Schluchzer von Freddy spaltet die Luft, und mir wird klar, dass ich nicht mitbekommen habe, worüber die anderen gesprochen haben. Freddys Augen sind jetzt glasig, die Wangen rot, an der Stirn wölbt sich eine Ader hervor. »Ich will sie sehen!«, ruft er. »Lasst mich sie sehen, verdammt!«

Die Luft ist gesättigt von einem herben und scharfen Schweißgeruch. Es ist seine Angst, die so riecht. Meine Angst. Ich bekomme nur Bruchstücke dessen mit, was Grauzopf zu Thomas sagt. Dass niemand Freddy gebeten hat, hierherzukommen. Freddy beginnt, im Flur herumzuirren, er rüttelt an Türen, will hinein zu seiner Tochter. Thomas läuft ihm sofort nach, und als er den Arm um ihn legt, bricht der Teddybär in Tränen aus. Grauzopf verlässt uns. Thomas bugsiert Freddy auf einen Stuhl, er bekommt eine Tasse Wasser, wischt sich Tränen und Rotz ab, reißt sich zusammen, lächelt? Thomas sagt etwas zu ihm, das ich nicht höre, und Freddy steht auf und tapst den Gang hinunter. Leichtigkeit in seinen Schritten. Ich sehe fragend Thomas an. Er kommt zu mir.

»Es ist doch nicht Fanny«, sagt er. »Wegen ihrer Zahnarztakte.« Ich sehe, wie angespannt er war, denn seine Schultern sinken herab.

»Wieso wollte Freddy sie dann sehen?«, frage ich.

»In solchen Situationen kommt es schnell zu irrationalen Reaktionen. Manche können nicht glauben, dass jemand tot ist, ehe sie ihn gesehen haben, während für andere das Gegenteil gilt.«

»Aber wer ist es denn dann?«, frage ich.

»Das weiß ich nicht. Sie haben gesagt, die Frau passe nicht auf die Beschreibung aus irgendeinem Vermisstenfall. Vielleicht, weil die Leiche vom Meer in Mitleidenschaft gezogen wurde?«

»Wie lange hat sie da gelegen?«

»Keine Ahnung. Die können uns natürlich nicht viel sagen. Ich habe bloß erfahren, dass es unmöglich Fanny sein kann, weil das Mädchen da drinnen viel mehr Zahnfüllungen hat und massenhaft Tätowierungen.« Er streicht sich mit einer Hand über den Bart. »Wollen wir einen Kaffee trinken?«

Ich reagiere nicht. Weil mich etwas sehr beunruhigt. »Was für Tätowierungen?«

»Wieso willst du das wissen?«

»Weil Ellen massenhaft Tätowierungen hat. Ellen Bratseth.«

Ich will sie nicht sehen. Will das Bett vor uns nicht sehen. Es gibt kein Bett, nur einen Tisch, ein Bündel, das ich nicht sehen, nicht riechen will. Ich höre mich schlucken.

Nachdem ich Ellen erwähnt habe, hat Thomas Grauzopf geholt. Sie fragt, welche Tätowierungen Ellen hatte, und ich muss zugeben, dass ich mich nicht an alle erinnere, infolge der Selbstverletzungen gab es so viele Narben, die sie verdecken wollte, aber auf jeden Fall ein Herz und ein paar Blumen oder Blätter, ein Muster, das ich nicht zu beschreiben vermag, doch das Herz war jedenfalls am rechten Arm und lief am unteren Ende spitz zu. Kam Ellen zu mir, um mich zu warnen, wurde sie dabei gesehen, dann getötet und ins Meer geworfen? Zuerst haben sie mir Fotos von den Tätowierungen gezeigt, die während der Obduktion gemacht wurden, aber ich habe darauf bestanden, sie real zu sehen, um ganz sicher zu sein. Ich weiß nicht, wieso. Ich weiß, wieso. Ich bin wie Freddy. Ich muss mit meinen eigenen Augen sehen, dass tatsächlich nicht Fanny dort liegt. Ich habe geschwindelt, als ich sagte, ich sei früher schon bei Obduktionen dabei gewesen, während des Studiums, und dass mir deshalb auch nicht übel werden würde. Jetzt werden sie natürlich noch einmal den Rechtsodontologen herbeirufen, um den Zustand der Zähne des toten Mädchens mit Ellens Zahnarztakte zu vergleichen, sie werden DNA entnehmen, bestimmt haben sie mehrere Hypothesen, eine davon muss Mord sein, denn ich höre die Uhr ticken, mit einer gesicherten Identität können sie weitere Ermittlungsschritte in Gang setzen, deshalb ist Grauzopf hier, um wichtige Ergebnisse von der Obduktion so schnell wie möglich an das restliche Ermittlerteam weiterzuleiten.

»Wie lange hat sie im Meer gelegen?«, frage ich.

Ein Mann, bestimmt der Pathologe, kann mir keine genaue Antwort geben. Vielleicht will er auch nicht. Er sagt nur, dass die Verwesung im Meer langsamer verläuft als an Land, besonders in kaltem Wasser. Aus sieben Grad kaltem Wasser wurden schon beinahe völlig intakte Leichen geborgen, die dort mehrere Wochen gelegen hatten. Wie kalt war es, als ich im Fjord gebadet habe? Er fährt fort, mir zu erklären, dass Leichen in Süßwasser besser erhalten bleiben als in Salzwasser, weil es in Süßwasser nicht so viele Fische oder andere Organismen gibt, die Aas fressen. In Salzwasser hingegen werden Krebse und Schleimaale sofort mit dem Verzehr eines toten menschlichen Körpers beginnen. Er fängt an, von einem Kerl draußen vor der Stadt zu erzählen, der eine Unterwasserdrohne besitzt und einmal filmte, was passiert war, nachdem er einen abgehackten Elchknochen ins Wasser geworfen hat. Er erzählt mir zu viele Details. Ich versuche, an Salzwasserlippe und den Geruch von Tang zu denken, aber alles ist jetzt irgendwie falsch.

Thomas steht hinter mir. Ich kann hören, dass er durch den Mund atmet, um nicht diesen Geruch in sich aufzunehmen, der mir Brechreiz verursacht.

Der Pathologe sieht vielleicht, dass ich bemüht bin, es zu verbergen, denn plötzlich redet er davon, dass bei dem Mädchen große Teile des Körpers gut bewahrt sind, weil sie Schuhe und Kleidung trug sowie eine Kapuze, die fest um den Kopf gezogen war. Er macht sich an dem Laken zu schaffen, das die Leiche bedeckt, und hebt ihren nackten Arm an.

Mir wird übel. Der Arm ist grünlich, aufgeschwollen. Ich betrachte die Tätowierungen auf dem Oberarm. Über die eine stolpere ich sofort.

»Erkennen Sie die wieder?«, fragt Grauzopf.

Ich habe die Tätowierung schon mal gesehen.

»Kann ich ... ihr Gesicht sehen?«, frage ich. Ich muss sicher sein, ganz sicher. Viele Menschen haben Tätowierungen. Aber nicht diese.

Grauzopf nickt dem Pathologen zu, der das Laken unter das Kinn der jungen Frau herabzieht, die mit stillem Herzen vor uns liegt.

Leer. Es ist das Erste, was mir auffällt. Ein leerer und verlassener Schädel. Das dunkle, halblange Haar ist verfilzt. Warum hat sich niemand die Mühe gemacht, es zu bürsten, bevor wir hierherkamen? Das Salzwasser auszuwaschen. Soll sie jetzt so in Erinnerung bleiben? Als verdreckte Wassernymphe? Unter den Augenbrauen, unter zwei leicht wiederzuerkennenden Piercings, ragen falsche lange Wimpern hervor. Es sieht aus wie ein Schmetterling, der seinen halben Körper unter dem Augenlid verbirgt. Auf dem Arm hat sie ebenfalls einen Schmetterling. Er symbolisiert Freiheit und Veränderung, erzählte sie einmal, als wir am Ladestien spazieren gingen. Ein Herz hat sie auch, aber das spitzt sich am Ende nicht zu.

»Erkennen Sie das Herz wieder?«, fragt Grauzopf. Sie ist jetzt ungeduldig.

Ich nicke, während ich in meiner inneren Kartothek aller Patientinnen, die sich seit Beginn meiner Tätigkeit auf der Station 22 aufgehalten haben, nach einem Namen suche. Dem Namen von der, die sich immer in mehrere Kleidungsschichten einpackte, nicht weil sie fror, sondern weil sie Angst davor hatte, andere könnten merken, dass sie wie eine Leiche roch.

»Aber das ist nicht Ellen«, flüstere ich. »Das da, das ist Selma.«

# 33

In den Online-Zeitungen steht nur wenig über die fünfundzwanzigjährige Selma Anine Petterson. Der ersten Notiz über die Bergung einer toten Frau aus dem Meer beim Ladestien und ihre Überführung in die Rechtsmedizin folgten keine weiteren Schlagzeilen, weder später am Abend noch in der Nacht oder am Morgen danach. Gestern wurde es von der Polizei noch als verdächtiger Todesfall behandelt, heute ist keine Rede davon, dass sich der Verdacht auf eine kriminelle Handlung bestätigt hat. Stattdessen wird nur knapp darauf hingewiesen, dass das Ergebnis des vorläufigen Obduktionsberichts auf Ertrinken als Todesursache hindeutet und dass unter anderem noch die Resultate toxikologischer Analysen erwartet werden. Als ich zur Abendschicht antrete, haben sich die ersten Gerüchte bereits verbreitet. Gerüchte über einen verabredeten Selbstmord. Das Personal hat Wind davon bekommen, dass es sich bei der toten Frau im Meer tatsächlich um Selma handelt. Unsere Selma, die über viele Jahre hinweg mit verschiedenen Problemen und Diagnosen zu kämpfen hatte: Persönlichkeitsstörungen und Selbstmordversuche, Drogen, Psychosen. Besonders stark wurde sie von bizarren Gedanken über den Tod gequält sowie von der Zwangsvorstellung, dass ihr der Geruch einer Leiche anhaftete. Sie war zu einer Drehtürpatientin geworden, die immer dann, wenn sie sich besser fühlte und als entscheidungsfähig eingeschätzt wurde, die Behandlung abbrach und die Medikation durch illegale Substanzen ersetzte, um nach ein paar Monaten erneut eingewiesen zu werden, jedes Mal in einem schlechteren Zustand als zuvor.

Während ihres letzten Aufenthaltes bei uns im Sommer schloss sie einen Suizidpakt mit einer anderen bei uns untergebrachten Person. Ein seltenes Phänomen auf unserer Station, doch Selma war ein schwer einzuschätzendes Mädchen mit vielen Facetten. Glücklicherweise erfuhr einer ihrer Sozialbetreuer davon und konnte die Gefahr abwenden, und nach einigen Wochen mit dichterer Betreuung ging es Selma viel besser, so sehr, dass sie wieder das Leben wählte, außerhalb des Krankenhauses.

Jetzt ist Selma natürlich das große Gesprächsthema während der Abendschicht. Ich lausche den Theorien, die die anderen Pfleger und Schwestern flüsternd hinter dem Rücken der Patienten diskutieren. Nicht nur ich erinnere mich daran, dass Selma sehr mit Fanny beschäftigt war, als sie hier eingewiesen wurde. Als jüngste und zerbrechlichste Patientin der Station wurde Fanny zur leichten Beute für Selmas grenzenlose Jagd nach einer engen Freundin. Wir mussten Fanny vor ihr abschirmen, und ein paar Tage später entließ Selma sich selbst. Jetzt wird darüber spekuliert, ob sie heimlich Kontakt gehabt haben können. Ob Fanny verschwunden ist, weil Selma es gelang, sie für einen neuen Pakt zu gewinnen, den sie beide jetzt vollzogen haben.

Außerdem erfahre ich, dass Thomas in seinem Büro Besuch von einer Ermittlerin mit grauem Zopf hat. Dass er, als einer von Selmas Therapeuten, sowohl das Recht als auch die Pflicht hat, Informationen über sie weiterzugeben, sofern das Leben anderer bedroht ist. Was bedeuten muss, dass die Polizei noch immer eine Mordhypothese erwägt.

Ich schicke Thomas zwei Nachrichten und vereinbare, mich

nach der Schicht mit ihm in seinem Büro zu treffen. Als ich eintreffe, stehen zwei leere Kaffeetassen auf dem Schreibtisch. Die Luft ist dick und riecht nach Honig.

»Glauben die, dass Selma ermordet wurde?«, frage ich und setze mich auf das Ledersofa. Es ist noch immer warm von einem anderen Hintern.

»Was die Polizei tut und erwägt, können sie mir nicht erzählen.«

Ich mustere ihn, während er mit verschränkten Armen an der Fensterbank lehnt. Ist er jetzt ehrlich? Oder hat Grauzopf etwas zu ihm gesagt, das er nicht weitererzählen darf?

»Hast du denn mit der Poliklinik gesprochen?«, frage ich. »War Selma dort in der Nachbetreuung? Wann war sie zuletzt da?« Selma hatte ein sehr kleines Netzwerk, keine engen Freunde, keinen engen Kontakt mit der Familie.

»Du weißt ja, wie Selma war«, sagte Thomas. »Oft hat sie die Verabredungen nach ein paar Tagen oder Wochen nicht mehr eingehalten, weil sie sich ausreichend gesund fühlte und allein zurechtkommen wollte.«

Selma konnte zu strenge Regeln nicht leiden, als sie bei uns war. Sie konnte geschlossene Türen nicht leiden. Sie muss zu viel Widerstand geleistet haben.

»Das kann doch kein Zufall sein«, sage ich. »Drei Mädchen, die alle hier eingewiesen waren?«

»Drei?«

»Ellen muss doch auch darin verwickelt sein?«

Thomas fummelt an dem Perlenarmband an seinem linken Handgelenk. Es sind überwiegend rosa Perlen, ich tippe daher darauf, dass die Mamsell es gebastelt hat.

»Soweit ich mich erinnere, hatte Ellen auch mit Selbstmordgedanken zu kämpfen«, sagt er.

»Du glaubst an diesen Suizidkontrakt?«

»Alles ist möglich.«

»Aber wieso wurde Selma hier im Meer gefunden? Sie wohnt doch auf der anderen Seite der Stadt.«

»Das ist schon früher passiert. Dass Patienten sich das Leben an Orten nehmen, wo sie von Leuten gefunden werden können, die sie kennen. Vielleicht wollte sie uns bestrafen, weil sie meinte, dass wir ihr nicht gut genug geholfen haben.« Er blickt auf seine Schuhspitzen. »Selma hat mich im August zweimal angerufen und um Hilfe gebeten. Aber ich habe sie an die Notaufnahme verwiesen.«

Sein Schuldgefühl spiegelt sich in mir. Er schließt die Augen, wünscht sich vermutlich, er könnte die Zeit zurückdrehen, er auch. Selma konnte ziemlich intensiv sein, mehrmals habe ich es nicht geschafft, ihr dabei zu helfen, sich zu beruhigen, das Gedankenkarussell anzuhalten, die Unruhe. Und als Fanny eingeliefert wurde, war ich mehr damit beschäftigt, sie zu schützen.

»Aber falls sie und Fanny sich gemeinsam das Leben genommen haben, wieso wurde Fanny dann nicht gefunden?«, frage ich. »Die Polizei hätte doch wohl eine Suche im See durchgeführt, wenn sie das glaubten.«

Kann Ellen mich aufgesucht haben, um mir das mit dem Kontrakt zu verraten? Kannte sie Selma?

Ich bin mehrmals mit Selma am Ladestien spazieren gegangen, sie kletterte gern auf Felshügel, damit der Wind den eingebildeten Leichengeruch wegblasen könnte. Sie kann gestolpert und unbeabsichtigt ins Wasser gefallen sein.

Thomas sieht mich bloß an, der prüfende Therapeutenblick.

»Was ist?«, frage ich.

Er setzt sich neben mich auf das Sofa. »Du glaubst also nicht, dass es Selbstmord ist?« Es ist eher eine Feststellung als eine

Frage. »Falls du recht hast, glaube ich auch, dass das kein Zufall ist. Und dann musst du der Polizei erklären, wer du bist. Jetzt.«

»Nein.« Die Antwort erfolgt, ehe ich darüber nachdenken kann. »Das ist zu früh.«

»Ich kann denen sagen, wie wichtig es ist, dass dich niemand in irgendeiner Weise unter Druck setzt. Dass wir weitere Informationen beisteuern können, du und ich, mittels Hypnose. Aber in einer kontrollierteren Form, bei der auch andere uns helfen können.«

Thomas will sich also zurücknehmen. Sich aller Verantwortung entziehen. Es wurde ihm zu viel während der letzten Hypnosesitzung.

»Noch können wir andere nicht involvieren«, sage ich. »Nicht, bevor ich zwischen echten und falschen Erinnerungen unterscheiden kann.« Zwischen echten und falschen Gefühlen.

Thomas lehnt sich zurück. Gereizt? Er wackelt mit einem Fuß. Ich vibriere ebenfalls. In der Hosentasche. Ich fische das Handy heraus. Es ist Mama. Ich drücke den Anruf weg.

»Es ist ganz normal, dass du jetzt einander widersprechende Gefühle hast«, sagt Thomas.

Ich sehe ihn fragend an.

»Ein Teil von dir ist wütend auf Alan«, sagt er. »Ein anderer Teil will nicht, dass er enttarnt wird, stimmt's? Deshalb hast du damals nichts gesagt, als du zurückgekommen bist, nachdem du zwei Jahre entführt warst.«

Macht er Witze?

Er sieht mich ernsthaft an.

»Wie kannst du so etwas sagen?«, frage ich.

»Warum willst du nicht zur Polizei gehen?«

»Das habe ich dir doch gesagt.«

»Und wenn ich sage, dass ich dir nicht glaube?«

Ich zögere.

»Falls du Fanny helfen willst und nicht zuletzt auch dir selbst, ist es an der Zeit, dass du total ehrlich bist. Falls nicht, kommen wir nirgendwohin.«

»Wir sind doch ein Stück weit vorwärtsgekommen«, sage ich.

»Sind wir das?«

Ich beiße mir auf die Innenseite der Wange. Abermals vibriert das Handy in meiner Tasche, doch ich vermeide es hinzusehen, vermeide, Thomas anzusehen. Was für ein Trottel. Ich wusste ja, dass er ein Trottel ist. Nur Trottel schlafen mit Trotteln. Ich hätte mich ihm niemals öffnen dürfen. Ich sollte Mama anrufen.

»Über zwanzig Jahre hast du deine Gefühle verleugnet«, sagt Thomas. »Du musst jetzt tiefer gehen. Dir erlauben, die Gefühle anzuerkennen, die sein Verlust in dir ausgelöst hat.«

»Die Erinnerung war ein Symbol. Daran, dass ich mich selbst vermisse.«

»Siehst du nicht, was du jetzt tust?«

»Was tue?«

»Dich verleugnen.«

»Du hast selbst gesagt, dass ich diejenige bin, die die Wahrheit kennt. Dass ich herausfinden muss, was echte Erinnerungen sind und was nicht.«

»Ich habe auch gesagt, dass du deinen Gedanken und Gefühlen nicht vertrauen kannst.«

»Und worauf soll ich sonst vertrauen?«

Er legt eine Hand auf meinen Oberschenkel. Ich sehe ihn nicht an. Sein Atem kitzelt meine Wange. »Du arbeitest jetzt seit einigen Jahren in der Psychiatrie«, sagt er. »Und ich bin sicher, dass du ein paar Dinge gelernt hast, die du nicht an andere weitervermitteln kannst. Es geht um Erfahrung. Dass du dieses Bauchgefühl bekommst, wenn jemand versucht, dich zu manipulieren.

Oder wenn jemand nicht die Wahrheit sagt. Wenn jemand etwas in sich trägt, das er nicht laut auszusprechen schafft.«

Er ist wirklich ein Trottel. »Du meinst, ich versuche, dich zu manipulieren?«

»Ich meine, dass du dich selbst manipulierst, um alles zu vermeiden, was unangenehm ist. Du tust das unbewusst, weil du es so oft getan hast, dass du auf Autopilot läufst. Manchmal allerdings musst du bewusster damit umgehen, wie du dich verhalten willst. Was du denken sollst. Was du fühlen sollst.«

»Vielleicht versuchst du ja gerade, mich zu manipulieren? Um etwas anderes zu glauben als das, was ich selbst für richtig halte? Ist es nicht das, was ein Hypnosetherapeut *nicht* machen soll?«

»Es muss ein Schock gewesen sein, zu realisieren, dass du positive Gefühle für ihn hegst.«

»Ich hege keine positiven Gefühle für ihn.«

»Was glaubst du, was passiert, wenn du dich traust, ihnen nachzuspüren?«

Ich habe keine Lust, zu antworten.

»Glaubst du, dass du zerfallen wirst? Dass du ein schlechter Mensch bist? Ein böser Mensch? Hast du Schuldgefühle wegen der Dinge, die mit dir passiert sind?«

Ich stehe auf. Zittere. Oder ist es das Handy? Wieso ist es so warm hier?

»Was, wenn Selma sich tatsächlich umgebracht hat?«, frage ich. »Und Fanny bloß abgehauen ist und zurückkommt?«

»Du willst also nicht, dass Alan schuld ist?«

Abermals beiße ich mir in die Wange. Härter jetzt.

Thomas steht ebenfalls auf. »Ida. Ich weiß, ich bedränge dich gerade. Aber ich weiß auch, dass du das aushältst. Dass es das ist, was du willst. Weil du recht hast. Du vermisst dich auch selbst. Ich glaube, du willst deswegen diesen Prozess beginnen. Aber es gibt keine richtigen oder falschen Gefühle. Du warst ein Kind. Jetzt bist du erwachsen. Jetzt kannst du dieses Kind in dir kennenlernen, für das du dich so geschämt hast, und seine Gefühle akzeptieren. Vielleicht bekommst du dann auch mehr Zugang zu dem, was du zu finden wünschst.«

Ich kann nicht atmen. Ich sehe nach unten, um zu überprüfen, ob meine Füße in Kontakt mit dem Boden sind. Da ist ein roter Fleck. Ein Blutfleck? Es tropft. Von mir. Rote Blutstropfen. Sie landen auf meinen nackten kleinen Füßen, verschmelzen zu einem größeren Fleck. Ich fasse mich an die Nase, reibe die Finger unter die Nasenlöcher, aber da ist nichts nass, kein Blut, das sich auf meine Finger überträgt. Ich sehe wieder auf den Boden. Die Blutflecke sind weg.

»Ida?«

Ich hebe den Kopf und blicke Thomas an. Ich lächle. So wie ich mir beigebracht habe, echt zu lächeln. »Ich werde mit der Polizei reden.«

Er lächelt. Zufrieden jetzt. »Ich nehme Kontakt mit Ruth Angell auf. Du hast sie kennengelernt, weißt du noch, beim Pathologen?«

So heißt Grauzopf also. Mir gefällt die Art nicht, wie er ihren Namen ausspricht, mit der gleichen Leichtigkeit und Schwere sagt er für gewöhnlich *Madame*.

»Ich muss das allein machen.«

»Aha? Bist du sicher?«

»Ja.«

Er hat nichts einzuwenden. Sucht auf seinem Handy bloß eine Nummer heraus, schreibt sie auf einen Post-it-Zettel und gibt ihn mir. »Ruth ist in Ordnung und sehr professionell, das wird sicher gut gehen.«

Er folgt mir, als ich auf die Tür zugehe, und gerade als ich hinausgehen will, fasst er nach meinem Arm.

»Ich bin immer hier für dich«, sagt er. »Ich werde dich auf dem ganzen Weg begleiten.« Und dann beugt er sich vor und küsst mich auf den Mund. Ein schneller Kuss. Feucht.

Draußen vor dem Büro schlecke ich ihn in mich hinein, ehe der Herbstwind ihn fortbläst.

# 34

Um sieben Minuten vor zwei gehe ich durch die geöffneten Türen in die Frua hinein. Ich war noch nie zuvor in dieser Sozialkirche. Die Atmosphäre hier ist ziemlich anders als im Nidarosdom, es herrscht eine ganz andere Ruhe in diesem Kirchenschiff, nicht zu heilig, eher intim. Gleich links vom Eingang ist ein Café, wo mehrere von den Streunern in der Kaffeeschlange stehen und sich leise unterhalten. Mitten im Raum, auf dem Boden, liegt ein Kreuz aus Pflastersteinen, wo man Teelichter anzünden kann. Ich zünde eines für Selma an. Ein Kirchendiener lächelt mir freundlich zu, ich lächle kurz zurück und setze mich auf eine Bank ganz dicht an der Wand.

Die Altartafel ist groß und bunt mit Figuren und einem großen Jesus-Gemälde. Mama hat nie von Jesus oder Gott gesprochen. Ich weiß, dass es menschlich ist, eine höhere Macht um Hilfe zu bitten, wenn alles hoffnungslos scheint. Vielleicht begann ich damals selbst, zu Gott zu beten. Aber wenn Er geholfen hat, mich zu befreien, dann hat Er auch dafür gesorgt, mich einzufangen?

Unter Jesus am Kreuz ist noch ein kleines, längliches Gemälde des letzten Abendmahls. Was war laut Obduktion wohl Selmas letzte Mahlzeit? Hat sie gemeinsam mit Fanny gegessen? Fanny mochte gern Tacos, vermisst sie die jetzt?

Plötzlich sehe ich Olve. Er hat seinen Anglerhut abgenommen und setzt sich nach vorn in eine der ersten Reihen. Früher war die erste Bankreihe in der Kirche für die Wichtigsten reserviert, die Reichsten, die Ausgestoßenen bekamen nicht einmal einen Sitzplatz, sondern mussten in einer Gruppe ganz hinten stehen, einige mit dem Gesicht zur Wand. Nun sitzt Olve mit geradem Rücken in der allerersten Reihe, als vornehmster König der Stadt. Ich habe gestern Abend vor der Kirche nach ihm gesucht, einer seiner Kumpel hat mir dann erzählt, dass er immer an diesen täglichen Mittagsgebeten teilnimmt. Ich zucke zusammen, als die Orgelklänge von der Galerie in den Kirchenraum gespült werden. Sie sind so laut und überwältigend, dass ich unfreiwillig einen Ton ausstoße. Peinlich berührt blicke ich umher, doch niemand sieht mich. Es ist zu spät, um jetzt zu Olve zu gehen, daher lehne ich mich zurück und genieße die Klänge. Da ist etwas an dem Klang von heruntergedrückten Orgeltasten, das mich tief berührt. Ich muss in den Kratzwunden am Arm herumstochern, um die Tränen fortzujagen. Ich stochere, stochere und starre auf meinen Arm. Und je mehr ich starre, desto deutlicher wird, dass die frischen Kratzspuren ein Muster aus Buchstaben bilden. Nicht nur ein H, sondern mehrere Buchstaben. Ein Wort: *Hure.*

Ich lege die Hand über das Wort. Hebe sie an einer Seite ein Stückchen an, um noch einmal hinzusehen. Die Buchstaben sind nicht gleich groß, aber dennoch, sie lügen nicht. Ich ziehe den Pulloverärmel weiter herunter. Erst jetzt fällt mir auf, dass ich den dicken grünen Pullover trage, den ich nur dann bei mir zu Hause anhabe, wenn ich die langweilige und neutrale Kleidung satt habe. Ich habe vergessen, mich umzuziehen, bevor ich losgefahren bin.

Ich sehe zu Olve, der dort allein sitzt mit gebeugtem Nacken. Als das Lesen aus der Bibel und das Gebet vorbei sind, steht er auf und geht zur Kaffeeecke. Ich gehe hinterher. Begrüße ihn. Er ist nicht überrascht. Vielleicht hat er mich beim Hineingehen gesehen. Er bietet mir eine Tasse Kaffee an und hat gegen ein Gespräch nichts einzuwenden. Wir setzen uns auf eine Bank gegenüber dem Café, wo uns niemand belauschen kann. Olve wirkt jetzt nicht berauscht, eher verkatert, erschöpft. Ich komme direkt zum Punkt.

»Stimmt es, dass du Kontakt zu Toten hattest?«, frage ich.

Er nickt und seufzt, als sei es eine schwere Bürde.

»Soll das heißen, dass du … mit denen reden kannst?«

Er zuckt mit den Schultern und pustet auf seinen Kaffee, muss beide Hände nehmen, um den Pappbecher gerade zu halten. Seine Haut ist fast genauso bleich und grünlich wie die von Selma.

»Ist das ein Ja?«, frage ich.

»Kommt darauf an.«

»Worauf?«

»Ob die Toten mit mir reden wollen. Ich kann sie nicht dazu zwingen.«

Es ist einen Versuch wert, obwohl ich nie geglaubt habe, dass wir auf irgendeine Art weiterleben, oder vielleicht eher gehofft habe, dass wir es nicht tun? Dass es beim Tod darum geht, frei zu werden, genauso frei und unbeschwert wie ein Schmetterling.

Er glotzt mich an. »Falls du Kontakt mit Fanny haben möchtest …«

»Es geht nicht um sie«, unterbreche ich ihn. »Kanntest du Selma Anine Petterson?«

»Hab ich nicht beim letzten Mal schon Nein gesagt?«

»Das war eine andere.«

Er grinst. »Tut mir leid. Ich bin mit Namen nicht so gut. Die sagen, dass die Chemotherapie auch das Gedächtnis tötet.« Er fängt an zu lachen, aber sein dröhnendes Gelächter geht in einen raspelnden Hustenanfall über. Er versucht, Schleim auszuhusten, und ich streichele seinen Rücken.

»Danke, danke, geht schon«, presst er zwischen zwei Hustern hervor und beruhigt sich mit Kaffee. Ich sollte ihn in Frieden lassen.

»Könntest du jetzt versuchen, Kontakt mit Selma aufzunehmen?«, frage ich.

»Wozu?«

»Ich muss wissen, wie sie gestorben ist.«

Wenn es tatsächlich möglich ist, einen Hinweis, einen Beweis dafür zu bekommen, dass Selma sich nicht umgebracht hat oder versehentlich ins Meer gefallen ist, will ich das wissen, bevor ich die Maske fallen lasse.

Olve stellt den Becher zwischen uns auf die Bank und greift nach meiner Hand. Seine Haut ist trocken, mir wird übel. Er mustert mich mit bekümmerter Miene. »Sucht sie dich heim?«

»Was?«

»Hat sie einen Grund, wütend auf dich zu sein und sich rächen zu wollen?«

»Nein.« Ich antworte zu rasch, als dass es nach der Wahrheit klingt. Er hat es auch bemerkt. Ich will meine Hand zurückziehen, aber Olve hält sie, so fest, dass es wehtut.

»Sie hat sich in dir festgesaugt, was?«, sagt er. »Spürst du es jucken?«

Endlich schaffe ich es, die Hand zurückzuziehen, so abrupt, dass mein Körper einen Stoß mit dem Ellenbogen abbekommt. Heißer Kaffee schwappt auf Olves Oberschenkel, aber er reagiert nicht, er starrt in die leere Luft: »Ich spüre bei dir die Anwesenheit einer verstorbenen Person. Die versteckt sich aber vor mir. Will nicht reden.« Er hebt die Schultern, als ob er sich gruselt, und blickt mich an. »Pass auf, dass ihre Seele sich nicht auf dein Inneres legt.«

Ich registriere, dass die Gespräche der anderen im Raum verstummt sind. Mehrere Augenpaare glotzen uns neugierig an. Ich stehe auf und bringe ein kurzes und schwaches »Danke« hervor, ehe ich den Mittelgang entlangschreite, beherrscht, einen Fuß vor den anderen setze und schlucke und schlucke, um dem Drang zu widerstehen, mich zu erbrechen.

Draußen fülle ich die Lunge mit feuchter Herbstluft, während ich um die Ecke der Kirche zu meinem Fahrrad eile. Jäh anhalte. Eine Gruppe von Streunern steht gleich dahinter, im Gespräch mit zwei Polizisten auf Streife, einer davon ist Noman. Ich schaffe es nicht, umzudrehen, bevor er mich entdeckt. Er grüßt mich nicht, sieht mich bloß skeptisch an. Ich ignoriere ihn, schließe mein Fahrrad auf, radele davon, ganz egal wohin, während ich versuche, dieses verfluchte Jucken unter Kontrolle zu bringen. Ich erinnere mich daran, dass ich einmal Selma bei uns auf der Station nicht so viele Beruhigungstabletten geben konnte, wie sie wollte, und sie zerschmetterte einen Stuhl. Ich habe ihren Zorn erlebt.

# 35

Ich nutze den Freitag zum Aussortieren von Reis und Makkaroni, deren Haltbarkeitsdatum überschritten ist, ein Häufchen für *bleibt*, eines für *nicht*. Ich bin so müde davon, gut gegen schlecht abzuwägen, habe Angst, eine falsche Entscheidung zu treffen, habe Angst davor, nicht genug zu tun, dass ich zu viel an mich selbst denke anstatt an Fanny.

Ich rufe Mama an. Sie geht nach dem ersten Klingeln dran. Ich frage, was sie will. Sie sagt, dass ich doch angerufen habe. Dass ich zwölf Nachrichten auf ihrem Anrufbeantworter hinterlassen habe. Ich spiele mit, schließlich hat sie mir ja beigebracht, eine gute Schauspielerin zu sein, also sage ich, ich war betrunken und kann mich nicht erinnern. Sie weiß, dass ich lüge, spielt aber ebenfalls mit, vielleicht hat sie darauf gewartet, dass ich ihre Saufkumpanin werde, damit wir Seite an Seite sitzen und in unserer Einsamkeit ertrinken können. Sie lallt gar nicht, ist sie nüchtern?

Im Hintergrund höre ich Radiomusik und nehme daher an, dass sie nach Hause gekommen ist. Sie fragt nicht, wie es mir geht. Sie fragt nicht, ob ich zu Besuch kommen will, und als ich endlich allen Mut zusammennehme und sage, dass ich Angst habe, legt sie auf.

Ich suche nach weiteren Makkaroni und finde ganz hinten

im Schrank eine verschimmelte Orange. Normalerweise kaufe ich nie Orangen, ich mag ihre klitschige Konsistenz nicht. Sie muss vom letzten Mieter übrig geblieben sein. Wann habe ich zuletzt den Schrank aufgeräumt? Ich werfe sie weg, sehe auf die Uhr, es ist kurz nach fünf, ich rufe Thomas an.

Eine helle und energische Kinderstimme meldet sich: »Hallooo?«

Ich lege auf. Empfange ein paar Minuten später eine Nachricht, die besagt, dass er mit dem Jungen beim Fußballtraining ist und dass die Mamsell auf seinem Handy herumspielt. Er muss mich später zurückrufen. Vielleicht glaubt er, ich wolle ihm erzählen, dass ich mit Ruth Angell gesprochen habe. Ich weiß nicht, wieso ich das so hinauszögere. Genau in diesem Moment stirbt irgendwo auf der Welt ein Mensch. Jeden Tag sterben weltweit über hundertfünfzigtausend Menschen. Ich frage mich, wie lange es dauerte, bis Selma starb. Ich versuche herauszufinden, ob ich Fannys Energie spüren kann, aber das Einzige, das ich bemerke, ist die brennende Angst. Ich versuche, nicht davor zu fliehen, sondern eher im Gleichklang damit zu treiben. Was, wenn Fanny jetzt im Meer treibt? Fast hoffe ich, dass sie sich wirklich das Leben genommen hat und nicht irgendwo eingesperrt ist, erfüllt von Angst. Aber es ist feige von mir, so zu denken. Vielleicht ist Fanny stärker als ich, vielleicht hat sie keine Erinnerungslücken, wenn sie gefunden wird, sondern kann alles erzählen. Wenn ich jetzt nicht Ruth Angell anrufe, bin ich es, die ihr das Leben nimmt.

Ein Spatz flattert über die Nidar, die ruhig an der Marina entlangfließt. Im Park, der unterhalb des Doms liegt, ist ein Junge bis zur Spitze der Klettersteine hinaufgekommen. Ein Rentnerehepaar in gleichen Daunenjacken hält sich an den Händen. Ich gehe durchs Gras und werde nass bis auf die Socken. Schlucke ein paar Stärkungstropfen aus der Olavsquelle, einer heiligen Trinkwasserfontäne, die seit dem Mittelalter ein Pilgerziel ist. Ich ärgere mich, als ich sie sehe. Sie kommt nicht allein, sondern mit einer jüngeren Kollegin, die aussieht, als käme sie direkt aus einem Spray-Tan-Studio. Am Telefon war ich kurz angebunden, habe es abgelehnt, zur Polizeistation zu kommen. Ich muss atmen können, brauche immer die Möglichkeit, zu gehen. Ruth Angell meinte, das sei in Ordnung, sie war erstaunlich entgegenkommend und verständnisvoll.

Wir geben uns zur Begrüßung kurz die Hand, und ich frage, ob ich mit Ruth allein sprechen kann. Wir setzen uns auf die Steinmauer am Fluss, während Spray-Tan sich ein paar Meter von uns entfernt niederlässt. Ruth sagt, sie muss das Gespräch aufzeichnen, und nimmt ein Handy hervor, aber ich lege einfach los, bevor ich mich wieder zurückziehe, bevor sie Fragen stellt, die ich nicht beantworten kann. Wann immer ich will, kann ich gehen. Atme, für Fanny, verdammt.

Es ist, als ob ich außerhalb meiner selbst stehe und das Ganze beobachte, als ob jemand anderes die Worte aus mir herausstößt. Ich höre meine Stimme, die allzu schnell und unzusammenhängend meinen Taufnamen ausspricht und erläutert, wie mein Entführungsfall mit Selma Anine Pettersons Tod und Fanny Strands Verschwinden zusammenhängen muss. Ich erwähne den Hasen und unterstreiche, dass es hier ein Muster gibt, das gründlich erforscht werden muss, einen Täter mit vorhersehbarem Handlungsmuster, der aufgehalten und aus der Gesellschaft entfernt werden muss.

Jetzt ist es gesagt. In ein paar wenigen Minuten ist alles erledigt. Jetzt kann nichts mehr zurückgenommen werden. Ruth Angell bedankt sich für das Vertrauen. Sie wirkt professionell, erfahren, eine, die gut abwägen und richtig entscheiden kann, die genau und effektiv arbeitet und den Job nicht mit nach Hause nimmt. Unter der Blumenjacke und den hellen Jeans verbirgt sich der Körper einer sehnigen Fitnesssportlerin. Wenn der Arbeitstag vorbei ist, zieht sie bestimmt Trainingszeug an und läuft ein paar Stunden durch den Wald, schüttelt die fremden Opfer ab und füllt den Kopf mit Einkaufslisten und Familienfesten und Ferienreisen. Oder vielleicht hat sie zu Beginn ihrer Karriere zu viel Schlimmes gesehen, beschloss, niemals Kinder zu bekommen, und züchtet stattdessen Bienen im Garten. Ist es ihre Creme, die nach Honig riecht?

Sie zieht keine Trillerpfeife und ruft die Artillerie herbei. Sie sagt, sie wird das eingehender untersuchen, dass sie meine Aussage natürlich verifizieren muss. Sie rät mir, nach Hause zu fahren, zu Mama, einer Freundin, einem Partner. Sie haben doch jemanden, mit dem Sie zusammen sein können?

Ja, bestätige ich und schließe kurz darauf meine Wohnungstür auf und fühle mich leer. Ich hätte Lust, aus der Stadt hinauszufahren, will nicht, sollte nicht, traue mich nicht, allein zu sein. Ich schreibe Barbro eine Nachricht, schicke sie aber nicht ab, rufe sie stattdessen an. Es dauert, bis sie ans Telefon geht. Vielleicht hat sie versucht, es nicht zu tun.

Ich bitte um Entschuldigung dafür, dass ich das letzte Mal so frech zu ihr war. Nicht ich bin das, sondern die Einsamkeit, sie ist schlau und schert sich nicht um Ehrlichkeit. Barbro wirkt froh, sagt, sie weiß es zu schätzen, dass ich angerufen habe.

»Alan schuldest du auch eine Entschuldigung«, sagt sie.

Ich halte meine Irritation zurück. »Alan sitzt immer noch in Untersuchungshaft«, sage ich. »Du musst doch.« Verflucht. »Bald kapieren, was das bedeutet?«

Sie grunzt und schmollt. »Du solltest nichts auf diese Gerüchte geben, die in der Abteilung kursieren, Ida. Also, du weißt ja, wie schnell sich so ein Unsinn verbreitet! Alan war *nie* in Untersuchungshaft. Er ist ein paarmal vernommen worden, das ja, aber ich bitte dich, da ging's doch gar nicht um Fanny!«

Im selben Moment höre ich ein Geräusch. Ist unten im Hausflur die Tür zugeknallt?

»Was hast du gesagt?«, entgegne ich. »Alan sitzt gar nicht mehr in Untersuchungshaft?«

»Ich habe gesagt, dass Alan *nie* in Untersuchungshaft war.« Barbro ist jetzt gereizt. »Er wurde von der Polizei bloß ein paarmal vernommen, wegen einer ganz anderen Geschichte.«

Ich höre Schritte draußen im Treppenhaus und bleibe mitten im Zimmer stehen, wippe auf den Fußballen und spitze die Ohren. Es wird völlig still. Ist da jemand direkt vor meiner Wohnungstür stehen geblieben?

Ich werfe einen Blick auf den dicken grünen Pullover, den ich trage. Ich war viel zu sichtbar.

»Hallo?«, sagte Barbro. »Bist du noch da?«

»Ja?«

»Also, ich habe die Tage durcheinandergebracht, denn in der Nacht, in der Fanny getürmt ist ... also, du hattest recht, Alan war gar nicht bei mir. Er hat gearbeitet.«

»Hat er nicht.«

»Nein, nicht bei uns, nein. Aber er hat ein paar kleine Jobs angenommen, verstehst du? Hat Leuten beim Renovieren geholfen und so. Du weißt doch, dass er Zimmermann ist? Und da hat er es nicht ganz nach Vorschrift gemacht. Also, er hat schwarz gearbeitet. Und in der Nacht, als Fanny abgehauen ist, da war er wegen eines Auftrags außerhalb der Stadt, in Hommelvik. Der Hausbesitzer hat das bestätigt, aber Alan wollte die Kumpel, mit denen er da zusammengearbeitet hat, nicht in die Pfanne hauen. Er ist ja nett und loyal, weißt du, und es hätte doch Konsequenzen für ihre Firma gehabt, nicht? Aber schließlich hat Alan es dann doch zugegeben. Er ist ja ein ehrlicher Kerl. Jetzt kommt er mit einem Bußgeld davon, muss aber weiter nichts befürchten, und den Hammer hängt er jetzt natürlich auch an den Nagel.« Sie schnaubt.

Draußen vor der Wohnungstür ist es ganz still. Muss wohl jemand gewesen sein, der zu den Studenten in der Wohnung unter mir wollte und sich verirrt hat.

»Hast du gehört, was ich gesagt habe?«, fragt Barbro.

Ein neues Geräusch lässt mich zusammenfahren. Ein Knarren vor der Wohnungstür? Steht da jemand und lauscht? Ich wage nicht, mich zu rühren.

»Was hast du gesagt?«, flüstere ich.

»Ich erwarte, dass du Alan um Entschuldigung bittest. Es ist immerhin deine Schuld, dass diese Falschbehauptungen hier im Krankenhaus die Runde machen.«

Als sie das Gespräch beendet, höre ich schwere Schritte, die die Treppe hinuntergehen, und die laut zuschlagende Haustür. In Windeseile überprüfe ich, ob die Wohnungstür verschlossen und die Alarmanlage eingeschaltet ist, ich schalte alle Lampen in der Wohnung aus, sehe nach, ob alle Fenster geschlossen, ob die Vorhänge richtig zugezogen sind, schließe mich im Schlafzimmer ein, wo ich den grünen Pullover ganz hinten in den Kleiderschrank stopfe. Ich bleibe da, im Bett, wage nicht, mich zu bewegen, wage nicht, aufzustehen, obwohl mein Schritt brennt und schmerzt.

# 36

Ich liege auf einem feuchten, gelb verfärbten Laken. Meine Arme umklammern das weiche Hundefell. Den steifen Hundekörper. Er rührt sich nicht. Die Augen sind wie die einer Puppe. Die trockene Zunge hängt aus der halb geöffneten Schnauze. Die Kälte des Hundekörpers sickert in mich ein. Die Tränen liegen wie ein harter Ball in der Kehle, ich kann sie nicht herauslassen, darf nicht, muss lieb sein, böse, ich streiche mit der Hand über den Hundekopf, über klebriges Blut, das langsam gerinnt. Vor mir in der Dunkelheit steht ein Mann, ich sehe ihn nicht an, ich sehe auf den spitzen Spaten, den er in der Hand hält. Ich kneife die Augen zusammen und versuche, nach Hause zu Mama zu entfliehen, kann aber Pingu nicht verlassen.

Zuerst denke ich, es ist der wiederkehrende Traum, der immer dann auftaucht, wenn ich wegdöse, aber er ist auch da, wenn ich wach bin, er kommt zu mir, ich erfinde ihn nicht, er lebt ohne mich, insistierend, erzeugt einen Drang zu weinen, es muss eine Erinnerung sein, die von dem feuchten Laken unter mir getriggert wird, dem stinkenden Urin, der Risse in die Schlafzimmerluft treibt. Als ob der tote Hund, schwarz und weiß wie ein Pinguin, die ganze Nacht neben mir gelegen und mich getröstet hätte, mich ermahnt hätte, dass es am besten ist, gehorsam zu sein.

Als das Tageslicht sich durch die kleinen Löcher in den Rollläden hereinpresst, stehe ich auf, traue mich ins Wohnzimmer, überprüfe die Wohnungstür, ich verriegele die Badezimmertür und schrubbe mich unter der Dusche ab, flicke mich zusammen, nehme mich zusammen, er ist auf der Jagd, nach mir? Wer war gestern vor meiner Tür?

Ich knabbere zwei Fluortabletten in mich hinein, verreibe das Fluor mit der Zunge über die Zähne, ich konnte nie eine Zahnbürste benutzen, ist einer der Eckzähne locker?

Ich erscheine früh zur Abendschicht, fühle mich jetzt hier am sichersten, hinter diesen verriegelten Türen, ich gehe zum Umziehen in den Keller hinunter, bleibe aber mitten auf der Treppe stehen.

Alan steht plötzlich auf der untersten Stufe. Hat er auf mich gewartet?

Erstarrt und wortlos bleibe ich einfach stehen, während er sich zu bewegen beginnt, die Treppe herauf. Langsam. Er erwidert meinen Blick. Bleibt stehen, direkt vor mir. Er hat seine Arbeitsschuhe in der Hand. Lächelt jetzt.

»Hallo, Ida. Schön, dich zu sehen.« Er ist frisch rasiert, hat sich am Kinn geschnitten. Hebt die kräftigen Augenbrauen. »Ach so? Willst nicht mal Hallo sagen?«, sagt er.

Sein Aftershave brennt mir in der Nase. Wirkt er irgendwie traurig? Munter zwinkert er mir zu. »Dann 'ne schöne Schicht.«

Und so verschwindet er die Treppe hoch und durch die Tür.

Meine Beine werden wieder lebendig, und ich laufe hinunter, schließe mich in der Damenumkleide ein, bleibe da, bis eine der Kolleginnen zur Abendschicht kommt. Ich folge ihr nach oben in den Besprechungsraum, kann meinen Puls erst dann beruhigen, als ich sehe, dass Alan nicht auf dem heutigen Schichtplan steht.

Barbro ist gut gelaunt, trotz der ernsten Stimmung, die tagsüber auf der Station 22 geherrscht hat. Als der Bericht durchgegangen wird, erfahren wir von einer Versammlung im Aufenthaltsraum mit allen Patienten und Angestellten. Ein Aufruf der Krankenhausleitung, weil sich Gerüchte über den Suizidpakt zwischen den einzelnen Stationen verbreitet haben und Nachahmungen befürchtet werden.

Es ist ein schwieriges Gesprächsthema, das an und für sich Selbstmordgedanken und Selbstmordversuche triggern kann. Doch wenn es im Dunkeln liegen bleibt, kann es vielleicht auch dazu kommen, dass Patienten ohne unsere Kontrolle über das Thema reden. Das Abendpersonal wird jetzt aufgefordert, enger an den Patienten zu sein, Gespräche über das Thema anzubieten und bei Bedarf die Aufsicht zu verstärken.

Als Barbro sich verabschieden will, kommt sie zu mir.

»Sag Bescheid, wenn du ein paar freie Tage brauchst.«

Mehr ist gar nicht nötig, ihr fürsorgliches Lächeln lässt die Tränen erneut hervortreten. Schnell gehe ich in den Aufenthaltsraum und treffe auf Gizem. Sie hat ihr Häkelzeug beiseitegelegt und sitzt mit fernem Blick auf dem Sofa. Ich erwähne das ungemütliche Regenwetter, ehe ich frage, was sie von der Versammlung früher am Tag hält. Sie zuckt schwach mit den Schultern, ist stiller als gewöhnlich. Gleichwohl kann ich sie zur Einhaltung ihres individuellen Tagesplans motivieren, und nachdem ich ihr geholfen habe, ihren Blutzucker zu messen und eine Ladung Wäsche in die Maschine zu geben, steigen wir in den Keller hinunter, wo sie eine Stunde Klavier spielen kann. Erst sitzt sie mit den Händen im Schoß lange auf dem Hocker, dann beginnt sie behutsam, mit einer Hand zu spielen, dann auch mit der anderen, ehe sie in den Flow kommt und eine Melodie hervorholt, die sie auswendig kann. Die mildert mein Jucken, gibt mir eine Verschnaufpause.

Plötzlich hört sie auf und dreht sich zu mir um. »Soll ich Ihnen ein Lied beibringen?«

Ich setze mich neben sie auf den Klavierhocker. Ahme sie nach, als sie auf ein paar Tasten drückt, meine Finger erzeugen hellere Töne als ihre. Ich erkenne die Melodie wieder.

»Äh, ich glaube, Chopin ist zu avanciert für mich«, sage ich.

»Wenn Sie wirklich wollen, kriegen Sie das hin. Letztlich kommt es immer auf den Willen an.« Ist sie jetzt sarkastisch?

Ich lache darüber hinweg und versuche es erneut am Klavier, es geht erstaunlich gut.

»Kann ich morgen Ausgang bekommen?«, fragt sie, den Blick auf die Tasten gerichtet. »Um meinen Neffen zu sehen? Ich habe mit meinem Bruder gesprochen, und für ihn ist es in Ordnung.«

»Ich kann mal mit Thomas reden«, entgegne ich. »Er ist derjenige, der das bewilligen muss. Und falls es morgen nicht klappt, kriegen wir das bestimmt bald hin, okay?«

Sie sieht mich an und lächelt wie ein kleines Kind, das etwas bekommen hat, was es sich sehr lange wünscht. Mir wird ganz warm ums Herz, als ich sehe, wie wenig nötig ist, um ihr eine Freude zu machen.

Sie erwidert meinen Blick, beugt sich näher zu mir, sodass ihre Nase fast die meine berührt.

»Was ist denn?«, frage ich lachend.

»Tragen Sie Kontaktlinsen?«, fragt sie.

»Ohne die sehe ich ’n Scheiß.« Ich wiederhole die letzten Töne auf dem Klavier. »War das so?«

»Kannten Sie das Mädchen, das sich am Ladestien umgebracht hat?«

Ich habe Lust, zu sagen, dass noch nicht feststeht, ob Selma sich das Leben genommen hat.

»Ich weiß, dass sie hier früher eingewiesen war«, sagt Gizem.

Ich höre auf, ihr etwas vorzuspielen. »Ich kannte sie ein bisschen.«

»Sind Sie traurig, weil sie tot ist?«

»Natürlich.«

Sie blickt mich weiter an. »Sie sehen nicht traurig aus.«

»Es ist nicht gut, wenn wir vom Pflegepersonal zu viele Gefühle zeigen.«

Sie schnaubt. »Nicht verwunderlich, dass Sie das tote Mädchen nur ein bisschen kannten. Sie hat bestimmt nicht gewagt, sich Ihnen zu öffnen, ihre intimsten Gedanken zu erzählen, über die sie nie mit jemandem gesprochen hat. Niemand möchte sich Leuten gegenüber öffnen, die nicht echt sind.«

Sie ist gut darin, andere zu lesen. Wir haben vieles gemeinsam.

Ich probiere es mit einem Lächeln. »Auch wenn man nicht so viele Gefühle zeigt, kann man echt sein.«

»Ah ja? Ich bin sicher, dass Sie allen Ihren Patienten exakt das Gleiche sagen. Während es Sie eigentlich einen Dreck schert, wer ich bin und was ich denke und fühle und will. Sie sitzen hier bloß herum und grinsen und überlegen, welche Mahlzeit Sie in Ihr hässliches Maul stopfen werden, wenn Sie wieder nach Hause kommen.«

»Das stimmt nicht. Selbstverständlich mache ich mir Gedanken über Sie.«

»Und wie viele Tränen haben Sie über das Mädchen vergossen, das jetzt tot ist?«

Ich habe keine Lust, zu lügen.

Gizem deutet mein Schweigen als das, was es ist, und stapft aus dem Zimmer. Ich bleibe sitzen. Ich habe keine Trauer wegen Selma empfunden, nur Angst. Egoistische Angst. Ist es wirklich Angst? Jetzt fühle ich mich platt, taub, ich weiß nicht, was ich fühle. Was ich denke. Ob es meine eigenen Gedanken sind oder Regeln, die Mama mir eingepflanzt hat, um nicht zu denken, was ich denken will, nicht zu fühlen, was ich fühle. Es ist, als ob ich mich selbst von außen betrachte, krumm gebeugt auf dem Hocker, genauso tot wie das Klavier. Ich atme zu schnell.

Aber nicht ich atme.

Es kommt von irgendwo hinter mir.

Automatisch hebe ich die Schultern. Die schnelle Atemfrequenz, die ich wahrnehme, kann daher kommen, dass Gizem die Treppe hoch- und runtergerannt ist, es kann auch Angst sein, die Vorstufe der Tränen. Vielleicht ist sie zurückgekommen, um mich um Entschuldigung zu bitten, im Austausch für eine extra Anxiolit. Sie ist doch wohl nicht derart in Rage geraten, dass sie jetzt mit geballten Fäusten hinter mir steht?

Ich schiebe eine Hand näher an den Überfallalarm und drehe mich um, will ihr sagen, dass ich froh bin über ihre Ehrlichkeit, doch mehr als den Mund zu öffnen, schaffe ich nicht.

Vor mir, direkt vor mir, eine Armeslänge entfernt, steht Selma. Nackt, klein, feste Brüste über dem flachen Bauch, untenrum glatt rasiert, tätowierte Arme und Schenkel, aufgerissene Augen und mit einem hellgrünen Hundemaulkorb, der fest um ihr Gesicht geschnallt ist.

# 37

»Was zum ... Ida?«

Ich sehe Thomas im Wohnzimmerfenster seiner modernistischen Villa an der Fagerheimsbucht. Von der Station aus zwei Minuten mit dem Fahrrad. Ich bin eine Ewigkeit in dem Viertel herumgeirrt.

»Bitte«, flüstere ich ins Handy. »Ich habe sonst niemanden, zu dem ich gehen kann.« Meine Stimme klingt zu fest.

Er zieht sich vom Fenster zurück. Ich höre einen eingeschalteten Fernseher im Hintergrund, eine Talkshow.

Dann höre ich ihn, sehr bestimmt: »Wir treffen uns auf dem Parkplatz am Sponhuset.«

Es ist kurz vor Mitternacht. Keine Autos auf den Straßen. Der Parkplatz ist leer, das Café im Sponhuset ist um diese Zeit geschlossen, und keine Spaziergänger reizt es, in Dunkelheit und Regen am Ladestien entlangzugehen. Ich suche Schutz unter einem Baum. Schmiege mich dicht an den Stamm. Lasse das Fahrrad stehen, als der kleine Blaue angesaust kommt, und springe auf den Beifahrersitz.

»Wir fahren zur Schreibstube«, sagt Thomas. »Ich habe der Madame gesagt, dass ich dort was holen müsste.«

Er blickt ständig in den Rückspiegel, während wir uns durch das Wohngebiet schlängeln, westlich über die Lade-Halbinsel, in

Richtung Landspitze. Er biegt an einem Schild ab, auf dem Privatweg steht, und wir holpern weiter über einen Schotterweg, der an einem dichten Waldstück endet, das den Ausblick auf das Meer versperrt. Er schaltet den Motor ab.

»Tut mir leid«, setze ich an, und dann passiert es einfach, ich zerberste, eine stille Tränenflut bricht sich den Weg vorbei an der alten Staumauer.

Thomas hält mich in den Armen. »Lass es raus«, tröstet er mich. »Ich habe dir beim letzten Mal vielleicht zu viel Druck gemacht.«

Ich versuche, mich zu sammeln, sein Pullover ist feucht von schwarzen Resten meiner Mascara. »Ich habe sie gesehen«, flüstere ich.

»Wen?«

Ich löse mich ein Stückchen von ihm. »Selma. Ich habe sie gesehen. Vorhin.«

Verwirrt blickt er mich an.

»Sie stand direkt vor mir. Wir haben uns in die Augen gesehen, so wie du und ich jetzt.«

Thomas lässt sich langsam in den Sitz zurücksinken, als ob er enttäuscht wäre. »Okay. Du hast ja gewusst, dass sich die Hypnose schlecht auf dich auswirken kann.«

»Ich bin nicht krank.«

Thomas streicht mir eine Haarsträhne von der Wange. »Ich verstehe, dass du Angst hast, aber das ist nicht gefährlich. Du weißt nicht, wie du mit all den neuen Erinnerungen und Gefühlen umgehen sollst. Psychosen sind ja die Flucht vor einer Wirklichkeit, die zu schwierig und zu schmerzvoll geworden ist, aber das ist auch eine Bewältigungsstrategie, verstehst du? Halluzinationen sind mitunter die Methode des Unterbewusstseins, dir etwas zu erzählen.«

Ich suche nach den richtigen Worten.

»Aber optische Halluzinationen kommen da nicht so oft vor«, sagt er. »Hast du irgendwelche Pillen genommen, die du nicht hättest nehmen sollen?«

Ich schüttele den Kopf. »Und was, wenn es ein ... Gespenst war?«

Thomas schmunzelt, wird aber wieder ernst, als er begreift, dass ich nicht scherze.

»Viele Menschen behaupten, sie hätten Kontakt mit den Toten«, sage ich. »Und wie kann man schon wissen, was der Unterschied zwischen einer optischen Halluzination und der Begegnung mit einer Toten ist?«

»Ich wusste gar nicht, dass du an Gespenster glaubst?«

Ich weiß nicht mehr, was ich glauben soll. »Vielleicht hat die Hypnose ja etwas in mir geöffnet?«, sage ich. »Was dazu führt, dass ich jetzt mit Toten kommunizieren kann?«

Thomas wird nachdenklich.

Ich hätte so viel mehr für Selma tun müssen, als sie bei uns eingewiesen war. Vielleicht habe ich mich wegen dieses Gefühls, bei ihr gescheitert zu sein, so sehr für Fanny engagiert.

»Wenn ich das jetzt einschätzen sollte«, sagt Thomas, »dann würde ich sagen, dass du verleugnest, was gerade mit dir geschieht. Dass du nämlich einen psychotischen Zusammenbruch erleidest.«

Die Frontscheibe ist beschlagen, durch unseren Atem und meinen Angstschweiß. Ich stelle mir vor, es mit der Hand wegzuwischen und dann ein Gesicht auf der anderen Seite zu sehen, doch wessen?

»Wir müssen eine neue Hypnosesitzung machen«, sage ich.

Ich muss wissen, dass ich gerade nicht verrückt werde. Dass ich real bin. Dass es einen guten Menschen in mir gibt, der denjenigen erledigen wird, der Fanny erledigt hat. Selma? Dass ich keine Verräterin bin, keine Verbrecherin, dass ich kann, wenn ich will. Letztlich kommt es immer auf den Willen an, ich will.

»Ida. Du bist im Augenblick viel zu fragil.«

»Ich muss wissen, ob es Alan ist.«

»Du weißt doch jetzt, dass er es nicht ist.«

»Ich weiß es nicht, bevor es mir gelingt, mich an *ihn* zu erinnern.«

Thomas zieht mit den Fingern an seiner Unterlippe. Ich frage mich, ob er sich wohl wünscht, mir niemals begegnet zu sein.

»Die Polizei hat heute mit einer großen Suche im Meer angefangen«, sagt er. »Vielleicht finden sie Fanny ja jetzt.«

»Ach, Schluss damit! Du weißt doch so gut wie ich, dass Fanny nicht suizidal war. Dass es da draußen einen verfluchten Mistkerl gibt, der sie geschnappt hat! Und was, wenn derselbe Mistkerl Selma umgebracht hat? Was dann? Willst du ihn entkommen lassen, sodass er noch viele andere Mädchen umbringen kann?« *Wie deine Mamsell,* hätte ich Lust zu sagen.

Er weicht meinem Blick aus und rümpft die Nase. Ich hätte nicht die Stimme erheben sollen. Darf ihn nicht verjagen.

»Was, wenn Alan jetzt tatsächlich bei Fanny ist?«, sage ich. »Was, wenn sie lebt, er aber überlegt, sie loszuwerden, weil er kurz davor ist, enttarnt zu werden?«

Ich folge Thomas über einen schmalen Weg, der durch ein Gebüsch nach unten führt, bis wir zu seiner Schreibstube kommen. Ein altes, zwischen Steinen und Küstenfelsen eingequetschtes Bootshaus. Thomas hat im Schwesternzimmer oft Fotos davon gezeigt, lange Bildserien über den Restaurierungsprozess, den er im letzten Sommer durchgeführt hat, bevor er mit seinem Buchprojekt begann. Er hatte Schwierigkeiten, zu schreiben, während die Kinder im Haus waren, und brauchte einen ruhigen Ort für sich, an dem er dennoch nicht zu weit von zu Hause entfernt war, falls etwas passieren sollte. Das Bootshaus wirkt kleiner als auf den Fotos, im Inneren ist es ein luftiger Raum mit Holzmöbeln, die mit den schweren Balken an den Wänden und der Decke harmonieren. An der Frontpartie und an den Seitenwänden befinden sich kleine Fenster, aber da es draußen so dunkel ist, sehen wir in ihnen nur unsere Spiegelbilder. An der einen Längswand gibt es eine Küchenecke, ein paar Schränke mit Schubladen, einen kleinen Kühlschrank, eine Mikrowelle, nur das Allernötigste. Am anderen Ende stehen ein Schlafsofa, ein vollgestopftes Bücherregal, ein Badezimmer mit geöffneter Tür, hinter der eine Toilette und ein kleines Waschbecken zu sehen sind. Die Wände sind leer, keine Kinderzeichnungen oder Familienfotos. Der Schreibtisch steht an einem Fenster mit Meerblick, das Buchmanuskript liegt über die Tischplatte verstreut, und Thomas hebt ein paar Seiten auf und fischt einen Post-it-Block darunter hervor. Er setzt sich auf seinen Bürostuhl, während ich in einem Rattansessel mit Fellsitz Platz nehme. Wir einigen uns darauf, dass ich nicht in eine tiefe Trance gehe, jedenfalls nicht gleich zu Beginn. Ich schließe meine Augen daher nicht, sondern finde einen Punkt, auf den ich starren kann, seine Hände, den bunten Post-it-Block. Er erinnert mich an Lollipop-Eis. Es ist, als ob ich den kühlen, süßen Geschmack auf der Zunge spüre, in dem Sommer in Fosen habe ich viel Lollipop gegessen. Hat Thomas etwas auf den obersten Zettel des Blocks geschrieben? Ich spähe auf den gelben Zettel, auf zwei Wörter, die in Schönschrift geschrieben sind.

*Blute, Hure.*

Ich zucke zusammen. Was zum Teufel?

Ich starre auf den Post-it-Zettel. Der hängt am Kühlschrank.

An meinem Kühlschrank. In meiner Wohnung.

Ich schließe die Augen. Öffne sie.

Ich bin zu Hause in der Wohnung. Schnell ziehe ich den kleinen Roten aus dem BH und klappe die größte Klinge auf, ich eile an die Wohnungstür, sie ist verschlossen, die Alarmanlage ist eingeschaltet. Mein Fahrrad steht neben den Schuhen. Ich reiße die Badezimmertür auf. Leer. Wohnzimmer, Schlafzimmer, die Schränke. Leer, leer. Ich bin allein. Schwerfällig. Im Körper. In den Gedanken. Wo ist mein Handy? Ich finde den Rucksack neben der Couch, hebe ... eine Orange auf?

Auch das Handy liegt da und bestätigt, dass es drei Uhr nachts ist. Ich scrolle durch die Apps, keine neuen Anrufe, keine Nachrichten, ich rufe Thomas an, lande aber direkt auf der Mailbox.

Ich schicke eine Nachricht, sie wird nicht gelesen. Ich sinke auf das Parkett, versuche mich zu erinnern, erinnere mich an den Post-it-Block und dann an den gelben Post-it-Zettel am Kühlschrank, den mit einer unbekannten Handschrift. Dazwischen ist ein dunkles Loch. Warum zittere ich so?

Ich schicke Thomas noch eine Nachricht. Bekomme erst eine Antwort, als die Nacht schon zu Tag und Morgen geworden ist. Darin schreibt er kurz: *Komm um 14 Uhr in mein Büro.*

Irgendetwas ist anders an ihm, als er die Bürotür für mich öffnet. Etwas an seiner Haltung, seiner Energie, sie ist schärfer, die Augen weichen aus.

Ich setze mich nicht. Auch er bleibt stehen. Das Fenster im Rücken. Das Tageslicht, das durch die Scheibe dringt, verleiht seinem Haar einen besonderen Glanz, einen Heiligenschein. Ich stehe im Schatten, warte darauf, dass er etwas sagt.

»Was ist gestern passiert?«, frage ich.

»Was meinst du?«

»Während der Hypnose?«

Auf seiner Stirn bilden sich Falten. »Daraus ist nichts geworden. Weil du nicht konntest.«

Konnte ich nicht? »Hast du mich zurück zum Sponhuset und zu meinem Fahrrad gefahren?«, frage ich.

Ein besorgter Ausdruck kriecht hinter seiner Brille hervor.

»Weißt du nicht mehr, wie du nach Hause gekommen bist?«

Ich setze mich auf das Sofa. Meine Füße zittern. Ich schüttele den Kopf. Er kaut an einem Nagel. Hat er schon einmal an seinen Nägeln gekaut? Warum sagt er nichts?

»Ist das schon einmal passiert?«, frage ich. »Mit anderen, die du hypnotisiert hast?«

»Ab wann kannst du dich an nichts erinnern?«

»Von dem Moment an, als ich mich in den Rattanstuhl im Bootshaus gesetzt habe, bis ich plötzlich zu Hause war.«

»Lügst du jetzt?«

»Was? Nein. Warum sollte ich lügen?«

»Ja, Ida Hansen, warum solltest du lügen?« Sein Ton ist unerwartet scharf. Kann ich etwas Abstoßendes zu ihm gesagt haben? Habe ich ihm erzählt, was ich wirklich für ihn empfinde? Versucht, ihn zu küssen?

»Ruth Angell hat mich heute früh kontaktiert«, sagt er. »Sie hat deinen Hintergrund überprüft.« Er macht eine Pause. Als ob er meine Reaktion studieren möchte.

»Okay?«, sage ich. »Was hat sie gesagt?«

»Es gab keine Code-6-Schutzmaßnahme bei Lilly Leonora und ihrer Familie. Anscheinend sind sie vor über zwanzig Jahren irgendwohin ins Ausland gezogen und haben seitdem beschlossen, keinen Kontakt mehr mit der Polizei zu haben.«

»Was? Aber das stimmt nicht …«

»Ich erzähle dir nur, was Ruth mir erzählt hat.«

»Und warum hat sie dir das erzählt und nicht mir?«

»Weil sie zuerst herausfinden wollte, was ich über dich weiß. Ob man dir vertrauen kann.«

Es muss Mama gewesen sein. Sie muss unseren Polizeikontakt überredet haben, Stillschweigen über den Identitätstausch zu bewahren und Lügen in einen Bericht zu schreiben. Mama weiß genau, wie sie das bekommt, was sie haben will. Es gab eine Zeit, da habe ich vermutet, dass sie eine Beziehung mit unserem Polizeikontakt hatte.

»Warum hast du so lange gezögert, der Polizei von deinem Hintergrund zu erzählen?«, fragt Thomas.

»Das weißt du doch.«

»Es wäre schön, wenn du mir jetzt die Wahrheit sagen könntest.«

»Glaubst du, ich habe diesbezüglich gelogen?«

Er antwortet nicht.

»Warum sollte ich lügen?«

Er seufzt schwer. »Weil du in mich verliebt bist?«

»Glaubst du, ich bin völlig irre, oder was?«

Er protestiert nicht, und ich verfluche mich selbst, weil mir wieder die Tränen kommen, weil ich manchmal so schwach bin, so naiv. Natürlich glaubt niemand einer Lügnerin.

Thomas hebt eine Tragetasche vom Boden auf. »Ich habe Freddy Strand heute Abend ein Gespräch versprochen«, sagt er. »Zwei Krankenschwestern von unserer Station haben Selmas Tasche am Ladestien gefunden, als sie heute früh mit einer Patientin dort spazieren gegangen sind. Sie sagten, es hätten mehrere Pillenbeutel darin gelegen, also ist die Selbstmordhypothese sozusagen untermauert. Aber natürlich könnte es auch ein Unfall gewesen sein.« Er sieht mich neutral an. »Ich glaube, es ist am besten, wenn du und ich uns jetzt eine kleine Auszeit gönnen.«

# 38

Bunte Actionfiguren. Pokémon-Karten. Ein Schlüsselanhänger mit einem rosa Troll. Ein Holzpuzzle. Eine zerkratzte Lupe. Eine Schachtel Murmeln. Zwei Plastikdinosaurier. Ein flauschiger Teddybär. Und hinter dem Kindertisch mit Spielsachen zum Verkauf: zwei erwartungsvolle Augen und ein schüchternes Lächeln. Es gehört zu dem kleinen Jungen aus Mamas Nachbarwohnung. Die Großmutter sitzt in einem Liegestuhl in der Nähe, mit einem Thermobecher und einem Korb voll selbst gebackener Rosinenbrötchen. Ich kann nicht einfach vorbeigehen, auch nicht jetzt, besonders nicht jetzt. Vielleicht verkauft der Junge alle Spielsachen, um sich einen anderen Freund anstatt der Großmutter kaufen zu können.

»Was willst du dafür haben?«, frage ich und zeige auf eine der Actionfiguren. Ein muskulöser Mann mit einem Lasso in der einen Hand und einem Schild in der anderen. Ich brauche jetzt einen Superhelden.

»Zehn Kronen«, sagt der Junge und strahlt.

Ich gebe fünfzig und bekomme noch vier Murmeln dazu.

»Grüßen Sie Ihre Mutter«, sagt die Großmutter.

Im Treppenhaus bleibe ich vor Mamas Tür stehen, mit dem Schlüssel in der einen Hand und dem Superhelden in der anderen. Der Qualm stinkt bis nach draußen. Sei jetzt Mutters braves Mädchen.

Ich klingle. Fasse nach dem Türgriff. Führe das Ritual durch und schließe wie üblich die Tür auf. Mama sitzt wie üblich auf dem Sofa. Der mit Schnaps versetzte Kaffee auf dem Tisch, eine Hand in Gips, aber das hat sie nicht davon abgehalten, sich Locken in die Haare zu drehen, die blassen blauen Flecken mit ihrer Maske zu überpinseln, der rote Lippenstift ist aus einem der Mundwinkel gelaufen.

Sie starrt vor sich hin, zwischen den Fingern eine Zigarette, deren Glut länger ist als die restliche Kippe. Sie macht das, was sie am besten kann: so tun, als ob sie mich nicht sieht.

»Mama?«

Der Clown dreht mir den Kopf zu und verzieht den Mund zu einem grellen Lächeln. »Nein, also so was, Ida-Schätzchen. Wie schön, dass du Zeit hast, deine alte Mutter zu besuchen.«

Ich lächle, wie sie es mir beigebracht hat, während der Superheld mir zuflüstert, dass ein braves Mädchen niemals eine Superheldin wird.

Ich lege ihn in die Tasche und setze mich neben Mama.

»Hast du Hunger?«, fragt sie. »Ich habe Frikadellen im Kühlschrank.«

»Leben Papa und die Zwillinge im Ausland?«, frage ich.

Mama versucht, es so gut wie möglich zu verbergen, dass ihr Körper innerhalb einer Nanosekunde in den Alarmmodus wechselt, aber ich sehe, wie sich ihre Pupillen verengen. Sie drückt die Zigarette im Aschenbecher aus. »Ich wärme uns ein paar Frikadellen auf.«

Sie will aufstehen, aber ich fasse nach ihrem Arm, halte sie fest. »Warum zum Teufel hast du mich angelogen?«, frage ich.

Sie öffnet und schließt den Mund, öffnet und schließt ihn wie ein Fisch an Land, ehe sie schließlich zum Gegenangriff übergeht. »Ida, Kleines, Fluchen ist nicht schön, das weißt du doch.«

Ich drücke ihren Arm fester. Ihre Raucherfalten ziehen sich zusammen, sie ächzt. Jetzt bin ich mir sicher, dass sie es vortäuscht. Ich spüre es im Bauch.

»Was machst du denn?«, jammert sie.

»Unser Polizeikontakt. Gunnar Soundso. Hast du ihn gebeten, nichts über den Identitätstausch zu schreiben? Sondern zu schreiben, dass wir ins Ausland gezogen sind? Du und ich und Papa und die Zwillinge?«

»Von wem ... redest du?«

»Oh, tu nicht so, als ob du dich nicht erinnerst! Hast du ihn dafür bezahlt? Hast du ihn gevögelt?«

Sie verdreht den Arm, kämpft darum, sich zu befreien. Als das nicht klappt, bohrt sie die krummen Nägel ihrer Gipshand in meinen Handrücken, doch sie ist diejenige, die mir beigebracht hat, festzuhalten, niemals loszulassen.

»Weißt du, wozu das jetzt geführt hat?«, frage ich. »Dass mir niemand glaubt! Sie denken, ich lüge, wenn ich sage, dass ich Lilly Leonora bin!«

Der Name, den ich seit über zwanzig Jahren nicht mehr laut aussprechen durfte, lässt sie ein seltsames Geräusch ausstoßen. Nervös schaut sie sich um.

»Oder bin ich vielleicht nicht Lilly Leonora?« frage ich. »Vielleicht hast du mir auch darüber nicht die Wahrheit gesagt?«

Es schmerzt, das zu hören, was in Worte zu fassen ich mir in den letzten Stunden nicht gestattet habe.

Die damaligen Polizeivernehmungen, wie kann ich wissen, dass es echte Erinnerungen sind? Vielleicht hat Mama sie mir eingepflanzt, sie mir wie Gutenachtgeschichten erzählt, sodass sie Teile meiner Geschichte geworden sind, das Einzige, woran ich mich erinnern kann. Vielleicht ist alles an mir eine Lüge? Vielleicht ist Mama mit mir weggelaufen, fort von einem gewalttätigen Vater, von einer schrecklichen Kindheit, von Vernachlässigung, die mich zu einer stummen Bettnässerin machte. Die Erinnerung an den Tag, an dem ich nach etwa zwei Jahren quasi aus dem Nichts wieder auftauchte; die Hand der alten Frau, das Blaulicht, die Polizeistiefel, die genauso gut aus einer Nacht stammen können, als die Polizei zum wiederholten Mal wegen häuslicher Gewalt auftauchte? Vielleicht hat das Jugendamt damit gedroht, mich einer Mutter wegzunehmen, die schon damals Alkoholikerin war? Und dann hat Mama in der Zeitung von dem Fall Lilly Leonora gelesen und eine fixe Idee entwickelt. Vielleicht war dieser Gunnar nur ein Freund, der sich hat verführen und bestechen lassen, der ihr zur Flucht verhalf, der ihr dabei half, mich mit Lügen über meine Herkunft zu füttern, damit ich mich selbst vergessen, alle anderen vergessen, alle fürchten sollte, außer Mama, sodass sie mich ganz für sich allein haben konnte. Ich habe davon gehört, habe die Konsequenzen dessen gesehen, wie krank Mütter werden können, meine muss die kränkste von allen sein. Ist sie meine Mutter? Vielleicht hat sie mich entführt?

Mamas Kinn zittert jetzt. »Alles …«, flüstert sie. »Alles, was ich getan habe, habe ich getan, um dich zu beschützen. Du erinnerst dich nicht, wie es war. Du erinnerst dich nicht, wie du nachts geschrien hast, nachdem du wieder nach Hause gekommen bist. Oh mein Gott, wie du geschrien hast …!« Sie schnappt nach Luft. »Es war, als hätte dir jemand ein Messer in den Leib gerammt. Als hättest du in Flammen gestanden. Du hast den Zwillingen Angst gemacht, du hast Papa Angst gemacht. Er musste schließlich die Jungs vor dir beschützen und ist gegangen. Er wollte, dass ich mit ihnen komme. Er wollte, dass ich dich in eine Anstalt einweise …«

Sie reißt ihren Arm zu sich, steht auf, rennt ins Schlafzimmer und knallt die Tür hinter sich zu. Ich höre, wie sie abschließt.

Plötzlich höre ich Gelächter und fröhliche Rufe von einigen jungen Leuten draußen vor dem Wohnblock.

Ein Hubschrauber auf einer Mission.

Vogelgezwitscher.

Ein Auto. Eine Stadt.

Ich stehe auf und gehe ihr nach. Klopfe vorsichtig an die Tür. »Mama?«

Sie antwortet nicht. Kein Mucks hinter der Tür, völlige Stille.

Wie kann ich wissen, ob sie jetzt lügt oder damals gelogen hat?

Ich sinke zurück in den Sessel. Die Erinnerungen unter der Hypnose, vielleicht sind die alle falsch? Von mir selbst hervorgebracht, weil ich geglaubt habe, ich sei jemand, der ich gar nicht bin. Ich weiß nicht, wer ich jetzt bin. Vielleicht bin ich einfach ich, Ida Hansen, die kaputte Tochter einer kaputten Mutter, ein total kaputter Mensch, mit kaputten Gedanken und kaputten Emotionen und einem kaputten Unterleib. Vielleicht bin ich ein Produkt des Münchhausen-Stellvertretersyndroms. Ein Spielzeug. Aber keine Superheldin.

Ich rufe die Online-Zeitungen auf und blicke direkt auf ein Foto von Fanny. Die Polizei will Spekulationen entkräften, dass sie die Frau ist, die tot im Meer gefunden wurde. Dass ihr Name und ihr Foto veröffentlicht werden, liegt auch daran, dass bis jetzt keine elektronischen Spuren von Fanny aufgetaucht sind. Es gibt seit einer Weile keine Aktivitäten, weder auf ihrem Handy noch auf ihrem Bankkonto, was Anlass zur Sorge gibt. Sie hätten ein anderes Foto von ihr verwenden sollen. Dieses sieht aus wie ein Fahndungsfoto. Die Polizei sucht nach Zeugen, die sie möglicherweise gesehen haben. Die Bewohner der Stadt werden aufgefordert, Garagen, Schuppen und Spielhäuser in den Gärten zu durchsuchen.

Kein Wort über den Hasen. War der, den ich bei Fanny gefunden habe, nur einer, der so ähnlich aussah? War das Kuscheltier, über das ich als Kind geweint habe, ebenfalls falsch? Eines, das meine Mutter gemacht hatte, um mich in ihr Spiel zu verstricken? Ist es Frøydis, die nun einen neuen Hasen gebastelt hat? Zwei kranke Mütter, die zwei noch kränkere Töchter zur Welt bringen?

Vielleicht hat Fanny sich tatsächlich zusammen mit Selma das Leben genommen. Vielleicht hatte sie die Hoffnung aufgegeben, weil sie als psychisch krank abgestempelt wurde und keine Lust hatte auf ein Leben mit Medikamenten und enger Nachbetreuung. Vielleicht bin ich eine miese Krankenschwester, die niemandem helfen kann.

Ich lege mein Handy weg. Nehme eine maschinengeschriebene Seite vom Wohnzimmertisch, ein Angebot für die Reha, das Mama offensichtlich abgelehnt hat. Ich gehe in die Küche. Es sind keine Frikadellen im Kühlschrank, aber es wurden neue Konservendosen und geschnittenes Brot gekauft. Wann wird sie so durstig sein, dass sie die Schlafzimmertür aufschließt?

Ich drehe den Wasserhahn auf. Trinke ein Glas Wasser. Dann noch eines. Lasse mich volllaufen, bis mir so übel ist, dass ich mich aufs Sofa legen muss. Ich schließe die Augen. Höre ein Geräusch. Ein Pochen. Jemand, der Nägel in eine Tür schlägt?

Ich eile zur Schlafzimmertür. »Mama?«

Es pocht abermals, gleichmäßig, von irgendwo anders. Das Badezimmer? Hat Mama sich aus dem Schlafzimmer geschlichen, ohne dass ich es bemerkt habe?

Ich gehe zur Badezimmertür. Lausche. Es pocht. Schwach. Auf der Rückseite. Wird still. Pocht wieder. Ich öffne die Tür.

Das Badezimmer ist dunkel. Ich mache einen Schritt hinein

und will gerade den Lichtschalter betätigen, als ich sie höre. Ein schnelles Atmen kriecht von der Seite auf mich zu, und ich drehe meinen Kopf nach rechts. Ist ihr übel geworden? Ein starker Geruch brennt in der Nase. Nagellackentferner? Urin? Dann sehe ich sie. Sie sitzt auf dem Fußboden, eingezwängt zwischen Toilette und gefliester Wand, eine zarte Gestalt, nicht Mama: ein Mädchen. Sie hat die Hände auf die Ohren gelegt und lässt ihre Stirn auf den Knien ruhen. Eine Schleife ist in dem dunklen Haar befestigt, das zu beiden Seiten der dünnen, von einem Kleid bedeckten Beine herabfällt, ein Kleid aus dickem Stoff, Samt?

Klopf-klopf. Irgendwo aus der Dunkelheit. Jetzt noch eindringlicher.

Ich mühe mich mit dem Lichtschalter ab. Und in dem Moment, als die Deckenlampe erwacht, hebt das Mädchen den Kopf, und ich schaue in die zu Tode erschrockenen Augen von Ellen Bratseth. Eine knappe Sekunde. Denn das Einzige, was ich anstarre, ist die weiße Toilettenbürste, die umgestürzt in der Ecke liegt.

# 39

Mama muss ihren Schnapsvorrat im Schlafzimmer versteckt haben, denn sie bleibt die ganze Nacht dort, muss Angst vor mir haben, ich habe Angst vor mir, ich will, dass sie mich festhält, meine Kopfhaut mit Tränen wärmt, ich glaube, mein Kopf bricht und muss eingegipst werden.

Als ich aufwache, rieche ich gebratenes Fett. Mama hat den Küchentisch gedeckt, das Alltagsgeschirr, Rührei und Speck, aus der Brotscheibe hat sie ein Herz ohne Kruste herausgeschnitten, das sie in die Mitte meines Tellers gelegt hat, wie sie es jeden Morgen tat, als wir noch zusammengelebt haben. Sie fragt mich, wann ich zur Schule gehe. Sie stinkt nach Schnaps, alt, neu, ist schon wackelig auf den Beinen, ich weiß nicht, wie viel sie letzte Nacht geschlafen hat, die dicke Schicht Make-up übertüncht alle Lügen. Es ist so verlockend, das Spiel mitzumachen, sanft zu sein, abzudriften, aber ich kann nicht bleiben, Ellen Bratseths erschrockene Augen brennen hinter meinen. Mein Körper ist steif, ich konnte auf dem harten Sofa nicht schlafen, bevor ich einschlief, tief schlief, keine Träume, jetzt werde ich im Wachzustand von Albträumen heimgesucht. Ist Ellen auch tot? Ich muss mit Olve reden. Ich versuche, meine Gedanken in die vorbeiziehende Qualmwolke zu stoßen, aber sie haben sich festgesetzt, fest, verdammt.

Einatmen. Halten. Ausatmen.

»Nein, aber willst du gar nichts essen?«, fragt Mama und folgt mir in den Flur. »Ida-Schätzchen, du musst doch essen?«

An der Wohnungstür drehe ich mich zu ihr um. »Mama. Tu mir den Gefallen. Melde dich jetzt für eine Reha an. Werde nüchtern und fahr zu Papa und den Zwillingen.«

Sie weicht zurück, als ob die Worte sie ohrfeigten. Ihr Blick wird unmittelbar klarer, erfüllt von Zärtlichkeit, einer Sehnsucht?

»Du hast für mich alles getan, was du tun konntest«, sage ich. »Aber ich bin kein Kind mehr. Ich komme jetzt zurecht.«

Auch ihre Augen werden feucht. Ich umarme sie, ganz schnell, damit sie mich nicht zurückhalten kann, ich renne die Treppe hinunter, sie ruft mir hinterher. Sie versteht nicht, dass ich das tue, um sie zu beschützen.

Auf dem Kirchhügel ist niemand. Die Türen der Frua sind geschlossen, und ein Anschlag draußen weist mich darauf hin, dass eine größere Veranstaltung stattfindet, nicht das übliche Alltagsgebet, sondern die wöchentliche Werktagsmesse. Ich schleiche mich hinein und setze mich in die letzte Reihe. Lasse den Blick über die bunte Versammlung schweifen. Olve sitzt nicht in der ersten Reihe. Ich kann ihn in dem halb vollen Kirchenschiff nirgendwo sehen. Ich habe Angst davor, was er sagen wird. Kann er immer noch spüren, ob Fanny lebt?

Vor mir, hinter den im Licht tanzenden Staubkörnern, hängt Jesus am Kreuz. Einige glauben, dass auch er ein Betrüger war. Ein Schwindler. Ein Geisteskranker. Es juckt in meinem Nacken, meinen Beinen, ich atme die Töne der Orgel ein, lasse sie in mich hineinfließen, lasse sie meinen inneren Rhythmus ändern, jetzt ganz piano, ganz ruhig, ruhig, doch mein Puls steigt wieder an, als ich ein paar Reihen vor mir einen rötlichen Kopf registriere.

Frøydis? Aber nicht sie ist es, die es in mir wie besessen pulsieren lässt. Es ist derjenige, der rechts neben ihr sitzt, mit raspelkurzen Haaren. Ein Aufpasser von der psychiatrischen Notaufnahme, der sie offenbar auf ihrem Ausflug begleitet. Alan.

Ein Priester beginnt, am Altar zu predigen, aber ich höre nicht, was er sagt. Frøydis wirkt unruhig, schaut sich ständig um, sucht sie auch nach Olve?

Alan lehnt sich an Frøydis, oder ist sie diejenige, die sich an ihn lehnt? Und sofort ist es, als ob eine Welle in mir aufsteigt. Sie kommt völlig ohne Vorwarnung und brodelt mit gewaltiger Kraft in mir auf, sie weckt ... eine Sehnsucht? Eine Sehnsucht danach, in eine Umarmung sinken zu können? *Die* Umarmung? Oder ist es Wut, Raserei, ich weiß nicht, alles vermischt sich zu einem erstickenden Klumpen. Ich will aufstehen, aber die Beine gehorchen mir nicht, ich sitze verdammt fest, fest auf der Bank, während es um mich herum tickt. *Tick-Tack* von links. *Tick-Tack* von rechts. Das Ticken greift mich von allen Seiten an. Oben, unten, vorn und hinten. *Tick-Tack*. Ich friere. *Tick-Tack*. Mein Hintern ist kalt. *Tick, Tick, Tick*. Wer hat das Licht ausgemacht?

Stille, Stille. Wo bin ich? Ich ticke außerhalb des Takts. Jemand atmet in der kalten Dunkelheit, schnell, viel zu schnell, und jetzt sehe ich sie: Sie, das Mädchen, ich, auf dem kalten Betonboden, nackt, zusammengerollt, in der Ecke neben der Pinkelbox, wie ein kranker Hund. Rote Schleife im Haar. Um das kleine Gesicht ist eng ein hellgrüner Maulkorb geschnallt.

Mein Blick ist auf die Tür oberhalb der schmalen Treppe mit den neun Stufen gerichtet. Tick. Tick. Tickt es irgendwo im Raum? Ich zähle langsam herunter. Bis die Tür sich öffnet. Jetzt? Morgen? Bekomme ich dann eine Belohnung? Ich möchte nicht, dass die Tür aufgeht. Ich möchte es. Ich versuche, im Takt zu ticken. Wie es mir befohlen wurde. Aber das Herz schlägt schneller. Ich schlinge meine Arme um Pingu. Er liegt neben mir und leckt mein Gesicht, leckt die Sehnsucht weg, die Wut, *braver Junge*. Ich gebe ihm das letzte Stück Orange, das ich aufgespart habe, aber er will es nicht, will lieber das Spielzeug, das wir uns teilen. Jan hat ein neues Ohr an den rosa Hasen genäht. Vielleicht kommt er heute nicht?

Ich werfe das Kuscheltier über den Boden. Pingu rennt eifrig hinterher und holt es. Will, dass ich es wieder werfe. Ich hebe den Arm. Zucke zusammen. Als die Tür oben an der Treppe mit einem Ruck geöffnet wird. Ein schmaler Lichtstreifen kriecht auf mich zu. Wird breiter, länger. Eine dunkle Gestalt penetriert das Licht. Es ist Jan. Pingu rast gehorsam die Treppe hoch, hinaus aus dem Gewölbe.

Ich sehe, was Jan in der Hand hält.

Er kommt näher. Langsam, langsam. Ich liege still. Bewege mich kein bisschen. Blinzle nicht. Bin die brave Puppe, die ich für Jan sein soll. Die Nick-Nick-Puppe. Die Puppe, die im Takt mit dem großen Puppenhaus tick-tackt. Das er an einem geheimen Ort im Wald gebaut hat. Damit er ganz und gar allein sein kann mit seiner Puppe. Jan bleibt neben mir stehen. Räuspert sich. Spuckt. Klebriger Schleim tropft an meiner Wange herab. Beim letzten Mal habe ich ihn gebissen. Nachdem er mich gebissen hat. Er sagt, er muss einen wilden Hund zähmen, indem er ihm in die Kehle beißt. Jetzt spannt sich der Maulkorb so eng, dass ich meinen Mund nicht öffnen kann. Es ist meine eigene Schuld. Ich war voller Scheiße, als Jan mich gerettet hat. Deshalb beiße und schreie und schlage ich. Jetzt schwingt Jan die Klobürste. Jetzt wird Jan mir helfen, sauber zu werden, die seine zu werden. Jetzt muss aller Schmutz und Dreck entfernt werden.

*Blute, Hure.*

# 40

Ich werde vom Klingeln meines Handys geweckt. Das Display zeigt an, dass es Barbro ist. Ich setze mich auf, hole tief Luft und gehe dran. Sie hat künstlichen Süßstoff in ihre Stimme gestreut: »Du Ärmste, ich habe gehört, dass du dir einen Magen-Darm-Virus eingefangen hast und nicht zur Abendschicht kommen konntest?«

»Mhm.«

»Hast du was zu essen? Soll ich für dich einkaufen gehen?«

Ich höre, dass sie im Wagen sitzt. Ich schaue erneut auf das Handydisplay, die Uhrzeit verrät, dass die Tagschicht gerade zu Ende ist.

»Alles in Ordnung«, sage ich. »Aber trotzdem danke.«

Die einsetzende Stille warnt mich, dass sie noch mehr auf dem Herzen hat.

»Ich habe gehört, dass du gestern in der Frua-Kirke warst?«, fragt sie.

Das kühle Parkett drückt gegen meinen Hintern, und ich erhebe mich. »Von wem hast du das gehört?«

»Von Alan. Er hat versucht, mit dir zu reden, aber du hast überhaupt nicht auf ihn reagiert?«

Sitzt Alan jetzt auf dem Beifahrersitz neben ihr? Hört er mich über Lautsprecher?

»Ich war mit Beten beschäftigt«, sage ich und schließe die Schlafzimmertür auf. Ich kann ihr nicht erzählen, dass mein Körper von einer Erinnerung gelähmt war, dass ich weder etwas sagen noch mich von der harten Holzbank losreißen konnte, ehe ein Kirchendiener mit einem Becher Kakao kam, lange nachdem die Messe vorbei war und die Kirche sich geleert hatte.

»Ida. Sei jetzt ehrlich«, sagt Barbro. »Schüttest du dich neuerdings mit irgendwas zu?«

Ich stöhne laut, als ich in Richtung Küche gehe. »Ja. Mit biblischen Worten.«

»Ich mache keine Witze. Alan meinte, du hättest *sehr* erschöpft ausgesehen.«

»Ich bin krank, okay?«

Ich sehe, dass die Kühlschranktür angelehnt ist. Ich habe vergessen, sie zu schließen. Kann mich auch nicht erinnern, die andere Hälfte des Grillhähnchens gegessen zu haben, das auf der Arbeitsplatte liegt.

Als ich gestern Abend nach Hause kam, war ich sowohl geistig als auch körperlich völlig fertig, musste aber dennoch Schlaftabletten nehmen, musste tief und ohne Erinnerungen schlafen. Ich massiere meinen Kiefer mit den Fingern.

»Die Sache mit Fanny Strand macht dich ja echt fertig«, sagt Barbro. »Aber du kannst nicht allen helfen, Ida. Nicht alle wollen Hilfe.«

Ich bin sicher, dass Alan neben ihr sitzt und diktiert, was sie sagen soll.

»Wir tun unser Bestes, und mehr können wir nicht tun«, sagt Barbro.

Ich entgegne, dass ich auf die Toilette muss, und lege auf. Setze mich an den Wohnzimmertisch, versuche, das Chaos in mir mit dem kalten Hähnchen herunterzuschlucken. Verzichte darauf, die Toilette anschließend sauber zu bürsten. Schicke Thomas mehrere Nachrichten. Er antwortet nicht. Ich erreiche den Tiefpunkt, als ich schreibe, dass ich seine Frau kontaktieren muss, wenn er nicht innerhalb einer Stunde antwortet. Ich weiß nicht, was ich will. Ich möchte nur, dass Thomas mich in den Armen hält.

Ich lege mich wieder auf den harten Holzboden. Es lindert das Jucken, den Schmerz in der Wirbelsäule zu spüren, zu spüren, dass ich nicht flüssig bin, sondern fest. An der Wohnzimmerdecke hängt kopfüber eine Fliege. Wie ist das eigentlich möglich?

Eine halbe Stunde vergeht. Noch eine halbe Stunde. Ist die Sanduhr halb voll oder halb leer?

Das Handy ist stumm.

Warum bewegt sich die Fliege an der Decke nicht?

Ist sie echt?

Ein Spion?

Ich lösche die letzte Nachricht, die ich an Thomas gesendet habe, obwohl ich sehe, dass er sie gelesen hat. Ich bin müde. Schließe die Augen, will heim zu Mama fliehen, doch nichts ergibt neun.

Ein warmer Wind streicht mir über die Wange. Weckt mich auf. Der Körper ist zäh. Es ist dunkel. Ich liege nicht mehr auf dem Wohnzimmerboden, sondern im Bett, festgeklebt unter der Decke, gefroren, festgefroren.

Vor mir – steht *er*.

Er legt seinen würgenden Blick um meinen Hals. Klebt mich an die Matratze. Während ich ihn flüstern höre: »Sch. Sch.«

Ich schnappe nach Luft.

Und im selben Moment. Verschwindet er.

Ich hieve mich aus dem Bett, finde mein Telefon unter dem Kissen, es ist halb fünf morgens. Ich habe vier neue Nachrichten erhalten. Keine von Thomas. Alle sind von Barbro und wurden vor Mitternacht geschickt. Ich öffne sie. Sie fragt, ob ich etwas von Gizem gehört habe und dass ich in diesem Fall auf der Station Bescheid geben muss.

Ich rufe Barbro an, mehrmals, sie geht nicht ans Telefon.

Ich rufe auf der Station an. Warum geht da niemand ran? Als die Stimme des Nachtpflegers endlich am anderen Ende der Leitung die Stille durchbricht, kann er mir sagen, dass Gizem gestern Abend Ausgang hatte, um ihren Bruder zu besuchen, aber nicht wie vereinbart zurückgekommen ist.

Barbro gefällt es nicht, dass ich zur Tagschicht erscheine. Sie hat eine Vertretung für mich organisiert und erinnert mich an die 48-Stunden-Regel bei Magen-Darm-Erkrankungen. Sie habe mir deswegen heute Morgen eine Nachricht geschickt, sagt sie, aber ich tue so, als hätte ich die nicht bekommen. Sie weist meinen Wunsch ab, doch noch zu arbeiten, jetzt, da ich schon mal hier bin. Sie möchte nicht, dass ich jemand anderen anstecke.

»Habt ihr von Gizem gehört?«, frage ich, als sie darauf besteht, mich nach draußen zu begleiten, bevor der Stationsbericht durchgegangen wird.

»Du solltest dir keine Sorgen um sie machen.«

»Aber warum hast du mir dann gestern Abend mehrere Nachrichten wegen ihr geschickt?«

Sie bleibt an der Eingangstür stehen, senkt ihre Stimme. »Weil ich mir Sorgen um *dich* mache. Ich weiß ja nicht, ob du auch Gizem deine Telefonnummer gegeben hast. Ob ihr euch außerhalb der Klinik getroffen habt? Hat sie dir vielleicht Drogen besorgt?«

»Barbro. Echt, jetzt?«

»Du hast offensichtlich angefangen, mit den Leuten von der Frua rumzuhängen?«

Ich habe keine Lust auf Erklärungen. Sie wird es sowieso nicht verstehen.

»Du siehst krank aus, Ida.«

Ich hätte mir vor dem Kommen in die Wangen kneifen sollen.

Sie beugt sich vor und schnüffelt an meinem Mund herum. »Du riechst nach Aceton.«

»Herrje. Glaubst du, dass Gizem mich mit Diabetes *infiziert* hat, oder wie?« Ich lache.

»Wenn man richtig hungert, kann man nach Aceton riechen«, sagt Barbro. »Wenn dein Körper anfängt, die Fettreserven zu verbrennen.«

Ich verdrehe die Augen.

»Ich habe für den Rest der Woche eine Vertretung für dich organisiert«, sagt sie. »Lass dich krankschreiben und geh nach Hause. Ich will dich nicht eher wiedersehen, bis du ausgeruht bist und ordentlich gegessen hast.«

»Habt ihr Gizem bei der Polizei als vermisst gemeldet?«

Barbro gibt keine Antwort.

»Hat sie beim Ausgang ihre Abendmedikamente mitgenommen?«

Barbro lächelt. »Ich habe doch gesagt, du sollst dir keine Gedanken um sie machen. Gizem liegt in ihrem Zimmer und schläft.«

»Wie? Sie ist wieder hier? Wo ist sie denn letzte Nacht gewesen?«

»Dazu hat sie sich nicht geäußert. Sie ist hier um sechs Uhr an der Tür erschienen und hat einen positiven Urintest abgegeben.«

Ich drehe um und gehe auf die Treppe zu.

Barbro kommt mir sofort hinterher. »Ida! Du bist nicht im Dienst.«

Ich sehe sie an. »Ich bin Gizems Primärkontakt. Ich bin diejenige, der sie hier am meisten vertraut. Und ich will nur kurz mit ihr reden, bevor ich wieder gehe, damit wir alle wissen, wo sie gewesen ist.«

Ich renne die Treppe hoch, und Barbro hält mich nicht auf.

Die Nacht hat den Gang im ersten Stock noch nicht aus den Fängen gelassen, die Wände werfen meine Schritte träge zurück, als ich durch den Aufenthaltsraum zu Gizems Zimmer eile. Die Tür ist angelehnt, das Licht ist aus, die Vorhänge sind zugezogen, sie liegt im Bett, den Rücken zu mir gewandt, vollständig bekleidet mit einer dicken Jacke und Schuhen. Ein Hauch von Schweiß und stickiger Luft sickert zu mir durch, trübt aber nicht die Freude, sie zu sehen.

All die grausamen Bilder, die mir in den letzten Stunden durch den Kopf geschwirrt sind, kann ich zum Glück jetzt abschütteln. Ich möchte am liebsten hineinstürzen und sie in eine lange Umarmung ziehen, kann sie aber andererseits nicht fürs Weglaufen belohnen. Ich klopfe leicht an den Türrahmen. »Gizem?«

Sie bewegt sich nicht. Ich gehe rein. Und als ich zum Bett komme, sehe ich, dass sie wach ist. Ihre glänzenden Augen starren die kahle Wand an.

»Hallo … ich bin's. Ida.«

Sie dreht sich zu mir um. »Entschuldigung.« Dann bricht sie in ein schmerzliches Schluchzen aus.

Ich setze mich auf die Bettkante. »Schon in Ordnung.«

Dunkle Haarsträhnen kleben an den Tränen, und ich streiche sie von ihren Wangen. »Erzählen Sie, was passiert ist«, sage ich. »Warum …«

Ich unterbreche mich selbst. Denn auf dem Nachttisch neben dem Bett liegt etwas. Ein Spielzeug. Eine Figur. Eine Plastikfigur. Zuerst starre ich sie nur an. Dann beuge ich mich behutsam vor und nehme sie herunter. Die Actionfigur zittert in meiner Hand. Mein Kiefer versteift sich.

Das ist meine Figur. Mein Superheld.

»Wieso haben Sie das?«, stammle ich.

Ist er mir hier in der Abteilung aus dem Rucksack gefallen?

Gizem sieht den kleinen Helden an und versucht, die Tränen wegzuschlucken. »Ich werde es Thomas' Tochter geben.«

»Was …? Wieso das?«

»Weil er es gesagt hat. Der, der es mir gegeben hat.«

»Wer hat Ihnen das gegeben?«

Sie bricht erneut in Tränen aus. Ich fasse sie an den Schultern und helfe ihr auf, sodass sie im Bett sitzen kann. »Sehen Sie mich an.«

Sie tut, was ich sage.

Ich wedele mit dem Actionhelden vor ihrem Gesicht herum. »*Wer* hat Ihnen gesagt, dass Sie das Thomas' Tochter geben sollen?«

Meine Hände zittern und lassen Gizem ebenfalls erzittern. Sie weint und weint.

Kann ich die Figur irgendwo draußen auf dem Krankenhausgelände verloren haben? In einer Straße oder in einem Lebensmittelgeschäft? Draußen bei Mama?

Ich drehe ihr Kinn zu mir. »Es ist sehr wichtig, dass Sie mir sagen, wer Ihnen dieses Spielzeug gegeben hat!«

Mein Ton ist zu streng. Gizem sieht mich erschrocken an.

Es ist nicht genügend Sauerstoff im Raum. Der Boden schwankt.

»Gizem. Sie müssen mir genau sagen, wo Sie gestern Nacht gewesen sind und mit wem Sie zusammen waren.« Es klingt wie eine Drohung.

Gizem wischt sich die Tränen mit dem Jackenärmel ab.

»Ich war mit meinem Bruder zusammen«, sagt sie schniefend. »Und mit seiner Familie. Ich war den ganzen Abend bei ihnen. Ich habe meinen Neffen kennengelernt, und alle haben sich riesig über die Häkelmütze gefreut. Und auf dem Rückweg hierher wollte ich in Midtbyen vorbeischauen und mir einen Burger kaufen.«

Lose Fäden werden im Kopf zusammengehäkelt. »Sie waren bei Burger King? In der Olav Tryggvasons gate?«

Ich sehe sie in Gedanken vor mir. Wie sie auf demselben Stuhl sitzt, auf dem Fanny gesessen haben muss.

»Nein«, sagt sie. »Ich war in dem Laden, von dem Sie so viel gesprochen haben. Super Hero Burger.«

Hat er dort gewartet? Auf mich?

»Und dann?«, frage ich.

Gizem hebt ein gebrauchtes Papiertuch von der Fensterbank auf und lässt es die Tränen aufsaugen. »Auf dem Weg zum Bus war plötzlich ein Typ hinter mir. Ich dachte, er hätte mir ein Messer in den Rücken gerammt, aber es war dieses Spielzeug. Er sagte, ich müsse es der Tochter meines Psychologen geben, und dann gab er mir eine Belohnung, weil ich ein braves, braves Mädchen sei. Einen Beutel Haschisch. Ich würde eine noch viel größere Belohnung bekommen, wenn ich getan hätte, worum er mich gebeten hat, sagte er. Etwas Besseres und Stärkeres.« Sie fängt wieder an zu weinen. »Ich habe nur ein bisschen geraucht ..., weil ich über das nachgedacht habe, was Sie gesagt haben. Dass es letztlich nur auf den Willen ankommt.«

Ich kneife mich in den Oberschenkel, ich muss mich wirklich konzentrieren, um gefasst zu erscheinen. »Wer war dieser Typ?«, flüstere ich beinahe. »Wie sah er aus?«

»Ich weiß nicht«, stammelt Gizem.

Ich nehme ihre Hand. Vielleicht, weil ich mich selbst festhalten muss. »Sie wissen, wie er aussah, oder? War er dunkelhaarig? Blond? Hatte er einen Bart? Welche Farbe hatten seine Augen?«

Tränen laufen ihr über die Wangen. »Ich habe ihn nicht gesehen. Er stand hinter mir und legte mir die Sachen einfach in die Hand. Ich habe erst viel später gewagt, mich umzudrehen, und da war er schon weg.«

»Wie war denn seine Stimme? Mit was für einem Akzent hat er gesprochen?«

»Keine Ahnung, er hat geflüstert ... Und sagte, ich solle die Mamsell grüßen von ...« Sie schluchzt ununterbrochen.

»Grüßen von wem?«

Ihr Atem kommt stoßweise. »Von Pingu.«

# 41

Die Mamsell lächelt mich strahlend aus dem Bilderrahmen auf dem Schreibtisch an. Thomas weicht meinem Blick aus, deutet nur hinüber zum Ledersofa, auf dem Ruth Angell bereits sitzt. Er hat immer noch nicht auf meine Nachrichten geantwortet.

Ich war den ganzen Tag bei Gizem. Zuerst musste ich sie überzeugen, dass der Wunsch der Polizei, mit ihr zu sprechen, nichts mit ihrem verlängerten Ausgang oder dem Klumpen Haschisch zu tun hat. Dann weigerte sie sich, ohne meine Anwesenheit mit Ruth Angell zu sprechen, konnte aber keine genauere Beschreibung des unbekannten Mannes abgeben.

Vielleicht war sie nicht ehrlich zu mir. Vielleicht hatte sie einen Joint geraucht, *bevor* sie ihm begegnet ist.

Ich weiß nicht, wo ich die Actionfigur verloren haben könnte. Ich habe Ruth Angell erzählt, wie Pingu mit mir und meiner Vergangenheit in Beziehung steht. Jetzt haben sie und Thomas ein Gespräch unter vier Augen geführt. Ich habe Angst davor, dass mir Fragen gestellt werden, die ich nicht beantworten kann, Angst davor, selbst falsche Fragen zu stellen.

»Wir haben versucht, mit Ihrer Mutter Kontakt aufzunehmen«, beginnt Ruth. »Aber sie geht nicht ans Telefon und öffnet auch nicht die Tür. Wissen Sie, wo sie ist?«

Ich schüttele den Kopf. »Warum wollen Sie mit meiner Mutter reden?«

»Wir haben hier in Norwegen ein ziemlich gutes System«, sagt Ruth. »Es ist äußerst schwierig, sich illegal eine neue Identität zu verschaffen. Aber wir wissen auch, dass es einigen Menschen gelungen ist, mithilfe von korrupten Mitarbeitern im öffentlichen Sektor. Oder im Darknet.«

Sie hat freundliche Augen. Ich glaube nicht, dass sie die faken kann.

»Sie glauben also, dass dieser Mann, der Gizem kontaktiert hat, mit … mir verknüpft ist?«, frage ich.

»Im Moment schließen wir keine Hypothesen aus.«

»Und Fanny?«, frage ich. »Und Selma?«

Sie zögert mit der Antwort, als ob sie unterstreichen möchte, dass sie diejenige ist, die die Situation lenkt.

»Das Haschisch, das Gizem angeblich von diesem Mann bekommen hat. Es war in einem kleinen Plastikbeutel, der so aussah wie einer von denen, die in Selma Anine Pettersons Tasche gefunden wurden. Wo auch Spuren von Nitazen gefunden wurden.«

»War das der Grund, warum Selma ertrunken ist? Weil sie unter Drogen stand?«

»Bis zum endgültigen Obduktionsbericht wird es einige Monate dauern. Aber wir wollen auch nichts übersehen haben, bevor wir eine Schlussfolgerung ziehen.«

Ich versuche, die sich mir aufdrängenden inneren Bilder wegzuschieben, die Freddy hervorgerufen hat, als er sagte, er habe Angst, dass Fanny etwas zu sich nehmen könnte, das sie nicht verträgt. Fentanyl ist eine Sache. Nitazen ist noch wirksamer. Es kann bis zu tausendmal stärker als Heroin sein.

»Ich verstehe das so, dass Sie auf wichtige Informationen zugreifen können?«, fragt Ruth.

Ehe ich antworten kann, wirft Thomas ein: »Ich habe sowohl Ruth als auch dem Pflegedienstleiter von der Hypnose erzählt. Ich hoffe, du verstehst, dass das nötig war.«

Er sieht mich jetzt an. Ich sehe die Angst in seinen Augen. Die Aggression sowie sein Verlangen, den Teufel zu finden, der so unverschämt war, seine Tochter in all das hineinzuziehen. Es kann nicht Alan gewesen sein. Er hatte gestern Abendschicht in der Notaufnahme.

Ruth verschiebt den Zopf, der über ihre Brust fällt.

»Wir haben viel getan, was ich Ihnen nicht erzählen kann, und tun auch weiterhin viel. Aber ich kann sagen, dass wir viel Zeit und Ressourcen darauf verwendet haben, das Kuscheltier zu untersuchen, das Sie im Haus von Fanny Strand gefunden haben. Allerdings hat uns das auch nicht weitergebracht. Leider haben wir noch immer nur wenige Hinweise. Und wenn so etwas der Fall ist, versuchen wir es manchmal mit alternativen Methoden. Inoffiziell. Jedenfalls tue ich das dann. Besonders, wenn kleine Kinder involviert sind.«

Ich sehe wieder Thomas an. Er lächelt. Sein professionelles Lächeln. »Wir können jetzt eine Sitzung abhalten.«

Mein Gehirn gehorcht nicht meinen Befehlen. Es kann an der Handykamera liegen, die mich aus der Halterung auf dem Tisch anstarrt.

Für den Fall, dass ich mich an etwas Entscheidendes erinnere, muss es im Nachhinein analysierbar sein. Es reicht nicht, die Kamera auszuschalten und nur den Ton aufzuzeichnen. Ich spüre die Anwesenheit von Ruth und dem Ermittlungsteam, sie sitzen mir im Nacken und warten ungeduldig darauf, dass ich ihnen etwas anbiete, *erinnere dich, verdammt noch mal!* Aber ich stecke auf dem knarrenden Ledersofa fest und schaffe es nicht, auch nur eine einzige Stufe der Treibholztreppe hinabzusteigen. Ich schaffe es nicht einmal, zu der Hütte in Fosen zurückzufliehen. Ich stelle mir nur all die Fischerfrauen vor, die an den Küchentischen sitzen und die Wetterberichte für die Fischbänke draußen hören, während im Meer Leichen treiben. Junge Mädchen in Fischernetzen gefangen. Ich versuche Atemübungen zu machen, aber mein Kiefer verspannt sich immer mehr, der Schmerz schießt bis in die Schläfen.

Jetzt hängt alles von mir ab. Wieder einmal.

Die Stunde gestern war ergebnislos. Jetzt bin ich seit heute Morgen in Thomas' Büro. Wir sollen uns nur noch während seiner Arbeitszeit treffen. Ansonsten muss Thomas bei seiner Familie sein, die Mamsell, sie braucht ihn, ich brauche ihn, aber das sage ich nicht. Es gibt vieles, was ich nicht sage. Ich habe Angst, das zu sagen, was ich sagen sollte. Dass ich mein Gehirn möglicherweise blockiert habe, weil ich angefangen habe, mich an Dinge zu erinnern, an die ich mich nicht erinnern möchte. Stattdessen sage ich, dass ich davor gewarnt habe, die Polizei zu früh einzuschalten. Es hilft nicht, durchgesetzt zu haben, dass nur Thomas und ich während der Sitzungen anwesend sind.

»Lass uns etwas an die frische Luft gehen«, sagt Thomas. Ich merke, dass er unruhig ist. Womit füttert ihn seine Fantasie?

Die *Madame* geht heute nicht zur Arbeit, sie haben sich nicht getraut, die Mamsell zur Schule zu schicken, wenngleich die Lehrer meinten, sie würden besonders gut auf sie aufpassen und sie während der Pausen drinnen bleiben lassen. Thomas zieht seine dünne Lederjacke an, ich den grauen Wollmantel, und dann verlassen wir das Krankenhausgelände und gehen hinaus zum Ladestien.

Am Himmel hat die Sonne kleine Löcher in die Wolken geschmolzen und ein paar eingeschlossene Wärmestrahlen freigelassen. Es ist windstill.

Auch Thomas ist still. Meine Dunkelheit hat ihn verdunkelt, denn ich sehe es ihm an, spüre es in meinem Bauch: Er ist wütend auf mich. Doch er schlendert ganz ruhig den Weg entlang, ist sich völlig darüber im Klaren, dass ich vielleicht die Einzige bin, die seiner Mamsell dabei helfen kann, nicht mit der quälenden Angst davor aufzuwachsen, dass sie jederzeit und überall vergewaltigt werden kann, beobachtet *er* mich jetzt?

Wir begegnen mehreren Spaziergängern, Müttern und Vätern mit Kinderwagen, zwei Joggern, ein paar Freundinnen, Rentnern, es ist, als ob alle hinausgestürmt wären, sobald endlich die Sonne hervorschaut.

Als wir in Korsvika ankommen, setzen wir uns auf eine Bank. Ich zwinge mich, auf den Fjord zu blicken, sehe keine Leichen, nur einen Schwarm Enten, die auf der Wasseroberfläche dümpeln. Was, wenn Fanny im Meer umhertreibt und Teile von ihr jetzt im Magen dieser Enten liegen?

»Tut mir leid, dass ich an dir gezweifelt habe«, sagt Thomas. »Ich habe gesagt, dass ich es spüre, wenn jemand lügt, aber ich habe so etwas während deiner Hypnose nie gespürt, als du von deinen Erinnerungen erzählt hast. Sie wirkten echt. Das habe ich auch Ruth Angell gesagt.«

Was hat er ihr sonst noch gesagt?

Bevor Ruth gestern ging, sagte sie, sie verstehe, dass ich mich unsicher fühle, aber ich habe Schutzmaßnahmen abgelehnt. Ich kann auf mich selbst aufpassen.

Kann ich?

Thomas fängt meinen Blick auf. »Wenn du willst, können wir hier einen Versuch machen?«

Ich verstehe ihn gut. Dass es ihm nicht mehr so wichtig ist, nicht zu schnell voranzuschreiten. Ich frage mich, was er damit meinte, er sei für die Todesstrafe. Was er tun würde, wenn seine Mamsell tatsächlich verschwindet.

»Wenn es dich zu sehr stresst, müssen wir weder filmen noch den Ton aufzeichnen.«

Kann ich Nein sagen?

Wir erheben uns und gehen etwas abseits vom Weg den Berg hinauf, wo uns niemand hören kann. Ich möchte sitzen, möchte nicht zu tief in Trance versinken, möchte die Kontrolle haben, möchte eine Erinnerung finden, in der ich stark bin, nicht voller Angst, eine Erinnerung, in der *ich* war, das kleine Erinnerungsstück, von dem ich so fest überzeugt war, dass *er* es mir nie würde wegnehmen können. Den Teil von mir, der entkommen konnte. Der dafür gesorgt hat, dass ich jetzt hier bin. Ich möchte zurückkehren zu damals, als dieses Stückchen nicht klein, sondern groß war, mein ganzes Ich, lange vor dem Ereignis. Wer war ich damals eigentlich? Was war meine größte Stärke, meine Superkraft, wovon habe ich damals geträumt, wer wollte ich sein, wenn ich groß bin?

Thomas setzt sich neben mich, er will mich zunächst mit ein paar einfachen Übungen aufwärmen, aber das Buch und der Ballon funktionieren nicht. Auch nicht die Übung, bei der ich mir vorstelle, dass meine Zeigefinger zwei Magnete sind. Er zieht ein silbriges Pendel aus der Hosentasche und erklärt, dass auch dies ein Werkzeug zur Kommunikation mit dem Unterbewusstsein ist. Er fordert mich auf, die Kette zu halten, an der die kleine, kegelförmige Kugel hängt, er sagt, wir können einfache Fragen stellen, und dann wird das Pendel für *ja* oder *nein* in verschiedene Richtungen ausschwingen. Aber das Pendel rührt sich keinen Millimeter.

»Was fühlst du jetzt?«, fragt Thomas.

Das Problem ist, dass ich nichts fühle. Ich fühle mich völlig verschlossen.

»Tut es dir irgendwo weh?«, fragt er. »Kopfschmerzen? Bauchschmerzen? Ein schmerzendes Knie?«

»Wieso?«

»Du weißt doch, dass der Körper seine eigenen Erinnerungen speichert. Und die unterscheiden nicht zwischen Vergangenheit und Gegenwart.«

»Mein Kiefer tut weh.« Der Schmerz ist überwältigend. Vielleicht ist das der Grund, warum ich nichts anderes fühlen kann.

»Wir können eine andere Methode anwenden«, sagt Thomas. »Bis jetzt haben wir die Treppe benutzt, dabei sind wir eher von deiner Vernunft und deinem Kopf ausgegangen. Jetzt können wir eine andere Herangehensweise probieren, basierend auf deinen Gefühlen. Ein körperliches Unbehagen oder einen Schmerz, und dann sehen wir, welche Erinnerungen damit verbunden sind. Ich habe diese Methode bei dir noch nie zuvor verwendet, weil sie direkter in die Erinnerungen führen kann. Und deshalb mitunter ... überwältigend wirkt.«

Aber es ist notwendig. Das ist das, was in seinen Worten liegt.

»Konzentrier dich jetzt auf den Schmerz in deinem Kiefer«, sagt Thomas. »Versuche, in ihn hineinzugehen, und frage dich, welche Erinnerungen mit diesem Gefühl verbunden sind, und bleibe bei einer dissoziierten Perspektive. Bei dem *Mädchen*, und nicht beim *Ich*.«

Ich schaffe es nicht. Der intensive, stechende Schmerz überwältigt all meine Gedanken, also schlage ich vor, mir etwas Musik auf meinem Handy anzuhören, das kann mir beim Entspannen helfen. Ich starte eine Nocturne.

Die Töne verlangsamen meinen Puls so sehr, dass ich gleich die Augen schließe und mich von Thomas' Stimme leiten lasse.

Er sagt, wir können mit dem beginnen, was sich sicher anfühlt, mit der Treppe aus Treibholz, jede Stufe kann ein Schritt sein, ein Mauseschritt in den Schmerz hinein. Ich sehe mich selbst auf der obersten Treppenstufe stehen. Ich möchte hinuntergehen, aber ich traue mich nicht, also stelle ich mir vor, dass jede Treppenstufe eine Klaviertaste ist, dass jeder Schritt ein fröhliches Geräusch erzeugt, wenn ich mit der Fußsohle auf die Taste drücke. Ich steige hinunter, tanze beinahe die Stufen hinab zu einer sanften Melodie, sanfte Wellen begrüßen mich am Ende der Treppe, strecken sich nach mir aus wie mütterliche Arme, ziehen mich hinaus ins Meer, ich schwebe zu den Tönen, ich bin stark, ich bin mutig, ich bin ein harter Ton, der unter Wasser atmen kann, der sinkt, auf den Grund hinab,

auf einen beigen Teppich. Ich erkenne ihn wieder. Es ist der Wohnzimmerteppich meiner Wohnung.

Ich höre die sanfte Stimme von Thomas, der möchte, dass ich tiefer sinke, der möchte, dass ich den Schmerz in meinem Kiefer spüre und mich fragen soll, wann er zum ersten Mal auftauchte, aber ich stecke fest. Auf einem Hocker. Auf dem Klavierhocker in meinem Wohnzimmer. Ich wiege mich hin und her, so fröhlich, so frei, zum Takt einer Melodie, die ich auf dem Klavier spiele.

Vor mir sehe ich mein Spiegelbild in dem glänzenden, braunen Holz, aus dem das Klavier gemacht ist, ich bin kein Kind, ich bin erwachsen, ich trage einen Pullover, den grünen, den ich nur zu Hause hinter verschlossenen Türen trage. Und ich spiele. Ohne Noten.

Eine schöne, komplizierte Melodie. Meine Finger fließen über die Klaviatur, ich fließe, fließe mit der Musik, aber gleichzeitig auch nicht. Ich ticke, ticke im Untakt, ich fliehe, ich stolpere die Treibholztreppe hinauf, weg von diesem Mädchen, von der jungen Frau, die nicht ich war, die unmöglich ich gewesen sein kann:

Ich habe erst vor ein paar Monaten angefangen, Klavierspielen zu lernen. Ich kann nur ganz einfache Kinderlieder mit einfachen Akkorden spielen. »Fuchs, du hast die Gans gestohlen«. »Bruder Jakob«. »Alle meine Entchen«. Nicht die avancierte Melodie, die das Mädchen gespielt hat:

Eine Nocturne.

Von Chopin.

Die Erste.

Mein Lieblingsstück.

# 42

Die Schreie sind laut und heiser. Bettelnde Möwen flattern über einer Gruppe von Kindergartenkindern, die am Ufer unterhalb des Wegs stehen und den Enten Brotstücke zuwerfen. Über ihnen flimmert die Sonne durch die Wolken, es ist der ewige Kampf zwischen schönem und grauem Wetter, zwischen Gier und Großzügigkeit.

»Woran denkst du jetzt?«, fragt Thomas.

»Es war eine falsche Erinnerung«, sage ich. »Ich muss sie auf Basis der Musik konstruiert haben, die ich gerade gehört habe.«

Dieses fließende, freie Gefühl lässt mich nicht mehr los.

»Warum hast du angefangen, Chopin zu hören?«, fragt Thomas. »Woher kam der Impuls?«

Ich denke darüber nach. Habe ich eine Nocturne bei Mama im Radio gehört? In der Klinik? Habe ich im Internet über Chopin gelesen? Hat vielleicht eine Patientin über ihn gesprochen, ein Kollege? Ich weiß es nicht mehr. Ich weiß nur noch, dass ich lernen wollte, wie man Klavier spielt, nachdem ich all seine Nocturnes gehört und mich in die Erste verliebt hatte. Wurde ich von dem alten Klavier in der Wohnung inspiriert?

Ich wickle meinen Mantel enger um mich. Räuspere mich.

Es ist kalt. Es ist heiß.

»Ich habe dich noch nie so glücklich gesehen wie vorhin, als du davon erzählt hast«, sagt Thomas.

»Es war keine echte Erinnerung.«

Das kann sie nicht sein.

»Warum bestehst du so nachdrücklich darauf?«, fragt Thomas. »Kann es daran liegen, dass du eigentlich das Gefühl hast, sie ist echt, und das macht dir Angst?«

Ich stehe auf und gehe zurück auf den Weg, ohne zu wissen, ob ich nach rechts oder links gehen soll, entscheide mich für links, fort vom Krankenhaus.

Thomas folgt mir. Ich drehe mich um und schlage die andere Richtung ein.

»Hast du schon öfter Gedächtnislücken gehabt, so wie damals, als du nicht mehr wusstest, wie du von der Schreibstube nach Hause gekommen bist?«, fragt er. »Hast du erlebt, dass Dinge bei dir zu Hause bewegt wurden, ohne dass du dich erinnerst, das selbst getan zu haben?«

Ich gehe schneller.

Er weicht mir nicht von der Seite: »Oder dass Türen, die du vor dem Einschlafen geschlossen hast, plötzlich offen stehen? Oder du findest Dinge, an die du dich nicht erinnerst, sie gekauft zu haben?«

Der Boden ist wie eine Welle. Wann habe ich diesen grünen Pullover eigentlich gekauft? Die Orangen?

»Hast du blaue Flecken oder Wunden, von denen du nicht weißt, woher sie kommen?«, fragt Thomas.

Ich bleibe stehen. Meine Beine sind plötzlich so schwach.

»Was passiert mit mir?«, flüstere ich. Meine Stimme klingt so anders, so dünn und kränklich.

Thomas legt eine Hand auf meine Schulter. Ist das meine Schulter? »Deine Abwehr beginnt zu bröckeln«, sagt er. »Und durch diese Risse treten Fragmente von dir immer mehr nach außen. Fragmente deiner Persönlichkeit, die du, wie ich glaube, von dir selbst abgespalten hast.«

Im Moment wünschte ich, er wäre kein guter Psychologe. Dass er nicht so gut analysieren könnte. Dass er nur lachen und sagen würde, ich sollte mit diesem Unsinn aufhören.

»Du verstehst, was ich dir sagen möchte?«, fragt Thomas.

Es ist, als würde ich außerhalb meiner selbst stehen. Wer steht hier gerade eigentlich?

»Du glaubst, du erinnerst dich an nichts aus dieser Zeit, weil du dich selbst beschützt, indem du dich von allen Erinnerungen aus diesen zwei Jahren abkoppelst«, sagt Thomas. »Aber ich glaube, es geht um mehr. Ich glaube, diese Erinnerungen gehören zu einem Teil deiner Persönlichkeit, die du nicht in dein übriges Selbst integriert hast. Einem Teil, der völlig separat existiert. Darum hast du Gedächtnislücken. Weil du manchmal dein altes Du bist: Lilly Leonora.«

Ich verschränke die Hände. Bin ich diejenige, die sie verschränkt? Sind meine Muskeln deshalb jedes Mal so steif und schmerzen, wenn ich lange geschlafen habe? Ich war wach, ohne mich daran zu erinnern.

Habe ich von diesem Jan Klavierspielen gelernt?

Thomas legt seine Hand fester um meine Schulter, als ob er merkt, dass ich den Kontakt zum Boden verliere. »Nach allem, was du durchgemacht hast, ist es völlig natürlich, eine Identitätsstörung zu entwickeln«, sagt Thomas. »Es war sehr schwierig für dich, Lilly Leonora als einen Teil deiner selbst anzuerkennen, weil du so viel Scham und Schuld mit ihr verbindest. Deswegen hat dieser Teil deiner Persönlichkeit isoliert im Schatten gelebt, in dem Teil deines Bewusstseins, zu dem du dich nicht bekennen kannst. Aber du darfst Lilly Leonora nicht als Feind betrachten.

Du musst sie wie eine Superheldin sehen. Eine, die dir jetzt helfen kann.«

Ich höre ihn reden, kann aber nicht alle seine Worte in mir aufnehmen, sie werden von den Schreien der Möwen verschluckt, bis auf eines, das sich zwischen meinen Ohren festzurrt.

»Superheldin«, flüstere ich. »Warum sagst du Superheldin?«

»Das hast du während der Hypnose über dich selbst am Klavier gesagt.«

Habe ich das? Das Mädchen in dem dicken grünen Pullover ist keine Superheldin.

Zuerst wurde sie ihrer Familie entrissen. Und dann, als sie schließlich nach Hause zurückkehrte, wurde sie in die dunkle Ecke der Scham verbannt. Sie muss voller Hass sein. Auf die Person, die sie während all dieser Jahre gefangen gehalten hat, in denen sie eigentlich frei war: mich.

Ich setze mich auf die Knie. Ist sie diejenige, die die Kraft aus mir heraussaugt?

Thomas geht vor mir in die Hocke. »Ich werde mein Bestes tun, um dir zu helfen. Ich werde dir helfen, Lilly Leonora zu umarmen und anzuerkennen, damit du nicht mehr erleben musst, beängstigende schwarze Löcher in deinem Gedächtnis zu haben. Damit du dich erinnerst und wieder ganz wirst.«

Er ist jetzt voller neuer Hoffnung, und ich kann nicht sagen, dass ich es nicht will. Dass ich mich nicht traue. Eine Fremde zu umarmen, die *Hure* auf meinen Arm ritzt.

# 43

Die Hure wackelt auf der Tanzfläche mit den Hüften, inmitten der anderen jungen erwachsenen Körper, sie drückt sich an sie, leckt ihren süßen Schweiß auf, der Rhythmus, die Hitze, die geilen Blicke, sie ist eine von ihnen, den Freien, den Unbeschwerten, den Grenzenlosen, niemand beherrscht sie. Sie reibt ihren Hintern an den Schritt eines Jungen, spürt seinen Schwanz hart werden, schleppt ihn zur Toilette, zieht ihm die Hose runter, aber sie wird nicht auf null gestellt. Sie sucht sich einen anderen Mann. Das hilft nicht. Es juckt. Verdammt, wie es kribbelt und juckt. Ich verlasse den Downtown-Nachtclub, und draußen stelle ich fest, dass der Hinterreifen meines Fahrrads platt ist. Verfluchte Arschlöcher, würde ich am liebsten in die bitterkalte Stadtnacht hinausbrüllen. Am liebsten würde ich das rote Messer aus dem BH ziehen und die Reifen aller anderen Fahrräder um mich herum aufschlitzen, gleichzeitig erschrecke ich darüber, wie stark der Hass in mir ist, der Drang, Rache zu nehmen.

Ich fühle mich plötzlich schmutzig. Das muss der Grund sein, warum es juckt. Ich bin beschmiert mit Stadtstaub und Schwanzkäse und der traurig hohlen Einsamkeit, die manch junge Männer in sich tragen. Ich muss nach Hause und duschen. Ich möchte nicht duschen. Ich kann so schmutzig sein, wie ich will, was will ich?

Ich fahre mit dem Fahrrad zu meinem Lieblingsladen, kaufe drei Burger, die die Unruhe ebenfalls nicht dämpfen. Die Straßen sind voll mit Liebespaaren, betrunkenen Männergruppen, kichernden Mädchengruppen, ich hätte zu Hause bleiben sollen. Ich hätte mit Thomas zurück ins Büro gehen und einen Plan schmieden sollen. Mein derzeit einziger Plan ist, dass ich es nicht wage zu schlafen. Wird *sie* dann erwachen? Ob die Frua heute Nacht wohl geöffnet ist?

Das ist nicht der Fall. Der Kirchhof ist leer. Sogar die Streuner haben jemanden, mit dem sie den Abend verbringen können. Ich könnte vielleicht zu einer Podiumsdiskussion gehen? Erst als ich den Platz überquere, merke ich, dass ich nicht allein bin. Ein Typ geht ein Stück hinter mir. Sein Gesicht ist gut unter einer Kapuze versteckt. Als er bemerkt, dass ich ihn registriert habe, bleibt er stehen und bindet seinen Schuh.

Ich versuche, mit einem platten Reifen Fahrrad zu fahren, aber die Kette fällt ab, ist die auch sabotiert? Ich schleppe das Fahrrad um die nächste Hausecke.

Kurz darauf taucht der Verfolger an derselben Ecke auf. Ist er gerannt, um mich nicht aus den Augen zu verlieren?

Ich eile weiter. Es sind keine Menschen auf den Straßen, aber mehrere Autos fahren vorbei. Ich sehe einen Elektroroller und stelle mein Fahrrad schnell an einem Laternenpfahl ab, ziehe das Handy hervor, um die Miet-App zu öffnen. Die Finger zittern sich über den Bildschirm. Ich werfe einen Blick auf den Stalker. Er steht immer noch an der Hausecke. Starrt mich direkt an, als ob er *will*, dass ich ihn sehe. Und dann begreife ich es. Dass ich ihn zuvor schon mal gesehen habe. Obwohl sein Gesicht durch die Kapuze verdeckt ist, ich erkenne es an seiner steifen, selbstgefälligen Haltung. Es ist

Noman.

Er nickt kurz, ehe er schnell die Straße hinaufstapft, weg von mir.

Ich winke ein Taxi heran und bitte den freundlichen Fahrer, ein paar Umwege zu fahren, bevor er mich ein paar Blocks weiter vor Mamas Haustür absetzt. Erst in der Wohnung eingesperrt gelingt es mir, meinen Atem in den Bauch zu pressen. Es riecht nach Schmierseife. Die Vorhänge sind zur Seite gezogen. Keine Kaffeekanne oder Zigarettenschachtel auf dem Wohnzimmertisch. Im Kleiderschrank sind mehrere Fächer leer. Der Korb für die Schmutzwäsche im Bad ist ebenfalls leer. Die Waschmaschine. Die Zahnbürste ist weg. Handtasche. Koffer. Die Pflanzen im Wohnzimmer sind trocken.

Ich setze mich in den Sessel und google Noman Ahmed.

Führe eine gründlichere Suche durch als zuvor und finde ein fünfzehn Jahre altes Foto von ihm in Uniform. Da wurde er von einer Osloer Lokalzeitung im Zusammenhang mit der zunehmenden Jugendkriminalität in der Hauptstadt interviewt. Wie lange hat er dort gearbeitet? Wann ist er nach Trondheim gezogen?

Ich zoome das Foto heran. Auch darauf lächelt er nicht. Ich zoome auf die Augen. Zwei schwarze Löcher.

Ist das jetzt eine Überreaktion? Ist Noman mir eigentlich gefolgt? Kann es einfach jemand gewesen sein, der ihm ähnlich sah?

Noman.

No *man*.

Er ist niemand. Ein schlechter Witz. Ich bin ein Witz. Die Gedanken verknoten sich, mein Körper schreit nach einer Pause, oder ist *sie* es, die mich jetzt auf die Ersatzbank verbannen will? Die Superheldin. Warum habe ich gerade diese Actionfigur gekauft, war das ein Impuls von ihr?

Mir ist nach Schlafen zumute, ich koche Kaffee und schalte den Fernseher ein. Ruhelos gehe ich im Wohnzimmer auf und ab, bis alle Energie verbraucht ist und ich gezwungen bin, mich auf die äußerste Kante des Sofas zu setzen, mit dem Schlüsselbund in der Hand, ich kämpfe gegen die schweren Augenlider, zucke jedes Mal zusammen, wenn die Schlüssel auf den Boden fallen.

Ich trete hinaus auf den Balkon und entblöße meinen Oberkörper. Die Außentemperatur ist nicht sehr hoch, mir wird kalt, es ist angenehm, bevor es zu unangenehm wird und ich hineingehe. Als ich auftaue, bin ich noch müder. Ist sie es, die mich abschalten will? War es Noman, den ich gesehen habe?

Im Internet lese ich über dissoziative Identitätsstörungen. Die Ursache sind oftmals sich wiederholende Traumata in der Kindheit. Bei denen das Kind überlebt hat, indem es sich von allzu schmerzhaften und überwältigenden Situationen abgekoppelt hat, alle Erfahrungen aus einer Woche oder einem Jahr in einem dunklen und verworrenen Klumpen der Persönlichkeit zusammengeführt hat, der am besten allein im Schatten gedeiht. Ich lese Artikel von Fachleuten, die nicht an dieses Leiden glauben, und Artikel von Fachleuten, die glauben, dass multiple Persönlichkeiten ein unterdiagnostiziertes Leiden sind, das ebenso häufig vorkommt wie Zwangsstörungen und Bulimie. Dass es sich nicht um getrennte Identitäten handelt, sondern um Teile ein und derselben Persönlichkeit, die nicht gelernt haben, gemeinsam zu funktionieren, und dadurch einen löchrigen Alltag erschaffen. Ist sie oder bin ich die Kaputteste?

Bei vielen Menschen wird eine Fehldiagnose gestellt. Bei Fanny zum Beispiel?

Ich betrachte mich im Badezimmerspiegel und glaube, ich sehe seltsam und fremdartig aus. Hatte ich immer so große Augen, eine so schmale Oberlippe? Wann habe ich diese feinen Falten um die Augen bekommen? Die Kontaktlinsen sind jetzt trocken, aber ich möchte sie nicht herausnehmen, ich möchte blauäugig sein. Ich habe einen Tic im rechten Augenlid, ist sie es, die mir einen Morsecode schickt?

Ich ziehe den Gürtel aus Mamas Morgenmantel heraus. Binde mir die Hände fest zusammen, packe den Gürtel mit den Zähnen, um ihn zusätzlich festzuziehen, hart, hart um die Handgelenke. Ich brauche eine Pause, ein paar Stunden, ich muss mein Gehirn neu starten, mein Bewusstsein, meine Gedanken, schlafen, ohne mich zu kratzen, ich kann sie ans Bett fesseln. Erst da merke ich, dass ich pinkeln muss, aber ich schaffe es, meine Hose und die Unterhose mit den gefesselten Händen herunterzuziehen. Ich habe vergessen, dass das Handy in der Gesäßtasche steckt; es fällt auf die Fliesen. SCHEISSE!

Die plötzlich aufkommende Wut verwandelt sich ebenso schnell in Tränen, und ich greife zum Telefon und denke an Fanny, der es jetzt vermutlich viel schlimmer geht als mir, und wische die Tränen weg. Das Handy funktioniert noch.

Auf dem Display leuchten mir mehrere Nachrichten von Thomas entgegen, auf die zu antworten ich verzichtet habe. Ich öffne sie, sie sind kurz, aber alle sagen das Gleiche: Er macht sich Sorgen um mich und möchte, dass ich ihn anrufe.

Ich rieche seine Verzweiflung. Oder ist es meine, die so stinkt? Er hat mich auch einmal angerufen, und ich beschließe, ihn zurückzurufen. Stutze aber, als ich sehe, welche Nummer ebenfalls im Anrufprotokoll steht. Wen habe ich gestern Nacht angerufen, während ich schlief? Mit wem hatte ich ein vier Minuten und sechsundzwanzig Sekunden langes Gespräch, an das ich mich nicht im Geringsten erinnern kann?

Noman.

# 44

Sie läuft zwischen den Bäumen im Apfelgarten der Station 22 umher. Mit Trippelschritten jagt sie den Seifenblasen nach, die ihr klarer Atem durch einen sternförmigen Blasring hinauspustet. Im feuchten Gras schneiden faule Äpfel Grimassen, vermutlich neidisch auf die ausgelassene Lebensfreude in ihr. Im wirklichen Leben ähnelt sie Thomas noch mehr als auf dem gerahmten Foto in seinem Büro. Sie hat den gleichen wilden Lebensfunken, in ihren Augen, in ihrem Lachen. Heute ist Thomas für die heimische Betreuung von Mamsell Hedda zuständig, also hat er sie zur Arbeit mitgenommen und war überwiegend im Büro. Sie sind ein gutes Team, er und *die Madame*, trotzen dem Sturm gemeinsam. Vielleicht muss Hedda von nun an zu Hause unterrichtet werden, vielleicht wird sie nicht mehr an Geburtstagsfeiern in der Schule teilnehmen dürfen, darf nicht mehr zu ihren Freunden nach Hause, auf Klassenfahrt, *nur für den Fall*. Der Wind ist heute kühler, aber ich schwitze, ich habe Thomas gerade erzählt, dass Noman mir letzte Nacht gefolgt ist.

Thomas hat nicht reagiert. Er sitzt nur auf der Bank und zupft mit den Fingern an seiner Unterlippe herum, während er Hedda zusieht, die gerade eine große Seifenblase mit ihrer kleinen Hand auffängt. Dort liegt sie für ein paar Sekunden, bevor sie zerplatzt.

Noman war schlau, indem er sich zum Streifenpolizisten hat ausbilden lassen. Wählt er seine Opfer an der Frua aus?

»Er hat früher in Oslo gearbeitet«, sage ich. »Vielleicht wohnte er in Asker?«

Thomas schiebt seine Brille in Richtung Nasenwurzel. Die Bewegung wirkt spontan. »Nachdem jetzt sowohl die Polizei als auch unser Abteilungsleiter darin involviert sind, verstehst du hoffentlich, wie *extrem* wichtig es ist, dass wir keine Behauptungen aufstellen, die nicht gut begründet sind, falls du nicht ...« Den Rest der Drohung lässt er unausgesprochen in der Luft hängen.

Ich habe also nicht nur seine Familie in Gefahr gebracht, sondern auch seine Karriere.

Hedda hat sich jetzt ins Gras gesetzt und angefangen, ein Quadrat aus faulen Äpfeln zu bauen, ein Haus vielleicht, eine Pyramide, vielleicht interessiert sie sich genauso für Mathematik und geometrische Formen wie ich früher.

Ich springe ins kalte Wasser. Was kann ich sonst tun?

»Wie sicher bist du, dass Lilly Leonora ein abgespaltener Teil von mir ist?«, frage ich. »Dass ich manchmal sie bin und Dinge tue, ohne mich daran zu erinnern?«

Thomas fährt sich mit der Hand durch den Bart. »Was fühlst du selbst?«

Ich habe keine Lust, auch nur irgendetwas zu fühlen, aber ich brenne, ich muss es rauslassen, ich kann es nicht alleine ertragen. Nicht das.

Ich drücke auf den Handybildschirm. Gehe zum Anrufprotokoll. »Sieh mal hier«, sage ich und scrolle auf der Liste nach unten.

»Du hast Noman ziemlich oft angerufen?«, sagt Thomas.

Ich beiße mir auf die Innenseite meiner Lippe. Woher kam dieser Impuls? »Ich habe ein paar Mal mit Noman telefoniert«, sage ich. »Aber hier sind *neun* Gespräche, an die ich mich überhaupt nicht erinnere.«

Jedes Mal habe ich ihn angerufen. Immer spätabends oder in der Nacht. Das längste Gespräch dauert etwa sechzehn Minuten.

Thomas betrachtet das Anrufprotokoll. »Du glaubst ... dass Lilly Leonora Kontakt mit ihm hatte?«

»Was glaubst du?«

Ich möchte, dass er sagt, wie absurd das ist. Völlig unwahrscheinlich.

»Möglich ist es«, sagt er. »Auch wenn es nicht logisch ist. Warum sollte sie?«

»Weil sie manipuliert ist. Einer Gehirnwäsche unterzogen wurde.«

Es muss so sein. Weil es nicht Lilly Leonora war, die ihm damals entkommen ist. Es war dieses kleine Stück, das er niemals zu erwischen vermochte: *ich*. Und als Noman mich nach all diesen Jahren fand, muss er es irgendwie geschafft haben, Kontakt mit dem vergessenen Teil von mir aufzunehmen, der sich im Schatten versteckt hat: sie, das Mädchen, Lilly Leonora. Sie, die er damals zu einem faulen Apfel werden ließ. Sie, die nicht weiß, was schlecht ist und was gut. Sie, die zu seiner Marionette wurde.

»Hedda!«, ruft Thomas. »Iss keine Äpfel, die auf dem Boden liegen.«

Sie wirft den Apfel weg, von dem sie gerade ein Stück abgebissen hat. Greift wieder nach der Flasche mit den Seifenblasen. Produziert eine neue Blase, bei der der Regenbogen für einen Augenblick flackert. Sie hätte sich entscheiden können, nicht auf ihn zu hören. Hätte sie zwei Jahre in Gefangenschaft überlebt? Hätte sie es geschafft zu fliehen?

»Ich weiß, was er will«, sage ich. »Ich weiß, warum er mich nicht geschnappt hat.«

Das hätte ich früher begreifen müssen. Es gibt keine Zufälle. Zu behaupten, dass etwas zufällig ist, bedeutet, dass einem die Informationen fehlen. Alles hängt zusammen. Alles hat seine logische Erklärung. Immer, immer.

»Er möchte, dass ich dieses Mal freiwillig zu ihm komme. Damit ich nicht wieder von ihm weglaufe.«

Thomas späht mich durch seine Brille an. »Wie kommst du darauf?«

Lilly Leonora ist nicht meine Superheldin: Sie ist eine offene und blutende Wunde, ein Paradies für einen Parasiten.

»Du sagst, ich muss den Teil von mir anerkennen, den ich von mir selbst getrennt und in den Schatten gestellt habe. Dass ich Lilly Leonora umarmen und sie einen Teil von mir werden lassen soll. Aber das bedeutet ja auch, dass *sie* der dominante Teil von mir werden kann?«

Thomas zögert.

»Dafür besteht ein gewisses Risiko, oder?«, frage ich. »Dass sie übernimmt und *mich* in den Schatten stellt?«

»So schwarz und weiß ist das nicht«, sagt Thomas. »Unser Geist ist komplex. Es geht nicht darum, dass ein Teil den anderen übernimmt, sondern vielmehr darum, mit welchem Teil von dir du dich am ehesten identifizierst.«

»Das ist genau das, was er jetzt sowieso will. Deshalb hat er all das getan, was er getan hat. Er will mich so klein und schwach machen und mir Schuldgefühle einflößen, dass es nur eines gibt, was ich tun kann, um ihn aufzuhalten: Er möchte, dass ich mich Lilly Leonora ergebe. Sodass sie mich, oder uns, ihm ausliefern kann. Erst dann wird er sagen, was er mit Fanny getan hat. Erst dann wird er Hedda und die anderen Mädchen in Frieden lassen.«

Thomas starrt mich an und zwingt mich, ihn anzusehen. »Ida. Das ist jetzt nicht dein Ernst?«

Ich versuche, entschlossen zu klingen: »Ich bin bereit.«

Ich bin bereit, den dunkelsten und hässlichsten Teil meiner selbst zu umarmen. *Sie* wird sich nicht ihm ergeben – sondern mir. Sie muss jetzt ungehorsam sein. Muss alles preisgeben, was sie gezwungen war, geheim zu halten. Damit sie und ich belastende Beweise finden können, die ihn einsperren, ihn, der unser Zusammenleben verhindert hat. Zeit für Versöhnung. Zeit für Befreiung.

*Blute, Teufel.*

# 45

Olves nackter Fuß zeigt in meine Richtung. Er ist blass, aber nicht blau.

»Ich habe versucht, ihn unter die Decke zu packen«, sagt Frøydis. »Aber er will ihn unbedingt draußen haben, obwohl er jetzt gar kein Fieber mehr hat.«

Sie sitzt dicht am Bettrahmen und strickt eine Wollsocke in dem gleichen Blau wie der Anglerhut auf dem Nachttisch. Olve liegt still in seinem Krankenhausbett, die Hände ruhen nebeneinander auf der Bettdecke, die Augen sind geschlossen, der Atem klingt gluckernd. Er wurde vor einigen Tagen wegen einer akuten, heftigen Lungenentzündung eingeliefert. Das war das wenige, das ich erfuhr, als ich in die Akutabteilung kam und hörte, dass Frøydis vier Stunden Ausgang bewilligt wurden, um einen schwer kranken Freund zu besuchen. Als ich ihr eine Nachricht schickte und schrieb, dass ich sie *asap* treffen müsse, bat sie mich, hierher in die Palliativabteilung der Krebsklinik zu kommen. Offenbar möchte sie jetzt so viel Zeit wie möglich mit Olve verbringen. Ich habe ihr nicht erzählt, dass ich nicht allein komme.

Olve grunzt, und Frøydis kommt schnell auf die Beine. Sie legt ihr Strickzeug beiseite und nimmt ein feuchtes Wattestäbchen aus einer Nierenschale. Steckt es vorsichtig zwischen die trockenen Lippen, um seine Mundhöhle zu befeuchten. Streicht ihm mit einem krummen Finger über die Wange, und ich frage mich, ob sie an Fanny denkt, wenn sie das tut, oder ob es das ist, was sie braucht, um an etwas anderes zu denken.

»Sie sagen, sein Körper ist möglicherweise nicht in der Lage, mit der Infektion umzugehen, und dass er jetzt hier sein sollte«, sagt Frøydis. »Und das ist gut. Dass ihm ein würdiges Ende vergönnt wird. Die Tage, bevor er hierherkam, hat er in einem Parkhaus übernachtet. Es war pures Glück, dass ihn jemand hinter den Müllcontainern entdeckt hat.«

»Bekommen Sie Kontakt zu ihm?«, frage ich.

»Aber ja. Vorhin hatte ich ein langes und schönes Gespräch mit ihm.«

»Hat er etwas über Fanny gesagt?«

Sie setzt sich wieder hin, greift zum Strickzeug. »Ich habe ihn nicht gefragt.«

Jetzt hat sie sich also weiterbewegt, von der Phase, in der sie alles wissen wollte, bis zu dem Punkt, an dem sie möglichst wenig wissen will. Sie will im Limbo verharren, wo es noch Hoffnung gibt. Sie hat nichts von unserer letzten Unterhaltung erwähnt. Vielleicht hat sie die in den Schatten verdrängt.

Olves Fuß zuckt. Er bewegt die Lippen, als ob er etwas sagen möchte, aber es scheint, dass er nur im Traumland ist. Hat er Albträume? Wen möchte Olve auf dem Sterbebett um Vergebung bitten? Woran erinnert er sich am besten, wie er jetzt dort liegt und weiß, dass das Leben langsam verebbt? Was bereut er am meisten? Hat er etwas getan, auf das er stolz sein kann? Wie werden sich andere an ihn erinnern?

An den schwachen Olve, der Opfer des Verrats anderer wurde? Oder an den starken *Love*, der sich trotz allen Verrats für seine Mitmenschen einsetzte?

»Er hat mir erzählt, dass er mit alten Freunden spricht, wenn er schläft«, sagt Frøydis und streicht seine Decke glatt. »Die schon tot sind und bereit, ihn zu empfangen.«

Beinahe glaube ich zu spüren, dass wir die Luft hier nicht für uns allein haben. Sie ist schwer, beißt mir in den Nacken, erinnert mich daran, weshalb ich hier bin.

»Frøydis«, sage ich. »Es ist nicht Ihre Schuld.«

Sie sieht mich verwundert an.

»Sie haben gesagt, dass ich nicht alles verstehen kann, weil ich selbst nicht Mutter bin«, sage ich. »Aber ich habe eine Mutter. Und sie hat die Schuld für alles auf sich genommen, was bei mir schiefgegangen ist. Aber manchmal passieren Dinge, die niemand vorhersehen oder kontrollieren kann.« Jedenfalls ist es das, was ich mir selbst einreden muss.

Frøydis braucht Zeit, um die Botschaft zu verdauen. »Deshalb sind Sie also gekommen. Sie wollen, dass ich Ihnen vergebe?«

Ich schüttele den Kopf und drehe mich zur halb geöffneten Tür um. Winke Freddy zu, der im Flur gewartet hat. Mit zögernden Schritten betritt er das Zimmer. Die Hände um eine Schokoladenschachtel mit Milchherzen geklammert. Er lächelt Frøydis zaghaft an, die antwortet, indem sie auf ihr Strickzeug hinunterblickt, während sich die Maschen in ihrem eigenen Gesicht zusammenziehen.

»Ich hoffe, Sie können einander vergeben«, sage ich. »Für alles, was Sie getan und was Sie nicht getan haben.«

Freddy spielt nervös mit der Pralinenschachtel. Die Stricknadeln klicken schnell aneinander wie eine Uhr unter Zeitdruck.

»Es gibt jemand anderen, dem Sie vertraut haben, der Sie aber mehr im Stich gelassen hat als Freddy«, fahre ich fort.

Frøydis hebt den Kopf. »Wer denn?«

Ich kann nicht antworten, ohne dass bei ihr neue Schuldgefühle aufkommen. Warum hat Noman Fanny ausgewählt? Hat er gesehen, dass sie genauso zerbrechlich wie ihre Mutter ist und daher eine leichte Beute, die er mir in die Arme drücken kann?

Frøydis lässt ihr Strickzeug im Schoß ruhen. Ihr Kinn zittert. »Wer?«

Ich würde gern sagen, ich kann spüren, dass Fanny lebt. Vielleicht, weil der Teil von mir, der Kontakt mit Noman hatte, es einfach weiß? »Sie müssen jetzt gut aufeinander aufpassen«, sage ich. »Ein Team sein. Für Fanny.« Ich möchte hinzufügen, dass ich Fanny nach Hause bringen werde. Ich muss. Stattdessen lächle ich Freddy an, eine Ermutigung, den ersten Schritt zu machen, aber er steht einfach nur da und starrt hilflos zu Frøydis, die sich weigert, ihn anzusehen. Die Luft wird dicker, es juckt mich.

Im selben Moment stöhnt Olve auf, er rührt sich und öffnet die Augen. Er ist nicht überrascht, zu sehen, wer da in seinem Zimmer ist. Vielleicht hat er uns auch die ganze Zeit gehört, denn er blickt Freddy direkt an und grinst. »Oh, Schokolade für mich? Toll.«

Freddy tritt ein paar Schritte vor, um ihm die Schachtel zu reichen, aber dann steht Frøydis ganz abrupt auf und stößt seine Hand so fest zur Seite, dass die Schokoladenschachtel wie ein Frisbee durch den Raum fegt.

»Pack das Dreckzeug wieder ein und verschwinde von hier!«

»Frøydis«, setze ich an, aber sie hebt ihren Finger und zeigt auf mich. »Und Sie, Sie sollten auch die Klappe halten und abhauen! Ich will Sie nie wieder sehen!« Speichel vermischt sich mit ihren Worten. »Ich werde Ihnen nie vergeben, niemals!«

Freddy ist bereits zur Tür hinausgegangen. Olve schweigt, er sieht mich nur mit einem Blick an, der mir sagt, dass es immer noch schlimmer kommen kann, wenn man glaubt, schon ganz unten angekommen zu sein. Nicht alle Wunden können geheilt werden. Nicht alle Menschen können versöhnt werden.

# 46

Ich kaufe Orangen. Ich kaufe einen Skizzenblock und schwarze Fettstifte. Beobachtet er mich jetzt?

Ich sehe weder einen rostigen Jeep noch einen Streifenwagen, während ich durch die Straßen der Stadt eile. Doch ich spüre ihn. Seinen Blick. Dass er hinter einer beliebigen Hausecke auftauchen kann, wann auch immer, wo auch immer, um meinen Körper in den Freeze-Modus zu versetzen.

Oder ist sie es, die mich beobachtet?

Ich schaue in der Bibliothek vorbei und drucke das Porträtfoto aus, das die Presse immer verwendet hat, wenn seinerzeit über den Fall Lilly Leonora berichtet wurde. Es muss im Kindergarten aufgenommen worden sein. Sie, ich, wir, lächeln, so breit, dass das Zahnfleisch über den Milchzähnen entblößt wird. Heute lächle ich ohne Zahnfleisch, meistens, ohne die Zähne überhaupt zu zeigen. Ich habe einen Backenzahn verloren, und der rechte Eckzahn ist locker geworden. Ich war wohl zu schlampig mit den Fluoridtabletten.

Ich nehme den Bus zur Lade-Halbinsel, gehe zu Fuß zu dem Privatweg und stapfe den schmalen, steilen Pfad zum Bootshaus hinunter. Bleibe draußen stehen und nehme die frische, salzige Luft in mir auf. Schließe die Augen, lasse mir vom Wind die Haare massieren, höre die Wellen, die bedächtig gegen die Steine am

Ufer schlagen. Ich habe vorgeschlagen, dass wir uns hier treffen, einem Ort, der vor Lärm und Störungen durch andere abgeschirmt ist. Die Bäume am Bootshaus schwenken ihre Äste, heißen mich willkommen oder winken mir warnend entgegen. Der Schlüssel liegt, wie von Thomas in seiner Nachricht beschrieben, unter einem dreieckigen Stein neben der Haustür. Ich schließe auf, ziehe die lichtundurchlässigen Vorhänge beiseite, die vielleicht *die Madame* genäht hat, und lasse das graue Wetter in das verschlafene Zimmer herein. Ich spähe kurz auf die Seiten auf dem Schreibtisch, erfasse ein paar Zeilen und Absätze aus dem Buchmanuskript. Wird Thomas jetzt über mich schreiben? Werde ich einer seiner erfolgreichen Fälle sein?

Ich reiße das obere Stück eines Post-it-Zettels ab und verwende es, um das Porträtfoto an die Wand zu kleben. In meiner Kindheit dekorierte Mama die Wände meines Zimmers mit billigen Fotos und Gemälden, Strände und Städte als Motiv, berühmte Gebäude und Dschungeltiere, zum Ausgleich dafür, dass ich nie irgendwohin fahren durfte. Es war als Trost gedacht, vielleicht als Hoffnung, wurde aber immer mehr zum Gespött über alles, was ich verpasste. Ich schiebe den Rattanstuhl unter das Porträtfoto und drapiere den dicken grünen Pullover über die Rückenlehne, lege die Ärmel über die Armlehnen, trete einen Schritt zurück. Es sieht fast aus, als säße dort eine seltsame leblose Puppe, die gleich zum Leben erweckt werden soll.

Ich setze mich auf den knarrenden Bürostuhl und blicke hinaus auf das unruhige Meer. Warte. Während die Sehnsucht nach ihm im Takt mit den Wellen ansteigt, ich kann es nicht wegschieben, will nicht, die Sehnsucht nährt meine Tagträume, formt den Blick auf die Utopie, es ist, als ob ich sehen könnte, dass sich am Horizont ein lachender, makelloser Sonnenaufgang abzeichnet. Ich schicke ihm eine Nachricht, bekomme aber keine Antwort.

Draußen vor den Fenstern kriecht die abendliche Dunkelheit näher heran, drückt gegen die Scheiben und reflektiert meine Einsamkeit, meinen Zweifel. Was tickt denn da?

Er trifft erst gegen zehn ein. Weicht meinem Blick aus und sinkt mit einem tiefen Seufzer, der sich bis zu meinem Bauch hin ausbreitet, auf das Sofa. Irgendwas stimmt nicht. Ich traue mich nicht, danach zu fragen. Muss es dennoch:

»Ist was passiert?«

Thomas nimmt seine Brille ab, reibt sich die Augen, die Haut drumherum ist rot und geschwollen. Hat er geweint?

»Ich habe *der Madame* alles erzählt«, sagt er.

»Alles ... über mich?«

»Alles über uns.«

Wird er sich jetzt zurückziehen? Ich kann es mir vorstellen. *Die Madame* steht in der Küche der modernistischen Villa und bereitet voller Sorgfalt die Pausenbrote für die Helden von morgen vor, und mit kontrollierten Tränen in den Augenwinkeln stellt sie ihm ein Ultimatum: Er muss bei ihr bleiben und verbluten, sonst wird er seine Kinder nie wiedersehen.

»Es war die einzige Möglichkeit, Mamsell aus der Stadt zu bekommen.« Er entlädt seine Frustration jetzt durch die Stimme, durch den angespannten Gesichtsausdruck. »Ich habe zuerst versucht, die Madame zu überreden, mit den Kindern zu ihren Eltern nach Westnorwegen zu fahren, aber sie denkt, es ist meine Schuld, dass Mamsell in die ganze Geschichte verwickelt wurde, und dass ich derjenige bin, der mit ihr weggehen sollte.« Er setzt seine Brille wieder auf. Auch seine Fassung kehrt zurück. »Aber jetzt sind sie weg und bleiben bis nach den Herbstferien.«

Ich setze mich auf die andere Seite des Tisches. Beglückwünsche mich dafür, abermals eine Kernfamilie auseinandergerissen zu haben.

»Entschuldige«, setze ich an, aber er unterbricht mich: »Kinder haben ohnehin nichts davon, in einer toten Ehe aufzuwachsen.« Er legt sich die Arme um die Brust, als ob er sich trösten will, sucht jetzt nach meinem Blick, nach Unterstützung, nach Bestätigung dafür, dass er die richtige Wahl getroffen hat.

Ich schaffe es nicht, ihn anzusehen. Ich bin schon mit ihm zusammen in der Hütte in Fosen, nachdem alles vorbei ist, wir liegen auf dem Steg, ohne Kleidung, ohne Zeit, vielleicht schreiben wir gemeinsam ein Buch, aber ich schiebe meine Hirngespinste kurzerhand beiseite.

Thomas begreift nicht, dass er mich dadurch nur noch mehr unter Druck setzt. Als ich bei einem After-Work-Drink kurz vor Ostern anfing, mit ihm zu flirten, dachte ich nicht an diejenige, die durch den goldenen Ring an seinem Finger an ihn gebunden war, sondern dass der Ehering perfekt war, weil er mich von sämtlichen Verpflichtungen befreite. Nun hängt Thomas' Zukunft von meinem Fortschritt ab. Woher kommt dieses Ticken? Es ist mir unangenehm.

Thomas zieht seine Lederjacke aus und geht zum Kühlschrank. »Lust auf ein Bier?«

Ich lehne ab, und er nimmt eine Flasche von irgendeiner Mikrobrauerei und öffnet sie. Trinkt einen großen Schluck, ehe er sich wieder auf das Sofa setzt. Dann holt er etwas aus seiner Tragetasche und setzt es auf den niedrigen Wohnzimmertisch vor uns. Den rosa Hasen.

»Das habe ich mir von Ruth ausgeliehen. Vielleicht kann es dir dabei helfen, dich an die Regeln zu erinnern.«

Der Hase mit den zwei verschiedenen Ohren starrt mich schweigend an.

»Welche Regeln?«

»Wir müssen herausfinden, welche Regeln du dir selbst auferlegt hast, um die verschiedenen Teile deiner selbst im Dunkeln auseinanderzuhalten«, sagt Thomas. »Und was deine Trigger sind? Was bringt dich dazu, von dir zu ihr zu wechseln.«

Der Hase ist ein Betrüger. Ich bin eine Betrügerin. Die sich selbst betrogen hat.

»Manche glauben, dass ein Wechsel zwischen Teilen der Persönlichkeit eine Form von Selbsthypnose ist«, sagt Thomas, aber seine Worte werden von dem Ticken übertönt. Es ist jetzt lauter. Ich stehe auf und starre mein Spiegelbild im Fenster an. Sehe Thomas, der hinter mir näher kommt. Er bleibt neben mir stehen, sein Arm berührt meinen schwach, und ich würde gern mein Gesicht in seinem Halsgrübchen begraben, ihn schmecken, zusammen verschmelzen. Aber das Ticken ist so hartnäckig.

»Was ist los?«, fragt er.

Ich lege einen Finger auf meine Lippen und flüstere: »Hörst du das?«

Es tickt leise und ungleichmäßig. Mein Bauch zieht sich zusammen.

Thomas kneift die Augen zusammen. Als ob er sie schließen müsste, um besser zu hören. Ich kann es jetzt deutlich hören. Das Ticken drängt sich in mich hinein, presst meine Kiefer zusammen. Der Schmerz breitet sich bis in die Schläfen aus.

Ich versuche, den Mund zu öffnen, schaffe es aber nicht, mein Bauch, er schmerzt.

»Ida?«

Thomas' Stimme ist so fern. Das Ticken so nah. Es windet den Schmerz tiefer in mich hinein, mit jedem einzelnen Tick-Tack. Ich muss mich hinhocken, es brennt, mein Bauch brennt jetzt, ich krümme mich auf dem Boden zusammen, presse die Kiefer zusammen, um den Schmerz auszuhalten, jetzt, damals, denn plötzlich bin ich zurück, in jener Zeit:

Ich, das Mädchen, lag auf dem Betonboden. Nackt. Kalt. Ein hellgrüner Maulkorb war eng um das Gesicht geschnallt. Sie hielt ihre Arme um Pingu, der ihr treuen Trost spendete, der Tränen und das Blut wegleckte. Sie stöhnte, es schwelte, es brannte in ihrem Bauch, im Schritt, während es Tick-Tack machte. Von einem Pendel. Es schwang. Langsam. Von einer Seite zur anderen: ein Metronom. Auf einem Klavier. Es stand in der anderen Ecke des Raumes. Sch, Sch, tickte das Pendel. Zählte die Zeit herunter.

Bis die Tür oben an der Treppe wieder geöffnet werden würde. Tick. Jetzt? Tack. Jetzt?

Das Mädchen drückte sich enger an Pingu. Seine Wärme linderte den Schmerz, für einen Moment lang glitt sie fort, kam zurück, glitt abermals fort. Sie wollte nach Hause fliehen, zu Mama, aber sie erinnerte sich nicht mehr an Mamas Gesicht, es floss dahin, alles floss, das Mädchen blinzelte mit den Augen.

Dann stand plötzlich Jan da.

Direkt vor ihr. Sie sah ihn nicht an, klammerte sich an Pingu, weigerte sich loszulassen, weil sie wusste, was jedes Mal geschah, wenn Pingu aus dem Gewölbe gejagt wurde.

Jan beugte sich hinunter. Seine starken Hände umfassten ihre kleinen Arme. Zwangen sie, den Griff zu lockern. Das Mädchen wollte schreien, wollte beißen, aber sie konnte ihren Mund nicht öffnen, der Maulkorb war zu eng, aber vielleicht hörte Pingu dennoch ihre Schreie, denn er lief nicht wie früher davon, sondern fing an zu bellen, bellte Jan an.

Bellte und bellte. Weißer, zäher Speichel schoss aus seinem Maul. Das Bellen hämmerte sich in das Mädchen hinein. Peng! Peng! Peng! Pingu war so wütend. Das Mädchen hatte so viel Angst. Vor Jan.

Was hielt Jan in der Hand?

Einen Spaten?

Jan hob ihn an. Das Mädchen war nicht schnell genug, den Kopf mit den Armen zu beschützen, ehe sie es hörte. Dass etwas knackte. Brach. Das Mädchen dreht sich um. *Pingu!*

Er winselt. Ein Streifen Blut läuft über sein Auge. Er versucht, vom Boden aufzustehen, schafft es aber nicht. Das Mädchen will zu ihm laufen, aber Jan hält sie fest, strafft den Maulkorb, fester. Drückt ihre Nase flach. Ich kann nicht atmen.

»Hast du die Regel vergessen?«, flüstert er.

Ich schüttele den Kopf. Schüttele und schüttele. Muss atmen. Ich bekomme keine Luft. Etwas bricht in meiner Brust. Ich fuchtele mit den Armen, aber Jan drückt mir den Spaten in die Hand. Zwingt mich, ihn zu halten, ihn anzuheben, hoch, höher, ich will nicht, aber ich muss, muss. Muss atmen. Muss, muss mir die Regel merken. Ich nicke. Mir ist übel. Schwindlig. Ich habe Angst. Solche Angst. Ich nicke und nicke. Ich bin jetzt seine Puppe. Ich muss jetzt tun, was er will. Muss Luft haben. Muss lieb sein. Muss böse sein. *Sch sch.*

Ich schwinge den Spaten. Ich schlage. Hart. So fest ich kann. Blut tropft auf den Boden. Rote Tropfen landen auf meinen nackten Füßen, verschmelzen zu einem größeren Fleck.

»Was lautet die Regel?«, flüstert Jan.

Ich schließe die Augen, während ich die Regel wiederhole, immer und immer wieder:

*Nur Jan.*

*Nur Jan liebt mich.*

*Ich liebe nur Jan.*

*Immer nur Jan.*

Nach dem dritten Schlag hört das Winseln auf.

# 47

Auf der Fußleiste liegt Staub. Eine hartnäckige Schmutzschicht, die sich geweigert hat, von der Oberfläche gebürstet zu werden. Mein Wangenknochen drückt gegen den harten Holzboden. Vor mir ruht ein schwarzer Klumpen. Eine Fliege. Leblos mit den Beinen in der Luft. Insekten rollen sich im Tod zusammen, wie Menschen ihre Hände krümmen, wenn sie sich entspannen, so wie meine Hände jetzt sind. Zwei Haken. Bereit, verbunden zu werden.

Ich rolle mich auf den Rücken. Das zum Fenster eindringende Tageslicht sticht mir in die Augen. Ich kneife sie halbwegs zusammen. Lasse die Wimpern zu Sonnenschirmen werden. Die Bäume draußen schwanken unsicher. Ich drehe meinen Kopf zur Seite. Zu dem Schlafsofa am anderen Ende des Raumes. Jetzt ist es zu einem Bett ausgeklappt worden. Eine einfache Bettdecke auf einem zerknitterten Laken. Daneben: Thomas. Er sitzt auf dem Rattanstuhl. Ein Bein über das andere geschlagen.

Ich schaue nach oben. Thomas lächelt mich an. Ich stütze mich auf die Ellbogen, hieve mich hoch, bis ich sitze. Stoße ein schwaches Stöhnen aus. Ich friere, obwohl ich warm angezogen bin, Hose und dicker Pullover, der grüne. Ich möchte, dass Thomas zuerst etwas sagt. Weiß nicht, was ich laut gesagt habe. Ob ich ihm erzählt habe, woran ich mich gerade erinnern konnte. Wie lange liege ich schon hier? Wann habe ich mich umgezogen?

»Wie fühlt sich dein Kiefer jetzt an?«, fragt er.

Mein Kiefer? Ich berühre ihn. Er schmerzt. Stark. Es knackt, als ich den Mund öffne. Der Hals tut weh. Weil ich zu viel geredet habe? Geschrien? Geweint? Es riecht unangenehm. Vermischt mit scharfem Schweiß. Mein Gesicht ist steif, als ob Tränen oder Schleim auf der Haut geronnen wären. Ich kratze.

Ich stehe auf. Schwanke im Takt mit den Bäumen draußen. Dann ist Thomas da, wie eine Krücke. Er hilft mir zum Bett, auf das ich falle, auf die äußerste Kante. Ich atme schnell und kämpfe, um genügend Luft in die Lunge zu bekommen. Auf dem Wohnzimmertisch glotzt mich der rosa Hase leblos an. Wie spät ist es? Welcher Tag ist heute?

Thomas setzt sich neben mich. Die Matratze schaukelt schwach. Ich. Er legt einen Arm um mich, und ich lehne mich automatisch an ihn. Lasse den Kopf auf seiner Brust ruhen, werde ruhiger durch den gleichmäßigen Schlag seines Herzens, der sich in mich hineinhämmert. Er sagt nichts, es ist nicht nötig, allein, dass er mich berühren will, dass er hier sitzt, sagt genug. Er erträgt mich. So werden wir ausgebildet. Dass wir die Schattenseiten der Patienten ertragen. Ich hoffe, er kann mich wirklich ertragen. Obwohl ich gespalten bin, kein Ganzes, nur ein ganz normaler, verdammt kaputter Mensch, der wahnsinnig viel Hilfe braucht, um wieder zusammengeschraubt zu werden.

»Du hattest keine Wahl«, sagt er. »Wenn du protestiert hättest, wärst du womöglich selbst zu Tode geprügelt worden.«

Gleichwohl ist es schwer, das zu akzeptieren. Dass mich ein Teil von mir dahingehend manipulierte, etwas so Grausames zu tun. Dass ein Teil von mir ihm geglaubt haben muss. An *immer nur Jan* glaubte.

Fanny hätte mir nie so viel bedeuten dürfen.

Ich kann das nicht laut aussprechen. Auch Thomas sagt nichts mehr. Wir sitzen einfach so da. Der Tag wird zum Abend. Bis ich im gleichen Takt schlage wie er. Bis ich verstehe, wie ich *sie* dazu bringen kann, im gleichen Takt wie ich zu schlagen, sich mir zu ergeben und nicht länger *seine* Marionette sein. Mama dachte, sie beschützt mich, aber in Wirklichkeit zwang sie mich, seine Regeln weiterhin zu befolgen: niemals jemanden zu nahe heranlassen, sich niemals in jemand anderen verlieben. Die Narben, die er in meinem Unterleib hinterlassen hat, sind eine Signatur, auf seinem Eigentum, seinem allein. Waren es meine Gefühle für Thomas, die diese Erinnerung getriggert haben?

Ich hätte Lust, mich zu übergeben, aber vielleicht ist es genau das, was *er* will, dass ich nicht dick werde, wie viel von ihm habe ich stets mit mir herumgetragen? Es ist, als ob ich seine Präsenz jetzt spüren kann, als wäre er aus der Erinnerung in diesen Raum gekrochen, als stünde er in einer dunklen Ecke und beobachtete mich, darauf wartend, im richtigen Moment hervorzuspringen und mich zu erwürgen, *tick tack*.

Ich löse mich von Thomas, erwidere seinen Blick, der sowohl voller Mitgefühl als auch Wut ist, was mich betrifft. Es geht nicht darum, wie viel *ich* ertragen kann, sondern er, wo verläuft für ihn die Grenze zwischen Sympathie und Abscheu? Kann er sich eine Zukunft mit mir überhaupt vorstellen? Ich will, dass er mich in den Armen hält, ich will, dass er mir sagt, dass alles gut wird, dass ich nicht für immer zerborsten und gebrochen bin, dass ich wieder zusammengeklebt werden kann, ich will, dass er mich liebt, genauso wie ich hoffe, dass ich hinter all dem Wirrwarr eins bin: ganz. Und ich will, dass ich ihn lieben kann, dass wir uns lieben, lieben, lieben können, auf die echte Art.

Ich weiß nicht, ob ich mich nach vorne beuge oder ob er es ist oder ob wir es gleichzeitig tun, weil wir synchron sind, aber dann sind wir da, wo ich am liebsten sein will, meine Lippen auf seinen weichen und feuchten, ich werde weich und feucht, und ein Schleier legt sich über alles, was juckt. Ich ziehe ihn zuerst aus, ziehe mich aus. Thomas ist überrascht, als ich seine Hand an eine Stelle führe, die er von mir nicht gewohnt ist. »Bist du sicher?«, flüstert er. Mehrmals. Ich nicke. Sage ja. Beruhige ihn. Das ist das, was ich will. Das ist das, was ich tun muss. Ich muss jetzt zurück zu mir. Mich selbst in Besitz nehmen. Mein ganzes Ich. Muss seine Signatur löschen, die den Zugang für andere verhindert hat. Muss *immer nur Jan* löschen.

Es fühlt sich an wie das erste Mal. Es ist, als ob ich einen rostigen Pfropfen herausreiße, der schon viel zu lange festgesteckt hat, ich muss kämpfen, um nicht gegen alles anzukämpfen, was sich in mir entfaltet, mich umfließt, aus mir herausströmt, bis in die kleinste Spitze, ich weiß nicht, was es ist, wie auch immer man es nennt, vielleicht ist es Glück, Verliebtheit, Liebe, Zugehörigkeit, eine tiefe und lang ersehnte Gemeinschaft mit einem anderen Menschen. Freiheit?

Oder vielleicht bin ich das. So wie ich bin. Hinter allen ketzerischen Gedanken und Gefühlen, hinter all den Neurosen: ich, die Rose.

Danach sind wir ein lockeres Geflecht, das Wärme austauscht. Flammenhaut, die sich weigert zu erlöschen.

»Wie geht's jetzt deinem Kiefer?«, fragt Thomas.

Ich öffne den Mund, bewege den Kiefer. Im Augenblick tut er nicht weh. Knackt nicht. Gähne ich stärker als zuvor?

Thomas lacht. Laut und lang. Und mir fällt auf, dass ich ihn nie so habe lachen sehen. Er lächelt oft, schmunzelt gelegentlich, aber dieses spontane Lachen, das ist neu.

»Was ist los?«, frage ich.

Er äfft mich nach, und ich muss auch lachen, über seine albernen Grimassen, das Lachen sprudelt in mir, ich kann es nicht aufhalten, will nicht, und ich denke, dass, während manche Menschen Schmerzen und Risse verursachen und andere in Stücke reißen, es andere gibt, denen nie eine Umarmung ausgeht, die Gestrandeten immer wieder nach Hause helfen.

Wir küssen uns, fressen einander auf, wir leben in dieser Blase aus Lachen und Sehnsucht, ein leichtes Leben für einen Moment, Minuten, Stunden, und als wir da liegen und uns einfach nur in die Augen starren, in den reinsten Teil unserer Seelen, rutscht es aus mir heraus: »Ich liebe dich.«

Ich flüstere es. Als ob ich Angst hätte, das Dach könnte über uns einstürzen, aber nichts passiert. Ich liege im Bett. Thomas liegt im Bett. Er atmet. Ich atme.

»Danke«, sagt Thomas. Seine Wangen sind rot. »Danke, dass du mir gezeigt hast, wie wichtig es ist, nicht vor seinen Gefühlen davonzulaufen …« Er beugt sich zu mir und küsst mich auf die Lippen, lange. »Ich liebe dich auch«, flüstert er.

Doch als wir unsere warmen Körper aneinanderreiben, ist es, als ob die Blase plötzlich platzt. Als ob ein Bumerang mit voller Fahrt zurückgeschnellt kommt, um mir zu sagen, dass ich etwas falsch gemacht habe. Ganz und gar falsch. Ich setze mich im Bett auf. »Ich will ihn treffen.«

Auch für mich kommt es überraschend.

Thomas schüttelt den Kopf. »Es ist zu früh. Wir waren uns doch einig, abzuwarten, bis wir etwas Konkreteres gefunden haben, damit wir Kontakt zu Ruth aufnehmen können und …«

Ich lasse ihn nicht ausreden. »Ich muss ihn *jetzt* treffen.«

Ich weiß nicht, woher dieser beharrliche Impuls kommt.

# 48

Das Mädchen drückte den schwarzen Farbstift an die Wand, strich ihn fest über die kalte, raue Mauer, auf und ab, von einer Seite zur anderen, sie zeichnete Löwen und Tiger und Trolle, die knurrten und schrien, sie fuhr mit dem Fettstift über sein Klavier und färbte die weißen Tasten schwarz, es toste und brüllte, Jan brüllte, als er die Tür öffnete und die neun Stufen hinunterrannte, er hob sie hoch, sie zappelte in seinen Armen, sie schlug und trat, sie kratzte, sie heulte durch ihren Mund, der mit dem Maulkorb verschlossen war, sie drehte sich und wand sich los, schlug den Kopf auf den Boden, auf die Reste von Pingus geronnenem Blut.

Jan warf sie auf die Matratze, band die am Maulkorb befestigte Leine um ihre Handgelenke, ehe er ihren Körper fest fest in dem Laken zusammenzurrte. *Sch, sch, meine Puppe.*

Und als sie dalag, still wie eine lebende Mumie, wischte er die bösen Striche ab, mit dem, was er jedes Mal zum Reinigen ihrer Nägel verwendete, jedes Mal, wenn er seiner Puppe ein neues Kleid genäht hatte und die Nägel dieselbe Farbe haben mussten mussten.

Der starke, süße Geruch brannte in der Nase, das Mädchen würgte die Orangenspalten hervor, die sie wieder hinunterschlucken musste.

»Jetzt die Belohnung?«, fragte Jan. »Ja?«

Aber das Mädchen öffnete den Mund nicht, obwohl er das Laken und den Maulkorb lockerte. Obwohl er ihr neue Orangenspalten gab und Hühnchen und was auf den Hintern. Sie war seine Puppe geworden. Sie lag in dem großen Puppenhimmelbett, auf dem Rücken, die Hände gekrümmt. Rührte sich nicht. Sprach nicht. Aß nicht.

Ein warmer Wind weht mir über die Wange und versucht, mich aus der Hypnose zu reißen, aus dem Schlaf, ich weiß nicht genau, wo ich war, wo ich bin, die Muskeln sind zermürbt, eine Hand streichelt meinen Kopf, liebevoll, ich blinzele und zwinge mich, ein Auge zu öffnen. Es ist dunkel im Zimmer. Vor mir bewegt sich etwas. Eine Gestalt, ein Mann. Er steht direkt vor mir an der Bettkante, ich kann sein Gesicht nicht sehen. Er beugt sich über mich, pustet mir einen warmen Wind zu, flüstert: »Sch, sch, meine Puppe.«

Meine Augenlider schließen sich, ohne dass ich darum bitte.

Eine Tür schlägt zu.

Ich zucke zusammen. Erwecke meine Arme und Beine zum Leben und setze mich auf dem Schlafsofa auf. Vor einem der Fenster flattern träge die Vorhänge. Sie sind zugezogen, doch ein schwacher Lichtstreif dringt herein. Draußen bettelt eine Möwe. Ich liege auf einem feuchten Laken, angezogen, in einer grauen Jeans, dem dicken grünen Pullover, ich streife ihn ab, mein T-Shirt ist schweißnass, mein Kiefer schmerzt, mein Kopf ist schwer, leer, ich habe das Gefühl, mich an etwas erinnern zu sollen. Es juckt mich. Ich kratze mit den Nägeln über meinen Arm und – da sehe ich es.

Das Haar.

Ein Pfeil genau ins Ziel, in das abgeschabte Wort *Hure*.

Es ist nicht allein. Mehrere kleine Haarspitzen verteilen sich in unregelmäßigem Muster bis hinauf zum Ellbogen. An beiden

Armen. Ich sehe mich um. Im Spiegel an der Wand vor dem Badezimmer erwidert ein ängstliches Gesicht meinen starren Blick. Ein schwarzer Haaransatz erstreckt sich entlang meines Mittelscheitels. Das blonde Haar kräuselt sich knapp über den Schultern. Wie lange habe ich geschlafen? Woran sollte ich mich erinnern?

Ich suche mein Telefon, es ist nicht unter dem Kissen, nicht unter der Bettdecke, ich stehe auf. Auf dem Couchtisch liegen Orangenschalen und angetrocknete Orangenspalten. Ich gehe zum Schreibtisch. Thomas' Buchmanuskript wurde ersetzt durch den Zeichenblock und die Fettstifte, die ich gekauft habe. Die Blätter sind leer. Kein Handy. Ich reibe mit den Fingern über Hals und Brust, aber das Jucken sitzt tiefer.

Ich gehe in die Küchenecke und kaue schnell die Brotkruste in mich hinein, die in einer Tüte auf dem Schneidebrett liegt. Mein rechter Eckzahn schmerzt, er hat sich gelockert, ich kann nur auf der linken Seite kauen. Ich öffne den Kühlschrank, aber es sind keine Lebensmittel drin, nur eine Packung Schnittkäse, die den Juckreiz auch nicht stillt. Er ist so intensiv, so hartnäckig, von einer unbekannten Stelle dehnt er sich aus und wächst, ich muss ihn loswerden, loswerden, ich öffne eine Schublade unter der Arbeitsplatte. Schlinge drei Knäckebrote und eine halbe Schachtel Rosinen herunter. Öffne eine neue Schublade, mehrere, bin jetzt verzweifelt, auf der Jagd nach etwas Betäubendem, ich suche zwischen Gläsern und Tellern, Post-it-Blöcken und Schraubenziehern, in der untersten Schublade wölbt sich ein Einkaufsbeutel hervor, ich öffne ihn und nehme den Inhalt heraus.

Ein Gürtel. Glaube ich. Oder Hosenträger? Der verdrehte Riemen einer Schultertasche?

Es dauert eine Weile, bis ich sehe, was es eigentlich ist.

Ein Maulkorb.

Ein hellgrüner Hundemaulkorb.

Und plötzlich bin ich wieder auf dem Karussell, oben auf dem Pferd, halte mich an dem Halfter fest, sitze total fest, während die Panik mich durchströmt.

Atme.

Ich liege falsch.

Das ist bloß ein Hundezubehör, rede ich mir ein. Ein anderer Teil von mir erwidert, dass Thomas nie über einen Hund gesprochen hat. Da liegt noch etwas anderes in dem Beutel. Etwas Weiches. Ich nehme es heraus. Falte es auseinander. Es ist ein Kleid. Ein Kinderkleid. Aus rotem Samt.

Ich lasse es fallen.

Lasse den Maulkorb fallen.

Ich stehe da und starre beides an. Mein Gehirn ist benebelt. Die Gedanken sind unregierbare Wogen und schreiende Möwen. Ich bewege mich, langsam, auf die Tür zu, während ich versuche, mich zu erinnern, an den Mann neben dem Schlafsofa zu erinnern, den warmen Atem, die Stimme. An die zuknallende Tür. Ich habe es vor Augen, wieder und wieder, ich höre die Stimme, den Knall. Das kann nicht wahr sein. Es ist wahr:

Das war keine Erinnerung. Das war kein Traum.

Ich bin sicher.

Absolut, absolut sicher.

Er war hier. Ganz real.

Ich klopfe. Nein, klopft es draußen? Schritte auf der Türschwelle. Und das Einzige, das mir durch den Kopf schießt, bevor die Tür geöffnet wird, ist, dass ich mich nirgendwo verstecken kann.

Mit einem vollen Einkaufsbeutel betritt Thomas den Raum. Er wirft zuerst einen Blick auf das leere Bett, ehe er mich registriert, hier stehend, an die Wand gedrückt.

Er schließt die Tür hinter sich. Lächelt. »Gut geschlafen?«

Ich stürze auf ihn zu. »Wo ist er?«, flüstere ich.

»Wer?«

»Noman?«

»Hier sind nur du und ich.«

Noman steht vermutlich draußen. Er muss Thomas unter Druck gesetzt haben, so zu tun, als ob nichts wäre. Was ist das für ein krankes Spiel?

»Was hat er gesagt?«, flüstere ich. »Hat er Hedda etwas angetan?«

Thomas kickt seine Schuhe weg. »Hast du Hunger?«

Er geht auf die Küchenecke zu, bleibt aber stehen, als er die geöffnete Schublade sieht, das hingeworfene rote Samtkleid und den hellgrünen Maulkorb.

»Er war hier«, sage ich. »Ich weiß nicht, was er getan hat. Ich …«

Ich halte inne. Denn da ist irgendetwas mit Thomas. Die Art, wie er dasteht und mir den Rücken zukehrt. Die Art, wie er seine Schultern hebt und senkt. Die Art, wie das schwache Licht einen dunklen Umriss von ihm zeichnet.

Er dreht sich zu mir um. »Du mischst dich wirklich gern in die Angelegenheiten anderer Leute ein, oder?«

Als ich nicht antworte, nimmt er das Kleid und den Maulkorb und legt sie zurück in die Schublade. Er beginnt damit, die Lebensmittel aus dem Beutel auszupacken. Eine große Tüte Orangen. »Ich habe gekauft, was du am liebsten magst.«

Er wirft eine Orange nach mir, aber ich fange sie nicht auf.

Sie trifft meinen Bauch, bevor sie mit einem kurzen und dumpfen Geräusch auf dem Boden landet. Ich habe auch Angst davor, zu fallen. Meine Knie drohen zu brechen. Ich starre und starre Thomas an, und plötzlich kommt er mir wie ein Fremder vor.

»Ich glaube, du solltest dich etwas hinlegen«, sagt er und kommt zu mir, legt mir die Hände auf die Schultern, führt mich zum Schlafsofa. Wieso gelingt es mir nicht, Einspruch zu erheben? Er stößt mich fast auf die Matratze hinunter.

»Du hast jetzt Angst«, sagt er. »Aber ich werde gut auf dich aufpassen.«

Hinter seinen Worten liegt etwas Nagendes. Was dazu führt, dass es noch mehr juckt. Das Herz schlägt abwechselnd schnell und langsam. Meine Hand hebt sich, aber nicht ich habe das veranlasst. Thomas ergreift sie.

»Ruh dich aus, während ich Frühstück mache«, sagt er.

Seine Hand ist warm, wärmt mich, und im selben Moment überkommt mich eine Trägheit und macht meine Augenlider schwer. Ich sehe Thomas zurück in die Küchenecke gehen, während ich versuche, gegen den Schlaf anzukämpfen, der mich zu sich ziehen will, ich versuche, meine Zunge unter Kontrolle zu bringen, meine Gedanken, meinen Körper, aber es ist, als ob jemand anderes an ihm zerrt, ich rutsche zu Boden – und da entdecke ich mein Handy, es hat sich unter dem Wohnzimmertisch versteckt. Zusammen mit dem rosa Hasen. *Sch, sch.*

Ich krieche auf es zu, hebe es auf, und während ich versuche, Gehirn und Finger zusammenarbeiten zu lassen, damit ich den Bildschirm aktivieren kann, kommt es mir vor, als bekäme ich Hilfe von etwas in mir, das den Nebel im Kopf beiseiteschiebt – und eine Erinnerung tritt hervor, ein Gespräch, mehrere, auf dem Schlafzimmerfußboden zu Hause in meiner Wohnung, irgendwann tagsüber oder nachts: Ich telefoniere mit Noman, ich sage ihm, dass ich Angst habe, ich erbitte seine Hilfe, um Thomas zu beobachten, seine Vergangenheit zu überprüfen, zu checken, wo er in der Nacht war, als Fanny verschwand, denn ich glaube, ich weiß, dass Thomas etwas mit dem Hasen zu tun hat, mit dem Fall Lilly Leonora.

Plötzlich wird mir das Telefon aus der Hand gerissen.

Ich schaue nach oben. Sehe Thomas an. Sein Gesicht ist unscharf.

»Es ist keine gute Idee, jetzt jemanden anzurufen«, sagt er.

# 49

Das Herbstgold der Bäume vor den Fenstern fällt zu Boden. Niemand stirbt im Stehen. Das Parkett drückt sich gegen die Wirbelsäule. Alle Schritte, die über diese zersägten Bäume gegangen sind, dringen ins Bewusstsein. Bitten mich, mit erhobenem Kopf weiterzugehen. Aber wessen Kopf trage ich? Wessen Gedanken höre ich? Sind die Erinnerungen, die aus der Dunkelheit gekrochen sind, wahr? Hat Thomas sie dort eingepflanzt? Was ist eigentlich während der Hypnose passiert? In den neuen schwarzen Löchern, von denen ich nichts mehr weiß?

Ich betrachte mich selbst von oben. Wie ich dort auf dem Boden liege, gleich einem kranken und verletzten Tier, ein Stück Fleisch, das eines Tages tot sein wird und verfault. Und ich rieche ihn.

Den Selbsthass.

Wie naiv und blauäugig ich war. Erneut habe ich ihm Zugang gewährt, zu seinem signierten Eigentum.

Ich setze mich auf die Knie und drehe *ihm* meinen Kopf zu. Da sitzt er in dem Rattanstuhl, selbstbewusst, selbstgefällig, mit dem Stift in der Hand, schreibt und kritzelt neue Lügen auf bunte Post-it-Zettel, die er in meinem Gehirn festklebt. Das rote Kinderkleid schnürt meine Schultern ein, während ich meine Hand um den rosa Hasen klammere. Er hat mir nie die Frage beantwortet, die ich halb im Scherz, halb im Ernst gestellt hatte, als er mich beim ersten Mal über die Holztreppe hinunter in die vergessene Tiefe führte: ob es so wäre, dass er danach nur noch mit den Fingern schnippen oder ein Codewort sagen müsste und ich dann in eine neue Trance fiele, in der er mir befehlen könnte, was auch immer zu tun.

Ich ließ mich überzeugen, erlaubte mir, an ihn zu glauben, wie ich an meine eigenen Erinnerungen, Gedanken und Gefühle geglaubt habe. Ich habe all seine Lügen geschluckt. Ich habe nicht daran gezweifelt, als er sagte, er sei acht Jahre älter als ich. Kein Dreizehnjähriger entführt ein fünf Jahre altes Mädchen und hält sie zwei Jahre in seinem Zimmer gefangen. Aber jetzt sehe ich es. Ich sehe die Falten, die er hinter der Brille und dem Bart versteckt. Womöglich hat er sich kosmetischen Operationen unterzogen, wie Mama es getan hat, wie Mama immer wollte, dass ich es tue. Das Aussehen zu verändern ist nicht schwer. Name. Akzent. Verhalten. Sein Alter kann er auch verändert haben, mithilfe des Darknets oder der richtigen Kontakte. Das Familienleben kann bloß ein Versteck für ihn gewesen sein. Die übertriebene Angeberei über *die Madame* und *Mamsell* und den Fußballsohn hätte ein ganzes Stadion von roten Flaggen erleuchten lassen sollen. Ich höre, dass er tief Luft holt. Befriedigt?

Er hat sie mir gut eingepflanzt. Meine Gefühle für ihn, die Sehnsucht, das Verlangen, die Zugehörigkeit, denn ich spüre sie jetzt, sie flammen in mir auf, knistern und knattern und krächzen, dass ich an ihnen festhalten soll. Sie wollen, dass ich mich für den Vertrag entscheide, den er mir damals aufgezwungen haben muss, den Pakt, den Takt und die Kostümierung. Durch Suggestionen während der Hypnose muss er mich in Stücke geschnitten haben, mich zu der Annahme verleitet haben, dass eine Fremde in mir wohnt,aber ich habe gar keine andere verborgene

Persönlichkeit, die mich verwirrt hat, er ist es, der in mein Inneres eingedrungen ist, der meine Gedanken und Gefühle kontrolliert hat, der mich wach hielt, als ich geschlafen habe.

Ich umklammere den rosa Hasen noch fester. Es piept leise. Er hat ihn sich ausgeliehen, sagt er, damit ich mich an mehr erinnern kann.

Mich daran erinnern kann, wer mich besitzt.

Hat er mir schon Gedanken und Befehle eingepflanzt, als er mich damals entführt hat? Hat er all meine Erinnerungen in die Dunkelheit gedrängt und mir verboten, darüber zu reden?

Das erste Mal sah ich Thomas, als er auf die Akutstation kam, um mit Ellen Bratseth zu sprechen, ehe sie zu uns auf die Station 22 verlegt wurde. Ich habe immer geglaubt, dass es Ellen war, die in mir den Wunsch auslöste, die Station zu wechseln, meine Erfahrungen anzuwenden, um anderen jungen Menschen zu helfen, gebrochenen Frauen. War es in Wirklichkeit Thomas, der in mir diesen Impuls ausgelöst hat, am selben Ort zu arbeiten wie er?

Jetzt spiele ich sein Spiel. Ich sitze in dem roten Samtkleid auf dem Boden und tue so, als wäre ich Lilly Leonora, lasse ihn glauben, dass ich unter seinem Kommando stehe. Ich bitte um eine Orange. Um mehrere, ich verschlinge sie, ich bin die kleine Raupe Nimmersatt, ich werde mich stark essen, alle Gefühle fortessen, die mich an ihn binden, ich bin im Puppenstadium und mäste mich, bis ich daraus ausbreche, frei bin. *Sch, sch.*

Doch zwischen den Orangenspalten wird das Hähnchen hervorgelockt, die bodenlose Angst davor, dass er der Klügere sein und freikommen wird, wieder einmal. Ich sehe ihn aufstehen. Ich sehe seine Füße, die auf mich zukommen. Dann höre ich seine Knie knacken, als er sich herunterbückt. Seine Worte kriechen auf mich zu: »Zieh dich aus.«

Ich versuche, das Hähnchen herunterzuschlucken.

»Wasch dich.«

Ich rieche es erst jetzt. Den beißenden Gestank, den Urin. Ich habe mich vollgepinkelt.

Ich stehe auf, oder ist er es, der meinen Körper lenkt?

Die Hähnchenstücke füllen meinen Mund, ist er wirklich derjenige, der mich zum Essen gezwungen hat? Ich spucke und erbreche sie auf den Boden.

Er stöhnt leise. Wird er jetzt zuschlagen? Bis ich breche, und was dann?

Auf dem Schlafsofa hat er den dicken grünen Pullover ausgebreitet und eine Unterhose, die nicht mir gehört. Langsam bewege ich mich auf ihn zu. Wackle mit den Hüften zu lautlosen Tönen, meine Zehen drücken auf die Holzdielen, als wären es Tasten. Er glaubt, er wird mir jetzt ein neues Kostüm anziehen, aber ich habe mein eigenes, das schmutzigste, das, was er am meisten hassen muss: eine Hure.

Es ist, als ob ich mich selbst sehe, wie ich das rote Samtkleid hochziehe, über den Bauch, ein bisschen weiter, dann noch ein bisschen, ich streife es über meinen Kopf und lasse es fallen, das liegt in meiner schmutzigen, unartigen Natur. Nur im BH und der nassen Unterhose wedele ich mit meinem Hintern, twerke, lächle wie eine Närrin.

Thomas sieht nicht glücklich aus. »Wasch dich«, wiederholt er.

»Ich bin voller Scheiße«, sage ich. »Ich bin kein guter Mensch. Ich habe keine schönen Gedanken.«

»Was denkst du denn?«

Mein Mund schließt sich, und mir fällt auf, dass ich nicht genau weiß, was ich jetzt mache, woher meine Impulse eigentlich kommen. Ich bleibe mitten im Zimmer stehen. Plötzlich wird mir schwindlig, alles dreht sich, als wäre ich auf einem Karussell, und ich bin davon überzeugt, dass ich in ein großes schwarzes Loch falle und nie, nie wieder den Weg nach Hause finde, wenn ich mich jetzt nicht an etwas festhalte. Etwas explodiert in der Brust. Etwas strafft sich um meinen Hals. Können seine heimlichen Suggestionen womöglich auch mein Atemzentrum lähmen?

Thomas packt mich an den Schultern. »Du bist nicht die, die du eigentlich bist«, sagt er. »Deshalb musst du mir die Kontrolle überlassen.«

Ich möchte so gern in seine Arme sinken, nur eine kleine Sekunde, aber ich bleibe stehen und schwanke. Und ich stelle mir vor, dass Ellen hier stand, genau hier, Selma, Fanny. Sie alle haben hier gestanden, gekleidet in die gleiche lähmende Angst. Aber ich spüre noch etwas anderes: Ich spüre die Wut in mir aufsteigen, von irgendeinem Instinkt, diesem kleinen Teil von mir, der mir geholfen hat zu überleben, zu entkommen. Es ist immer noch da, wie ein eingekapselter Samen, versteckt, aber nicht vergessen.

Und ich spüre die Wut der Mädchen. Den Hass. Die Rachlust. Sie ist nicht gegen mich gerichtet, ich verstehe es jetzt. Wir sind eine Schicksalsgemeinschaft, ein Team, das denjenigen stoppen muss, der uns die Treppe zu unserem schlafenden Geist heruntergelockt hat, wo wir manipuliert wurden, seine Marionetten zu sein. Ich spüre, wie die Mädchen mir in den Rücken stoßen, ich höre ihren Schlachtruf: *Kastrier ihn!*, singen sie.

*Zerstückel ihn!* Wie er mich zerstückelt hat. Wie er Mädchen getriezt, begattet, ausgewählt hat, ihnen Belohnungen gab, sie auspackte, sie einpackte, sie wegpackte.

»Kannst du dich umdrehen?«, bitte ich. Meine Stimme ist hohl, klingt nicht nach meiner eigenen.

Er dreht sich um. Wie furchtlos er ist. Wie arrogant. Glaubt, mich zu besitzen. Dies denke ich, während ich meinen Fuß hebe, und mit der neu gewonnenen Kraft von sechs Orangen und einem gegrillten Hähnchen trete ich ihm direkt in die Kniekehle.

Er ist so überrascht, dass er gar keinen Ton von sich geben kann, bevor er auf die Knie fällt, und ich ziehe das Soldatenmesser unter dem BH hervor und steche es tief, tief in seinen Rücken.

# 50

»Hallooo? Ida?«

Die vertraute, fröhliche Stimme zieht mich zurück. Hier stehe ich. Draußen. Oben auf dem ersten und steilen Abschnitt des Pfads, der hinauf zu dem privaten Schotterweg führt.

Direkt vor mir steht Alan. Gleich neben ihm ist Barbro.

Beide sehen mich an. Überrascht?

Ich trage den dicken grünen Pullover, Jeans, Sneaker. Meine Hand umklammert das Handy. Ich versuche, etwas zu sagen, werde aber durch das Schluchzen daran gehindert.

Barbro streckt die Arme aus, und ich nehme die Einladung an, während mir die Tränen kommen.

»Hey, alles wird gut«, sagt sie. »Wir sind hier, um dir zu helfen.«

Als sie mich aus ihrer Umarmung entlässt, bemerkt sie ein paar kleine Blutstropfen, die auf meinen Händen geronnen sind. Sie wirkt ruhig und freundlich, aber hinter der professionellen Maske spüre ich ihre Fassungslosigkeit.

»Wo ist Thomas?«, fragt sie.

Ich weiß nicht, wo ich anfangen soll. Ich weiß nicht, was ich ihr erzählt oder nicht erzählt habe, als ich sie anscheinend anrief und sie bat, herzukommen. Mein Körper ist nicht im Einklang mit meinen Empfindungen. Er ist steif und stumm, während der Herbststurm in meinem Inneren droht, mir die Lunge wegzublasen.

»Ist er im Bootshaus?«, fragt Alan.

Mein Kopf nickt.

»Ich verstehe, dass du traurig und verzweifelt bist«, sagt Barbro. »Thomas hat mich heute Morgen angerufen und mir alles erklärt.« Eine Träne drängt sich in ihren Augenwinkel. »Warum hast du mir nicht erzählt, wie schwierig die Situation für dich war? Wir haben doch immer alles miteinander geteilt?«

Alan legt tröstend seinen Arm um sie. Sie schenkt ihm ein dankbares Lächeln und wischt die Träne schnell weg.

»Jedenfalls werden wir uns jetzt gut um dich kümmern«, sagt sie. »Alan hat dafür gesorgt, dass du auf der Akutstation das beste Zimmer bekommst.«

Barbro merkt anscheinend, wie verwirrt ich bin. »Thomas hat gesagt, er wolle dich mit der Zwangseinweisung vertraut machen, ehe wir ankämen?« Sie schüttelt verzweifelt den Kopf. »Thomas ist ernsthaft besorgt um dich, Ida. Du kannst momentan offenbar nicht zwischen Fantasie und Realität unterscheiden. Du glaubst, du wirst von jemand anderem kontrolliert, aber du bist krank, und wir werden dir helfen.«

Ich möchte etwas sagen, aber die Worte bleiben mir im Hals stecken.

»Thomas hat versucht, dich so gut es geht zu beschützen«, fährt Barbro fort. »Und du musst wissen, dass er dich nicht einweisen würde, wenn er es nicht für absolut notwendig hielte. Also, ich habe es ja verstanden. Dass ihr beide etwas Besonderes miteinander habt. Dass er dich sehr, sehr gern hat.«

Ein Regentropfen fällt auf meine Hand. Er bleibt auf der Haut liegen und zittert. Thomas war also schlau. Natürlich war er schlau. Wenn ich jetzt meinen Mund aufmache und sage, wer er wirklich ist, was er getan hat, wenn ich sage, dass er in meinen Kopf eingedrungen ist, die Kontrolle über meine Gedanken und Gefühle übernommen hat, dann werden sie und alle anderen es so interpretieren, dass ich krank bin, psychotisch. Das war sein Projekt: Er wollte mich auslöschen. Er wollte mir meine Realität nehmen, mich als unwirklich abstempeln, als konstruierte Persönlichkeit. Mich völlig von ihm abhängig machen, sodass er mich neu formen kann, mich ausstaffieren kann als die Marionette, die ich nach seinem Willen damals werden sollte. Sollte das Bootshaus unser neues Puppenhaus werden?

»Alles wird gut«, sagt Alan und zwinkert mir aufmunternd zu. »Es gibt immer Hoffnung, eine Lösung, einen Weg, der es besser macht, oder?«

Ich möchte protestieren, aber mein Mund ist verschlossen. Ich kann den Parasiten spüren, der in meinem Gehirn herumkriecht und alle meine Gedanken auffrisst.

»Komm, wir suchen Thomas und packen deine Sachen«, sagt Alan. Er hat bereits zwei Schritte den steilen Hang hinunter gemacht, streckt eine Hand aus, um mir behilflich zu sein.

Ich verharre wie angewurzelt.

Barbro hakt sich bei mir ein. »Wir können ja hier warten.«

Alan sieht mich an.

Mein Mundwinkel hebt sich.

»Okay«, sagt Alan. »Ich hole Thomas und deine Sachen.«

Er dreht sich um und eilt den Hügel hinunter.

Ich spüre die sichere Wärme von Barbros Körper, der sich an mich klammert. Ich schaue in ihre Augen, die pure Fürsorge ausstrahlen, und denke, dass sie zu nett zu anderen ist, aber viel zu streng zu sich selbst, bevor ich mich plötzlich losreiße und sie so hart von mir wegstoße, dass sie das Gleichgewicht verliert und mit einem überraschten Aufheulen den steilen Pfad hinunterfällt, während ich selbst in die entgegengesetzte Richtung renne, den Pfad hinauf, in den Wald. Ich renne, renne, über Baumwurzeln und Moos und Heidelbeergestrüpp, bis ich so weit vom Bootshaus weggekommen bin, dass ich es wage anzuhalten. Mit zitternden Händen suche ich Nomans Nummer heraus.

Er antwortet nach zweimaligem Klingeln, und ich bekomme endlich die Kontrolle über meine Zunge, platze damit heraus, dass er mir helfen muss, dass er hoffentlich getan hat, worum ich ihn gebeten habe, nämlich etwas gefunden hat, was Thomas mit Fannys Verschwinden in Verbindung bringt, mit den anderen Mädchen, mit mir. Wenn nicht, werde ich eingesperrt, und niemand wird mir glauben. Ich weiß nicht, in welcher Reihenfolge das alles aus mir herauskommt. Ich stolpere über die Worte, schnappe nach Luft, meine Wangen kribbeln.

Am anderen Ende ist es still, und ich befürchte, dass die Netzabdeckung zu schlecht ist und er mich nicht gehört hat. »Hallo?«, sage ich. »Sind Sie da?«

Noman räuspert sich. Dann: »Ida. Ich habe versucht, Ihnen so gut wie möglich zu helfen. Als Sie angefangen haben, mich so oft anzurufen, habe ich nach einer Weile verstanden, dass Sie nicht so viele andere haben, mit denen Sie reden können. Und ich habe mir Sorgen gemacht, als ich gesehen habe, dass Sie öfter an der Frua herumhängen. Auch nachts?«

Er geht nicht auf meine Fragen ein. »Thomas«, stammele ich.

»Ich habe mit Ruth Angell über Thomas Moan gesprochen.«

»Ja?« Es kitzelt im Nacken. Ich drehe mich um. Beobachtet mich jemand?

»Ich verstehe, dass Sie Angst und Paranoia gegenüber allen Menschen um Sie herum entwickelt haben«, sagt Noman. »Aufgrund Ihrer Vorgeschichte, von der Sie mir erzählt haben. Aber vor Thomas Moan brauchen Sie keine Angst zu haben. Er hat mit Fannys Verschwinden nichts zu tun.«

Ich spähe zwischen den Baumstämmen hindurch. Die Sicht ist unscharf. Ich beiße mir fest auf die Lippe, um meine Gedanken nicht zu verlieren.

»Sie täuschen sich«, flüstere ich. »Thomas hat mich manipuliert. Er hat alle manipuliert. Er hat bestimmt allen Gedanken und Ideen eingepflanzt, damit niemand denkt, er sei schuldig. Aber es ist er, der Fanny entführt hat! Er war es, der Selma getötet hat!«

Es dauert eine Weile, bis Noman antwortet. Seine Stimme ist jetzt sanfter. »Falls Sie das beruhigen kann, so habe ich vorhin gehört, dass ein paar interessante Tipps hereingekommen sind. Ein paar Leute meinen, sie hätten vor einigen Wochen Selma mit zwei Mädchen am Ladestien gesehen. Eine davon passt zu der Beschreibung von Ellen Bratseth, während die dritte Fanny geähnelt haben soll.«

»Nein. Bitte. Sie müssen mir glauben«, sage ich. »Thomas ist nicht der, der er vorgibt zu sein. Dieser Tipp könnte genauso gut von ihm selbst stammen.«

Noman seufzt. »Hören Sie ... Lassen Sie uns reden, nachdem Sie sich ein paar Tage in der Klinik ausgeruht haben.«

Etwas in mir fällt zu Boden.

»Dann werden Sie die Dinge wahrscheinlich etwas anders betrachten«, sagt er.

Ich lege auf.

In der Ferne höre ich Sirenen. Sie kommen näher, und ich stelle mir vor, wie die Sanitäter ins Bootshaus eilen und versuchen, Thomas zum Leben zu erwecken, und das Seltsame ist, dass ich das Gefühl habe, dieser Ausgang war geplant.

# 51

Die Schere des Soldatenmessers ist stumpf, sie nagt sich durch die Haarsträhnen. Ich schneide alle gebleichten Haare bis zu dem kurzen, dunklen Haaransatz ab, spüle sie zusammen mit den blauen Kontaktlinsen die Toilette herunter. Es schmerzt, schmerzt im Kiefer, im Oberkiefer. Ich öffne meinen Mund, der rechte Eckzahn ist gerade noch vorhanden. Ich drehe an ihm, damit er sich gänzlich löst. Ich brauche ein anderes Lächeln, muss mir Zeit verschaffen. In den Online-Zeitungen steht bereits, dass die Polizei in Trondheim nach einer Frau in den Zwanzigern mit blonden Haaren und blauen Augen sucht. Die Stadtbewohner werden zur Wachsamkeit ermahnt, da die Frau als gefährlich gilt. Ich schlucke meinen Zahn mit drei großen Schlucken Wasser herunter, knöpfe die lange, schwarze Herrenjacke zu, die ich von einer Stuhllehne im Samfundet gestohlen habe, ziehe mir die Kapuze über und verlasse das Behindertenklo in dem roten, runden Gebäude und gehe hinaus in die Dämmerung, während ich mir die Fingernägel rhythmisch in die Handflächen bohre, um mich wach, bei Sinnen, präsent zu halten. Weil ich müde bin. Verdammt müde. Und für einen kurzen Moment spüre ich die erschöpfende Sinnlosigkeit, die einige meiner Patienten beschrieben haben, das schwere, leere Gefühl, das sich an dir festsaugt wie die Schwerkraft. Ich bohre meine Nägel noch fester in die Handflächen und gehe noch schneller die Elgeseter gate entlang.

In der Krebsklinik gehe ich die Treppe hinauf auf die Tagesstation. Ein Totenschädel mit matter, fast durchscheinender Haut späht in dem dunklen Patientenzimmer über die Bettdecke hinweg zu mir herüber.

Olve schläft. Der eine Fuß, der unter der Bettdecke hervorlugt, ist von einer blauen Wollsocke eingeschnürt. Sein Atem ist unregelmäßig, die Luft dick und süßlich, und ich denke: Riecht so der Tod?

Auf dem Nachttisch steht ein gerahmtes Bild von zwei Teenagern, ein Mädchen und ein Junge. Sie umarmen sich und lächeln verliebt. Sie sahen damals ähnlich aus wie heute, aber Olve hatte rundere Wangen und einen präsenteren Blick, während das Lächeln von Frøydis weicher war.

»Aus uns hätte was werden können, weißt du.« Ich drehe mich zu Olve um, er ist wach geworden. »Wenn ich es nicht vermasselt hätte. Aber es gab immer so viel … Lärm.« Er lächelt. »Jeder glaubte, ich wäre verrückt, als ich als Kind sagte, ich unterhielte mich mit Toten. Viele Jahre lang habe ich das selbst gedacht. Aber man kann dem Schicksal nicht entkommen, oder?«

Er bekommt einen Hustenanfall, und ich reiche ihm das Wasserglas, das auf dem Nachttisch steht, helfe ihm, den Strohhalm zwischen die trockenen Lippen zu bekommen. Nachdem ich das Glas zurückgestellt habe, greift er nach meiner Hand. Seine ist kalt und klamm. »Ich weiß, warum du hier bist«, sagt er.

Ich suche nach den richtigen Worten.

»Nicht wegen dieser Mädchen«, fährt er fort. »Jemand anderes ist jetzt in dein Inneres gekrochen, oder?«

Er ist gut. Bei dem, was er gut kann.

»Kannst du mir helfen?«, flüstere ich.

Olve schließt die Augen, und ich habe Angst, dass er wieder einschläft. Ich drücke seine Hand.

»Sch, sch«, flüstert Olve.

Meine Schultern heben sich automatisch.

Olve öffnet wieder seine Augen. »Ein Verstorbener ist jetzt hier. Und er will reden.«

Es ist heiß hier, viel zu heiß. Ich ziehe meine Kapuze herunter.

Olve setzt sich im Bett auf und starrt hinaus ins Leere, lauscht. Ich folge seinem Blick in eine nackte Ecke des Zimmers.

»Er sagt, du hättest die Regel gebrochen«, sagt Olve. »Und dass du weißt, was passiert, wenn du die Regel brichst.«

Es kommt mir vor, als ob das Jucken plötzlich tausendmal schlimmer wird, als ob mein ganzes Ich eingeschlafen wäre und jetzt geweckt wird. Es kribbelt, es tick-tackt, in meinen Ohren, ein Countdown?

»Kannst du ihn aus mir herausholen?«, flüstere ich. »Kannst du mir helfen, ihn loszuwerden?«

Wie um Kraft zu sammeln, atmet Olve langsam ein. »Es ist zu spät.«

Gleichzeitig wird die Kraft aus mir herausgesaugt, als ob sich jemand in meiner Energie verbissen hätte, sie in Stücke beißt, das Stück abbeißt, das letzte: Ich. »Nein ... bitte ...«, stammele ich. »Hol ihn raus ...«

Olve schüttelt den Kopf. »Es ist zu spät. Schau dich an. Du bist jetzt wie er geworden.«

Plötzlich weht mir ein heißer Wind ins Gesicht, brennt mir Löcher in die Wange. Ich drehe meinen Kopf zur Seite.

Und dann sehe ich ihn. Er steht direkt vor mir. Der Mann, den ich in meinen Albträumen, meinen Erinnerungen gesehen habe. Er tritt aus dem Schatten hervor, und sofort werden Farben und Formen erkennbar. Sein Pullover ist grün. Das Haar kurz und dunkel. Das Gesicht hat klare Züge. Er ist in seinen Zwanzigern. Braune Augen. Und ein verschmitztes Lächeln, dem ein rechter Eckzahn fehlt.

»Er sagt, er habe auf diesen Moment gewartet«, erklärt Olve. »Seit seinem Tod vor einundzwanzig Jahren.«

Der Blick des jungen, fremden Mannes bohrt sich in mich hinein. Wie ein lähmender Parasit. Er wirft mich zurück, zum Puppenhaus, zum Gewölbe, zu dem letzten Tag:

Sie, das Mädchen, legte ihre Hand um den rosa Hasen. Um die Socke, die Jan als Ohr angenäht hatte. Ein abgeschnittener Zipfel eines Lakens, um sie daran zu erinnern, dass sie *verdammt dankbar* sein sollte, ein neues Leben bekommen zu haben. Die Glühbirne an der Decke war seit vielen Tagen erloschen. Jan dachte, sie würde etwas essen wollen, reden, aufstehen, aber jedes Mal, wenn er die Tür öffnete und die neun Stufen hinunterging, lag sie steif und stumm wie eine Puppe im Bett. Es hatte nicht geholfen, dass Jan gesagt hatte, dass er ihr Superheld sei, dass er sie gerettet habe, davor gerettet, für immer und immer allein zu sein, auf dem Spielplatz, wie er es selbst immer und immer gewesen war, in die Kälte hinausgestoßen von den Erwachsenen. Es hatte nicht geholfen, dass Jan gesagt hatte, dass er diesen Gewölbekeller gebaut habe, dieses Puppenhaus, nur für sie. Es hatte nicht geholfen, dass Jan sie geschlagen, an den Haaren gezogen, gekratzt oder gebissen hatte. In den letzten Tagen hatte Jan angefangen zu weinen und gesagt, dass er nicht ohne sie leben wolle. In den letzten Tagen hatte Jan selbst aufgehört zu essen und zu trinken. In den letzten Tagen hatte Jan sich neben sie gelegt und geflüstert, wieder und wieder: Sch sch, meine Puppe. Ich werde immer bei dir sein. Immer, immer.

In den letzten Tagen hatte Jan die Tür offen stehen lassen.

Nun öffnete das Mädchen plötzlich den Mund. Flüsterte zwischen geschwollenen, blutigen Lippen: »Spiel.«

Und Jan spielte. Er spielte und spielte auf dem Klavier in der anderen Ecke des Raumes, eine Nocturne von Chopin, die Erste, ihrer beider Lieblingsstück.

Das Mädchen lag auf der Matratze und hörte zu. In dem hellgrünen, gepunkteten Kleid, das so kurz geworden war.

Jan musste das Metronom einschalten, um den Takt zu halten. Tick. Tack. Trotzdem spielte er falsch. Jan spielte sonst nie falsch.

Er war lethargisch geworden. Davon, nicht zu essen. Davon, nicht zu trinken. Aus seinem Mund hatte es begonnen, schlecht zu riechen. Kräftig und süß zugleich. Wie Nagellackentferner. Davon wurde dem Mädchen übel.

Aber sie war nicht lethargisch. Jan wusste nicht, was das Mädchen im Spalt zwischen Klavier und Wand verborgen hatte. Der Spalt, der so eng war, dass nur ihre Hand hineinkommen konnte: Orangen- und Hähnchenstücke, die sie in sich hineinschlang, in den kurzen Augenblicken, wenn Jan aus dem Keller hinausging.

Da erhob sich das Mädchen hinter seinem Rücken. Wartete, bis Jan die Augen schloss und wie üblich mit der Musik verschmolz.

Und da. Im Einklang mit den hellsten Tönen. Schoss das Mädchen mit dem rosa Hasen die Treppe hoch. Das Mädchen zählte die Schritte, ohne sich umzudrehen. Drei mal drei ist neun.

Draußen schloss sie die geschwungene, schwere Metalltür hinter sich. Legte den großen Riegel rasch davor. Dann das untere Bolzenschloss. Stellte eine Kiste Orangen vor die Tür, kletterte hinauf und schob die dritte Verriegelung an ihren Platz. Wie Jan es ihr am Anfang gezeigt hatte, um ihr zu vermitteln, dass sie niemals in der Lage wäre, die Tür von innen aufzustoßen oder einzutreten.

Sie spähte durch das kleine Guckloch in der Tür. Blickte direkt in Jans wütende Augen, auf den großen offenen Mund mit dem fehlenden Eckzahn. Jan konnte jetzt so viel schreien, wie er wollte.

*Keine Fresse* würde ihn hören. *Keine Fresse* wusste von diesem Puppenhaus im Wald. *Keine Fresse* würde das Gewölbe jemals finden.

Das hatte Jan ihr immer wieder entgegengespuckt, eins ums andere Mal, weil niemand Jan seine Puppe wegnehmen würde. Jetzt nahm das Mädchen all den Speichel in ihrem Mund zusammen und hinterließ einen großen, schleimigen Batzen auf dem Guckloch, begrub das Gewölbe und das ganze Puppenhaus in ihrem versteinerten Inneren, dem, das niemals zerbersten durfte, niemals, niemals, dann rannte sie.

Nach Hause, zu Mama.

Nun habe ich niemanden, zu dem ich nach Hause rennen kann. Ich stecke fest fest im Vorzimmer des Todes, zusammen mit dem Mann, der von mir besessen war, seit er mich entführt hatte, der davon besessen war, mich zu besitzen, der immer bei mir war, immer, immer.

Nicht als Überbleibsel eines Albtraums. Jan sah den Tod als Gelegenheit, bei mir zu bleiben. Mich an die Regel zu erinnern. Und jetzt hat er dafür gesorgt, dass ich mich nie wieder im Spiegel ansehen kann.

Hat dafür gesorgt, dass ich Thomas töte.

Meinen wahren Superhelden.

Den Einzigen, der mich wirklich hätte retten können.

Jan steht vor mir und grinst. Ich sehe ihn jetzt nicht nur klar und deutlich, ich höre ihn auch, während er näherkommt, in mich hineinkriecht, gleich einem ewig währenden Jucken, das entschieden hat, zu bleiben und mich verbluten zu lassen: »Braves braves Mädchen. Jetzt die Belohnung. Ja?«

# 52

Schwere Techno-Bässe dröhnen kühn und frech durch die Fenster im Erdgeschoss des blauen Holzhauses. Es ist ein normaler Abend für die Studenten. Feiern, Trinken und Spaß stehen auf ihrem Stundenplan. Draußen sind keine Polizeiabsperrungen zu sehen. Keine verdeckten Ermittler verstecken sich im Park. Niemand, niemand weiß, wo Ida Hansen wohnt. Sie hat sich gut versteckt, aber nicht gut genug.

Ich stecke die Hände in die Taschen meiner schwarzen Jacke und gehe an der Haustür vorbei. Zur Rückseite des Hauses. Zum Kellerverschlag, der mit drei soliden Vorhängeschlössern fest verschlossen ist. Das ist der Vorteil daran, Studenten als Nachbarn zu haben. Sie haben kein Interesse, Orte zu erkunden, an denen sie nur vorübergehend wohnen. Ich ziehe die Schlüssel aus der Hosentasche. Schließe auf. Schalte die Taschenlampe ein, die auf der obersten Treppenstufe liegt. Als ich mich auf der Steintreppe weit genug vorgewagt habe, schließe ich die Tür hinter mir.

Es war einer meiner Patienten im Pflegeheim in Asker, der mir von den alten Gewölbekellern hier in der Stadt erzählte.

Er war in Trondheim aufgewachsen. Wusste über all die Brände Bescheid, die im Laufe der Jahre die Stadt verwüstet hatten, und wie dies in alten Tagen dazu geführt hatte, dass die Reichsten Keller unter der Erde anlegten, unter ihren Holzhäusern. Solide Tresore, wo sie das Allerwertvollste aufbewahrten, das sie besaßen.

Ich bleibe auf der untersten Stufe stehen. Vor der bogenförmigen Tür. Blicke durch das Guckloch, das ich gebohrt habe.

Niemand blickt zurück. Nur Ellen stand immer auf der anderen Seite der Tür bereit. Voller Angst und Beherrschung.

Selma stand für gewöhnlich an die Wand gepresst da, wenn ich hereinkam. Bereit, sich auf mich zu stürzen, obwohl ich ihr alle Kleider weggenommen und ihr einen Maulkorb verpasst hatte.

Ich öffne das untere Schloss. Dann das mittlere. Schließlich das dritte. Als ich die Tür aufziehe, schlägt mir ein Geruch entgegen. Nicht nach Kokos, wie sie in den ersten Tagen gerochen hat. Es stinkt nach abgestandenem Urin. Sie hat sich nicht einmal die Mühe gemacht aufzustehen, um die Pinkelbox zu benutzen. Liegt noch an derselben Stelle wie bei meinem Aufbruch vor einigen Tagen. Die Wasserflaschen sind leer. Die Pillenbeutel. Wenn ich Fanny richtig kenne, hat sie sich nicht wie die anderen Mädchen gleich in den ersten Stunden mit allem vollgestopft. Fanny ist zäher. Hartnäckiger. Eher wie meine Puppe.

Jetzt liegt Fanny in der Ecke, atmet nicht im Gleichtakt mit dem Metronom, das drei Meter von ihr entfernt steht. Ich hätte ihr stärkere Pillen geben können. Sie in einen neuen Mietwagen setzen und zum Ladestien fahren können.

Sie auf einen Felsvorsprung locken oder zu einem Nachtbad einladen. Ihren Kopf unter Wasser halten können. Bis sie zu den anderen Huren hinabgesunken wäre.

Aber meine Puppe hat heute eine Belohnung verdient. Sie hat jetzt verstanden, dass ich ihr Superheld bin. Nur, nur ich. Heute will ich die Tür offen stehen lassen.

Ich schalte die Glühbirne an der Decke ein. Fanny windet sich.

Stöhnt. Die Hände sind ineinander verschränkt. Der dunkle Pferdeschwanz hat sich schnell aufgelöst. Das Gesicht ist mir zugewandt. Ihre Wangenknochen sind seit dem letzten Mal noch ausgeprägter geworden. Der Mund ist halb geöffnet und lässt den charmanten Überbiss erkennen.

Ich hocke mich hin. Streiche ihr über das Haar. Liebevoll.

Fanny blinzelt. Versucht, die Augen zu öffnen. Wirkt erschöpft. Ausgehungert. Die Arme sind voller Kratzspuren. Sie hat tapfer gekämpft.

Noch hat sie Kraft für eine Flucht.

Endlich gelingt es Fanny, ihren Blick auf mich zu richten. Sie scheint überrascht zu sein. Verwirrt. Bewegt die Lippen. »Wer bist du?«

Ich beuge mich näher. Atme gegen ihre Wange. Flüstere:

»Sag Jan zu mir.«

# Danksagung

Diese Geschichte hat ihre Form mithilfe vieler guter Menschen gefunden. Zunächst möchte ich meiner lieben Lektorin Camilla Marie Kjaer Mangelrød aufrichtig danken. Deine Begeisterung, deine klugen Worte und deine Unterstützung waren entscheidend für mein Debüt in der Erwachsenenliteratur. Vielen Dank auch für das positive Engagement und das Feedback vom Rest des Teams im Cappelen-Damm-Verlag: Lektoratsleiterin Mariann Fugelsø Nilssen und Literaturchefin Tine Kjær. Danke an den Autor Torkil Damhaug für die gründliche Durchsicht und die guten Vorschläge.

Ein großes Dankeschön geht auch an meine Literaturagentin Astrid Dalaker bei der Literaturagentur Northern Stories. Du hast mir vor vier Jahren beim Einstieg in das Buchgeschäft geholfen, was zu einem Wendepunkt in meiner Arbeit als Autorin geführt hat. Vielen Dank für deinen Glauben an das Potenzial dieses Buches, von den ersten geschriebenen Worten an, und nicht zuletzt dafür, dass es auch über die Landesgrenzen hinaus einen fulminanten Start hingelegt hat! Ein großes Dankeschön geht auch an Agentin Mira Mack Omdahl für die Arbeit, die du leistest, um das Buch Lesern auf der ganzen Welt zugänglich zu machen.

Während meiner Recherchen für dieses Buch bin ich auf unglaublich viel Wohlwollen gestoßen. Ein großes Dankeschön geht an meinen Nachbarn, den Psychologen Hans Dahlseng, für die Einführung und die wertvollen Einblicke in die Welt der Hypnose und Erinnerungen. Mein Dank geht auch an die Psychologin Helene Mehl und die Psychiaterin Anne Karen Bakken für den Austausch von Informationen und Erfahrungen im Bereich der Hypnose.

Bedanken möchte ich mich ebenfalls bei Sven Erik Bjørgan für äußerst nützliche Gespräche über allgemeine und praktische Fragen rund um die Gesundheitsversorgung einer wichtigen Patientengruppe. Danke Fartein Horgar bei Sellanraa Bok & Bar für ein nettes und interessantes Gespräch über Psychiatrie. Ein weiterer Dank geht an Elisabeth Pedersen und meine Nichten Mari und Malin, die mich über verschiedene Aspekte des Pflegeberufs auf dem Laufenden gehalten haben.

Vielen Dank allen Polizeihelden in Trondheim und anderswo, die mir geholfen haben, Kenntnisse über verschiedene Bereiche und Verfahrensweisen innerhalb dieser Behörde zu erlangen, unter anderem meinem Cousin Torgeir Moholt, des Weiteren Marit Fostervold, Dag Strand, Tove Helene Høyer und Polizeijuristin Kristin Feydt Augedal.

Vielen Dank allen anderen, die mitgewirkt haben, aber aus verschiedenen Gründen nicht möchten, dass ihr Name genannt wird.

Und lassen Sie mich hinzufügen, dass jede Ähnlichkeit mit realen Personen rein zufällig wäre.

Ein Dank geht an Alf Christian Hvaring für das schöne Titelbild sowie an Miriam Edmunds für das tolle Coverdesign.

Ich bedanke mich bei Liv, Vibeke, Turid und dem Rest des Vertriebs- und Marketingteams für die großartige Arbeit, die ihr leistet, um das Buch an die Leser zu bringen.

Ich danke auch meiner Schwester Unni dafür, dass sie immer meine unvollendeten Manuskriptversionen liest.

Bedanken möchte ich mich auch bei meinen liebsten Menschen, bestehend aus Geir, Falk und Luna – für all die Inspiration, Geduld und die lauten Anfeuerungsrufe.

Und zum Schluss: Ein Dank allen Menschen, die ich während meiner Tätigkeit als Krankenschwester in meinen Zwanzigern kennengelernt habe. Sie haben mir zwei wichtige Dinge beigebracht:

Es ist wichtig, seine Gedanken mit anderen zu teilen.

In jedem Menschen stecken enorme Energie und Lebenskraft, die die Dunkelheit besiegen können.